1974

RED RIDING 1974
by David Peace

Copyright © 1999 David Peace
All rights reserved.

Korean translation copyright © 2020 by MUNHAKDONGNE Publishing Corp.
Korean translation rights arranged with Andrew Nurnberg Associates International Ltd.
through EYA(Eric Yang Agency)

이 책의 한국어판 저작권은 EYA(Eric Yang Agency)를 통해
Andrew Nurnberg Associates International Ltd.와 독점 계약한 (주)문학동네에 있습니다.
저작권법에 의해 한국 내에서 보호를 받는 저작물이므로
무단 전재와 무단 복제를 금합니다.

이 도서의 국립중앙도서관 출판예정도서목록(CIP)은
서지정보유통지원시스템 홈페이지(http://seoji.nl.go.kr)와
국가자료공동목록시스템(http://www.nl.go.kr/kolisnet)에서 이용하실 수 있습니다.
(CIP제어번호: CIP2019052397)

RED
RIDING

1974

NINETEEN
SEVENTY
FOUR

**데이비드 피스
장편소설**

김시현 옮김

문학동네

일러두기

1. 주석은 모두 옮긴이주다.
2. 본문 중 고딕체는 원서에서 이탤릭으로 강조한 부분이다.

마이클과 에이키를 추모하며
이즈미에게 이 책을 바칩니다.
나의 가족과 친구, 고향과 타향에 감사드립니다.

"이 세상에서 유일하게 새로운 것은 당신이 모르는 역사다."
해리 S. 트루먼

차례

간청합니다

크리스마스 폭탄과 도피중인 러키*, 리즈 유나이티드와 베이 시티 롤러스**,
〈엑소시스트〉와 〈뜨뜻미지근해요 엄마〉***.
1974년 크리스마스의 요크셔.
내가 늘 가까이하는 곳.
나는 거짓말을 진실처럼 쓰고, 진실을 거짓말처럼 쓰며 그 모든 것을 믿었다.
나는 사랑하지 않는 여자들과 자고, 사랑하는 여자와도 자며 영원히 씹했다.
나는 나쁜 남자 하나를 죽이고, 다른 사람들을 살렸다.
나는 아이 하나를 죽였다.
1974년 크리스마스의 요크셔.
내가 늘 가까이하는 곳.

---

* 1974년 11월 자녀의 유모가 살해된 직후 사라진 영국 귀족 루칸 경의 별명.
** 1970년대 선풍적인 인기를 누린 스코틀랜드 출신 아이돌 밴드.
*** 1974년부터 1981년까지 영국 BBC에서 방영된 시트콤.

≫ 1부 ≪

요크셔가
나를
원한다

1

"뉴스 같은 뉴스라곤 망할 루칸 경이랑 젠장할 날개 없는 까마귀뿐이라니까." 오늘이 마치 우리 생애 최고의 날이라는 듯 길먼이 활짝 웃으며 말했다.

1974년 12월 13일 금요일.

마침내 내 이름으로 쓴 기사가 떡하니 신문 1면에 실릴 예정이었다. 북잉글랜드 범죄 전문 기자 에드워드 던퍼드. 하지만 망할 이틀이나 기사는 감감무소식이었다.

나는 아버지의 손목시계를 들여다보았다.

아침 9시. 침대 근처에는 가보지도 못했다. 기자 클럽에서 퍼마신 에일맥주 냄새에 찌든 채 곧장 여기 지옥으로 달려왔다.

리즈*의 밀가스 경찰서 기자회견장.

망할 놈의 인간들 한 무리가 볼펜을 쥐고 녹음기를 준비하고 앉아 쇼

---

* 영국 잉글랜드 웨스트요크셔 주의 도시.

가 시작되길 기다리고 있었다. 창문 하나 없는 방을 가득 메운 텔레비전카메라의 뜨거운 조명과 담배연기 탓에 마치 금요일 야심한 밤의 시청 권투장에 들어앉아 있는 듯했다. 신문기자들은 텔레비전과 라디오의 잡음을 귓등으로 흘리며 무시했다.

"아무 단서도 못 잡았다지."

"조지한테 사건을 맡겼다는 건 경찰에서도 여자애가 죽었다고 본다는 뜻이라니까."

칼리드 아지즈가 뒤쪽에 앉아 있고, 잭은 그림자도 보이지 않았다.

누군가 내 옆구리를 쿡 찔렀다. 또 길먼이었다. 〈맨체스터 이브닝 뉴스〉에 뿌리박은 지 오래된 길먼.

"에디, 아버지 일은 참으로 유감이야."

"네, 감사합니다." 소문 한번 빠르지.

"장례식은 언젠가?"

나는 다시 아버지의 손목시계를 들여다보았다. "두 시간쯤 남았네요."

"이런. 해든 그 자식은 여전히 독하기 짝이 없군."

"네." 장례식이야 하든 말든 망할 잭 화이트헤드에게 도로 기사를 뺏길 수는 없었다.

"정말 안타까운 일이야."

"네."

몇 초가 흘렀다.

옆문이 열리자, 모든 소음이 사라지고 모든 움직임이 느려졌다. 먼저 형사와 피해자의 아버지가, 이어서 조지 올드먼 총경이 들어왔고 마지막으로 피해자의 어머니가 여자 경찰과 함께 들어섰다.

나는 필립스 포켓 메모의 녹음 버튼을 눌렀다. 그들은 상판이 플라스틱인 탁자에 앉아 서류를 뒤적이고 물잔을 만지작대며 어떻게든 시선을 들지 않으려고 했다.

청코너:

전에도 익히 본 적 있는 조지 올드먼 총경은 거구 중에 거구로, 조금이라도 숱이 적게 보이려고 무성한 검은 머리카락을 뒤통수에 찰싹 붙여놓았다. 전등 불빛으로 줄무늬가 진 창백한 얼굴에 천 개의 혈관이 얽혀 있고, 주정뱅이의 붉은 콧방울 양옆 파리한 뺨에 자그마한 거미들의 자줏빛 발자국이 수두룩했다.

나는 생각했다. 그의 얼굴, 그의 사람들, 그의 시대.

이어서 홍코너:

구깃구깃한 옷차림에 기름 낀 머리의 부모. 아버지는 옷깃에서 비듬을 털어내고, 어머니는 결혼반지를 만지작거렸다. 마이크가 켜지는 요란한 소리에 움찔하는 두 사람은 아무리 봐도 피해자라기보다는 가해자 같았다.

설마 친딸을 죽인 걸까?

여자 경찰은 피해자 어머니의 팔에 손을 얹었다가 상대가 고개를 돌려 뚫어져라 응시하는 바람에 결국 시선을 피하고 말았다.

1라운드:

올드먼이 마이크를 톡톡 치며 헛기침을 했다.

"기자 여러분, 이렇게 찾아와주셔서 감사합니다. 지난밤은 모두에게 기나긴 시간이었습니다. 켐플레이 부부에겐 특히 더했죠. 또한 오늘도 긴 하루가 될 것입니다. 그러니 기자회견은 되도록 짧게 마치겠습니다."

올드먼이 잔을 들어 물을 한 모금 마셨다.

"어제 12월 12일 오후 4시경 몰리에서, 몰리 그레인지 초등학교 학생인 클레어 켐플레이가 수업을 마치고 집으로 오던 중 실종되었습니다. 4시 십오 분 전 학교 친구 둘과 교문을 나선 클레어는 4시경 룸스 레인과 빅토리아 로드의 교차로에서 그들과 헤어져 집을 향해 빅토리아 로드를 걸어가는 모습이 마지막으로 목격되었습니다. 그후로 클레어는 어디서도 목격되지 않았습니다."

아버지가 올드먼을 바라보고 있었다.

"클레어가 집에 돌아오지 않자 어제저녁 몰리 경찰서가 켐플레이 부부의 친구들과 이웃들의 도움을 받아 수색대를 조직했지만, 단서는 전혀 찾을 수 없었습니다. 클레어가 사라진 것은 이번이 처음으로, 아이의 소재와 안전이 크게 염려되는 상황입니다."

올드먼이 다시 물잔으로 손을 가져갔지만 마시지는 않았다.

"클레어는 열 살로, 긴 생머리 금발에 푸른 눈입니다. 어제는 오렌지색 비옷에 남색 터틀넥 스웨터와 하늘색 청바지를 입고 있었습니다. 청바지 왼쪽 뒷주머니에 독특한 독수리 무늬가 있고, 신발은 빨간색 고무장화입니다. 교문을 나설 때 검은 운동화가 든 협동조합의 비닐가방을 들고 있었습니다."

올드먼이 웃고 있는 소녀의 확대사진을 들어올리더니 말을 이었다. "최근 학교에서 찍은 이 사진은 기자회견이 끝나고 배부하겠습니다."

올드먼은 또다시 물을 마셨다.

의자가 삐걱대고, 종이가 바스락대고, 어머니가 코를 훌쩍이고, 아버지는 멍하니 앞을 응시했다.

"켐플레이 부인이 간단히 전할 말씀이 있으시답니다. 어제 오후 4시 이후 클레어를 목격했거나, 뭐든 좋으니 클레어의 소재나 실종에 관한 정보가 있다면 부디 도와달라는 취지의 말씀입니다. 감사합니다."

올드먼 총경이 마이크를 켐플레이 부인 쪽으로 살짝 돌렸다.

기자회견장 여기저기서 카메라 플래시가 터지자 아이어머니가 화들짝 놀라 눈을 끔벅였다.

나는 고개를 숙이고 필립스 포켓 메모 안에서 돌아가는 테이프와 수첩을 바라보았다.

"우리 클레어가 어디 있는지 아시거나 어제 티타임 이후 클레어를 보신 분들에게 간곡히 부탁드립니다. 클레어는 행복하게 잘 지내고 있었습니다. 말없이 집을 나갈 아이가 아닙니다. 클레어를 보았거나 어디 있는지 안다면 제발 경찰서로 연락해주십시오. 머리 숙여 부탁드립니다."

누군가 소리 죽여 기침을 한 후 침묵만이 이어졌다.

나는 고개를 들었다.

켐플레이 부인이 양손으로 입을 가린 채 눈을 꼭 감고 있었다.

켐플레이 씨가 일어났다가 올드먼의 말이 이어지자 도로 주저앉았다.

"기자 여러분, 우리는 현재까지 확보한 모든 정보를 알려드렸습니다. 유감스럽게도 지금은 질문을 받을 시간이 없습니다. 진척이 더 없으면 5시에 다시 기자회견을 열겠습니다. 감사합니다, 여러분."

의자가 삐걱대고, 종이가 바스락대고, 중얼거림이 웅성거림이 되고, 속삭임이 말이 되었다.

진척이라니, 웃기시네.

"감사합니다, 여러분. 이상으로 기자회견을 마치겠습니다."

올드먼 총경이 일어나 몸을 돌렸지만 탁자의 다른 이들은 미동도 없었다. 올드먼은 다시 텔레비전카메라의 뜨거운 조명을 향해 몸을 돌려 보이지도 않을 기자들에게 고개를 끄덕였다.

"감사합니다, 여러분."

나는 다시, 잘 돌아가고 있는 테이프와 수첩을 내려다보았다. 진척이란 다름아닌 오렌지색 비옷을 입은 아이가 도랑에 얼굴을 처박고 쓰러져 있는 것을 의미했다.

다시 고개를 들어보니 형사가 켐플레이 씨를 부축해 일으키고 있고,

켐플레이 부인은 문을 잡아주고 있다가 뭐라고 속삭이는 올드먼에게 눈을 깜박여 보였다.

"여기 있습니다." 양복을 말끔히 차려입은 덩치 큰 형사가 아이의 학교 사진을 나눠주었다.

누가 내 옆구리를 찔렀다. 또 길먼이었다.

"아무래도 잘되긴 틀린 것 같지?"

"그러게요." 클레어의 활짝 웃는 얼굴이 나를 바라보고 있었다.

"불쌍한 애엄마. 앞으로 남은 인생이 오죽 괴로울까."

"네." 나는 아버지의 손목시계를 들여다보았다. 손목이 차가웠다.

"이런, 어서 가봐."

"네."

리즈에서 오시트*로 가는 1번 고속도로 M1.

아버지의 비바가 빗속에서 시속 95킬로미터로 내달리는 동안 라디오에서 베이 시티 롤러스의 〈Shang a Lang〉이 울려퍼졌다.

그 노래를 주문처럼 읊조리며 11킬로미터를 달렸다.

아이어머니의 눈물겨운 호소.

열 살배기 클레어 켐플레이를 잃은 아이어머니의 눈물겨운 호소.

커져가는 두려움 속에서 눈물겹게 호소하는 샌드라 켐플레이 부인.

눈물겨운 호소, 커져가는 두려움.

10시 십 분 전 오시트의 웨슬리 거리, 어머니의 집 앞에 차를 세우며 롤러스가 순위 차트에서 〈The Little Drummer Boy〉에 밀리다니 말도 안 된다고, 이겨야 마땅하다고 생각했다.

---

* 웨스트요크셔주의 도시.

전화:

"그래, 미안. 첫 문단만 고치면 돼. 이렇게. 오늘 아침 샌드라 켐플레이 부인은 겨우 열 살밖에 안 된 어린 딸 클레어가 몰리에서 실종되자 커져가는 두려움 속에서도 딸의 무사 귀환을 바라며 눈물겹게 호소했다."

"문단 바꾸고. 클레어는 어제 오후 몰리의 학교에서 귀가하던 중 실종되었으며, 경찰이 밤새 수색을 펼쳤으나 소재에 대해 아무 단서도 얻을 수 없었다."

"그래. 그리고 나머지는 아까 그대로……"

"고마워, 자기……"

"아니, 그때쯤이면 끝날 거고, 괜히 마음만 심란해질 거야……"

"그럼 또 봐, 캐시."

나는 수화기를 내려놓고 아버지의 손목시계를 확인했다.

10시 10분.

나는 뒷방으로 가며 다 잘 마무리했다고 안심했다.

수전 누나가 찻잔을 들고 창가에 서서 이슬비 내리는 뒤뜰을 바라보고 있었다. 마거릿 고모는 찻잔을 탁자에 올려놓고 앉아 있었다. 매지 고모는 무릎에 찻잔을 조심스레 엎어놓은 채 흔들의자에 앉아 있었다. 식기장 옆 아버지의 의자에는 아무도 앉지 않았다.

"다 끝났니?" 누나가 돌아보지도 않고 말했다.

"응. 엄마는?"

"2층에 있단다, 얘야. 준비중이야." 마거릿 고모가 찻잔과 접시를 집어들고 일어나며 대꾸했다. "너도 한잔 마실래?"

"아뇨, 괜찮아요."

"차들이 곧 올 거야." 매지 고모가 누구에게랄 것도 없이 말했다.

"저도 얼른 가서 준비해야겠어요."

"그래, 애야. 어서 가봐. 네가 마실 차를 준비해놓으마." 마거릿 고모가 부엌으로 갔다.

"엄마가 욕실에서 나왔을까?"

"직접 물어보지그래." 누나가 이슬비 내리는 뒤뜰을 바라보며 대꾸했다.

나는 언제나 그렇듯 한 번에 두 단씩 계단을 올라갔다. 볼일 보고, 면도하고, 샤워하고, 몸단장하기. 재빨리 자위나 한판 하고 씻으면 얼마나 좋을까 생각하다 문득 아버지가 지금 내 생각을 읽고 있는 것은 아닐까 싶은 생각이 들었다.

욕실 문은 열려 있고, 안방 문은 닫혀 있었다. 내 방 침대에 새로 다린 하얀 셔츠가 놓여 있고, 그 옆에 아버지의 검은색 넥타이가 있었다. 배 모양의 라디오를 켜자 데이비드 에식스*가 나더러 스타가 될 수 있다며 장담해댔다. 나는 옷장 거울에 얼굴을 비춰보다 분홍색 슬립 차림으로 문가에 선 어머니를 발견했다.

"침대 위에 깨끗한 셔츠랑 넥타이 챙겨두었다."

"예, 엄마. 고마워요."

"오늘 아침은 어떨 것 같니?"

"괜찮을 거예요."

"라디오에서 아침부터 떠들어대더구나."

"네?" 나는 앞선 질문들을 열심히 되새기며 물었다.

"아무래도 아이가 잘못되었을 것 같아."

"그러게요." 거짓말하고 싶은 마음이 굴뚝같았다.

---

* 영국의 배우이자 가수. 1974년 싱글차트 1위에 오른 〈Gonna Make You a Star〉를 불렀다.

"아이엄마는 봤니?"

"네."

"정말 안됐어." 그러더니 어머니는 문을 닫고 나갔다.

나는 침대에 놓인 셔츠를 깔고 앉아 문에 붙여둔 피터 로리머*의 포스터를 응시했다.

시속 150킬로미터의 생각에 잠겨.

크리스마스 장식조명이 꺼진 도시의 중심지 듀즈베리 커팅을 세 대의 차량이 엉금엉금 가로질러 내려가 골짜기 반대편으로 올라갔다.

아버지는 첫번째 차에 실려 있었다. 어머니와 누나와 나는 두번째 차에 타고, 고모들과 친지인지 아닌지 알 수 없는 사람들은 마지막 차에 빽빽이 끼여 앉아 있었다. 앞쪽 두 대의 차 안에서는 아무도 말이 없었다.

화장장에 도착했을 때는 빗줄기가 가늘어졌지만 바람의 기세는 여전해, 현관에서 어렵사리 담배에 불을 붙여 피우는 틈틈이 조문객들과 악수를 나누는 내내 나는 바람의 채찍질에 시달렸다.

화장장 안에서는 아버지가 수요일 일찍 떠나온 바로 그 병동에서 자신도 암과의 전쟁에 매달려 있는 교구 목사를 대신해 한 남자가 추도연설을 했다. 아버지나 우리나 생면부지인 그자는 아버지를 재단사가 아닌 목수로 착각하고 있었다. 저 빌어먹을 인간들 머릿속에는 목수뿐인가 싶어 저널리스트적 분노가 내 안에서 들끓었다.

겨우 세 걸음 앞에 놓인 관을 바라보자, 자그마한 하얀 관 앞에서 검은 상복을 입은 켐플레이 가족이 마침내 딸의 시신을 찾았는데 교구 목사가 실수하지나 않을까 걱정하는 모습이 그려졌다.

---

* 리즈 유나이티드에서 활약한 축구 선수.

차가운 나무의자를 너무 꽉 잡는 바람에 새하얗게 핏기가 가신 내 손마디를 내려다보다가 소맷단 바로 아래 아버지의 손목시계를 힐끗 보는데 누가 팔에 손을 얹었다.

화장장의 고요 속에서 어머니의 눈이 내게 진정하라고 부탁하고 있었다. 적어도 저자는 애쓰고 있다고, 세부사항이 좀 틀린 게 무슨 대수냐고 말하고 있었다. 어머니 옆 누나의 화장은 뭉개지다 못해 거의 흔적도 없이 사라져버렸다.

그리고 아버지도 사라져버렸다.

나는 몸을 숙여 기도서를 바닥에 놓고는 캐서린을 떠올리며, 오후 기자회견 기사를 다 쓰고 기자 클럽에서 술이나 한잔 하자고 청하면 어떨까 궁리했다. 어쩌면 그녀의 집에 다시 갈 수도 있으리라. 어쨌든 우리 집으로 갈 일은 없었다. 적어도 오늘밤만은 절대. 그러다 생각했다, 죽은 사람은 절대 산 사람의 머릿속을 읽을 수 없다고.

밖으로 나간 나는 또다시 담배와 악수 사이를 오가며 운전사들이 우리집으로 가는 길을 확실히 아는지 확인했다.

이번에는 마지막 차에 탔는데, 누가 누구인지 이름도 얼굴도 알 길이 없어 더욱더 조용히 앉아 있었다. 운전사가 오시트로 가는 다른 길로 들어서자 엉뚱한 차에 탔다는 생각이 들어 순간 당황했다. 하지만 차가 듀즈베리 커팅으로 다시 올라가자, 다른 승객들 역시 같은 걱정을 하고 있었던 양 나를 바라보며 돌연 미소지었다.

집으로 돌아오자마자 일부터 챙겼다.
신문사에 전화를 걸었다.
아무 일도 없었다.
켐플레이 가족과 클레어에게는 나쁜 소식이었지만 나에게는 좋은 소식이었다.

24시간이 다가오고 있었다. 째깍째깍.

24시간이 지난다는 것은 클레어가 죽었음을 의미했다.

나는 전화를 끊고 아버지의 시계를 흘끗 보면서 일가친척과 함께 얼마나 더 있어야 할지 고민했다.

딱 한 시간.

나는 결국 죽은 자의 집에 더 많은 죽음을 몰고 오는 범죄 전문 기자가 되어 현관 복도를 걸어갔다.

"그래서 무어스에서 그 남부 녀석의 차 브레이크가 맛이 가버렸지. 녀석은 길을 따라 농장으로 가 문을 두드렸어. 늙은 농부가 문을 열자 남부 놈이 여기서 가장 가까운 정비소가 어디인지 아십니까? 하고 물었지. 농부는 모른다고 했어. 그러자 남부 놈은 시내로 가는 길은 아느냐고 했어. 농부는 모른다고 했고. 가장 가까운 전화가 어디 있느냐고 물어도 역시나 모른다고 했어. 그래서 남부 놈이 말했지. 대체 아는 게 뭐냐고. 그러자 늙은 농부가 말했어. 아는 거야 별로 없지만 그래도 길을 잃지는 않는다고."

요크셔를 떠난 적이라고는 독일 놈을 죽이러 갔을 때뿐임을 자랑으로 여기는 에릭 삼촌이 대화를 주도했다. 열 살 때 나는 삼촌이 삽으로 여우를 때려죽이는 모습을 본 적도 있었다.

나는 아버지의 빈 의자 팔걸이에 걸터앉아 브라이턴의 바다가 보이던 아파트와, 애너나 소피 같은 이름의 남부 아가씨와, 이제 반으로 줄어든 덜떨어진 효심에 대해 생각했다.

"돌아와서 기쁘지?" 마거릿 고모가 윙크하며 내 손에 찻잔을 쥐여주었다.

나는 사람들로 꽉 찬 방 한가운데 앉아 입천장에 들러붙은 하얀 빵

덩어리를 혀로 밀어내려고 애쓰다가, 따뜻하고 짭짤한 햄맛을 씻어낼 뭔가가 있으면 좋겠다고 생각하다가, 위스키가 마시고 싶다고 생각하다가, 또다시 아버지를 생각했다. 열여덟번째 생일날 그저 부탁받았다는 이유만으로 금주를 맹세해버린 남자.

"이것 좀 보렴."

머나먼 딴생각에 빠져 있던 나는 불현듯 한 시간이 다 되었음을 깨닫는 동시에 사람들의 시선이 내게 쏠려 있음을 알아차렸다.

매지 고모가 금파리를 쫓듯 신문을 흔들어대고 있었다.

의자 팔걸이에 걸터앉아 있던 나는 꼭 파리가 된 기분이었다.

어린 사촌 몇 명이 군것질거리를 사러 나갔다가 신문을, 내 신문을 사가지고 온 것이었다.

어머니가 매지 고모에게서 신문을 받아들고 몇 장 넘기더니 출생란과 부고란을 살폈다.

젠장, 젠장, 젠장.

"아버지 부고도 있어?" 수전이 물었다.

"아니. 내일이나 돼야 나오지." 어머니가 그 슬픈, 슬픈 눈으로 나를 바라보며 대답했다.

"오늘 아침 샌드라 켐플레이 부인은 딸의 무사 귀환을 바라며 눈물겹게 호소했다." 올트린검에서 온 에디 고모가 신문을 넘겨받았다.

망할 눈물겨운 호소.

"북잉글랜드 범죄 전문 기자 에드워드 던퍼드라니, 어머나." 마거릿 고모가 에디 고모의 어깨 너머로 신문을 읽었다.

방안의 사람들이 내게 이구동성으로 말했다. 아버지가 굉장히 대견해할 거라고, 이렇게 멋진 날 직접 내 성공을 볼 수 없어 몹시 안타까워할 거라고.

"네가 쓴 쥐잡이꾼 기사를 하나도 안 빼놓고 다 읽었단다. 정말 괴상한 놈이야." 에릭 삼촌이 말했다.

쥐잡이꾼, 쪼가리 기사, 망할 잭 화이트헤드의 책상에서 떨어져나온 부스러기.

"네." 나는 웃으며 여기저기 고개를 끄덕이는 한편, 식기장 옆 이 빈 의자에 앉아 신문 제일 뒷면부터 보는 아버지의 모습을 떠올렸다.

사람들이 내 등을 두드려댔다. 잠시 신문이 손에 들어와 나는 고개를 숙였다.

북잉글랜드 범죄 전문 기자 에드워드 던퍼드.

나는 기사를 더 읽지 않았다.

신문은 다시 방을 한 바퀴 돌았다.

방 건너편 창턱에 앉은 누나는 눈을 꼭 감고 양손을 입에 대고 있었다.

그러다 눈을 떠 나를 응시했다. 나는 일어나 그쪽으로 가려고 했지만, 누나가 먼저 일어나 방을 나가버렸다.

나는 누나를 쫓아가 말하고 싶었다.

미안, 미안. 이런 날 기사를 써서 정말 미안해.

"미리 사인을 받아놔야 하는 것 아닌가 몰라." 매지 고모가 깔깔대며 내게 새 찻잔을 건넸다.

"그래봤자 우리 귀염둥이 에디가 어디 가겠어." 올트린검에서 온 에디 고모가 말했다.

"고맙습니다." 나는 대꾸했다.

"정말 안타까운 일이야." 매지 고모가 말했다.

"그러게요." 나는 거짓말을 했다.

"이번이 두번째 아닌가?" 한 손으로 찻잔을, 다른 손으로 내 손을 쥔 에디 고모가 말했다.

"그러게. 몇 년 전에도 이런 일이 있었잖아. 캐슬퍼드에서 여자애가 사라졌어."

"그건 한참 된 사건이지. 얼마 전에도 그런 일이 벌어졌다고, 우리 동네 근처에서." 에디 고모가 입안 가득 차를 마시며 말했다.

"맞아, 로치데일이었어. 기억나." 매지 고모가 받침 접시를 더욱 단단히 쥐며 말했다.

"시신도 못 찾았지." 에디 고모가 한숨을 쉬고는 말했다.

"그래요?" 내가 끼어들었다.

"범인 역시 못 찾았고."

"그 인간들이 언제는 제대로 하는 일이 있었나." 매지 고모가 온 방을 향해 말했다.

"옛날에는 이런 일이 전혀 없었는데."

"맨체스터가 처음이었지."

"맞아." 에디 고모가 내 손을 놓으며 중얼거렸다.

"망할 놈의 인간들, 악마가 따로 없어." 매지 고모가 나직이 말했다.

"그런데도 아무 일 없었던 양 어린애 혼자 돌아다니게 놔두다니."

"별수없는 머저리들이라니까."

"기억력이 닭대가리만도 못해." 에디 고모가 비 내리는 뒤뜰을 보며 말했다.

북잉글랜드 범죄 전문 기자 에드워드 던퍼드는 문을 나서고 있었다.

양동이로 퍼붓듯이 쏟아지는 빗줄기.

리즈로 가는 1번 고속도로를 꽉 메운 화물트럭들이 느릿느릿 움직였다. 나는 빗속에서 비바를 최고속도인 시속 100킬로미터로 몰았다.

지역방송:

"몰리에서 실종된 여학생 클레어 켐플레이를 찾아 수색이 계속되고 있지만 우려가 점점 커지고……"

시계를 힐긋 보았지만 달라질 것은 없었다.

오후 4시는 곧 나에게 시간이 촉박함을 의미했고, 클레어에게 역시 시간이 촉박함을 의미했고, 실종 아동들의 배경 조사를 할 시간이 없음을 의미했고, 5시 기자회견 참석이 불가능함을 의미했다.

젠장, 젠장, 젠장.

고속도로를 서둘러 빠져나오면서 근거 없는 내 질문들이 불러일으킬 후폭풍을 이리저리 따져보았다. 5시가 되었을 때는 오로지 늙은 여자 둘이 하던 얘기 말고는 아무것도 떠오르지 않았다.

두 아이의 실종, 캐슬퍼드와 로치데일, 실종 시기도 모르고, 그저 가능성인.

그야말로 아무 근거 없는 추측.

라디오 버튼을 눌러 전국방송을 틀었다. 〈켄티시 타임스〉와 〈슬라우 이브닝 메일〉이 67명을 해고했고, 전국기자연합 소속의 지방지 기자들이 1월 1일 파업을 시작할 계획이었다.

에드워드 던퍼드, 지방지 기자.

그야말로 아무 희망 없는 파업.

올드먼 총경과 편집장의 얼굴이 떠오르더니, 이어서 소피인지 애너인지 아무튼 어여쁜 남부 아가씨가 문을 닫는 첼시의 아파트가 떠올랐다.

당신이 아무리 머리가 벗어져도 망할 코작*을 따라가려면 어림없어.

밀가스 경찰서 뒤에 차를 세웠다. 한창 장사를 마치는 시장의 도랑마다 양배추 이파리며 썩은 과일 따위가 가득했는데, 그래도 괜찮다고 생

---

*1970년대 미국의 경찰 드라마 주인공으로, 대머리다.

각하는 것일까, 아니면 나중에 퍼낼 작정일까?

나는 운전대를 꽉 움켜쥔 채 기도했다.

다른 망할 자식이 그 질문을 먼저 하게 해선 절대 안 돼.

무엇을 바라는 기도인지는 분명했다.

시동을 끄고 운전대를 쥔 채 또다시 기도했다.

절대 망치지 마.

계단을 올라 문을 지나 밀가스 경찰서로 들어갔다.

진흙투성이 바닥과 노란 조명과 술주정뱅이의 노래와 발끈한 목소리.

기자증을 책상 위로 내보이자 경사가 누런 이를 드러내며 씩 웃었다.

"취소되었습니다. 신문사마다 연락했는데요."

"농담하는 겁니까? 왜요?"

"추가 소식이 전혀 없어서요. 기자회견은 내일 아침 9시에 열릴 겁니다."

"잘됐군요." 아무도 그 질문을 먼저 하지 않았다는 생각에 저절로 미소가 떠올랐다.

경사가 움찔했다.

나는 주위를 쓱 살핀 뒤 지갑을 열었다. "얼마면 됩니까?"

경사가 내 손에서 지갑을 빼내 5파운드를 꺼내고는 지갑을 돌려주었다. "이 정도면 충분하죠."

"자, 말해봐요."

"아무 정보도 없어요."

"5파운드 값은 해야죠."

"5파운드짜리는 '애가 죽었다'죠."

"1면은 내 차지야." 나는 돌아나오며 말했다.

"잭한테 안부 전해줘요."

"웃기지 마요."

"참, 깜찍하기도 하지."

오후 5시 30분.

신문사.

배리 개넌은 상자들 뒤, 조지 그리브스는 책상에 고개를 박고 있었고, 스포츠부의 가즈는 나불대는 중이었다.

망할 잭 화이트헤드는 코빼기도 보이지 않았다.

하느님 감사합니다.

젠장, 그런데 그 망할 자식은 어디 간 거지?

편집증:

나 에드워드 던퍼드는 북잉글랜드 범죄 전문 기자다. 망할 〈이브닝 포스트〉 한 부 한 부마다 그렇게 적혀 있다고.

"어떻게 됐어?" 새로 만 앞머리에 흉측한 크림색 스웨터를 입은 캐서린이 책상에서 일어났다가 도로 앉았다.

"꿈처럼 잘됐지."

"꿈처럼?"

"그래. 완벽해." 나는 도무지 얼굴에서 미소를 지울 수 없었다.

캐서린이 이맛살을 찌푸렸다. "어떻게 되었는데?"

"아무 일도 안 일어났어."

"아무 일도?" 캐서린은 완전히 당황한 표정이었다.

"기자회견은 취소됐어. 여전히 수색중이야. 아무것도 못 건졌지." 나는 주머니에 든 것을 캐서린의 책상 위에 비우며 말했다.

"아니, 장례식 말이야."

"아." 나는 담배를 집어들었다.

전화가 울리고, 타자기가 찰칵거렸다.

캐서린은 책상에 놓인 내 수첩을 보고 있었다. "경찰에서는 뭐래?"

나는 재킷을 벗으면서 그녀의 커피잔을 집어드는 동시에 담배에 불을 붙였다. "아이는 죽었어. 있잖아, 편집장은 회의중이야?"

"모르겠어. 아닐걸. 왜?"

"편집장한테 조지 올드먼이랑 인터뷰하게 해달라고 부탁하려고. 내일 아침, 기자회견 전에."

캐서린이 내 수첩을 집어들어 손가락 사이로 빙빙 돌렸다. "어림도 없을걸."

"편집장한테 말 한번 넣어줘. 그 인간이 너라면 끔뻑 넘어가잖아." 나는 수첩을 빼앗으며 말했다.

"지금 농담해?"

사실 확인이, 망할 사실 확인이 필요했다.

"배리!" 나는 전화기와 타이피스트와 캐서린의 머리 너머로 소리쳤다. "시간 있으세요? 잠시 얘기 좀 해요."

배리 개넌이 파일을 쌓아올린 요새 너머에서 고개를 들었다. "정 원한다면."

"야호." 불현듯 나를 바라보는 캐서린의 시선이 느껴졌다.

화난 표정이었다. "애가 죽었다고?"

"선혈이 낭자해야 세상의 주목을 받는 법이지." 나는 나 자신을 증오하며 배리의 책상으로 갔다.

그러다 고개를 돌렸다. "캐서린, 정말 부탁이야."

그녀가 일어나 기자실을 나갔다.

씨팔.

나는 다 태운 담배 끝에 새 담배를 대고 불을 붙였다.

말라깽이 강박증 독신남 배리 개넌은 사방을 신문과 사진으로 도배해놓았다.

나는 그의 책상 뒤에 쭈그리고 앉았다.

배리 개넌은 볼펜을 질겅질겅 씹고 있었다. "무슨 일인데?"

"미해결 아동 실종이에요. 한 건은 캐슬퍼드, 다른 한 건은 로치데일일 거예요."

"그래. 로치데일은 확인해봐야겠지만, 캐슬퍼드는 1969년이야. 인간이 달에 착륙하고, 저넷 갈런드가 실종됐지."

전화가 울렸다. "여태 무소식이고요?"

"그래." 배리가 입에서 볼펜을 빼내고 나를 응시했다.

"경찰은 아무것도 못 건졌고요?"

"아마 그럴걸."

"야호. 그럼 그 사건을 더 파봐야겠어요."

"내 은혜 명심하고." 배리가 윙크했다.

나는 몸을 일으켰다. "도슨게이트는 잘돼가요?"

"젠장 누가 알겠나." 배리 개넌이 웃지도 않고 말하더니 다시 신문과 사진으로 고개를 숙이고는 볼펜 끝을 질겅질겅 씹었다.

씨팔.

무슨 뜻인지 뻔했다. "힘내요, 배리."

내 책상으로 반쯤 돌아갔을 때 캐서린이 얼굴에 웃음을 감추며 기자실로 들어왔고, 배리가 소리쳤다. "이따 기자 클럽에 갈 거야?"

"일이 제때 끝나면요."

"뭐 다른 게 떠오르면 그리 갈게."

나는 고맙다기보다는 놀라웠다. "야호, 배리. 정말 고마워요."

캐서린 테일러가 무표정한 얼굴로 말했다. "편집장이 7시 정각에 북잉글랜드 범죄 전문 기자를 만나시겠다는군."

"그럼 너는 북잉글랜드 범죄 전문 기자를 언제쯤 만나고 싶은데?"

"기자 클럽에서 보지, 뭐. 꼭 만나야 한다면." 캐서린이 싱긋 웃었다.

"꼭 만나야 하고말고." 나는 윙크했다.

복도 아래쪽 자료실.

어제의 뉴스.

금속 서랍장과 상자들 뒤지기.

천 개의 〈Ruby Tuesday〉.

나는 필름 뭉치를 들고 모니터 앞에 앉아 마이크로필름을 영사기에 끼웠다.

1969년 7월.

필름을 계속 돌렸다.

B 스페셜스, 버나데트 데블린, 월리스 롤러, 『투쟁을 지양하고』.*

월슨, 월슨, 월슨: 테드**는 아예 존재하지도 않는 양.

어디에나 달과 망할 잭 화이트헤드가 있었다.

그때 나는 집에서 이천 광년 떨어진 브라이턴에 있었지.

실종.

찾았다.

---

* B 스페셜스는 얼스터 주둔 경찰군, 버나데트 데블린은 가톨릭 세력을 대변한 하원의원으로 북아일랜드 갈등을 상징한다. 월리스 롤러는 그해 보궐선거에서 당선된 노동당 정치인, 『투쟁을 지양하고』는 해럴드 월슨의 노동당 정부가 노조의 역할을 제한하기 위해 발행한 백서다.

** 당시 보수당 당수 에드워드 히스.

나는 기록을 시작했다.

"그래서 파일을 샅샅이 뒤지고, 두어 사람과 논의해보고, 맨체스터에 전화를 걸어본 결과 큰 건을 잡았다는 생각이 들더군요." 나는 말하는 내내 속으로 빌었다, 편집장이 책상 위 망할 축구 사진 좀 그만 보고 고개를 들었으면.

빌 해든이 확대경을 집어들고 물었다. "잭하고는 얘기해봤나?"

"여기 안 계시더군요." 하느님 감사합니다.

나는 의자에서 몸을 들썩이다 10층 창밖 너머 검은 리즈를 응시했다.

"그래, 정확히 알아낸 게 뭔가?" 해든이 은색 턱수염을 쓰다듬으며 확대경으로 사진을 유심히 살폈다.

"세 건의 매우 유사한……"

"짧게."

"세 명의 소녀가 실종되었습니다. 한 명은 여덟 살, 다른 둘은 열 살이었습니다. 1969년과 1972년과 어제 실종됐죠. 모두 집 근처에서 사라졌고, 서로 몇 킬로미터밖에 떨어져 있지 않습니다. 캐닉체이스*의 일이 여기서도 벌어진 거죠."

"어디까지나 희망사항이겠지."

"행운을 빌어봐야죠."

"아무래도 나는 헛소리 같은데. 미안해."

"아." 나는 다시 몸을 들썩였다.

해든이 확대경으로 흑백사진을 계속 살폈다.

나는 아버지의 손목시계를 보았다. 망할 8시 30분이었다.

---

* 잉글랜드 스태퍼드셔주의 행정구.

"그럼, 이만 접을까요?" 목소리에 짜증이 그대로 묻어났다.

크로스패스를 하러 달려가는 고든 매퀸과 다른 선수들이 찍힌 흑백 사진 한 장을 해든이 집어들었다. 사진에서 공은 보이지 않았다. "이런 거 해본 적 있나?"

"아뇨." 나는 막 시작되려는 게임을 혐오하면서 거짓말을 했다.

"사진에서 축구공을 찾아내려고 노동자계급 남성의 39퍼센트가 우리 신문을 구입하지. 어떻게 생각해?"

그렇다고 말해, 아니라고 말해, 아니 제발 이런 질문은 피하게 해줘.

"흥미롭군요." 나는 정반대로 생각하면서 또다시 거짓말했다. 노동자계급 남성의 39퍼센트는 당신의 통계조사원을 갖고 논 게 분명해.

"솔직히 말해봐." 해든은 다른 사진들을 내려다보고 있었다.

허를 찔린 나는 얼떨떨해졌다. "뭘 말입니까?"

해든이 다시 고개를 들었다. "정말 모두 동일범 소행이라고 생각해?"

"네. 네, 그렇습니다."

"좋아." 해든이 확대경을 내려놓았다. "올드먼 총경과 내일 약속을 잡아놓지. 그로서는 썩 반갑지 않겠지만. 망할 아동살해범 소문만은 절대 듣고 싶지 않을 테니. 기사를 쓰지 말라고 할 거야. 그럼, 그러겠다고 해. 무척 고마워할걸. 북잉글랜드 범죄 전문 기자라면 자기한테 신세진 경찰 총경 한 명은 있어야지."

"하지만……" 나는 한 손을 번쩍 들었다. 그것이 꼭 바보짓처럼 느껴졌다.

"조사는 계속해. 로치데일 사건과 캐슬퍼드, 두 사건을 샅샅이 파헤쳐보게. 가족들도 만나보고. 만나만 준다면야."

"하지만 왜요? 기사도 못……"

빌 해든이 씩 웃었다. "오 년에 걸쳐 이어진 납치에 대한 인간적 관심

같은 거지. 조사 결과 확신이 들면 그때도 웅크리고 있지는 않을 테니 염려 마."

"알겠습니다." 내내 원했던 크리스마스 선물을 받긴 했는데 크기와 모양이 엉뚱한 것 같았다.

"그렇다고 내일 조지 올드먼을 너무 몰아붙이지는 마." 해든이 안경을 고쳐 쓰며 말을 이었다. "우리 신문은 새로이 거듭난 웨스트요크셔 메트로폴리탄 경찰과 아주 좋은 관계를 유지하고 있어. 앞으로도 그러길 바라고. 특히나 지금은 더."

"물론입니다." 특히나 지금은 더라니?

빌 해든이 거대한 가죽의자에 등을 기대고는 두 팔을 머리 뒤에 괴었다. "자네도 잘 알겠지만, 이번 실종사건은 내일 별일 아닌 걸로 판명날 수도 있어. 설령 그러지 않더라도 크리스마스 때쯤엔 묻힐 거고."

나는 때맞춰 일어나며 착각은 자유라고 생각했다.

편집장이 다시 확대경을 집어들었다. "쥐잡이꾼 기사에 관한 편지가 아직도 온다지. 잘 썼어."

"감사합니다, 편집장님." 나는 문을 열었다.

"이거 한번 해봐. 자네 취미에 맞을 거야." 해든이 사진을 톡톡 치며 말했다.

"감사합니다. 꼭 해보겠습니다." 나는 문을 닫았다.

문 뒤에서 목소리가 들려왔다. "잭한테 얘기하는 거 잊지 말고."

하나 둘 셋 넷, 계단을 내려가 문으로 들어섰다.

리즈 시티 센터의 두 마리 사자 석상이 서 있는 기자 클럽.

벌써 크리스마스 분위기로 들썩대는 11시의 기자 클럽.

회원만 출입 가능한 기자 클럽.

회원인 에드워드 던퍼드는 계단을 내려가 문으로 들어섰다. 바에 캐서린이 앉아 있고, 그 옆에서 누군지 모를 주정뱅이가 속삭이고 있었다. 그녀의 시선이 나에게 향했다.

주정뱅이가 웅얼웅얼했다. "사자가 다른 사자에게 말했지, 더럽게 조용하군, 안 그래?"

무대에서는 깃털 드레스를 입은 여자가 〈We've Only Just Begun〉*을 큰 소리로 부르고 있었다. 가로로 두 걸음, 세로로 두 걸음이면 끝나는, 세상에서 가장 작은 무대.

흥분으로 배가 오그라들고, 가슴이 부풀었다. 요란한 크리스마스 장식과 색색깔 꼬마전구 아래 스카치 워터 잔을 쥐고 주머니를 꽉 채운 수첩을 생각하니 **이거야** 싶었다.

검붉은 조명 속에서 배리 개넌이 여자 같은 손을 번쩍 들었다. 나는 캐서린을 남겨둔 채 술잔을 들고 배리의 자리로 갔다.

"먼저 윌슨**이 강도를 당하더니, 이틀 후 망할 존 스톤하우스***가 사라지다니." 재판을 열어 멍청이들에게 판결을 내리는 배리 개넌.

"러키도 잊으면 안 되지." 베테랑 기자 조지 그리브스가 히죽히죽 웃으며 말했다.

"망할 워터게이트는 어떻고?" 스포츠부의 가즈가 낄낄대며 말했지만 배리는 지겨운 기색이 역력했다.

나는 자리에 슬쩍 끼어들었다. 그리고 사방을 돌아보며 고개를 끄덕였다. 배리, 조지, 가즈, 그리고 폴 켈리. 두 테이블 아래 잭의 친구들인 뚱보 버나드와 브래드퍼드의 톰이 있었다.

---

* 카펜터스의 대표곡.
** 당시 영국의 총리.
*** 1974년 자살로 위장하고 정부와 달아난 정치가.

배리가 술잔을 훌쩍 비웠다. "모든 것은 연결되어 있어. 아닌 것 두 가지를 예로 들어봐."

"스토크 시티 축구팀이랑 망할 리그 챔피언." 스포츠부의 가즈가 다시 껄껄대며 분위기를 띄웠다.

"내일 빅매치 있죠?" 파트타임 축구팬인 내가 말했다.

가즈의 눈에 진짜 분노가 일렁였다. "지난주 같기만 하면 망할 축구장을 박살내버리겠어."

배리가 일어났다. "바에 가는데 더 마시고 싶은 사람?"

사방에서 고개를 끄덕이고 중얼거렸다. 가즈와 조지는 오늘밤도 리즈 유나이티드에 대해 이야기해대고, 폴 켈리는 손목시계를 들여다보며 고개를 저었다.

나는 스카치를 쭉 들이켜며 일어났다. "저도 거들게요."

바로 가니 다른쪽 끝에 앉은 캐서린이 바텐더와 타이피스트 스텝Steph과 이야기를 나누고 있었다.

배리 개년이 느닷없이 술이 다 깬 듯한 목소리로 말했다. "이제 어떡할 계획이야?"

"편집장이 내일 아침 조지 올드먼과 인터뷰를 잡아줬어요."

"근데 표정이 왜 그래?"

"미해결 사건들로 올드먼을 너무 밀어붙이지 말래요. 그러면서 사건 조사는 하라지 뭡니까. 가족들이 허락만 한다면 직접 만나보래요."

"죽었을지도 모를 실종 아동의 부모한테 크리스마스 인사를 전하라 그거군. 아픈 기억을 모조리 되살려내는 산타 에디라니."

잘도 팍팍 찌르는군. "그 사람들도 클레어 켐플레이 사건을 예의 주시하고 있을 거예요. 어차피 옛일을 떠올리고 있겠죠."

"사실상 자네는 그들을 도와주는 거야. 그런 걸 두고 카타르시스라고

하지." 배리가 일순 미소지으며 클럽 안을 돌아보았다.

"그들은 모두 연결되어 있어. 나는 알아."

"무엇에요? 여기 맥주 세 잔이랑……"

무슨 말인지 뒤늦게 깨달았다. "그리고 스카치 워터요."

"스카치 워터라." 배리가 캐서린 쪽을 바라보며 말을 이었다. "자네는 참 행운아야, 던퍼드."

가슴이 뜨끔하며 신경이 곤두섰다. 스카치를 너무 많이 마셨던지, 너무 적게 마셨던지 대화가 이상하게 흘러갔다. "그게 무슨 뜻이에요? 무슨 뜻으로 그런 말을 하는 거죠?"

"사귄 지 얼마나 됐나?"

망할 인간. 하지만 게임을 하기엔 너무 피곤했다. "네. 무슨 말인지 알아요."

하지만 배리는 등을 돌려 바에 있던 젊은이와 이야기를 나누고 있었다. 오렌지색 페더컷* 머리를 하고 꼬챙이처럼 마른 몸에 불룩한 고동색 양복을 걸친 청년의 신경질적인 검은 눈이 배리의 왼쪽 어깨 너머로 나를 날카롭게 노려보았다.

망할 자식 보위.**

무슨 이야기인지 나도 듣고 싶었지만 작은 무대 위의 깃털 드레스가 격렬하게 〈Don't Forget to Remember〉를 부르기 시작했다.

나는 천장을 올려다보았다가 바닥을 내려다보았다가 다시 바를 바라보았다.

"재미 좋아?" 캐서린의 눈은 지쳐 보였다.

---

* 깃털처럼 컬이 들어가도록 자른 머리.
** 데이비드 보위가 오렌지색 페더컷 머리를 했다.

드디어 왔구나, 나는 생각했다. "배리를 잘 알면서 뭘 물어. 아둔패기가 따로 없어." 나는 속삭였다.

"아둔패기? 자기 그런 말도 다 알아?"

하나의 미끼를 무시하고 다른 미끼에 걸려들었다. "자긴 어때?"

"내가 뭐?"

"재미 좋냐고."

"아, 크리스마스를 십이 일 앞두고 바에 홀로 서 있자니 신나 죽겠어."

"혼자 아니잖아."

"스텝이 올 때까지 혼자였어."

"우리 쪽으로 오지 그랬어."

"안 불렀잖아."

"거참 안됐군." 나는 씩 웃었다.

"그럼 계속 그러든가. 나는 보드카나 마실 테니."

"나도 같이 마실래."

차가운 공기는 별 도움이 되지 않았다.

"사랑해." 나는 몸을 똑바로 가누지도 못하고 말했다.

"이리 와, 자기. 택시 왔어." 여자 목소리, 캐서린의 목소리.

향긋한 솔향의 방향제 역시 별 도움이 되지 않았다.

"사랑해." 나는 계속 말했다.

"내 차에 토하기만 해봐요." 파키스탄인 기사가 어깨 너머로 고함쳤다.

솔향 사이로 그의 땀냄새가 어른댔다.

"사랑해." 나는 계속 말했다.

그녀의 어머니는 잠들었고, 그녀의 아버지는 코를 골았고, 나는 그녀의 집 화장실 바닥에 무릎을 꿇고 있었다.

캐서린이 문을 열고 불을 켜자 나의 일부가 쏟아져나왔다.

모조리 게워내는 동안 온몸이 타는 듯 아팠지만 멈추고 싶지 않았다. 마침내 끝나자 나는 위스키와 햄, 변기 속과 화장실 바닥 위 찌꺼기를 한참 응시했다.

캐서린이 내 어깨에 양손을 얹었다.

나는 머릿속에서 떠들어대는 목소리를 알아들으려고 애썼다. 자네 덕분에 사람들이 그를 동정하게 되었지. 나로서는 상상도 못한 일이야.

캐서린이 내 겨드랑이에 손을 끼었다.

나는 두 번 다시 일어서고 싶지 않았다. 마침내 일어섰을 때 울음이 터져나왔다.

"괜찮아, 자기." 그녀가 속삭였다.

나는 똑같은 꿈 때문에 세 번이나 깼다.

매번, 이제 나는 안전해, 이제 나는 안전해, 다시 잠드는 거야, 라고 생각했다.

매번 똑같은 꿈이었다. 주택이 늘어선 거리에서 한 여자가 붉은 카디건을 단단히 여민 채 내 얼굴에 대고 십 년 치 비명을 질러댔다.

매번 까마귀나 그 비슷한 커다란 검은 새가 천 가지 잿빛으로 물든 하늘에서 날아와 여자의 어여쁜 금발을 할퀴었다.

매번 거리를 따라 달아나는 여자의 눈을 쪼았다.

매번 얼어붙은 채 추위 속에 잠이 깨어 베개를 눈물로 적셨다.

매번 클레어 켐플레이가 어두운 천장에서 빙그레 미소지었다.

2

오전 7시 55분.

1974년 12월 14일 토요일.

개떡같은 기분으로 밀가스 경찰서 총경실에 앉아 있었다.

을씨년스러운 방이었다. 흔해빠진 사진이나 증명서, 트로피 하나 없었다.

문이 열렸다. 검은 머리, 흰 얼굴, 쭉 뻗은 손, 단단한 손아귀 힘.

"만나서 반가워요, 던퍼드 씨. 잭 화이트헤드와 편집장은 잘 지냅니까?"

"네, 감사합니다." 나는 도로 앉으며 말했다.

웃음기라곤 전혀 없는 얼굴. "앉아요, 젊은이. 차 들겠습니까?"

나는 침을 삼키고는 대꾸했다. "네. 감사합니다."

조지 올드먼 총경이 자리에 앉아 책상 위 스위치를 켜고 인터폰에 대고 말했다. "줄리, 차 두 잔 준비해줘."

바로 눈앞에서 그 얼굴과 머리를 보고 있자니 밀가루와 돼지기름이 담긴 사발에 검은 비닐봉지가 녹아 뚝뚝 떨어지는 듯했다.

나는 어금니를 빠드득 갈았다.

그의 뒤쪽, 밀가스 경찰서의 잿빛 유리창을 통과한 미약한 햇살이 기름기로 번들대는 그의 머리칼에 떨어졌다.

속이 울렁거렸다.

"총경님." 나는 다시 침을 삼켰다. "저기……"

그의 조그만 상어 눈이 온전히 나를 향해 있었다. "말해봐요, 젊은이." 그가 윙크했다.

"무슨 새로운 소식이라도 있는지 궁금해서요."

"아무 소식도 없습니다." 총경이 우렁찬 목소리로 말을 이었다. "36시간이 지났고 아무 흔적도 없어요. 경찰과 친척과 지역주민이 백 명이나 동원되었는데 아무것도 못 건졌지."

"이 일에 대해 개인적으로 어떻게 생……"

"죽었을 거예요, 던퍼드 씨. 그 가엾은 여자애는 죽었어요."

"어떤 근……"

"정말 더럽게 험악한 세상이지."

"네." 나는 우물우물 대꾸하며 속으로는 왜 당신네는 걸핏하면 집시 아니면 미치광이 아니면 아일랜드인만 체포하느냐고 따지고 싶었다.

"현재로서 최선의 결과는 하루빨리 시신을 찾는 겁니다."

용기가 되살아났다. "무엇 때문……"

"시신 없이는 더 수사할 방법이 없으니. 가족들 마음도 한결 편해질 테고. 장기적으로 봤을 때 그렇다는 겁니다."

"그러면 앞으로 어떻게……."

"쓰레기통을 뒤지고, 꼭두새벽에 움직인 인간들을 확인해봐야지." 총경의 얼굴에 웃음이나 다름없는 표정이 떠올라 있는 것이 또다시 윙크라도 할 듯했다.

나는 말을 꺼내려고 힘겹게 호흡을 가다듬었다. "저넷 갈런드와 수전 리드야드에 대해선 어떻게 생각하십니까?"

조지 올드먼 총경이 반쯤 입을 벌려 자줏빛과 누런빛의 통통하고 축축한 혀로 얇은 아랫입술을 핥았다.

지금 이 순간 나는 총경실 한가운데서 똥을 지릴 것만 같았다.

조지 올드먼이 혀를 안으로 집어넣고 입을 다물더니 조그만 검은 눈으로 내 눈을 뚫어져라 응시했다.

문에서 나직한 노크소리가 나고, 줄리가 싸구려 꽃무늬 쟁반에 찻잔두 개를 얹어 들어왔다.

조지 올드먼이 내게서 시선을 떼지 않은 채 웃으며 말했다. "고마워, 줄리."

줄리는 문을 닫고 나갔다.

이야기를 계속할 힘이 아직 남았는지 확신이 없는 채로 나는 중얼거리기 시작했다. "저넷 갈런드와 수전 리드야드는 둘 다……"

"그 둘에 대해서는 잘 알고 있어요, 던스턴 씨."

"저는 그냥 캐넉체이스 일이 생각나서……"

"망할 캐넉체이스에 대해 얼마나 안다고 그래요?"

"서로 유사점이……"

올드먼이 주먹으로 책상을 내리쳤다. "레이먼드 모리스는 망할 68년 이후로 단단히 갇혀 있어요."

나는 책상 위에서 자그마한 하얀 잔 두 개가 달가닥거리는 것을 바라보았다. 애써 평정을 유지하며 말했다. "죄송합니다. 제가 하려는 말은 그 사건의 경우 세 소녀가 살해되었는데, 훗날 모두 한 사람에 의해 저질러진 것으로 밝혀졌다는 겁니다."

조지 올드먼이 양팔을 책상에 대고 몸을 앞으로 숙이더니 코웃음 쳤다. "그애들은 강간당한 후 살해됐어요. 하느님 부디 굽어살피소서. 시신도 다 발견되었고."

"하지만 총경님이 아까……"

"시신이 없잖아요, 던필드 씨."

또다시 나는 침을 삼키고는 말했다. "하지만 저넷 갈런드와 수전 리드야드는 벌써 몇 년째 실종……"

"잘난 머리로 그런 생각을 한 게 당신 혼자뿐인 줄 압니까?" 올드먼이 여전히 나를 응시하면서 차를 한 모금 마시고 차분히 말했다. "그 정도 생각은 노망난 우리 어머니도 할 수 있지."

"저는 그저 총경님 생각이 궁금해서……"

조지 올드먼 총경이 허벅지를 딱 치더니 등받이에 등을 기댔다. "그래, 당신 의견으로는 우리가 확보한 정보가 뭡니까?" 총경이 씩 웃었다. "세 명의 실종 여아. 비슷한 또래. 시신은 발견되지 않았음. 캐슬퍼드와……"

"로치데일입니다." 나는 웅얼거렸다.

"로치데일, 그리고 이제 몰리. 약 삼 년씩 간격을 두고?" 총경이 가느다란 한쪽 눈썹을 치켜올렸다.

나는 고개를 끄덕였다.

올드먼이 책상에서 타이핑한 종이 한 장을 집어들었다. "그럼 이건 어때요?" 책상 너머로 던진 종이가 내 발치로 떨어지는 동안 총경이 줄줄 읊었다. "헬렌 쇼어, 서맨사 데이비스, 재키 모리스, 리사 랭글리, 니콜라 헤일, 루이스 워커, 캐런 앤더슨."

나는 명단을 집어들었다.

"전부 다 실종되었어요. 73년 이후로만 뽑았는데도 그렇게 많아. 클레어보다 나이가 좀 위라는 점은 인정하지. 하지만 실종 당시 다들 열 다섯 살이 채 안 되었어요."

"정말 유감입니다." 나는 명단을 책상 맞은편으로 내밀며 웅얼거렸다.

"가져요. 저 아이들에 대해 잘난 기사 마음껏 쓰시지."

책상 위 전화가 울리며 빛이 번쩍였다. 올드먼이 한숨을 쉬더니 하얀 찻잔 하나를 내 쪽으로 밀었다. "식기 전에 들어요."

나는 그의 말대로 찻잔을 집어들고는 차갑게 식은 차를 단숨에 들이 켰다.

"딱 까놓고 말하는데, 나는 엉터리 기사를 좋아하지 않아요. 신문 역 시 좋아하지 않지. 당신이야 당신 직업이니……"

북잉글랜드 범죄 전문 기자 에드워드 던퍼드는 바람 두 번에 나가떨 어졌다. "제 생각으로는, 시신이 발견되지 않을 듯합니다만."

조지 올드먼 총경이 씩 웃었다. 나는 텅 빈 찻잔을 내려다보았다.

올드먼이 일어나 껄껄 웃었다. "찻잎으로 점이라도 쳐요?"

나는 찻잔과 접시를 책상 위에 내려놓고 타이핑된 명단을 접었다.

전화가 다시 울렸다.

올드먼이 걸어가 문을 열었다. "당신은 당신 일을 하고, 나는 내 일을 하는 거겠지."

불편한 속을 안고 휘청거리는 다리로 나는 자리에서 일어났다. "시간 내주셔서 감사합니다."

총경이 문가에서 내 어깨를 단단히 쥐었다. "비스마르크가 기자란 천 직을 놓쳐버린 작자들이라고 했다죠. 아무래도 던스턴 당신은 경찰이 되는 편이 나았을 것 같군요."

"감사합니다." 나는 없는 용기까지 짜내 말하면서 속으로는, 적어도 우리 중 하나는 경찰이지 않냐고 생각했다.

올드먼이 내 생각이라도 읽은 양 느닷없이 손아귀에 힘을 꽉 주었다.
"전에 우리 만난 적 있던가?"

"아주 오래전이었죠." 나는 간신히 그의 손에서 빠져나오며 말했다.

책상 위 전화가 다시 울리며 빛이 번쩍였다. 한참 계속되었다.

"입조심해요. 망할 입 단단히 조심하라고." 올드먼이 나를 문밖으로
내보내며 말했다.

"날개를 도려냈더군. 망할 백조는 여전히 살아 있지 뭐야." 내가 아
래층으로 내려가 의자에 앉자 〈맨체스터 이브닝 뉴스〉의 길먼이 웃으
며 말했다.

"지금 농담이지?" 뒷줄에 앉아 있던 브래드퍼드의 톰이 몸을 쑥 내
밀며 끼어들었다.

"전혀. 날개를 싹둑 잘라내고는 그 불쌍한 것을 그냥 버려두고 갔어."

"젠장." 브래드퍼드의 톰이 중얼거렸다.

나는 또다시 엄습하는 생각들을 애써 가두며 기자회견장을 힐긋 둘
러보았다. 이번에는 텔레비전이나 라디오 기자가 전혀 없었다. 뜨거운
조명은 꺼져 있고 참석자는 누구나 환영받았다.

오직 신문기자들뿐이었다.

누가 내 옆구리를 찔렀다. 또 길먼이었다.

"어제는 어땠나?"

"아, 아시겠지만……"

"그래, 좆나 힘들었겠지."

나는 아버지의 손목시계를 바라보며 헨리 쿠퍼*를 생각하다가, 헨리

---

* 영국의 권투 선수.

와 꼭 닮은 앤 고모의 남편 데이브를 생각하다가, 그가 어제 오지 않았다는 것을 생각하다가, 브뤼트 스킨의 독한 냄새를 생각했다.

"배리가 듀즈베리의 그 아이에 대해 쓴 기사 봤나?" 브래드퍼드의 톰이 스카치에 전 입김을 내 귀에 뿜어대며 말했다. 내 입냄새도 설마 이 정도로 심한 건 아니겠지.

나는 호기심이 솟아 물었다. "어떤 아이요?"

"탈리도마이드* 아이?" 길먼이 껄껄 웃었다.

"망할 옥스퍼드에 입학한 아이. 여덟 살인가 그렇다지."

"아, 네." 나도 소리내 웃었다.

"재수없는 계집애 같더군."

"배리 말로는, 그 아비가 더 재수없더래요." 나를 포함한 모두가 여전히 껄껄거렸다.

"아비가 딸을 따라간다지?" 길먼이 말했다.

우리 뒤쪽 톰 옆에 앉아 있던 신참도 따라 웃으며 말했다. "더럽게 운 좋은 놈이죠. 귀여운 여학생이 사방에 깔렸을 테니."

"그렇지도 않대요. 배리 말이, 그 형씨는 꼬마애한테만 관심 있대요. 귀여운 루시 말예요." 나는 나직이 속삭였다.

"피를 흘릴 나이만 됐다면야." 우리 둘이 동시에 말했다.

모두가 껄껄 웃었다.

"망할 농담 하지 마. 배리 그 자식은 더러운 멍청이야." 브래드퍼드의 톰이 그다지 웃음기 없는 얼굴로 말했다.

"더러운 배리." 내가 웃어댔다.

신참이 물었다. "배리라니, 어떤 배리요?"

---

* 수면제의 일종. 임산부가 먹을 경우 아이의 기형이 유발될 수 있다.

"뒷구멍 배리 말이야. 계집애 같은 자식." 길먼이 침을 뱉었다.

"배리 개년. 여기 에디와 함께 〈포스트〉에서 일하지. 내가 전에 말한 바로 그 인간이야." 브래드퍼드의 톰이 신참에게 설명했다.

"존 도슨에게 미쳐 있다는 그 사람요?" 신참이 손목시계를 보면서 말했다.

이제 톰이 속삭일 차례였다. "그래. 더러운 인간 말이 나와서 그러는데, 켈리 얘기 들었나? 지난밤 가즈를 만났는데, 켈리가 어제 훈련에 안 나타났대. 내일도 뻔하지."

"켈리요?" 신참이 다시 물었다. 지방지가 아니라 전국지 소속이었다. 더럽게 운도 좋지. 내 기사가 전국지에 실릴 상상을 하자 용기가 솟았다.

"럭비 선수 말이야." 브래드퍼드의 톰이 말했다.

"유니언요, 리그요?"*

망할 플리트 거리** 소속 신참이라 사람이 확실하군.

"웃기지 마. 우린 지금 웨이크필드 트리니티 팀의 '최고 유망주'에 대해 얘기하는 거야."

톰의 대꾸에 내가 말했다. "어제 그 인간 친척 폴을 봤는데, 아무 말도 않던데."

"그 자식은 그냥 불쑥 사라지곤 한다면서, 가즈 말로는."

"새처럼." 〈맨체스터 이브닝 뉴스〉의 길먼이 심드렁한 어조로 말했다.

"저기 시작하네요." 신참이 속삭였다.

2라운드:

---

* 럭비는 유니언식과 리그식 두 종류가 있다.
** 주요 신문사가 모여 있는 런던의 거리.

옆문이 열리자 또다시 모든 소음이 사라지고 모든 움직임이 느려졌다.

조지 올드먼 총경과 사복경찰 몇 명과 정복경찰 한 명.

피해자의 가족은 없었다.

기자들은 클레어의 죽음의 냄새를 맡았다.

기자들은 시신이 발견되지 않았으리라 추측했다.

기자들은 아무 소식이 없으리라 추측했다.

기자들은 기사의 죽음의 냄새를 맡았다.

올드먼 총경이 증오 어린 눈길로 내 눈을 똑바로 응시했다.

나는 브뤼트 스킨의 독한 냄새를 맡으며 생각했다. **마음껏 떠들어봐.**

후드득 떨어지기 시작하는 세찬 빗줄기.

무릎에 수첩을 올려놓은 채 리즈 서쪽 로치데일을 향해 느릿느릿 달리며 시커먼 공장과 고요한 제분소의 벽들을 보았다.

허풍으로 추근거리는 선거 포스터.

여기도 서커스, 저기도 서커스. 오늘은 여기, 내일은 사라지고 없을.

빅브라더가 너희를 지켜보고 있다.

불안이 영혼을 잠식한다.

나는 운전하면서 필립스 포켓 메모를 되감아 녹음된 기자회견의 이런저런 내용을 확인했다.

모두의 시간을 낭비한 짓이었지만 나에게만은 아니었다. 감을 잡은 북잉글랜드 범죄 전문 기자 에드워드 던퍼드에게 무소식은 희소식이었다.

"염려가 점점 커지고 있습니다……"

올드먼은 고집스레 선언했다. 최고의 요원들이 최선을 다했으나 아무것도 건지지 못했다고.

시민들이 각종 정보와 목격담을 제보했지만 최고의 요원들이 수사를 이어갈 만한 단서는 아무것도 없었다.

"시민 여러분, 뭐든 좋으니 정보가 있다면 긴급사항이니만큼 가장 가까운 경찰서로 연락하거나……"

그리고 아무 득이 없는 질의응답이 이어졌다.

나는 망할 입 단단히 조심하며 침묵을 지켰다.

올드먼은 대답할 때마다 눈도 깜박이지 않은 채 나만 응시했다.

"감사합니다, 기자 여러분. 그럼 이것으로 마치겠습니다."

올드먼 총경이 일어나며 나에게 과장된 윙크를 보냈다.

테이프가 끝날 무렵 길먼의 목소리가 들렸다. "총경하고 대체 무슨 일이 있었던 거야?"

빠른 속도로 리즈를 벗어나며 녹음기를 끄고 히터와 라디오를 켰다. 지역방송에서 우려가 점점 커져감에 따라 사건은 점점 전국방송을 타고 있었다.

신랄한 발언이 이어지고 사건은 서서히 사위어 죽기를 거부하고 있었다.

하지만 시신 없이는 그 열기도 고작 하루뿐인지라 내일이면 2면으로 옮겨갈 테고, 실종 일주일 기념으로 금요일에 경찰의 사건 재구성이 잠시 1면에 오르다 말 터였다.

그리고 토요일 오후는 스포츠가 모조리 점령하리라.

운전대를 한 손으로 쥔 채 라디오를 끄고 캐서린이 꼼꼼하게 타이핑한 A4 용지를 무릎에 올려놓고서 쭉 넘겨보았다. 포켓 메모의 녹음 버튼을 누르고 읊기 시작했다.

"수전 루이즈 리드야드. 1972년 3월 20일 실종. 10세. 로치데일에 위치한 홀리 트리니티 초등학교 밖에서 3시 55분 마지막으로 목격됨.

경찰의 대대적인 수색과 전국적인 언론의 주목에도 알아낸 것 없음.

랭커셔 관할이었지만 조지 올드먼이 요청을 받아 수사 지휘."

"캐슬퍼드와……?"

"로치데일입니다."

순 거짓말쟁이.

"공식적으로는 여전히 수사중인 상태. 아이가 둘 더 있는 부모는 아직도 희망을 품고 있음. 일대에 새 포스터를 정기적으로 붙임. 비용을 마련하기 위해 집을 다시 저당잡혔음."

나는 테이프를 끄고 배리 개넌에게 웃기지 말라는 미소를 크게 지어보였다. 리드야드 가족은 여전히 그때 일을 기억하고 있으며, 내 조사는 다시금 사건에 대한 세간의 관심을 끌어낼 터였다.

로치데일 외곽의 선홍빛으로 새로 칠한 공중전화부스 앞에 차를 세웠다.

십오 분 후 나는 로치데일의 조용한 동네에 있는 리드야드 부부의 연립주택 진입로로 차를 후진해 들어갔다.

비가 세차게 쏟아졌다.

리드야드 씨가 현관에 나와 있었다.

나는 차에서 내려 말했다. "안녕하세요."

"오리들에게는 참 좋은 날씨죠." 리드야드 씨가 대꾸했다.

그는 나와 악수를 나누고 좁은 복도를 통해 어둑한 거실로 안내했다.

리드야드 부인이 슬리퍼를 신고서 소파에 앉아 있고, 그 양쪽으로 십대 소년과 소녀가 있었다. 부인은 두 아이에게 팔을 두르고 있었다.

그녀가 나를 흘끗 보더니 속삭였다. "가서 방을 치우렴." 부인은 팔에 단단히 힘을 준 다음에야 아이들을 놓아주었다.

아이들은 카펫만 내려다보며 거실을 나갔다.

"앉으세요. 차 드시겠어요?" 리드야드 씨가 말했다.

"감사합니다." 내가 말했다.

"당신은?" 그는 거실을 나서며 부인을 돌아보았다.

리드야드 부인은 넋을 놓은 채 앉아 있었다.

나는 소파 맞은편에 앉아 말했다. "집이 참 멋지군요."

리드야드 부인이 어스름 속에서 눈을 깜빡이며 억지웃음을 지었다.

"아주 좋은 동네입니다." 내 말은 사위어갔지만, 원하는 만큼 빨리는 아니었다.

소파 가장자리에 앉은 리드야드 부인은 맞은편의 여자아이 사진을 응시했다. 텔레비전 위에 놓인 두 개의 크리스마스카드 사이에서 아이의 학교 사진이 도드라져 보였다. "저기 새집들을 짓기 전만 해도 경치가 참 좋았답니다."

나는 창밖을 내다보았다. 길 너머 새로 지은 집들이 경치를 망치고 있었지만, 더이상 새집처럼 보이지는 않았다.

리드야드 씨가 찻쟁반을 가지고 들어오자 나는 수첩을 꺼냈다. 그가 부인 옆에 앉아 말했다. "제가 끓였는데 맛이 어떨지 모르겠군요."

리드야드 부인이 사진에서 눈을 떼더니 내 손에 들린 수첩을 응시했다.

나는 몸을 앞으로 숙였다. "전화로 말씀드렸듯이, 편집장님과 저는 지금이 좋은…… 후속 기사를 쓰기에 적절한 때라고 생각합니다만……"

"후속 기사라면?" 리드야드 부인이 여전히 수첩을 응시한 채 말했다.

리드야드 씨가 내게 찻잔을 건넸다. "몰리에서 실종되었다는 여자애와 관련된 기사입니까?"

"아닙니다. 그러니까, 그렇게 많이 관련된 건 아니죠." 손에 든 볼펜이 느슨하고 뜨겁게 느껴졌고, 수첩은 쓸데없이 주의만 끄는 듯했다.

"수전에 대한 기사인가요?" 리드야드 부인의 치맛자락에 눈물이 떨어졌다.

나는 마음을 다잡았다. "얼마나 마음 아프시겠습니까. 하지만 두 분께서 아직도 노력을 계속하고 있다는 것을 알기에……"

리드야드 씨가 찻잔을 내려놓았다. "노력요?"

"수전이 대중의 관심에서 잊히지 않고, 수사가 계속되도록 고집스레 애쓰고 계시잖습니까."

고집이라니, 망할 입.

리드야드 씨도, 부인도 아무 말이 없었다.

"이미 세월이 흘렀지만……"

"세월이 흘러요?" 리드야드 씨가 말했다.

"아니, 그러니까……"

"미안해요. 하지만 우리 마음이 어떤지 상상도 못할 거예요." 절레절레 고개를 젓는 리드야드 부인의 입이 사라진 단어들을 따라 여전히 움직이고, 눈물은 더욱더 빨리 떨어졌다.

리드야드 씨가 수치심과 미안함이 가득한 눈으로 나를 응시했다. "여태껏 잘 버텨왔잖아. 안 그래?"

아무도 대꾸하지 않았다.

나는 창밖으로 점심시간인데도 여전히 불이 켜져 있는 길 건너 새집들을 바라보았다.

"지금쯤이면 아이가 집에 돌아올 시간인데." 리드야드 부인이 치맛자락에 떨어진 눈물을 문지르며 나직이 말했다.

나는 일어났다. "죄송합니다. 제가 시간을 너무 뺏었군요."

"죄송합니다." 리드야드 씨가 현관문까지 안내하며 말했다. "지금껏 잘 버텨왔습니다. 정말요. 그런데 몰리 사건이 터지자 모든 게 되살아나고 말았죠."

문에서 나는 돌아서서 말했다. "정말 죄송합니다. 하지만 신문 기사를 읽고 따로 조사해보니, 경찰이 아무 단서도 찾아내지 못한 모양이더군요. 그래서 혹시 경찰의 노력이 부족했다고 여기시지는 않는지 궁금했습니다."

"노력이 부족했다고요?" 리드야드 씨가 웃을락 말락 한 표정으로 말했다.

"아무 단서도……"

"그들은 이 주나 이 집에 버티고 있었습니다. 조지 올드먼과 부하들이 우리집에 들어앉아 우리 전화를 썼지요."

"하지만 아무것도 못 건져……"

"흰색 밴. 얻은 거라고는 그것뿐이었죠."

"흰색 밴요?"

"그들이 흰색 밴을 찾아냈다면 수전도 찾아냈을 텐데."

"게다가 전화요금도 내지 않았죠. 덕분에 전화가 끊길 뻔했어요." 리드야드 부인이 벌게진 얼굴로 복도 끝에 서서 말했다.

계단 꼭대기에서 두 아이가 난간 너머로 내려다보고 있었다.

"감사합니다." 나는 리드야드 씨와 악수하며 말했다.

"감사합니다, 던퍼드 씨."

나는 망할 하느님이라고 생각하며 비바에 올랐다.

"메리 크리스마스." 리드야드 씨가 소리쳤다.

나는 수첩을 내려다보며 딱 두 단어를 휘갈겨썼다. 흰색 밴.

그리고 현관에 홀로 선 리드야드 씨를 향해 팔을 들어 보이며 애써 욕설을 참았다.

한 가지 생각뿐이었다. 캐서린에게 전화해야 해.

"완전 악몽이었어." 선홍빛 전화부스로 돌아간 나는 불알이 떨어져 나갈 듯한 추위에 발을 번갈아 동동거리며 동전을 더 넣었다. "아무튼 흰색 밴에 대해 말하더군. 기사에서 흰색 밴 이야기는 전혀 못 본 것 같은데, 자기는 어때?"

캐서린이 전화선 반대편에서 수첩을 이리저리 뒤적이며 동의했다.

"뭐 떠오르는 거 없어?"

캐서린이 대꾸했다. "아니, 아무 기억도 없어." 전화기 너머에서 사무실 버저 소리가 들렸다. 나는 아득히 먼 곳에 떨어져 있는 것만 같았다. 어서 그곳으로 돌아가고 싶었다.

"나한테 온 메시지 없어?" 나는 수화기와 수첩과 볼펜과 담배를 번갈아 들며 물었다.

"두 개뿐이야. 배리랑……"

"배리? 뭐라는데? 지금 사무실에 와 있어?"

"아니, 아니. 그리고 크레이븐 경사……"

"누구?"

"크레이븐."

"젠장, 대체 누구지. 크레이븐? 메시지 남겼어?"

"아니. 하지만 급한 일이랬어." 캐서린은 짜증스러운 목소리였다.

"망할, 급한 일이라면 내가 누군지 모를 리 없어. 다시 전화 오면 메시지 남기라고 해줘. 부탁해." 나는 담배를 부스 바닥의 웅덩이에 버렸다.

"이제 어디로 갈 거야?"

"술집이지, 어디겠어. 촌티 팍팍 풍기는 동네 술집에 들러봐야지. 그런 다음 바로 돌아갈 거야. 안녕."

나는 짜증이 난 채 전화를 끊었다.

헌츠먼의 바 너머에서 아이가 나를 응시하고 있었다.

순간 얼어붙었던 나는 술잔을 집어들고 그 시선에 이끌려 다가갔다. 화장실에 면한 바의 끝 쪽 담배 자동판매기 위.

수전 루이즈 리드야드가 학교 사진 속에서 하얀 이를 드러내며 활짝 웃고 있었지만, 약간 긴 앞머리에 가린 두 눈은 어색하고 슬퍼 보였다, 마치 앞으로 일어날 일을 아는 듯.

아이 위쪽에 커다란 붉은 글씨가 적혀 있었다. **실종.**

아이 아래쪽에 아이의 인생사와 마지막날이 간략하게 기록되어 있었다.

그리고 끝에 정보를 알려달라며 세 개의 전화번호가 적혀 있었다.

"한 잔 더 드려요?"

나는 화들짝 놀라 빈 잔을 바라보았다. "네. 한 잔 더 주세요."

"기자예요?" 바텐더가 술잔을 꺼내며 말했다.

"뻔히 보여요?"

"한동안 기자들이 자주 드나들었거든요."

나는 정확히 36페니를 건넸다. "감사합니다."

"어디서 일해요?"

"〈포스트〉요."

"새로운 정보라도 나왔어요?"

"그냥 사건을 상기시키려고요. 사람들에게서 잊히지 않게요."

"좋은 생각이군요."

"막 리드야드 부부를 만나고 오는 길이에요." 나는 친근감을 형성하려고 말했다.

"그렇군요. 데릭이 한번씩 여기 오죠. 리드야드 부인은 썩 잘 지내지 못한다고들 하던데."

"네." 나는 고개를 끄덕이고 말을 이었다. "경찰이 별다른 단서를 못 찾았나보더군요."

"한창 수사중일 때 여기서 한잔씩 했죠." 아마도 이곳 사장인 듯한 바텐더는 다른 손님을 향해 몸을 돌렸다.

나는 하나뿐인 카드를 꺼냈다. "그래도 밴에 대해서는 알아낸 모양이던데. 흰색 밴 이야기 들으셨죠?"

바텐더가 금전등록기 서랍을 천천히 닫으며 이맛살을 찌푸렸다. "흰색 밴요?"

"네. 경찰이 리드야드 부부한테 말하길, 흰색 밴을 찾는 중이라고 했대요."

"전혀 기억이 없는데요." 바텐더가 술잔을 꺼내들며 말했다. 토요일 점심시간이라 술집이 북적댔다. 그는 또다른 술값을 땡 소리와 함께 금전등록기에 넣고는 말했다. "들은 거라고는 경찰이 다들 집시 짓이라고 여긴다는 것뿐이에요."

"집시라." 결국 또 이렇게 되는군, 나는 생각하며 중얼거렸다.

"네. 축제일 일주일 전에 집시가 여길 지나갔거든요. 아마 그중에 흰색 밴이 있었을 거예요."

"그럴 수도 있겠네요."

"한 잔 더 드릴까요?"

나는 포스터를 향해 돌아서서는 익히 알고 있는 그 눈을 바라보았다. "아뇨, 괜찮습니다."

"어떻게 생각해요?"

나는 돌아보지 않았다. 가슴과 배가 욱신거렸다. 맥주 탓에 통증이 더 심해지는 것이 아무래도 뭘 좀 먹어야 할 듯했다.

"시신은 영원히 못 찾을 것 같아요." 나는 나직이 말했다.

리드야드 가족에게 돌아가서 사과하고 싶었다. 캐서린이 생각났다.

바텐더가 말했다. "뭐라고요?"

"전화 있어요?"

"거기요." 뚱뚱한 바텐더가 내 팔꿈치를 가리키며 씩 웃었다.

내가 더럽게 무신경했다. 나는 다시 몸을 돌렸다.

두번째 신호음에 그녀가 수화기를 집어들었다.

"있잖아, 어젯밤 내가……"

"에디. 하느님 감사합니다. 3시에 웨이크필드 경찰청에서 기자회견이 있어."

"지금 농담해? 왜?"

"시신을 찾았어."

"젠장."

"편집장님이 찾아."

"씨팔!"

북잉글랜드 범죄 전문 기자 에드워드 던퍼드는 헌츠먼의 문밖으로 나갔다.

웨이크필드의 우드 거리, 웨이크필드 경찰청.

오후 2시 59분.

시작까지 남은 시간은 일 분.

계단을 올라 문을 지나자 올드먼 총경이 다른 문으로 들어왔다.

기자회견장은 공포영화처럼 고요했다.

사복경찰 둘을 양쪽에 대동한 올드먼이 마이크가 놓인 탁자에 앉았다.

바로 앞줄에 길먼과 톰과 신참과 **망할 잭 화이트헤드**가 있었다.

북잉글랜드 범죄 전문 기자 에디 던퍼드는 텔레비전 조명과 카메라와 망할 케이블에 대해 속삭여대는 기술자들 뒤에 있었다.

망할 내 기사에 망할 잭 화이트헤드가 끼어들다니.

카메라 플래시가 터졌다.

올드먼 총경은 순간 이곳이 처음이라 길을 잃은 사람처럼 보였다.

하지만 이들은 그의 사람이고, 지금은 그의 순간이지.

총경이 침을 삼키고 입을 열었다.

"기자 여러분, 오늘 아침 9시 30분경 여자아이의 시신이 이곳 웨이크 필드 데블스 디치에서 일하던 노동자들에 의해 발견되었습니다."

총경이 물을 한 모금 마셨다.

"시신은 목요일 오후 몰리에서 수업을 마치고 귀가하던 중 실종된 클레어 켐플레이로 밝혀졌습니다."

수첩, 망할 수첩에 받아적어야 해.

"현재로서는 정확한 사망원인이 확인되지 않았습니다. 하지만 이미 대대적인 살인사건 수사가 시작되었습니다. 수사는 저의 지휘하에 우리 서에서 이루어질 것입니다."

총경이 다시 물을 마셨다.

"예비 검시가 진행됐으며, 내무부 소속 병리학자 닥터 앨런 쿠츠가 오늘밤 핀더필즈병원에서 사체 부검을 실시할 예정입니다."

기자들은 철자를 제대로 적기 위해 옆 사람의 수첩을 힐끔거렸다.

"현단계에서 드릴 수 있는 정보는 이것이 다입니다. 하지만 켐플레이 가족과 웨스트요크셔 메트로폴리탄의 모든 경찰을 대신해 시민 여러분께 다시 한번 부탁드립니다. 어떤 정보라도 좋으니 가장 가까운 경찰서로 연락해주시면 감사하겠습니다.

특히 금요일 자정에서 오전 6시 사이 데블스 디치 근처에 있었던 분은 필히 연락주시기 바랍니다. 무엇을 보았든, 특히 주차된 차량을 보왔다면 큰 도움이 될 것입니다. 살인사건 수사팀으로 연결되는 직통전화를 개설했으니 웨이크필드 3838로 연락해주십시오. 모든 제보자의 신원은 철저히 보장될 것입니다. 감사합니다, 여러분."

자리에서 일어선 올드먼은 쏟아지는 질문과 플래시 세례에 재빨리 두 손을 들어 물리쳤다. 그리고 천천히 고개를 저으며, 엠파이어스테이트빌딩 꼭대기로 몰린 망할 킹콩이라도 되는 양 마음에도 없는 사과와 쓸데없는 변명을 입 모양으로 말했다.

나는 그를 예의 주시했다. 그의 눈이 기자들을 쭉 훑었다. 심장이 쿵쿵대고 배가 욱신거리는 것을 느끼며 나는 그의 두 눈을 읽었다.

자, 보라고.

누가 어깨를 툭 치더니 내 얼굴에 연기를 뱉었다. "함께 일하게 되어 좋군, 특종. 편집장이 지금 당장 보자네."

반질반질한 쥐새끼 낯짝의 망할 악몽 잭 화이트헤드가 위스키냄새를 풀풀 풍기며 내 눈앞에서 히죽거리고 있었다.

기자들이 촉박한 마감 시간을 저주하며 우리를 지나쳐 전화기와 차를 향해 우르르 달려갔다.

망할 잭 화이트헤드가 과장되게 윙크하더니 내 턱을 갈기는 시늉을 했다. "일찍 일어나는 새가 모조리 다 먹는 법이지."

망할.

망할, 망할, 망할.
M1을 타고 리즈로 돌아갔다.
망할, 망할, 망할.
토요일 오후의 불룩한 잿빛 판때기 하늘이 내 양쪽에서 밤으로 접어들고 있었다.

망할, 망할, 망할.

망할 잭 화이트헤드의 로버를 눈으로 좇으며.

망할, 망할, 망할.

다이얼을 마구 때려 라디오 리즈 채널을 맞췄다.

"몰리에서 실종됐던 여학생 클레어 켐플레이의 시신이 오늘 아침 일찍 웨이크필드 데블스 디치의 황무지에서 노동자들에 의해 발견되었습니다. 웨이크필드 우드 거리의 경찰청에서 열린 기자회견에서 조지 올드먼 총경은 살인 사건 수사대의 발족을 알리며, 목격자의 제보를 호소했습니다.

'켐플레이 가족과 웨스트요크셔 메트로폴리탄의 모든 경찰을 대신해 시민 여러분께 다시 한번 부탁드립……'"

망할.

"누가 또 압력을 넣었군요. 씨팔 또!"

"전혀 아니야. 그리고 그 잘난 입 조심하라고."

"죄송합니다. 하지만 제가 이 사건에 얼마나 깊이……"

또다시 말소리가 들리지 않았고, 나는 무슨 이야기가 오가는지 듣기를 포기했다. 해든의 문은 보기보다 두터웠고, 뚱보 비서 스텝의 타이핑소리는 훼방만 될 뿐이었다.

나는 아버지의 시계를 보았다.

도슨게이트: 민간주택 공급에 들어간 지방정부의 돈, 기준 미달의 자재로 지은 공영주택, 사방에 뿌려진 뇌물.

배리 개넌의 애지중지하는 일이자 강박.

뚱보 스텝이 타이핑하다 말고 또 고개를 들더니 다음은 내 차례라는 듯 동정의 미소를 지었다.

나는 그녀가 잭과의 항문 섹스를 정말 좋아하는지 궁금해하며 마주 미소지었다.

편집장의 사무실 안에서 배리 개년의 목소리가 다시 높아졌다. "나는 그저 그 집에 가고 싶은 것뿐입니다. 말하고 싶지 않다면야 집주인이 뭐하러 전화를 했겠어요?"

"그 여자는 정신이 온전치 않아. 자네도 알잖아. 이건 비윤리적인 짓이야. 옳지 않아."

"비윤리적이라고요!"

씨팔. 이러다 날밤 까겠군.

나는 일어나 새 담배에 불을 붙이고는 다시 서성이며 중얼거렸다. "씨팔, 씨팔, 씨팔."

다시 고개를 든 뚱보 스텝의 얼굴에는 짜증이 얼룩져 있었지만, 내 짜증에 비하면 턱도 없었다. 눈이 마주치자 그녀는 도로 타이핑을 시작했다.

나는 다시 아버지의 시계를 보았다.

개년은 자기 말고 아무도 관심 없는 망할 도슨게이트 때문에 편집장에게 계속 반론을 펼쳐댔고, 아래층에서는 망할 잭 화이트헤드가 올해의 가장 큰 기사를 써갈기고 있었다.

만인의 관심이 집중된 기사를.

내 기사를.

벌컥 문이 열리더니 배리 개년이 웃으면서 나왔다. 그리고 살며시 문을 닫고 내게 윙크했다. "나한테 신세 진 줄 알아."

나는 입을 열었지만 개년이 자기 입에 손가락을 대더니 휘파람을 불며 복도를 걸어갔다.

문이 다시 열렸다. "기다리게 해서 미안하군. 들어와." 재킷 없이 와이셔츠 바람인 해든의 하얀 턱수염 아래로 벌겋게 달아오른 피부가 보였다.

나는 그를 따라 안으로 들어가 문을 닫고 의자에 앉았다. "저를 보자고 하셨다면서요."

빌 해든이 책상에 앉더니 망할 산타클로스처럼 미소지었다. "오늘 오후 일에 대해 섭섭해하지 않았으면 해서." 편집장이 무슨 얘기인지 확실히 하려는 듯 〈선데이 포스트〉를 들어 보였다.

살해당하다.

나는 굵고 명확한 검은색 헤드라인을 힐끗 보고는 더 검고, 더 굵고, 더 명확하게 인쇄된 기자 이름을 응시했다.

올해의 범죄 전문 기자 잭 화이트헤드.

"섭섭해요?" 지금 나를 놀리려는 건지 위로하려는 건지 알지 못한 채 나는 말했다.

"완전히 뺏겼다고 생각할 필요는 없어." 해든의 미소가 어쩐지 파리해 보였다.

배리가 이 망할 사무실 벽에 자신의 편집증을 모조리 떨구고 가기라도 한 양 온갖 망할 편집증적 망상이 나를 찾아들었다. 이따위 대화를 왜 나누고 있는지 알 수 없었다.

"그럼 이제 저는 기사에서 손떼야 하나요?"

"아니. 전혀 아냐."

"네. 하지만 오늘 오후 일은 전혀 이해가 가지 않습니다."

해든은 더이상 미소짓고 있지 않았다. "자네가 여기 없었잖나."

"제가 어디 있는지 캐서린 테일러가 알고 있었습니다."

"하지만 연락이 안 되는 걸 어떡하나. 그래서 잭을 보냈지."

"알겠습니다. 그럼 이제 잭 선배가 기사를 맡겠군요."

해든이 다시 미소지었다. "아니. 둘이서 함께 취재해. 잊지 마, 잭은 우리 신문사에서……"

"이십 년 동안 북잉글랜드 범죄 전문 기자로 활약하셨죠. 잘 압니다. 본인이 하루도 빠짐없이 말하는데요." 나는 절망과 공포로 꺼져들어가는 듯했다.

해든이 일어나 등을 돌려 시커먼 리즈를 내려다보았다. "잭이 하는 말을 좀더 신경써서 듣는 편이 좋을 거야."

"무슨 뜻입니까?"

"어쨌든 잭은 모 총경과 아주 밀접한 관계를 맺고 있으니까."

나는 화가 치밀었다. "말이 나왔으니 말인데, 이왕이면 잭 선배를 편집장으로 추대하지 그러세요."

해든이 창에서 몸을 돌려 웃을락 말락 한 표정으로 나를 바라보았다. "자네는 아무래도 건강한 관계를 맺는 데 서툰 것 같아. 안 그래?"

가슴이 조여오며 심장이 쿵쿵거렸다. "조지 올드먼이 뭐라고 해요?"

"아니. 잭이 뭐라더군."

"알겠습니다. 그게 그거죠." 어둠 속을 더듬는 느낌은 아까보다 덜했지만 찬밥 신세가 되었다는 느낌은 더했다.

해든이 도로 의자에 앉았다. "이봐, 그 일은 그냥 잊어. 내 잘못도 없지 않으니까. 자네가 후속 취재를 했으면 싶은 다른 건들이 좀 있어."

"하지만……"

해든이 손을 들었다. "이봐, 오늘 밝혀진 사실로 그 이론의 신빙성이 없어졌다는 데는 자네도 이의 없겠지."

저녁 안녕. 수전 안녕.

나는 웅얼거렸다. "하지만……"

해든이 웃으며 다시 손을 들었다. "이제 제발 그 이론은 접어."

"그러겠습니다. 하지만 이 건은요?" 나는 책상 위 헤드라인을 가리켰다. "클레어는 어떡하고요?"

해든이 고개를 저으며 신문을 응시했다. "정말 섬뜩한 사건이야."

나는 패배를 인정하며 고개를 끄덕였다.

"하지만 곧 크리스마스야. 이 사건은 내일 해결되든 영원히 미결로 남든 둘 중 하나야. 어느 쪽이든 조만간 사람들 뇌리에서 잊히겠지."

"잊힌다고요?"

"그러니 대부분의 일은 잭에게 맡겨둬."

"하지만……"

해든의 미소가 엷어졌다. "어쨌든 자네가 맡아야 할 게 두어 건 있어. 내 부탁 들어주는 셈치고, 내일 배리 개넌이랑 같이 캐슬퍼드로 가."

"캐슬퍼드요?" 뱃속이 텅 비고 다리가 허공을 짚는 듯해 바닥을 찾아 발더듬이를 했다.

"존 도슨의 부인인 마저리 도슨이 남편 관련 취재에 강력한 증거를 제공해줄 거라고 배리가 믿고 있어. 그 여자의 정신과 치료 경력을 감안하면 얼토당토않은데도 배리는 아무튼 그 여자를 만날 생각이야. 그래서 자네를 데려가라고 했어."

"저를 왜요?" 나는 배리가 옳다고, 편집증이라고 망할 이성이 완전히 사라지는 것은 아니라고 생각하며 아예 입을 꾹 다물기로 했다.

"만에 하나 취재가 결실을 거둔다면 체포와 기소 따위 절차가 진행될 테고, 그러면 우리 신문사의 북잉글랜드 범죄 전문 기자인 자네가……" 해든이 씩 웃으며 말을 이었다. "자네가 이 사건에 깊이 관여하게 되겠지. 내 부탁은 이거야. 배리가 무모한 짓을 하지 않도록 막아줘."

"무모한 짓요?"

해든이 손목시계를 보더니 한숨을 쉬었다. "배리가 조사중인 건에 대해 얼마나 알고 있나?"

"도슨게이트요? 모두가 아는 만큼 알죠."

"어떻게 생각해? 우리끼리니까 솔직히 말해봐." 편집장이 나를 이끌었지만 나는 어디로, 왜 이끌리고 있는지 전혀 알 수 없었다.

나는 그대로 질질 따라가기로 했다. "솔직히요? 확실히 뭔가 있다고 생각합니다. 우리 신문사보다는 『건축 주간』에 더 잘 어울리는 기사가 아닐까 싶긴 하지만요."

"그럼 우린 서로 통했군." 해든이 싱긋 웃으며 두꺼운 서류봉투를 집어 책상 너머로 내밀었다. "지금까지 배리가 조사해 검찰에 제시한 자료가 모두 여기 들어 있어."

"검찰요?" 나는 망할 앵무새라도 된 듯했다.

"그래. 솔직히 검찰에서는 우리가 이 중 한 문장이라도 기사로 내보낼 수 있으면 운이 좋은 거라고 여겨."

"네."

"이걸 다 읽을 필요는 없지만 배리는 머저리라면 질색하니……"

"알겠습니다." 나는 무릎 위에 놓인 두툼한 봉투를 톡톡 치며 이것이 무슨 의미인지 알고자 조바심쳤다.

"마지막으로, 이왕 거기 간 김에 쥐잡이꾼 후속 취재를 했으면 싶어."

망할.

"후속 취재요?" 새로운 허공이 나타나 내 심장이 바닥에 떨어졌다.

"자네 이름을 알린 최고의 기사였잖나. 독자 편지도 많이 받았지. 그런데 그 이웃인……"

"셰어드 부인요?" 내 의지에 반해 말이 튀어나왔다.

"그래. 맞아. 이니드 셰어드 부인이 전화해서 할말이 있다더군."

"공짜는 아니겠죠."

해든이 눈살을 찌푸렸다. "그래."

"한심한 여편네예요."

해든은 살짝 언짢은 얼굴이 되었지만 애써 감정을 눌렀다. "그래서 생각했지, 자네가 캐슬퍼드에 다녀오는 길에 들르면 되겠다고. 화요일 부록에 딱 맞는 기사라고."

"네, 알겠습니다. 한데 죄송하지만 클레어 켐플레이는 어쩌고요?" 닭 쫓던 개의 뱃심과 절망에서 나온 말이었다.

나의 애처로운 질문에 빌 해든은 일순 놀란 표정을 짓더니 자리에서 일어나 말했다. "걱정 마. 말했다시피, 잭이 대신 맡겠지만 자네와 팀을 이뤄 진행하겠다고 약속했어. 어떻게 할지는 잭하고 논의해봐."

"선배는 저를 싫어해요." 나는 일어나 나가기를 거부하며 말했다.

"잭 화이트헤드는 모두를 싫어해." 빌 해든이 문을 열며 말했다.

토요일 티타임의 신문사 아래층은 감사하게도 조용했으며, 자비롭게도 망할 잭 화이트헤드가 없었다. 〈선데이 포스트〉는 이미 잠자리에 든 것이다.

리즈 유나이티드가 이겼겠지만 그러든 말든 내 알 바 아니었다.

나는 패했다.

"잭 봤어?"

혼자 책상에 앉아 기다리던 캐서린이 대꾸했다. "핀더필즈에 갔겠지. 사체 부검 있잖아."

"망할." 기사는 사라졌다. 겹겹이 몰려오는 파도에 닭 쫓던 개는 휩쓸려 사라졌다.

내 자리에 털썩 앉았다.

누가 내 타자기 위에 〈선데이 포스트〉 한 부를 올려놓고 갔다. 망할 프랭크 캐넌은 다른 사람의 심정을 헤아리는 법이 없었다.

살해당하다 - 올해의 범죄 전문 기자 잭 화이트헤드.

나는 신문을 집어들었다.

클레어 켐플레이(9)의 벌거벗은 시신이 어제 아침 웨이크필드의 데블스 디치에서 노동자들에 의해 발견되었다.

예비 검시만으로는 정확한 사인이 밝혀지지 않았지만, 클레어의 수색을 지휘한 조지 올드먼 총경은 즉각 살인사건으로 수사 방향을 틀었다.

내무부 소속 병리학자 닥터 앨런 쿠츠가 토요일 밤 사체 부검을 실시할 예정이다.

클레어는 목요일 오후, 몰리 그레인지 초등학교에서 수업을 마치고 귀가하던 중 실종되었다. 몰리와 인근 황야에서 대대적인 경찰 수색이 펼쳐졌으며, 지역주민 수백 명이 동참했다.

현재 초기 수사는 금요일 자정에서 토요일 오전 6시 사이 데블스 디치 근방에 있었던 목격자를 찾는 데 집중되고 있다. 경찰은 이 시간 데블스 디치 근처에 주차된 차량을 목격한 이의 제보를 간절히 기다리고 있다. 정보가 있는 사람은 가까운 경찰서나 수사팀의 직통전화인 웨이크필드 3838로 연락 바란다.

켐플레이 부부와 그들의 아들에게 친지와 이웃의 위로가 이어지고 있다.

선혈이 낭자하면 세상이 주목하는 법이다.

"편집장님이 뭐래?" 캐서린이 내 책상 옆에 서서 말했다.

"뭐라긴 뭐라겠어." 어디 만만한 상대 없나 싶은 마음에 나는 눈을 문지르며 퉁명스레 내뱉었다.

캐서린은 간신히 눈물을 참고 있었다. "배리가 내일 아침 10시에 데리러 가겠대. 자기 어머니 집으로 올 거야."

"내일은 일요일이잖아."

"배리한테 직접 따져. 나는 너의 망할 비서가 아니라고. 나도 망할 기자란 말이야."

나는 자리에서 일어나 들어오는 누군가와 마주치지나 않을까 불안해하며 신문사를 나섰다.

거실에서 나는 아버지의 베토벤을 내 뱃심이 허락하는 한 가장 크게 틀어놓았다.

어머니가 있는 거실 뒷방의 텔레비전소리는 여전히 더 우렁찼다. 사교댄스와 승마 시합.

망할 말 새끼들.

옆집에서는 5번 거리 전체가 울리도록 짖어대고 있었다.

망할 개새끼들.

나는 남은 스카치를 잔에 따르고는, 망할 경찰이 되고 싶었지만 우라지게 겁나 시도조차 못했던 옛 시절을 떠올렸다.

망할 돼지 새끼들.

잔을 반쯤 들이켜고 나자 쓰고 싶었지만 우라지게 겁나 시도조차 못했던 소설들을 떠올렸다.

망할 책벌레.

바지에서 고양이 털을 탁탁 털어냈다. 아버지가 만들어준 바지는 우리 모두보다 더 오래 살아남으리라. 나는 또다른 털을 털어냈다.

망할 고양이 새끼들.

나는 스카치를 마저 마시고는 구두끈을 풀고 일어났다. 바지를 벗고 셔츠를 벗었다. 옷을 둘둘 말아 망할 베토벤을 향해 집어던졌다.

그리고 하얀 팬티와 러닝셔츠 차림으로 도로 앉아, 우라지게 겁나 망할 잭 화이트헤드를 대면조차 못했던 눈을 꼭 감았다.

우라지게 겁나 내 기사를 위해 싸우지도 못했다니.

우라지게 겁나 감히 시도조차 못했다니.

망할 겁쟁이.

어머니가 소리 없이 들어왔다.

"얘야, 전화 왔는데 널 바꿔달란다." 어머니가 거실 커튼을 내리며 말했다.

"에드워드 던퍼드입니다." 나는 현관 복도의 전화기에 대고 말하며 바지를 추슬러 입고 아버지의 시계를 보았다.

오후 11시 35분.

남자였다. "토요일 밤은 싸움하기 좋죠?"

"누구시죠?"

침묵.

"누구시죠?"

억누른 웃음소리 그리고, "몰라도 됩니다."

"무슨 일로 전화하셨죠?"

"집시에 관심 있습니까?"

"네?"

"흰색 밴과 집시요."

"어디죠?"

"M1의 헌슬릿 비스턴 출구."

"언제요?"

"이미 늦었어요."

전화가 끊겼다.

3

막 자정이 지난 1974년 12월 15일 일요일.

M1의 헌슬릿 & 비스턴 출구.

평생 잠들어 있었던 느낌이 어둠 속에서 찾아들었다.

높이 솟은 노란색과 기묘한 주황색과 타오르는 푸른색과 짙은 선홍색이 고속도로 왼편의 시커먼 어둠을 환하게 밝히고 있었다.

헌슬릿 카가 불타고 있었다.

나는 망할 리즈 어디서나 이 광경이 보일 거라고 생각하며, 비상등을 켜고 갓길에 재빨리 차를 세웠다.

수첩을 들고 차에서 튀어나와 고속도로 가장자리 비탈을 기어올라가서 요란한 소음과 불꽃을 향해 진흙과 덤불을 헤치고 나아갔다. 부르릉대는 엔진소리와, 시간 그 자체를 요란하게 두들기는 단조롭고도 지속적인 쿵쿵 소리를 향해.

도로변 비탈 꼭대기에 엎드려 팔꿈치로 상반신을 지탱하며 지옥을 내려다보았다. 주 그리스도의 1974년 12월 15일 일요일 새벽, 불과 500미

터 아래 저기 허슬릿 카 분지에서 나의 영국은 나아진 것 하나 없이 천
년 전으로 회귀한 듯했다.

집시촌은 불타고 있었다. 이십여 대의 트레일러가 구제할 길 없이 마
냥 타올랐다. 언제나 출근길에 옆으로 흘긋 보이던 헌슬릿 집시촌이 불
길과 증오의 거대한 사발로 변해 있었다.

증오. 불타는 집시촌을 울려대는 것은 시속 110킬로미터로 끊임없이
뱅뱅 도는 푸른색 밴 열 대의 분노 어린 금속 강이었다. 망할 벨뷰 경주
장에서 튀어나온 듯 으르렁대는 자동차들은 목숨을 지키려고 한 가족
이 되어 부둥켜안은 오십 명의 남자와 여자와 어린애를 가로막고 있었
다. 그들의 얼굴에 선명하게 드러난 망할 공포를 비추며 꾸짖어대는 강
렬한 불꽃. 열기와 소음의 장막을 꿰뚫는 아이들의 울부짖음과 어머니
들의 고함.

1974년판 카우보이와 망할 인디언.

아버지와 아들이, 형제와 삼촌이 밤에 괴성을 내지르며 가족들에게
서 떨어져나와 자동차 사이로 뛰어들거나 금속 강을 때려부수려고 애
쓰다 도로 진흙과 타이어 위로 쓰러져갔다.

이윽고 불꽃이 더 높이 치솟자 집시 남자들이 그토록 필사적으로 가
닿으려는 것이 누구인지, 누구 때문에 자기 심장을 갈가리 찢는 것인지
나는 알았다.

바로 아래 집시촌 전체를 에워싼 어둠 속, 자동차들 바깥에 성인 남
자 두 명의 키만큼 떨어진 또다른 고리가 경찰봉과 방패로 시간을 두들
겨대고 있었다.

야근중인 새로운 웨스트요크셔 메트로폴리탄 경찰.

이윽고 밴들이 멈춰 섰다.

불빛에 얼어붙은 집시 남자들이 흙바닥 위로 부상자를 질질 끌며 가

운데의 가족들에게로 느릿느릿 돌아갔다.

방패 두들기는 소리가 높아지더니 바깥쪽 고리의 경찰이 행군하기 시작했다. 거대하고 살찐 검은 뱀처럼 자동차 사이를 일렬로 지나 안쪽 고리가 되자 가족과 불꽃과 대치했다.

요크셔 스타일의 줄루*.

이윽고 방패 두드리기가 멈추었다.

들리는 것이라고는 불꽃이 타닥대고 아이들이 우는 소리뿐이었다.

아무것도 움직이지 않았다, 내 갈빗대 안에서 쿵쿵대는 심장 외에는.

이윽고 어둠에 감싸인 왼쪽에서 전조등을 켠 밴이 덜컹거리며 황무지를 가로질러 집시촌을 향해 다가왔다. 아마도 흰색인 듯한 밴이 느닷없이 멈추더니 네 남자 중 셋이 굴러떨어졌다. 고함소리에 이어 경찰 일부가 고리를 벗어나 달려갔다.

남자들은 도로 올라타려고 했지만 이제 흰색이 분명해진 밴은 후진을 시작했다.

가장 가까운 경찰 밴이 확 움직여 진흙탕을 휘저으며 달려가서 밴의 옆면을 완전히 들이받았다. 반박자 만에 시속 0킬로미터에서 110킬로미터로 내달린 것이다.

밴이 멈추고 경찰들이 내리더니 깨진 창문으로 허연 옆구리살을 드러낸 남자들을 질질 끌어냈다.

곤봉과 돌멩이가 공격을 개시했다.

고리 안에서 한 남자가 가슴을 훤히 드러낸 채 앞으로 나왔다. 그리고 머리를 숙이고 고함을 지르며 돌격했다.

즉각 경찰 밴이 튀어나가 가족들을 곤봉의 검은 바다로 집어삼켰다.

---

* 남아프리카공화국의 용맹한 원주민 부족.

나는 벌떡 일어나 고속도로에 세워둔 자동차를 향해 비틀거리며 비탈을 내려갔다.

고속도로에 이르자 토악질을 해댔다.

북잉글랜드 범죄 전문 기자 에디 던퍼드는 비바의 문에 손을 얹은 채 유리창에 번득이는 불꽃을 바라보았다.

나는 갓길을 따라 달려가며 긴급 전화기가 제발 멀쩡하기를 빌었다. 전화기가 작동해 교환원에게 M1의 헌슬릿 & 비스턴 출구로 가능한 한 모든 구조대를 보내달라고 요청했다. 차량 열 대가 연달아 충돌했으며 상황이 삽시간에 악화되고 있다고, 연료 탱크가 불타고 있다고 숨쉴 새도 없이 단언했다.

그러고는 다시 갓길을 달려 비탈을 올라가서 패배중인 전투를 내려다보자 분노와 함께 온몸을 채웠던 승리감이 무력감으로 흐물흐물 사위어갔다.

웨스트요크셔 메트로폴리탄 경찰은 경찰 밴 뒷문을 열어 피투성이 남자들을 집어넣고 있었다.

거대한 불의 고리 안에서는 집시 여자들과 아이들의 옷을 벗겨 불꽃을 향해 집어던지고 곤봉을 들어 여자들의 하얀 맨살을 마구잡이로 두들겼다.

귀청이 터질 듯한 느닷없는 총성에 연료 탱크가 폭발하고, 집시 개들이 총에 맞고, 조금이라도 멀쩡해 보이는 것이라면 무엇에든 소총을 휘갈겨대는 광경의 참상이 도드라졌다.

증오의 지옥 고리 한가운데 열 살도 채 되지 않았을 자그마한 집시 여자아이 하나가 발가벗은 채 짧은 갈색 곱슬머리 아래 피투성이 얼굴로 손가락을 입에 물고 서 있었다.

망할 소방차와 구급차는 대체 어디 있는 거야?

나의 분노는 눈물이 되었다. 비탈 꼭대기에 엎드린 채 펜을 찾아 주머니를 뒤졌으나, 뭐라고 쓰든 실제만큼 잔혹할 수도, 사실적일 수도 없을 터였다. 너무 추워서 붉은색 바이로 볼펜을 제대로 쥐지도 못한 채 지저분한 종이에 마구 휘갈겼다. 앙상한 덤불 속에 숨어 있다는 사실도 전혀 도움이 되지 않았다.

이윽고 그가 바로 저기서 나를 향해 다가오고 있었다.

얼굴에 진흙을 묻히며 눈물을 닦던 나는 지옥에서 찢겨나온 듯 번득이는 검붉은 얼굴이 나를 향해 비탈을 오르는 모습을 보았다.

나는 엉거주춤 일어나 그를 맞이하려고 했지만, 검은 날개를 휘두르는 경찰 셋이 그의 발을 움켜쥐더니 곤봉과 부츠로 그를 탐욕스레 짓이 겼다.

그리고 보았다, 이 모든 광경 뒤쪽 멀리 서 있는 **그**를.

앞뒤로 움직여대는 경찰 밴 옆면에 망할 동굴벽화인 양 그려진 곤봉과 뼈다귀 뒤에서 조지 올드먼 총경이 환한 빛을 받으며 다른 경찰 몇과 담배를 피우고 술을 마시고 있었다.

조지 올드먼은 동료들과 함께 어둠을 향해 고개를 뒤로 젖힌 채 한참을 요란하게 웃어대더니 뚝 멈추고는 500미터 너머 내가 엎드려 있는 곳을 정확히 응시했다.

진흙탕에 입을 박을 만큼 고개를 푹 숙인 탓에 자그마한 돌멩이들이 얼굴에 상처를 냈다. 느닷없이 머리채를 휘어잡히며 몸이 진흙탕에서 떨어져나왔다. 시커먼 밤하늘이 보이고 이어서 뚱뚱하고 허연 얼굴의 경찰이 눈앞에 달처럼 떠올랐다.

가죽장갑 주먹이 내 얼굴을 세차게 갈기더니 두 손가락이 입안으로 들어오고 다른 두 손가락은 눈을 짓눌렀다. "망할 눈 꼭 감고, 잘난 입 꾹 다물어."

나는 시키는 대로 했다.

"동커스터 로드의 레드벡 카페를 알면 고개를 끄덕여." 악의에 찬 뜨거운 속삭임이 귀에 엄습했다.

나는 고개를 끄덕였다.

"기사를 쓰고 싶으면 오늘 아침 5시까지 거기로 와."

이윽고 장갑이 사라졌고 나는 눈을 떠 망할 검은 하늘을 바라보며 천 개의 사이렌이 질러대는 비명을 들었다.

무사귀환한 에디.

어린아이들의 모습을 시야에서 떨쳐내려 헛되이 애쓴 네 시간의 운전.

이 지역의 지옥을 둘러본 네 시간의 투어: 퍼지, 팅글리, 행잉 히턴, 쇼 크로스, 배틀리, 듀즈베리, 치킨리, 얼셔턴, 고소프, 호베리, 캐슬퍼드, 폰트프랙트, 노르만턴, 헴스워스, 피츠윌리엄, 샬스턴, 스트리트하우스.

거친 남자들을 위한 거친 도시.

부드러운 남자인 나. 너무 나약해서 클레어의 몰리나 데블스 디치에도 가지 못하고, 너무 비겁해서 집시촌이나 심지어 오시트의 집으로도 돌아가지 못하는 인간.

차를 몰다 어느 순간 잠이 눈을 덮치자 클렉히턴 고속도로 갓길로 들어가 애너나 소피 같은 남부 아가씨와의 예전 삶을 꿈꾸다가 아버지의 마지막 말씀과 동시에 발기한 채 깨어났다.

"남부에 가면 너는 망할 물렁이가 되고 말 거다, 아무렴."

눈을 뜨자 불의 고리에 에워싸인 갈색 머리 여자아이의 얼굴과 더이상 이곳에 없는 여자아이들의 학교 사진이 떠올랐다.

눈을 비비고는 잿빛 어스름을 뚫고 차를 몰고 가자 두려움이 시동을 걸었다. 갈색이든 초록색이든 어디나 축축하고 지저분한 꼴로 잠에서 깨고 있고, 언덕이든 들판이든 집이든 공장이든 어디나 진흙 범벅의 나를 두려움으로 가득 채웠다.

안이든 밖이든 사방 어디에나 두려움이 있었다.

새벽의 동커스터 로드.

나는 레드벡 카페 & 모텔 뒤쪽 주차장으로 들어갔다. 화물트럭 사이에 비바를 세우고 라디오2 채널에서 흘러나오는 톰 존스의 〈I Can't Break the News to Myself〉를 들었다. 5시 십 분 전 비포장 주차장을 가로질러 뒤쪽 화장실로 갔다.

악취가 코를 찔렀고 타일 바닥은 검은 오줌 범벅이었다. 단단히 말라붙은 진흙 아래서 내 피부는 파리한 붉은빛으로 변해 있었다. 나는 온수 수도꼭지를 돌려 얼음처럼 차가운 물에 두 손을 담갔다. 눈을 감고 얼굴에 물을 끼얹고는 축축한 손가락으로 머리카락을 매만졌다. 갈색 물이 얼굴을 타고 재킷과 셔츠로 뚝뚝 떨어졌다. 다시 얼굴에 물을 끼얹으며 눈을 감았다.

문이 열리고 한층 더 차가운 공기가 광풍처럼 휘몰아쳤다.

나는 눈을 뜨려고 했다.

아래쪽 내 다리가 날아갔다. 걷어차인 것이다.

세면대 가장자리에 머리를 찧으며 신물이 입에 고였다.

나는 무릎 꿇은 채 턱을 세면대에 괴었다.

누군가가 머리채를 잡아 내 얼굴을 세면대의 더러운 물을 향해 들이밀었다.

"씹새끼야, 내 얼굴 볼 생각도 하지 마." 이번에도 그 악의에 찬 속삭임이었고, 그가 내 얼굴을 물에서 3센티미터 위에 틀어쥐고 있었다.

씨팔, 씨팔, 씨팔, 생각하며 말했다. "뭘 원해요?"

"망할 입 다물어."

나는 기다렸다. 세면대 가장자리에 짓눌려 숨통이 막혀왔다.

물이 튀길래 실눈을 떠보니 세면대 옆에 얇은 서류봉투 같은 것이 있었다.

머리채를 쥔 손이 느슨해지더니 느닷없이 머리를 뒤로 당겼다가 세면대 앞에 쾅 부딪쳤다.

어질어질해진 나는 두 팔을 허우적대다 뒤로 벌러덩 나자빠졌다. 이마가 고통으로 쿵쿵 울려대고 바지 엉덩이 부분에 물이 스며들었다.

나는 세면대를 잡고 일어나 몸을 돌리려다 문으로 넘어지며 주차장에 쓰러졌다.

그는 흔적도 없었다.

카페에서 나오던 화물트럭 운전사 둘이 나를 보고 손가락질하며 웃고 고함쳤다.

내가 화장실 문에 기대려다 뒤로 쿵 넘어지자 웃음소리는 두 배로 커졌다.

A4 크기의 서류봉투가 세면대 옆 물웅덩이에 놓여 있었다. 나는 봉투를 집어들고 갈색 물방울을 털어낸 뒤 열어보려다 두통에 눈을 꼭 감았다.

화장실 칸막이 문을 열고 쇠사슬을 잡아당겨 변기 속 길쭉한 연노란 똥을 흘려보냈다. 그리고 금간 플라스틱 뚜껑을 으르렁대는 물 위로 닫고서 그 위에 걸터앉아 봉투를 열었다.

새로운 지옥.

나는 타이핑한 얇은 A4 용지 두 장과 확대 사진 세 장을 꺼냈다.

클레어 켐플레이의 사체 부검 사진이었다.

또다른 공포 쇼.

나는 사진을 볼 수 없었고, 보고 싶지도 보지도 않았다. 그저 솟구치는 공포와 함께 서류를 읽어내려갔다.

사체 부검은 1974년 12월 14일 오후 7시 웨이크필드의 핀더필즈병원에서 닥터 앨런 쿠츠에 의해 실시되었으며 올드먼 총경과 노블 경정이 참관했다.

피해자의 키는 129센티미터, 몸무게는 32킬로그램이었다.

물린 것으로 보이는 상처가 오른쪽 뺨 위쪽, 턱, 그리고 목의 앞뒤에서 발견되었다. 목에 난 끈자국으로 보아 사인은 교살로 판단되었다.

교살.

목이 조이면서 이로 무는 바람에 혀가 잘렸다. 따라서 최후의 순간 아이는 의식을 잃지 않은 상태였을 가능성이 높았다.

의식을 잃지 않은 상태였을 가능성.

'4 LUV'라는 글자가 가슴에 면도날로 새겨져 있었다. 이 역시 피해자가 죽기 전 가해졌을 가능성이 높았다.

4 LUV.

손목과 발목에서도 끈자국이 발견되었다. 양쪽 다 피가 날 정도로 깊은 상처가 생긴 것으로 미루어 피해자는 오랫동안 가해자에게 맞서 싸웠던 것으로 추정되었다. 양쪽 손바닥에 커다란 못이나 그 비슷한 금속 물체로 뚫린 상처가 있었다. 왼쪽 발에도 비슷한 상처가 있으며, 오른쪽 발에는 같은 상처를 만들려다 실패한 듯한 자국이 있었다.

피해자는 오랫동안 가해자에게 맞서 싸웠다.

추가 검사가 필요하나, 예비 검시 결과 피해자의 피부와 손톱에서 채취한 물질은 석탄 가루로 밝혀졌다.

석탄 가루.

나는 침을 삼켰다.

질과 항문이 안팎으로 모두 찢기고 멍들어 있었다. 질 안쪽 상처는 질에 쑤셔넣은 채로 남겨진 장미의 줄기와 가시로 인한 것이었다. 이역시 대부분이 피해자가 죽기 전 가해졌다.

장미의 줄기와 가시.

공포 위에 공포가 더해졌다.

숨이 막혀왔다.

이 지점에서 그들은 시신을 뒤집었던 모양이다.

클레어 켐플레이의 등은 또다른 세계였다.

또다른 지옥.

한 쌍의 백조 날개가 등에 꿰매여 있었다.

"날개를 싹둑 잘라내고는 그 불쌍한 것을 그대로 버려두고 갔어."

왁스를 칠한 가느다란 끈으로 꿰맨 자국은 들쭉날쭉했다. 꿰맨 자리 곳곳의 피부와 근육이 문드러지는 바람에 끈은 떨어져나갔다. 피부와 근육이 날개의 무게나 바느질의 압력을 견디지 못하고 오른쪽 날개가 완전히 떨어져나가면서 피해자의 오른쪽 어깨뼈를 따라 커다랗게 살이 찢겨 있었다.

"날개를 도려냈더군. 망할 백조는 여전히 살아 있지 뭐야."

보고서의 결론 부분에 병리학자는 이렇게 타이핑해놓았다.

사망원인: 교살로 인한 질식

얇은 하얀 종이 너머로 흑백 지옥의 윤곽선과 그림자가 보였다.

사진은 보지도 않은 채 모조리 봉투에 쑤셔넣고 나는 헛구역질을 하며 칸막이 문과 씨름했다.

열린 문으로 비틀비틀 나오다 미끄러져 또다른 망할 화물트럭 운전사에게 넘겨졌고, 그의 뜨거운 오줌이 내 다리를 적셨다.

"이 망할 호모 새끼가!"

문밖에서 요크셔의 공기를 들이쉬자 눈물과 신물이 얼굴을 타고 흘러내렸다.

상처는 모두 살아 있을 때 생긴 것이었다.

"야, 이 개자식아, 내 말 안 들려."

4 LUV.

어머니는 거실 뒷방의 자기 흔들의자에 앉아 이슬비 내리는 뒤뜰을 바라보고 있었다.

나는 차를 한 잔 갖다드렸다.

"꼴이 그게 뭐냐." 어머니가 나를 보지도 않은 채 말했다.

"그러게요. 제대로 차려입지 못했네요. 누굴 닮아 이 모양인지." 나는 뜨겁고 달콤한 차를 한입 가득 삼켰다.

"아니, 얘야. 오늘은 안 돼." 어머니가 속삭였다.

부엌 라디오에서 6시 뉴스가 흘러나오고 있었다.

노팅엄의 양로원에서 열여덟 명이 죽었고, 원인은 요즘 들어 두번째로 발생한 화재였다. 케임브리지 강간범이 다섯번째 희생자를 만들었다고 선언했고, 잉글랜드 팀이 2차 시합에서 171점 뒤지고 있었다.

어머니는 차가 식도록 내버려둔 채 뒤뜰만 응시하며 앉아 있었다.

나는 서랍장 위에 봉투를 놓고 침대에 누워 잠을 청했지만 도무지 헛일이었고, 담배도 전혀 도움이 되지 않았다. 오히려 삼킬 수도 뱉을 수도 없는 위스키를 한입 가득 머금고 있는 양 마음만 뒤숭숭해졌다. 이내 작은 날개를 단 쥐들이 털북숭이 얼굴과 다정한 말투로 다람쥐처럼 굴더니 느닷없이 도로 쥐가 되어 내 귀에 거친 욕설을 속살대며 곤봉이

나 돌멩이보다 더 세게 내 뼈를 부러뜨리자 벌떡 일어나 불을 켰다. 그러나 이미 날이 밝아 햇살이 환했다. 그렇게 잠은 끊어졌다 이어지며 아무에게도, 특히 샌드맨*에게는 가닿지 않을 신호를 보냈다.

"불알에서 손떼!"

망할.

"이런 난장판에서 누가 살겠어?"

나는 눈을 떴다.

"아주 화끈한 밤을 보냈나보군." 배리 개년이 손에 찻잔을 든 채 엉망진창인 내 방을 둘러보고 있었다.

"망할." 아무리 중얼거려봤자 달아날 구멍은 없었다.

"살아 있긴 하군."

"아이고 하느님."

"고마워. 만나서 나도 아주 반가워."

십 분 후 우리는 도로 위를 달리고 있었다.

이십 분 후 텅 빈 위장과 쿵쿵 울리는 두통 속에서 나는 사연을 모두 털어놓았다.

"그 백조는 브레턴에서 발견됐어." 배리는 경관도로로 접어들었다.

"브레턴공원요?"

"우리 아버지가 아널드 파울러랑 친구인데, 그분한테 들었대."

과거의 숫자 99번에서 밀어닥친 기억. 나는 학교의 나무 바닥에 책상다리를 하고 앉아 파울러 씨의 새 이야기를 들었다. 그는 웨스트 라이

---

* 마법의 모래를 뿌려 아이들이 잠들거나 좋은 꿈을 꾸게 한다는 요정.

딩*의 모든 학교에 탐조 클럽을 만들고, 모든 지역신문에 칼럼을 쓰는 등 새에 미친 사람이었다.

"그 사람이 여태 살아 있어요?"

"그리고 여전히 〈오시트 옵서버〉에 글을 쓰지. 설마 한 번도 안 읽은 건 아니지?"

나는 웃음을 터뜨릴 뻔했다. "그래, 아널드는 어떻게 그 새를 찾았대요?"

"아널드가 어떤 사람인지 알잖아. 새들의 세계에서는 무슨 일이든 일어날 수 있고, 그것을 제일 먼저 아는 사람이 바로 아널드지."

한 쌍의 백조 날개가 등에 꿰매여 있었다.

"진심으로 하는 말이에요?"

배리는 지루한 얼굴이었다. "이봐 셜록 홈스, 브레턴공원을 방문한 선량한 시민들이 알려줬겠지. 아널드야 눈만 뜨면 그 공원에서 사는 사람이니."

창밖을 내다보니 또다른 조용한 일요일 풍경이 스쳐지나가고 있었다. 배리는 집시촌이나 사체 부검에 대해 듣고도 충격받기는커녕 흥미로워하지도 않았다.

"올드먼이 집시한테 맺힌 게 좀 있지. 아일랜드인한테도." 그 말뿐이었다.

심지어 사체 부검에 대해서는 더 반응이 없어서 나는 부검 사진을 배리에게 보여줄 걸 그랬다고 생각했다. 하다못해 나 자신이 그 사진을 들여다볼 망할 용기라도 있었으면 좋겠다고.

"몹쓸 짓이에요." 내가 할 수 있는 말은 고작 그게 전부였다.

---

* 웨스트요크셔, 사우스요크셔 등을 포함한 옛 행정구역으로, 1974년 분할 개편되었다.

배리 개넌은 가타부타 말이 없었다.

"레드벡에서 날 팬 놈은 경찰이 분명해요."

"그래."

"하지만 왜 그랬을까요?"

"게임이지, 에디. 그놈들은 자네랑 망할 게임을 하고 있어. 조심해."

"나도 어른이에요."

"어련하겠어." 배리가 씩 웃었다.

"이 동네의 상식이죠."

"어느 동네?"

"선배 동네는 아니고요."

배리가 웃음을 그쳤다. "여전히 동일범 짓이라고 믿어?"

"모르겠어요. 그래요. 가능성은 있죠."

"좋아."

이윽고 배리가 럭비 리그의 망나니 조니 켈리에 대해 다시 떠들어댔다. 요즘은 시합에 나오지 않는다는 둥, 망할 그놈이 어디 있는지 아무도 모른다는 둥.

그게 무슨 상관이람, 생각하며 나는 창밖만 내다보았다.

배리가 캐슬퍼드 외곽에서 차를 세웠다.

"벌써 다 왔어요?" 나는 도슨 정도라면 이보다 훨씬 호화로운 동네에 살 텐데 싶어 의아해하며 물었다.

"자넨 다 왔지."

무슨 말인지 몰라 나는 고개를 사방으로 두리번거렸다.

"브런트 거리는 저기 뒤에서 왼쪽으로 첫번째 거리야."

"네?" 나는 영문을 모른 채 고개를 그쪽으로 돌렸다.

배리 개넌이 껄껄 웃었다. "망할 캐슬퍼드 브런트 거리 11번지에 대체 누가 살까, 셜록?"

아는 주소였다. 두통을 참고 머릿속을 마구 헤집은 끝에 천천히 생각이 났다. "갈런드요?"

저넷 갈런드, 여덟 살, 1969년 7월 12일 캐슬퍼드에서 실종.

"딩동댕."

"젠장."

배리가 손목시계를 들여다보았다. "두어 시간 후 이 거리 맞은편 스완에서 보자고. 무서운 이야기를 주고받는 거야."

나는 화가 난 채 차에서 내렸다.

배리가 몸을 숙여 조수석 문을 닫았다. "내가 말했잖아, 나한테 크게 신세 진 줄 알라고."

"예. 야호네요."

껄껄 웃으며 배리가 출발했다.

캐슬퍼드의 브런트 거리.

한쪽은 전쟁 전에 세워진 테라스하우스*가 늘어서 있고, 다른 쪽은 좀더 최근에 지어진 연립주택이 늘어서 있었다.

11번지는 테라스하우스 쪽의 선홍빛 문이었다.

나는 거리를 세 번이나 오르내리며 수첩을 갖고 왔어야 했다고, 미리 전화를 걸었어야 했다고, 술냄새를 어떻게든 없앴어야 했다고 한탄하다가 결국 나직이 딱 한 번 문을 두드렸다.

조용한 거리에 서서 기다리다 몸을 돌렸다.

문이 벌컥 열렸다. "이봐요, 망할 녀석이 어디 있는지는 나도 몰라요.

---

* 비슷한 외형의 주택들이 거리를 따라 늘어선 건축 형태.

그러니 제발 좀 꺼져요!"

여자가 붉은 문을 쾅 닫으려다 멈추었다. 그러고는 지저분한 금발을 매만지더니 수척한 몸을 감싼 붉은 카디건을 단단히 여몄다. "누구시죠?" 여자가 나직이 물었다.

"에드워드 던퍼드라고 합니다." 미친 척하고 들이대기로 했다.

"조니 때문에 오셨나요?"

"아닙니다."

"그럼?"

"저넷 때문에 왔습니다."

여자가 파리한 입술에 가느다란 손가락 세 개를 대고 파란 눈을 감았다.

12월의 푸르름으로 밝아오는 하늘 아래 죽음의 문 앞에서 나는 볼펜과 종이를 꺼내고서 말했다. "저는 기자입니다. 〈포스트〉에서 나왔어요."

"그럼, 어서 들어오세요."

나는 안으로 들어가 붉은 문을 닫았다.

"앉으세요. 주전자 좀 올려놓고 올게요."

좁지만 잘 꾸며진 거실에서 나는 황백색 가죽 안락의자에 앉았다. 대부분의 가구가 값비싼 새것이었고, 일부는 여전히 비닐로 싸여 있었다. 컬러텔레비전이 소리 없이 켜져 있었다. 성인용 교양 프로그램이 막 시작되었는데, 달려가는 하얀 포드 트랜싯 밴의 옆면에 'On the Move'라는 프로그램 제목이 적혀 있었다.

나는 숙취를 없애기 위해 잠시 눈을 감았다.

눈을 뜨니 그애가 보였다.

텔레비전 위에 놓인 것은 내가 그토록 두려워했던 바로 그 학교 사진이었다.

저넷 갤런드, 수전과 클레어보다 어린 금발 아이가 세상에서 더없이 행복한 미소를 지으며 나를 바라보고 있었다.

저넷 갤런드는 다운증후군이었다.

부엌에서 주전자가 비명을 지르더니 느닷없이 조용해졌다.

나는 사진에서 시선을 떼고 트로피와 우승컵으로 가득한 진열장을 힐긋 보았다.

"차 드세요." 갤런드 부인이 내 앞의 커피테이블에 쟁반을 놓으며 말을 이었다. "잠시 기다렸다 드시는 게 좋을 거예요."

"부군께서 대단한 운동선수이신가봅니다." 나는 씩 웃으며 진열장을 향해 턱짓했다.

갤런드 부인이 붉은 카디건을 다시 단단히 여미더니 황백색 가죽소파에 앉았다. "제 동생 거예요."

"아." 나는 여자의 나이를 짐작해보았다. 1969년 저넷이 여덟 살이었으니, 당시 아이엄마는 스물여섯 내지는 스물일곱 살이었을 것이고, 그럼 지금은 삼십대?

여자는 며칠간 잠을 이루지 못한 듯 보였다.

여자가 내 시선을 알아차렸다. "제가 뭘 도와드리면 될까요, 던퍼드 씨?"

"저는 실종 아동의 부모에 대한 기사를 쓰고 있습니다."

갤런드 부인이 치마에 묻은 부스러기를 떼어냈다.

나는 말을 계속했다. "대중의 관심은 그 순간만 들끓다가 이내 사그라지기 일쑤죠."

"사그라져요?"

"네. 대중의 관심이 사그라진 후 실종 아동의 부모들이 어떻게 대처하고……"

"어떻게 대처하다뇨?"

"네. 예를 들면, 사건 당시 경찰이 수사를 위해 뭔가 더 할 일이 있었다고 생각하시나요?"

"하나 있어요." 가만히 기다리고 있는 나를 갈런드 부인이 뚫어져라 보았다.

"네, 그게 뭡니까?"

"내 딸을 찾아냈어야지, 이 머저리 냉혈한 개새끼들아!" 그녀가 눈을 감았다. 온몸이 덜덜 떨리고 있었다.

입이 바싹 마른 나는 자리에서 일어났다. "죄송해요. 전 그냥……"

"나가!"

"죄송합니다."

갈런드 부인이 눈을 뜨고 나를 올려다보았다. "죄송하긴 뭐가 죄송해. 네놈들이 그런 감정이 있으면 여기 와서 이딴 헛소리나 지껄이겠어."

커피테이블과 안락의자 사이에 정강이가 낀 채 거실 가운데 서 있던 나는 불현듯 어머니가 생각나 얼른 가서 안아드리고 싶었다. 나는 꼴사납게 커피테이블과 찻주전자 위로 넘어가며 뭐라고 말해야 할지 몰라 그저 "죄송합니다……"라고만 웅얼거렸다.

희푸른 눈이 눈물과 증오로 커진 폴라 갈런드 부인이 일어나 나를 붉은 문에 세게 밀쳤다. "망할 기자 놈들. 네놈들은 우리집에 쳐들어와 잘 알지도 못하면서 떠들어대지. 날씨나 망할 남의 나라 전쟁 이야기라도 하듯." 그녀는 현관문을 열려고 애쓰며 굵은 눈물방울을 뚝뚝 떨구었다.

얼굴이 벌겋게 달아오른 나는 거리로 뒷걸음쳤다.

"하지만 난 딸을 잃었다고!" 그녀가 고함을 지르고는 내 면전에서 문을 쾅 닫았다.

붉은 문 앞에 서 있던 나는 지금 여기가 캐슬퍼드의 브런트 거리만 아니라면 전 세계 어디라도 좋겠다고 한탄했다.

"취재는 잘됐어?"

"웃기지 마요." 배리 개년이 나타날 때까지 한 시간 내내 생각에 잠겨 맥주 세 잔을 마시던 참이었다. 곧 문 닫을 시간이라 스완의 손님들은 대부분 일요일 점심을 먹으러 망할 집으로 돌아가고 없었다.

배리가 술잔을 들고 앉더니 내 담뱃갑에서 담배를 뺐냈다. "침대 밑에 숨은 조니는 못 찾았어?"

나는 농담할 기분이 아니었다. "뭐요?"

배리가 천천히 말했다. "조니 켈리. 최고 유망주 몰라?"

"그자가 왜요?" 지금이라도 당장 배리를 두들겨패고 싶었다.

"아이고 하느님 아버지, 에디."

망할 트로피와 우승컵. "설마 갈런드와 친척인 거예요?"

"딩동댕. 폴라 갈런드의 망할 동생이야. 누나가 남편을 잃고, 모델이 자기를 떠나자 누나 집에 들어가 살았지."

얼굴이 다시 벌겋게 달아오르며 피가 끓었다. "남편이 죽었어요?"

"이런 젠장, 던퍼드. 그 정도쯤은 미리 알고 있었어야지."

"젠장."

"저넷을 잃은 슬픔을 극복 못하고 이삼년 전 엽총을 자기 입에 대고 쐈어."

"그걸 다 알고 있었어요? 그랬으면서 알려주지도 않았던 거예요?"

"웃기시네. 자네가 직접 조사하든지 아니면 물어보기라도 했었어야지." 배리가 맥주를 꿀꺽꿀꺽 삼키며 망할 웃음을 감추었다.

"좋아요. 지금 물어볼게요."

"남편이 자살했을 무렵 조니는 경기장 안팎에서 막 명성을 얻기 시작했지."

"망나니 조니라는 별명을 얻었을 때요?"

"그래, 이 동네에서는 꽤 잘나갔어. 1971년 즈음 미스 웨스턴슈퍼메어 출신 슈퍼모델과 결혼했고. 금방 깨졌지만. 마누라가 불쑥 떠나버리자 누나 집으로 들어간 거지."

"럭비 리그계의 조지 베스트*라고들 한다면서요?"

"남부에는 별로 안 알려졌나봐?"

나는 약간이나마 자존심을 되찾고서 말했다. "신문 1면에 실릴 만한 건 아니죠."

"여기서는 1면 감이야. 자네는 당연히 알았어야 했고."

새 담배에 불을 붙이던 나는 굳이 또 염장을 지르며 히죽대는 배리의 미소가 가증스러웠다.

하지만 망할 자존심이 밥 먹여주는 것은 아니다. "그래서 폴 켈리가 우리 신문사에 취직했다면서요? 관계가 어떻게 되는데요?"

"사촌인가 뭔가 그렇지. 직접 물어봐."

나는 이것이 마지막이라고 맹세하며 침을 삼켰다. "켈리는 오늘도 시합에 안 나타났어요?"

"모르겠어. 직접 알아보지그래?"

"네." 내 눈에 눈물이 글썽이지 않기를 간절히 빌며 나는 중얼거렸다.

우렁찬 목소리가 외쳤다. "손님, 문 닫을 시간입니다."

우리 둘 다 잔을 비웠다.

"도슨 부인하고는 잘됐어요?"

"내 목숨이 위험하다더군." 배리가 일어나며 씩 웃었다.

---

* 영국 축구의 영웅.

"농담이죠? 왜요?"

"왜 아니겠어? 너무 많이 알고 있으니 그게 당연하지."

우리는 문을 지나 주차장으로 향했다.

"그 여자 말을 믿어요?"

"그놈들은 사방에 줄이 닿아 있어. 문제는 언제 그 인맥을 이용할 것이냐 하는 거지." 배리가 자갈땅에 담배를 밟아 뭉갰다.

"그놈들이라뇨?"

배리가 자동차 열쇠를 찾아 주머니를 이리저리 뒤졌다. "그놈들은 이름이 없어."

"웃기지 마요." 맥주 세 잔과 신선한 공기에 용기가 솟아 나는 껄껄 웃었다.

"암살대가 버젓이 있는데, 배리 개년을 못 죽일 것 뭐 있어?"

"암살대요?"

"망할 암살대가 동양인이나 인디언한테만 있다고 생각해? 모든 나라, 모든 도시에 암살대가 있어."

나는 돌아서서 걸어갔다. "무슨 헛소리예요."

배리가 내 팔을 잡았다. "북아일랜드에서 훈련을 시키지. 맛을 보여준 뒤 굶주린 채로 고향에 보내."

"웃기지 마요." 나는 팔을 흔들어 그의 손을 뿌리쳤다.

"뭐? 설마 진짜로 망할 비료 포대를 짊어진 동키 재킷 차림의 아일랜드 놈들이 여기 술집을 전부 폭탄으로 날려버릴 거라고 생각하는 건 아니지?"

"아니긴요." 나는 씩 웃었다.

배리가 고개를 숙인 채 손으로 머리를 쓸어넘기고는 말했다. "거리에서 어떤 남자가 다가와 길을 묻는다면 그자는 길을 잃은 걸까, 아니면 자네를 신문하는 걸까?"

나는 씩 웃었다. "빅브라더 말이에요?"

"빅브라더가 자넬 지켜보고 있어."

나는 잿빛을 띠어가는 푸른 하늘을 힐긋 올려다보고 말했다. "도슨 부인의 말을 정말 진지하게 믿는다면 누구에게든 도움을 청해야죠."

"누구한테? 사법부에? 그놈들이 곧 법인 마당에? 어차피 산목숨은 다 죽기 마련이야."

"그럼 왜 살아요? 갈런드처럼 자살해버리지."

"옳고 그름을 믿으니까. 나를 심판하는 건 그놈들이 아니라고 믿어서 지. 할말은 그것뿐이야."

나는 요의를 느끼며 자갈땅을 내려다보았다.

"어이 머저리, 같이 갈 거야, 말 거야?" 배리가 차문을 열쇠로 열며 물었다.

"저는 방향이 달라요."

배리가 차문을 열었다. "그럼 나중에 봐."

"네, 나중에 봐요." 나는 몸을 돌려 주차장을 가로질렀다.

"에디!"

나는 도로 몸을 돌리고는 흐릿해져가는 겨울 태양을 향해 실눈을 떴다.

"단 한 번이라도 세상을 악으로부터 구해내고 싶은 욕망을 품어본 적 있나?"

"아뇨." 나는 텅 빈 주차장 너머로 고함쳤다.

"거짓말." 배리가 껄껄 웃으며 차문을 닫고 시동을 걸었다.

일요일 오후 3시 캐슬퍼드에서 나는 배리 개넌의 광기에서 해방된 것을 기뻐하며 폰트프랙트행 버스를 기다리고 있었다. 맥주를 세 잔 반마신데다 나의 쥐에게로 돌아갈 수 있어 거의 반가울 지경이었다.

쥐잡이꾼: 요크셔 주민의 심금을 울린 이야기.

버스가 달려왔다. 나는 엄지를 내밀었다.

쥐잡이꾼: 불명예스러운 음악 교사 그레이엄 골드소프는 핼러윈 전날 밤 누나 메리를 스타킹으로 목졸라 죽이고 벽난로에 매닮으로써 쥐잡이꾼으로 불리며 법정에 서게 됐다.

나는 기사에게 요금을 내고는 텅 빈 1층 버스 뒤편으로 가 담배를 피웠다.

쥐잡이꾼 그레이엄 골드소프는 더러운 갈색 쥐들이 페스트를 퍼뜨린다는 망상에 빠져 한순간 돌아버리고 말았다.

맨디가 파키스탄 새끼랑 붙어먹었다, 라고 앞좌석 뒷면에 적혀 있었다.

쥐잡이꾼: 플리트 거리의 기자였다가 돌아온 탕아로 거듭나, 더러운 갈색 쥐들이 페스트를 퍼뜨린다는 망상으로 이 지역에 충격을 주고 북잉글랜드 범죄 전문 기자로 자리잡은 에드워드 던퍼드의 마음에 깊이 새겨진 사건.

요크셔 흰둥이, 라고 앞의 옆좌석에 적혀 있었다.

쥐잡이꾼: 〈포스트〉에 실린 내 첫 기사이자 내 아버지와 망할 잭 화이트헤드를 모두 병원으로 보낸 하느님의 선물.

나는 잭 화이트헤드가 죽어버렸으면 좋겠다고 생각하며 벨을 눌렀다.

버스에서 내려, 날이 저물어가는 폰트프랙트로 들어섰다. 아버지의 낡은 코트로 담배를 가리고 세 번이나 시도한 끝에 겨울바람의 횡포를 피해 불을 붙였다.

쥐잡이꾼의 동네.

버스 정거장에서 월먼 클로즈에 가기까지 정확히 JPS 한 대를 다 피우고는 밟아 끄려다가 망할 개똥을 밟을 뻔했다.

그레이엄 골드소프가 이 월먼 클로즈의 개똥을 보기라도 했다면 분명 꼭지가 돌아버렸을 텐데.

벌써부터 어스름이 짙어 클로즈의 집집마다 크리스마스트리에 불이 들어와 있었다. 한심한 여편네인 이니드 셰어드 부인 집만 빼고.

골드소프의 집 역시 캄캄했다.

내 인생을 저주하며 단층집의 유리문을 두드리자 거대한 셰퍼드 햄릿이 짖어댔다.

짧게나마 플리트 거리에서 근무하는 동안 수백 번은 겪은 일이었다. 사망자나 피의자의 가족과 친구와 동료와 이웃. 인터뷰의 대가를 주겠다는 말만으로도 몹시 상처받은 듯이, 질겁한 듯이, 모욕당한 듯이, 심지어 화난 듯이 군다. 그러나 한 달 후 전화를 걸어 느닷없이 너무나 열정적으로 간절히 돕고자 하며 탐욕스레 인터뷰의 대가를 요구하는 인간들이 바로 그 가족과 친구와 동료와 이웃이었다.

"누구세요? 누구세요?" 한심한 여편네는 문을 열기는커녕 현관 불도 켜지 않았다.

나는 문 너머로 소리쳤다. "에드워드 던퍼드입니다, 셰어드 부인. 〈포스트〉에서 나왔어요. 기억하시죠?"

"네, 기억해요. 오늘은 일요일이에요, 던퍼드 씨." 그녀 역시 고함으로 셰퍼드 햄릿의 짖는 소리에 맞섰다.

"편집장님 말이, 부인께서 전화하셔서 기자와 이야기하고 싶어했다던데요." 나는 물결무늬 유리창 너머로 고함쳤다.

"지난주 월요일에 전화했어요, 던퍼드 씨. 주중에는 일하지만 주일에는 안 해요. 당신네 기자들도 그러면 정말 고마울 텐데."

"죄송합니다, 셰어드 부인. 취재하느라 어지간히 바빠야지요. 여기까지 먼길을 왔습니다. 대개 주일에는 일하지 않……" 나는 중얼대며 해든이 내게 거짓말을 한 건지, 아니면 날짜를 착각한 건지 궁금해했다.

"할 수 없죠. 돈은 가져왔겠죠, 던퍼드 씨." 이니드 셰어드 부인이 문을 열며 말했다.

무일푼에 가까운 채로 어둡고 좁은 현관 복도에 들어서자 셰퍼드 햄릿의 냄새가 코를 찔렀다. 다시는 맡고 싶지 않았던 악취였다.

적어도 칠십 년의 힘겨운 삶을 살았을 과부 셰어드 부인이 나를 거실로 안내했다. 나는 또다시 셰퍼드 햄릿이 부엌 유리문을 닦는 동안 이니드 셰어드의 추억과 거짓말을 들으며 어둠 속에 앉아 있어야 했다.

나는 소파 끝에 엉덩이만 걸친 채 말했다. "편집장님 말이 부인께서……"

"편집장하고는 통화한 적 없는데……"

"아무튼 옆집에서 일어난 일에 대해 제보할 것이 있으신 거죠?" 텅 빈 텔레비전 화면을 응시하고 있으려니 저넷 갈런드와 수전 리드야드와 클레어 켐플레이의 죽은 눈이 떠올랐다.

"내가 말할 때는 끊지 말아줘요, 던퍼드 씨."

"죄송합니다." 갈런드 부인 생각에 위장이 찢겨나가는 듯했다.

"그나저나 술냄새가 나네요, 던퍼드 씨. 점잖은 신사인 화이트헤드 씨가 왔더라면 좋았을 텐데. 오늘 같은 안식일은 말고요."

"잭 화이트헤드와 통화하셨습니까?"

셰어드 부인이 가느다란 입술로 미소지었다. "그래요. 성만 알려주더군요. 저도 이름은 묻지 않았고요."

시커멓고 차가운 구덩이 같은 거실에 앉아 있던 내 온몸에 불현듯 열이 솟구쳤다. "뭐라고 하던가요?"

"던퍼드 씨와 만나보라고요. 자기 담당이 아니라고."

"그리고요? 또 뭐라던가요?" 숨이 막힐 듯했다.

"말 끊지 마요."

나는 과부에게 바싹 다가가 앉았다. "그리고 뭐라던가요?"

"이봐요, 던퍼드 씨. 열쇠를 주라더군요. 하지만 나는……"

"열쇠요? 무슨 열쇠요?" 나는 하마터면 소파에서 일어나 그녀의 무릎에 앉을 뻔했다.

"옆집 열쇠 말예요." 셰어드 부인이 당당히 선언했다.

느닷없이 부엌문이 쿵 하고 열리더니 셰퍼드 햄릿이 천둥처럼 짖어대며 우리 사이로 뛰어들어 뜨겁고 축축하고 물컹한 혀로 두 사람의 얼굴을 핥아댔다.

"이봐, 햄릿. 됐어, 그만해."

밖은 완연한 밤이었다. 이니드 셰어드 부인이 골드소프의 집 뒷문 열쇠를 찾아 더듬거렸다. 자물쇠가 열리자 나는 안으로 들어갔다.

한 달 전 경찰은 비극의 현장을 보여달라는 모든 요청을 딱 잘라 거절했고, 이니드 셰어드는 이 집 열쇠가 있다는 눈치조차 비치지 않았는데 지금 내가 골드소프의 부엌에, 쥐잡이꾼의 소굴에 서 있게 된 것이다.

나는 부엌 불을 켜려고 했다.

"전기가 끊겼을걸요." 셰어드 부인이 문간에서 나직이 말했다.

나는 스위치를 한번 더 올렸다가 내렸다. "그런가봅니다."

"불빛도 없이 저 안으로 들어가고 싶진 않을 텐데요. 여기 서 있기만 해도 음기陰氣가 느껴지는데."

나는 이니드 셰어드 부인이 언제 마지막으로 음기淫氣를 발산했을까 궁금해하며 부엌을 유심히 살폈다. 일주일 만에 들어온 트레일러처럼 퀴퀴한 냄새가 끼쳤다.

"날 밝을 때 다시 오지그래요? 일요일에는 일하면 안 된다고 몇 번이나 말했는데."

"네, 들었습니다." 나는 부엌 싱크대 아래서 중얼거리며, 이니드 셰어드가 마지막 음기는 즐겼을지, 그랬다면 지금 그것을 그리워하지는 않을지, 그렇다면 많은 것이 설명될 수 있을 텐데, 라고 생각했다.

"거기서 뭐하는 거예요, 던퍼드 씨?"

"할렐루야!" 나는 싱크대 아래서 초를 꺼내들며 고함치고는 망할 예수님과 주3일제*를 찬미했다.

이니드 셰어드가 말했다. "정 이런 시커먼 어둠 속에서 둘러보겠다면 우리 남편이 쓰던 손전등을 찾아볼게요. 그이는 늘 손전등과 양초를 챙겨두었죠. '미리 준비해라'가 신조였거든요. 그 수많은 파업과 지금 상황을 생각해보면 정말 지당한 말이죠." 셰어드 부인이 자기 집으로 돌아가면서도 떠들어댔다.

나는 뒷문을 닫고 식기장에서 받침 접시를 꺼냈다. 초를 켜고 촛농을 접시에 떨어뜨린 다음 초를 단단히 고정시켰다.

마침내 쥐잡이꾼의 소굴에 혼자 남게 되었군.

스멀스멀 겁이 났다.

양초 불빛에 붉고 노랗게 물든 부엌 벽이 나를 잡아채 불타는 집시촌이 내려다보이는 비탈에 내던졌다. 갈색 곱슬머리의 어린 여자아이가 어둠 속에서 울고 있고, 다른 여자아이가 등에 날개를 단 채 시신 안치대 위에 누워 있었다. 나는 침을 꿀꺽 삼키고는, 대체 여기서 뭐하는 짓인지 한심해하며 유리 부엌문을 열어젖혔다.

집은 셰어드 부인 집과 정확히 똑같은 구조였다. 복도 끝 유리 현관

---

* 1970년부터 1974년까지 영국에서 전기 절약을 위해 일주일에 사흘만 전기를 사용하게 한 제도.

문을 통해 스며든 여린 빛이 촛불을 거들어, 칙칙한 스코틀랜드 풍경화 두 점과 새鳥 판화 한 점으로 장식된 좁은 복도를 비추었다. 복도에는 문이 다섯 개 더 있었는데, 모두 닫혀 있었다. 나는 전화기 탁자에 촛불을 내려놓고 종잇조각을 찾아 주머니를 뒤졌다.

쥐잡이꾼의 소굴에서……

충분히 전국지에 팔릴 만한 기사였다. 사진 몇 장이면 충분했다. 어쩌면 재빨리 책을 한 권 쓸 수도 있으리라. 캐서린이 말했듯, 이 사건은 그 자체가 사실상 이야깃감이었다.

월먼 클로즈 6번지는 동생과 누나, 살인자와 희생자 그레이엄과 메리 골드소프가 함께 살았던 집이다.

쥐잡이꾼의 복도에서 나는 볼펜을 꺼내들고 문을 하나 찍었다.

뒤쪽 침실은 메리의 방이었다. 이니드 셰어드한테 예전에 듣기로, 그레이엄은 사생활 보호를 위해 누나 메리가 큰 침실을 써야 한다고 유독 고집했었다. 또한 경찰 발표에 따르면, 그레이엄은 11월 4일 사건이 일어나기 전 열두 달 동안 누가 누나 방의 창문을 엿본다며 두 번 신고했다. 경찰은 그 증거를 찾지 못했고 찾으려고도 하지 않았다. 묵직하고 시커먼 커튼이 내 손에 닿자 이게 엿보는 이들을 막고 누나를 자신의 망상 속 눈들로부터 보호하기 위해 그레이엄이 새로 사서 단 커튼은 아닐까 싶었다.

그녀의 몸을 훑어본 것은 과연 누구의 눈이었을까? 낯선 이의 눈이거나, 아니면 거울 속에서 자신을 응시하던 바로 그의 눈이었을지도.

커튼과 가구가 방에 비해 너무 묵직한 느낌이었지만, 옆집의 이니드 셰어드나 나의 어머니 방도 마찬가지였다. 싱글베드 하나, 옷장 하나, 위에 거울이 달린 서랍장 하나. 모두 나무로 큼직큼직하게 짠 것들이었다. 나는 거울 앞에 놓인 솔빗 두 개와 플라스틱 빗과 옷솔과 골드소프

남매의 어머니 사진 옆에 초를 내려놓았다.

그레이엄은 누나가 잠든 방에 들어와 솔빗에서 어머니 것처럼 금발인 머리카락을 뽑아 보물처럼 소중히 간직했을까?

맨 위 왼쪽 서랍에는 화장품이 들어 있었다. 맨 위 오른쪽 서랍에는 메리 골드소프의 속옷이 있었다. 실크 속옷은 경찰 수색으로 흐트러져 있었다. 나는 하얀 속바지를 쓰다듬으며 우리 신문에 실린 평범하면서도 매력적인 그녀의 사진들을 떠올렸다. 그녀는 사망 당시 마흔 살이었는데 나도, 경찰도 그녀의 남자친구를 찾아내지 못했다. 애인이 없는 여자가 입기엔 값비싼 속옷이었다. 낭비였다.

그레이엄은 잠든 누나의 머리카락이 베개에 놓여 있는 모습을 바라보았다. 누나의 가장 은밀한 서랍인 맨 위 오른쪽 서랍을 조용히 열어 실크 속옷 사이로 두 손을 깊이 파묻었다. 느닷없이 메리가 침대에서 일어나 앉았다.

욕조와 변기를 한데 갖춘 방에서는 차가운 솔향이 났다. 나는 분홍색 매트 위에 서서 그레이엄 골드소프의 변기에 재빨리 오줌을 갈기며 여전히 그의 누나를 생각했다. 변기 물 내리는 소리가 단층집을 가득 채웠다.

"그레이엄? 뭐하고 있니?" 그녀가 나직이 말했다.

그레이엄의 침실은 화장실 바로 옆으로, 집 정면에 면해 있었다. 자그마한 방은 유산으로 받았을 더욱 묵직한 가구들로 채워져 있었다. 싱글베드 머리판 위쪽 벽에 액자 세 개가 걸려 있었다. 나는 그레이엄의 침대 위에 무릎을 꿇고서 촛불을 액자 가까이 댔다. 복도의 판화와 비슷한 새 판화들이었다. 그레이엄의 잠옷이 여전히 베개 아래 놓여 있었다.

그레이엄은 그대로 얼어붙었다. 땀에 젖은 잠옷이 몸에 들러붙은 채.

침대 옆에 잡지와 파일 무더기가 있었다. 나는 침대 옆 탁자에 촛불을 내려놓고 잡지 뭉치를 집어들었다. 모두 교통 관련 잡지로, 기차 아니면 버스에 대한 것이었다. 잡지를 침대에 내려놓고 책상으로 갔다. 그곳에 커다란 오픈릴 테이프녹음기가 놓여 있었다. 책장의 빈 공간으로 보건대 녹음테이프는 경찰이 모조리 가져간 것이 분명했다.

씨팔.

쥐잡이꾼의 테이프가 사라지긴 했으나 영원히 사라진 것은 아니었다.

"오늘밤 누나 방에서 몰래 지켜보다가 누나한테 들켰다." 녹음테이프가 소리 없이 돌아가는 동안 그레이엄이 이불을 뒤집어쓴 채 나직이 말했다. "내일은 핼러윈 전날이니 분명 그놈들이 올 것이다."

나는 책장에서 두꺼운 옛날 철도 시간표 책을 뽑아들어 그 무용함에 경탄했다. 표지 안쪽에 안경 쓴 올빼미 스티커가 붙어 있고, **이 책은 그레이엄과 메리 골드소프의 것이다. 훔쳤다가는 끝까지 추적해 작살내고 말겠다**라고 적혀 있었다.

씨팔.

책장에서 다른 책을 꺼내보니 역시나 똑같은 글귀가 있었고, 또다른 책도, 또다른 책도, 그리고 또다른 책도 마찬가지였다.

젠장할 또라이.

책들을 도로 꽂는데 『북부 운하 안내서』라는 하드커버 책이 제대로 다물어지지 않았다.

책을 펼치자 곧바로 지옥이 드러났다.

다양한 북부 운하 사진 사이에 열 살이나 열두 살쯤 되어 보이는 여자아이들 사진이 꽂혀 있었다.

학교 사진이었다.

활짝 웃는 입술과 눈이 빛나고 있었다.

입안이 바싹 마르고 심장이 쿵쿵댔다. 나는 책을 탁 덮었다.

몇 초 후 도로 펼쳐 촛불 가까이 비춰보면서 사진들을 넘겼다.

저넷은 없었다.

수전도 없었다.

클레어도 없었다.

그저 열 살이나 열두 살쯤 된 아이들을 찍은 4×6 사이즈 사진 열 장이었다.

이름은 없었다.

주소도 없었다.

날짜도 없었다.

그저 똑같은 푸른 하늘을 배경으로 하얀 이를 보이며 웃고 있는 푸른 눈의 아이 열 명이었다.

머리가 빙빙 돌고 맥박이 고동치는 채로 나는 책장에서 또다른 책을, 또다른 책을, 그리고 또다른 책을 꺼냈다.

아무것도 없었다.

오 분 동안 책이란 책과 잡지란 잡지는 모조리 펼쳐보았다.

아무것도 없었다.

물건이란 물건은 다 바닥에 내동댕이친 나는 『북부 운하 안내서』를 움켜쥔 채 그레이엄 골드소프의 침실 한가운데 서 있었다.

"뭐가 그리 중요해서 밝은 날 다시 오지 않는지 모르겠네요. 이런! 이 무슨 난장판이람." 이니드 셰어드가 손전등으로 방 구석구석을 훑으며 고개를 절레절레 저었다. "골드소프 씨가 자기 방이 이 꼴이 된 걸 보면 입에 거품을 물 거예요."

"경찰이 뭘 가져갔는지는 모르시죠?"

셰어드 부인이 손전등으로 내 눈을 비추었다. "나는 남 일에 신경 안 써요, 던퍼드 씨. 잘 알 텐데요."

"알고말고요."

"신문사에서 내게 맹세했어요. 이 집 물건은 털끝 하나 건드리지 않겠다고요. 그런데 이 꼴을 봐요. 다른 방도 이렇게 해놓은 건 아니죠?"

"네. 이 방만 이래요."

"하긴 이 방에 가장 관심이 가겠죠." 이니드 셰어드가 독일군 포로수용소의 탐조등처럼 손전등을 흔들어 방을 구석구석 훑었다.

"사라진 게 뭔지 말씀해주시겠습니까?"

"던퍼드 씨! 골드소프의 침실에는 오늘 처음 들어온 거예요. 하여튼 기자들이란. 하나같이 머릿속에 그렇고 그런 생각뿐이라니까."

"죄송합니다. 그런 뜻이 아니었어요."

"경찰이 골드소프의 그림이랑 테이프는 모두 가져갔어요. 그것만은 확실해요." 하얀 빛줄기가 녹음기에서 멈추었다. "들고 나가는 걸 내 눈으로 직접 봤거든요."

"테이프에 뭘 녹음했는지 골드소프 씨가 말한 적은 없어요?"

"이 년 전 메리가 말하길, 동생이 일기를 남긴대요. 그래서 골드소프 씨는 글 쓰는 걸 좋아하나보다고 대꾸했더니, 일기를 쓰는 게 아니라 녹음한다고 하던걸요."

"어떤 내용인지는 말 안 하던……"

환한 빛살이 내 눈을 정면으로 찔렀다. "던퍼드 씨, 같은 말을 몇 번이나 하게 해요? 메리는 말 안 했고, 나는 안 물어봤어요. 나는……"

"남 일에 신경 안 쓰신다고요. 압니다." 『북부 운하 안내서』의 반은 셔츠 속에, 반은 바지 속에 숨긴 채 나는 어색한 몸짓으로 촛불을 집어들었다. "감사합니다, 셰어드 부인."

복도에서 이니드 셰어드가 거실 문 옆에 멈춰 섰다. "여기도 들어갈 거예요?"

나는 문을 응시했다. "아뇨."

"하지만 여긴……"

"압니다." 나는 나직이 대꾸하며, 메리 골드소프가 스타킹으로 목매달려 있는 벽난로와 그레이엄의 뇌 파편이 흩뿌려진 세 벽을 떠올렸다. 그곳에는 폴라 갈런드의 남편도 있었다.

"내 의견을 묻는다면, 여기까지 온 보람이 별로 없을 것 같군요." 이니드 셰어드가 중얼거렸다.

부엌에서 나는 뒷문을 열고 촛불을 입으로 불어 *끄고는* 받침 접시를 식기 건조대에 두었다.

"우리집으로 가서 차나 한잔 하죠." 이니드 셰어드가 뒷문을 잠그고 열쇠를 앞치마 주머니에 넣으며 말했다.

"아니, 괜찮습니다. 일요일인데 이렇게 폐를 끼쳐서 정말 죄송합니다." 커다란 책이 내 배를 찔러댔다.

"던퍼드 씨야 할일을 다 마쳤는지 몰라도, 나는 아직 남았어요."

나는 미소지었다. "죄송합니다만, 무슨 말씀이신지……"

"내 돈 말이에요, 던퍼드 씨."

"아, 물론입니다. 죄송합니다. 내일 사진작가와 함께 다시 오겠습니다. 그때 수표를 드리죠."

"현금으로 줘요, 던퍼드 씨. 우리 남편은 은행을 결코 믿지 않았고, 나 역시 마찬가지예요. 100파운드 현찰로 가져와요."

나는 샛길을 따라 걸었다. "100파운드 현찰로 가져오겠습니다, 셰어드 부인."

"내일은 미리 전화해주는 매너 정도는 지키리라 믿겠어요. 피차 그쪽이 편하지 않겠어요?" 이니드 셰어드가 소리쳤다.

"그럼요, 셰어드 부인. 정말 지당하신 말씀입니다." 나는 고함을 치며 뛰기 시작했다. 큰길 위쪽에 버스가 보였고, 『북부 운하 안내서』가

갈비뼈를 찔러댔다.

"100파운드 현찰이에요, 던퍼드 씨."

"오늘 재미 좋았어?"

오후 8시, 리즈 시티 센터, 두 마리 사자 석상이 내다보이는 기자 클럽.

내가 파인트 한 잔을 홀짝이는 동안 캐서린이 반잔을 주문했다.

"언제부터 여기 있었어?" 캐서린이 물었다.

"문 열었을 때부터."

여자 바텐더가 캐서린에게 미소와 함께 사과술을 건네며 입 모양으로 6시라고 말했다.

"얼마나 마셨어?"

"제대로 마시려면 멀었지."

바텐더가 손가락 네 개를 꼽아 보였다.

나는 바텐더를 노려보고는 말했다. "망할 테이블로 가자고."

캐서린이 두 잔을 더 주문하고는 기자 클럽의 가장 어두운 구석으로 나를 따라왔다.

"꼴이 왜 그 모양이야, 자기. 무슨 짓을 한 거야?"

나는 한숨을 쉬고는 캐서린의 담뱃갑에서 담배를 뽑았다. "어디서부터 시작해야 할지 모르겠군."

〈Life on Mars〉가 주크박스에서 흘러나왔다. "서둘 것 없어. 바쁜 일도 없으니." 캐서린이 내 손에 손을 얹으며 말했다.

나는 그녀의 손에서 내 손을 빼냈다. "오늘 신문사에 들렀어?"

"그냥 두어 시간 있었지."

"누가 나와 있었는데?"

"해든, 잭, 가즈······"

망할 잭 화이트헤드. 피곤에 절어 목과 어깨가 마구 쑤셨다. "대체 일요일에 그 인간이 뭘 하고 있었던 거지?"

"잭 말이야? 사체 부검 기사를 썼지. 확실히 소름끼치는 사건이야. 정말……" 캐서린이 말꼬리를 흐렸다.

"나도 알아."

"잭하고는 이야기해봤어?"

"아니." 나는 그녀의 담뱃갑에서 또 담배를 꺼내 다 태운 담배 끝에 대고 불을 붙였다.

보위의 노래가 끝나고 엘튼의 노래가 시작되었다.

캐서린이 일어나 다시 바bar로 갔다.

근처 테이블에서 조지 그리브스가 담배를 들어 보였다. 나는 고개를 끄덕였다. 기자 클럽이 사람들로 북적이기 시작했다.

나는 의자에 등을 기대고 요란한 크리스마스 장식과 색색깔 꼬마전구를 응시했다.

"개넌 씨 여기 있나요?"

재빨리 몸을 바로하자 머릿속과 뱃속이 빙빙 돌았다. "네?"

"배리 씨 여기 있느냐고요."

"아뇨."

고동색 양복 차림의 말라깽이 청년은 몸을 돌려 가버렸다.

"누구야?" 캐서린이 술잔을 내려놓으며 물었다.

"난들 알겠어. 배리의 친구야. 사체 부검이 톱기사야?"

캐서린이 내 손 위에 다시 손을 얹었다. "그래."

나는 손을 뺐다. "젠장. 좋아?"

"그래." 캐서린이 담뱃갑으로 손을 뻗었지만 텅 비어 있었다.

나는 내 주머니에서 담뱃갑을 꺼냈다. "다른 뉴스는 없어?"

"양로원에 불이 나서 열여덟 명이 죽었어."

"그게 톱이 아니고?"

"아니. 클레어 건이 톱이야."

"젠장. 다른 건 없어?"

"케임브리지 강간범. FA컵 조 추첨. 리즈는 카디프*와 붙게 됐어."

"M1 바로 옆 집시촌 뉴스는 없어?"

"아니. 못 들었는데. 왜?"

"아냐. 거기 불이 났다고 들었거든."

나는 새 담배에 불을 붙이고는 술을 들이켰다.

캐서린이 내 담뱃갑에서 담배를 꺼냈다.

"흰색 밴은? 뭐 찾아낸 것 없어?" 나는 담뱃갑을 주머니에 도로 넣으며, 그레이엄 골드소프가 어떤 차를 몰았는지 떠올리려고 애썼다.

"미안해, 자기. 시간이 없었어. 하지만 그리 근거 있는 단서는 아니라고 생각해. 그랬으면 경찰이 분명 언급했을 텐데, 어느 기사에도 나오지 않았으니."

"리드야드 씨는 확신하던데."

"그냥 마음을 달래주려고 경찰이 그렇게 말한 거겠지."

"정말 그렇다면 망할 그 인간들은 전부 지옥에 처박아야 해."

캐서린의 눈이 어스레한 불빛 사이로 반짝였다. 곧 눈물을 흘릴 듯.

나는 말했다. "미안."

"괜찮아. 배리는 만났어?" 캐서린의 목소리가 떨렸다.

"음. 사체 부검에 대해 얼마나 자세히 기사에 썼지?"

캐서린이 술을 들이켰다. "전혀 안 썼던걸. 그 사건은 그만 좀 생각하

---

* 웨일스의 수도.

는 게 어때?"

"트리니티 팀의 조니 켈리가 오늘 출전할까?"

"아니, 안 할 거야."

"무슨 일 생겼다고 가즈가 안 그래?"

"아무도 몰라."

"가즈도 영문을 모른대?"

"아무도 몰라." 캐서린이 빈 잔을 집어들다가 도로 내려놓았다.

"기자회견은 내일이지?"

캐서린이 빈 담뱃갑을 집어들었다. "물론이지."

"몇시야?"

"10시라고 했던가. 확실히는 모르겠어." 캐서린이 담뱃갑 안에서 은박지를 끄집어냈다.

"편집장은 사체 부검에 대해 뭐래?"

"나도 몰라, 에디. 망할, 전혀 모른다고." 캐서린의 눈이 다시 커지며 얼굴이 빨개졌다. "에드워드, 담배 한 대 줄래?"

나는 담뱃갑을 꺼냈다. "딱 하나 남았어."

캐서린이 요란하게 코웃음 쳤다. "됐어. 하나 새로 사지 뭐."

"삐치기는. 이거 피워."

"캐슬퍼드에는 갔었어?" 캐서린이 가방을 뒤지며 물었다.

"그래."

"마저리 도슨 만났어? 어땠어?"

나는 마지막 담배에 불을 붙였다. "안 만났어."

"그래?" 캐서린이 담배자판기에 쓸 동전을 헤아렸다.

"폴라 갈런드를 만났어."

"하느님, 설마. 이런 망할."

그녀의 어머니는 자고 있었고, 그녀의 아버지는 코를 골았고, 나는 그녀의 침실 바닥에 무릎을 꿇고 있었다.

캐서린이 나를 일으켜 내 입을 그녀의 입으로 가져가는 순간 우리 둘 다 침대로 쓰러졌다.

나는 소피나 애너 같은 남부 아가씨들을 생각했다.

그녀의 혀가 내 혀를 세차게 눌렀고, 그녀의 밑구멍 맛이 혀에 감기며 그녀를 더욱 세차게 몰아갔다. 나는 왼발로 그녀의 다리에서 속바지를 벗겨냈다.

나는 메리 골드소프를 생각했다.

그녀가 내 물건을 오른손으로 쥐고 안으로 이끌었다. 나는 몸을 빼 오른손으로 내 물건을 쥐고 그녀의 밑구멍 입술을 시계 방향으로 훑었다.

나는 폴라 갈런드를 생각했다.

그녀가 내 항문을 손톱으로 파고들며 어서 안으로 깊이 들어오라고 했다. 내가 세차게 들어서는 순간 느닷없이 공복감이 느껴지고 속이 쓰렸다.

나는 클레어 켐플레이를 생각했다.

"에디." 그녀가 속삭였다.

나는 그녀의 입에서 턱으로, 그리고 목으로 옮겨가며 세차게 키스했다.

"에디?" 그녀의 목소리가 달라졌다.

나는 그녀의 목에서 턱으로, 그리고 입으로 옮겨가며 세차게 키스했다.

"에디!" 기분이 좋아서 달라진 목소리가 아니었다.

나는 키스를 멈추었다.

"나 임신했어."

"그게 무슨 말이야?" 그게 무슨 말인지 정확히 알면서도 나는 그렇게 물었다.

"임신했다고."

나는 그녀에게서 빠져나와 침대에 등을 대고 누웠다.

"우리 이제 어떡해?" 그녀가 내 가슴에 귀를 얹고 속삭였다.

"지워야지."

씨팔, 여전히 술기운이 스멀거렸다.

택시에서 내렸을 때는 오전 2시가 다 되어갔다.

씨팔, 나는 뒷문을 열쇠로 열며 생각했다. 거실 뒷방에 여전히 불이 켜져 있었다.

씨팔, 차와 샌드위치가 간절했다.

나는 부엌 불을 켜고 햄을 찾아 냉장고를 뒤졌다.

씨팔, 최소한 인사라도 해야 했다.

어머니는 흔들의자에 앉아 시커먼 텔레비전 화면을 바라보고 있었다.

"차 마실래요, 엄마?"

"네 동료 배리가……"

"배리가 왜요?"

"죽었단다, 얘야."

"씨팔." 나도 모르게 튀어나온 말이었다. "지금 농담하세요?"

"아니, 농담 아니야."

"어쩌다가요? 도대체 왜요?"

"교통사고래."

"어디서요?"

"몰리에서."

"몰리에서요?"

"경찰이 몰리라고만 했어."

"경찰요?"

"두어 시간 전에 전화가 왔단다."

"경찰이 왜 여기로 전화했죠?"

"차에 네 이름이랑 주소가 있더래."

"내 이름이랑 주소요?"

어머니의 몸이 파르르 떨렸다. "걱정돼서 죽는 줄 알았어, 에디." 어머니는 잠옷 가운을 단단히 여미더니 팔꿈치를 쓰다듬고 또 쓰다듬었다.

"죄송해요."

"여태까지 어디 있었던 거니?" 어머니가 고함쳤다. 어머니가 마지막으로 목소리를 높였던 때가 언제였는지 기억나지 않았다.

"죄송해요." 어머니에게 다가가 꼭 안으려는데 부엌에서 주전자가 울려대기 시작했다.

나는 부엌으로 가서 전기음을 껐다.

그리고 머그잔 두 개에 차를 담아 돌아갔다. "이걸 드시면 기분이 좀 나아질 거예요."

"오늘 아침에 왔던 그 사람이지?"

"네."

"아주 착한 사람 같았는데."

"네."

≫ 2부 ≪

속삭이는
풀밭

4

"브레이크가 맛이 갔대. 밴 뒤를 그대로 들이받았지. 쾅!" 길먼이 주먹으로 다른 쪽 손바닥을 세게 쳤다.

"밴에 판유리가 실려 있었다면서요?" 톰 옆에 앉은 신참이 나직이 말했다.

"그러게. 판유리에 머리가 댕강 잘렸다던대요." 뒤쪽의 또다른 신참이 거들고 나섰다.

우리 모두 말했다. "씨팔."

1974년 12월 16일.

웨이크필드 우드 거리의 웨이크필드 경찰청.

세상은 여느 때와 다름없이 돌아갔다.

죽은 동료와 죽은 여자아이.

유례없는 장대비가 내리는 날. 그것도 월요일, 나는 아버지의 손목시계를 보았다.

곧 10시였다.

우리는 웨스트게이트 꼭대기에 있는 파르테논에서 만나 커피와 함께 토스트를 삼키며 김 서린 창문과 떨어지는 빗줄기를 바라보았다.

배리 이야기를 하며.

9시 30분 우리는 경쟁사 신문지로 머리를 덮은 채 경찰청에서의 3라운드를 위해 비를 뚫고 우드 거리로 달려갔다.

길먼과 톰과 나. 그러려니 하며 끝에서 두번째 줄에 앉았다. 전국지 기자들은 앞쪽에 버티고 있었다. 옛 신문사에서 알고 지내던 얼굴들은 내게 냉담했다. 나는 신경쓰지 않았다. 어쨌든 크게 신경쓰지는 않았다.

"망할 몰리에서 대체 뭘 하고 있었을까?" 길먼이 고개를 저으며 말했다.

"배리가 어떤 사람인지 잘 알잖아. 루칸 경이라도 찾고 있었겠지." 브래드퍼드의 톰이 씩 웃으며 말했다.

커다란 손이 내 어깨에 얹혔다. "망할 스컹크처럼 취해 있었다더군."

모두 뒤를 돌아보았다.

망할 잭 화이트헤드가 바로 내 뒤에 앉아 있었다.

"웃기지 마요." 나는 돌아보지도 않고 나직이 말했다.

"어이, 좋은 아침이야, 특종." 목덜미 쪽에서 위스키에 전 입냄새가 풍겨왔다.

"안녕, 잭." 브래드퍼드의 톰이 말했다.

"오늘 아침 추도사를 그만 놓쳤군그래. 편집장이 말을 마치자 사무실은 눈물바다가 되었어. 정말 감동적이었지."

톰이 대꾸했다. "정말? 그게……"

잭 화이트헤드가 몸을 숙여 입을 내 귀에 댔지만 목소리는 낮추지 않은 채 말했다. "여기까지 헛걸음하게 되어 안됐군, 특종."

나는 정면만 보며 말했다. "네?"

"편집장이 본부로 돌아오래, 특종. 즉시. 당장. 기타 등등."

내 뒤통수에 대고 씩 웃는 잭의 표정이 느껴졌다.

나는 길먼이나 톰을 보지도 않고 일어났다. "전화를 걸어보죠."

"그러든지. 아, 특종?"

나는 몸을 돌려 잭을 내려다보았다.

"경찰이 자네를 찾고 있어."

"네?"

"배리랑 같이 술 마셨다며?"

"웃기지 마요."

"빵빵한 증인은 많이 확보해두었겠지?"

"신경 꺼요."

"그러지." 잭이 윙크하더니 사람들로 꽉 찬 회견장을 둘러보았다. "적절한 시간 적절한 장소에 있는 것 같군. 적어도 지금은 말이야."

나는 톰을 밀치듯 지나 최대한 빨리 줄 끝으로 향했다.

"아, 특종?"

돌아보고 싶지 않았다. 실실 쪼개고 있을 그 낯짝을 보고 싶지 않았다. 대꾸하고 싶지 않았다. "네?"

"축하해."

"네?" 나는 누군가의 다리와 의자 사이에 갇힌 채 다시 말했다.

"주님은 한 손으로 거두신 것을 다른 손으로 주시는 법이지."

기술자나 경찰을 제외하고 회견장에서 서 있는 사람은 나뿐이었다. "네?"라고 말하는 사람 또한 나뿐이었다.

"곧 아버지가 된다며?"

"대체 무슨 헛소리예요?"

회견장의 모든 사람이 나와 잭을 번갈아 바라보고 있었다.

잭이 두 손을 머리 뒤에 대고서 연극적인 웃음을 멋지게 지어 보였다.

"설마 내가 자네보다 먼저 특종을 낚은 건 아니지?"

사람들이 잭과 함께 웃고 있었다.

"자네 여자친구 말이야, 던스턴."

"던퍼드예요." 나도 모르게 말이 나갔다.

"어쨌든."

"그녀가 왜요?"

"스테파니한테 그랬다던데, 오늘 아침 속이 불편하다고. 하지만 익숙해져야 한다고."

"지금 농담이지?" 브래드퍼드의 톰이 말했다.

길먼이 바닥을 내려다보며 고개를 절레절레 저었다.

북잉글랜드의 붉은 얼굴, 나 에드워드 던퍼드는 그저 멍하니 서 있을 뿐이었다. 전국지 소속이든 지방지 소속이든 모두가 나를 주시하고 있었다.

"그래서요?" 나는 어색하게 말했다.

"곧 식을 올려야 하지 않겠나?"

"식이라니! 대체 우리에 대해 뭘 안다고 그래요?"

"아이고, 성질머리하고는."

"꺼져요." 나는 줄 끝으로 걸어갔다. 거기까지 가는 데 한 시대가 걸리는 것만 같았다. 잭이 또다시 껄껄대기에 충분히 긴 시간이었다.

"하여간 요즘 젊은 것들이란."

회견장 전체가 따라서 히죽대고 낄낄댔다.

"그러게 말이에요."

회견장 전체가 잭과 함께 깔깔댔다.

"참으로 관대한 세상이야. 키스 조지프*의 말에 동감하지 않을 수 없다니까. 차라리 불임수술을 시키는 게 낫지!"

회견장 전체가 요란하게 웃어댔다.

백 년이나 걸려 나는 줄에서 벗어났다.

잭 화이트헤드가 소리쳤다. "구멍에 들어간 값 하는 것 잊지 말게."

회견장 전체가 뒤집어졌다.

나는 윙크를 해대는 경찰과 옆구리를 찔러대는 기술자들을 지나 회견장 뒤로 갔다.

쥐구멍에라도 기어들어가고 싶었다.

쿵 소리가 났다.

회견장 전체가 조용해졌다.

저 앞의 문이 쿵 닫혔다.

나는 뒤를 돌아보았다.

조지 올드먼 총경과 양복 차림의 두 남자가 들어왔다.

나는 마지막으로 붉은 얼굴을 돌렸다.

올드먼은 백 살은 더 나이들어 보였다.

"기자 여러분, 이렇게 와주셔서 감사합니다. 잘 아시겠지만, 기자회견은 최대한 간단히 끝내겠습니다. 제 오른쪽에 계신 분은 내무부 소속 병리학자로 이번 부검을 맡은 닥터 쿠츠입니다. 제 왼쪽은 클레어 켐플레이 살인사건 수사를 저와 함께 지휘중인 노블 경정입니다."

노블 경정이 곧바로 나를 응시했다.

내게 무슨 일이 닥칠지는 뻔했다. 그런 일은 일생에 한 번이면 족했다.

나는 돌아서서 나갔다.

---

* 영국의 보수당 정치가로, 빈곤층의 다자녀 출산 자제를 주장했다.

"배리가 취해 있었다면서요?"

전화부스 안으로 떨어진 빗방울이 신발 둘레에 웅덩이를 이루고 있었다. 나는 더러운 유리창 너머로 우드 거리 건너편 경찰청 건물의 노란 불빛을 응시했다.

전화선 끝에서 해든이 지친 목소리로 말했다. "경찰 말로는 그래."

나는 주머니를 여기저기 뒤졌다. "잭 선배도 그러더군요."

웅덩이 속 신발이 점점 젖어드는 동안 나는 성냥갑과 담배와 수화기를 저글링하듯 번갈아 들었다.

"사무실에는 언제 복귀할 건가?"

나는 담배에 불을 붙였다. "오후에는 들어갈 겁니다."

침묵 그리고, "할말이 있어."

"물론이죠."

더 긴 침묵 그리고 마침내, "어제 일은 어떻게 되었지, 에디?"

"이니드 셰어드를 만났는데, 골드소프 집의 망할 열쇠를 가지고 있더군요."

15킬로미터는 족히 떨어져 있을 해든이 말했다. "그래?"

"네. 하지만 사진을 아직 못 찍었어요. 리처드나 노먼을 그리 보내주시겠어요?"

"언제?"

나는 아버지의 손목시계를 확인했다. "12시쯤요. 돈도 같이 보내주시면 더 좋고요."

"얼마나?"

경찰청 아래쪽 우드 거리를 응시하고 있자니 시커먼 구름이 아침을 저녁으로 빚어냈다.

숨을 깊이 들이쉬자 가슴에서 살짝 통증이 일었다. "욕심쟁이 할망구가 200이나 달라지 뭐예요."

침묵.

이윽고, "에디, 어제 일은 어떻게 되었지?"

"네?"

"도슨 부인 말이야. 어떻게 되었어?"

"저는 못 만났습니다."

해든이 분노 어린 목소리로 말했다. "하지만 내가 분명히……"

"저는 차에 있었어요."

"내가 말했잖……"

"네, 네. 그런데 배리 선배가 나 때문에 도슨 부인이 괜히 긴장할 거라잖아요." 나는 발치의 웅덩이에 담배를 떨어뜨렸다. 내 말은 내가 듣기에도 진짜처럼 느껴졌다.

전화선 끝에서 해든이 미심쩍다는 듯 말했다. "그래?"

담배가 구정물에서 쉭 소리를 냈다. "네."

"언제 들어올 건가?"

"두세 시에는 들어갈 겁니다."

"나한테 꼭 들러."

"네, 알겠습니다."

나는 전화를 끊었다.

길리와 톰과 다른 기자들이 재킷으로 머리를 가린 채 경찰청에서 우르르 나와 따뜻한 노란색 불이 켜진 사무실이나 차로 뛰어갔다.

나도 재킷으로 머리를 가리고 차로 뛰어갈 준비를 했다.

삼십 분 후 베이컨냄새에 찌든 비바 안.

나는 창문을 내려 캐슬퍼드의 브런트 거리를 응시했다.

샌드위치 기름으로 끈적대는 손가락.

11번지 거실 불빛이 축축하게 젖은 시커먼 인도에 어른댔다.

나는 뜨겁고 달콤한 차를 한입 가득 삼켰다.

불이 꺼지고 붉은 문이 열렸다.

폴라 갈런드가 꽃무늬 우산을 쓰고 집밖으로 나왔다. 문을 잠그고 비바 쪽으로 걸어왔다.

나는 창문을 올리고 좌석에서 몸을 낮췄다. 긴 갈색 부츠가 또각또각 다가왔다. 나는 눈을 감고 침을 삼키며 대체 뭐라고 말할지 궁리했다.

부츠가 다가와 거리 맞은편으로 멀어져갔다.

나는 일어나 뒷유리창을 바라보았다.

갈색 부츠와 베이지색 레인코트와 꽃무늬 우산이 모퉁이를 돌아 사라졌다.

배리 개넌이 언젠가 말했다. "모든 위대한 건물은 하나같이 범죄와 닮아 있어."

해든에게서 받은 취재록에 따르면, 1970년 존 도슨은 샹그릴라를 설계하고 건축해 업계와 시민 모두의 갈채를 받았다. 초청받아 들어간 텔레비전, 신문, 잡지 기자들은 겉모습 못지않게 화려한 인테리어를 감상하고는 감탄에 찬 두 쪽짜리 특집 기사를 실었다. 건축 비용이 50만 파운드 이상으로 추정된 거대한 방갈로는 2차대전 후 영국 최고의 건축가로 손꼽히는 도슨이 결혼 이십오 주년 기념 선물로 아내에게 바친 것이었다. 마저리 도슨이 가장 좋아하는 영화 〈잃어버린 지평선〉에 나오는 신비의 도시에서 이름을 따온 샹그릴라는 대영제국 시민들의 상상력을 사로잡았다.

그것도 잠시였지만.

아버지는 말하곤 했다. "예술가가 궁금하면 그 작품을 보면 돼."

그럴 때마다 아버지는 스탠리 매슈스나 돈 브래드먼*에 대해 이야기
했다.

아버지와 어머니가 어느 일요일 비바를 타고 캐슬퍼드로 드라이브
갔었던 일이 희미하게 떠올랐다. 차 안에서 이야기는 거의 하지 않고
주로 라디오를 듣는 두 분의 모습이 그려졌다. 아마도 샹그릴라의 진입
로 초입에 차를 세우고 차창으로 방갈로를 올려다보았을 것이다. 샌드
위치와 보온병도 챙겨갔을까? 그러지 않았어야 할 텐데. 아니, 오시트
로 돌아오는 길에 럼브스에 들러 아이스크림을 먹었을 것이다. 부모님
이 반즐리 로드에 차를 세워놓고 그 안에서 조용히 아이스크림을 먹는
모습이 생생히 그려졌다.

집에 돌아온 아버지는 샹그릴라에 대한 비평을 썼으리라. 샹그릴라
와 존 도슨에 대한 의견을 개진하기에 앞서 전날 다녀온 런던에 대해서
썼을 것이다.

1970년 플리트 거리에서 아직 일 년차였던 나는 바다가 보이는 브라
이턴의 아파트에 살며 매주 북부에서 온 편지를 대충 훑다 쓰레기통에
던져넣고는 비틀스가 램버스**가 아닌 리버풀 출신임을 한없이 감사히
여겼다. 애너나 소피 같은 남부 아가씨들은 그 편지들을 무척 사랑스럽
게 여겼다.

1974년 나는 바로 그 진입로 초입의 바로 그 차 안에 앉아 바로 그
거대한 흰색 건물을 비 사이로 올려다보며, 샹그릴라와 존 도슨에 대한
아버지의 비평을 읽었더라면 얼마나 좋았을까 한탄했다.

---

* 각각 잉글랜드의 전설적 축구 선수, 호주의 뛰어난 크리켓 선수.
** 런던의 한 구.

나는 차문을 열고 재킷을 머리에 뒤집어쓴 뒤 내가 여기까지 대관절 왜 왔을까 의아해했다.

진입로에 자동차가 로버와 재규어 두 대나 서 있었지만 초인종에는 아무 응답이 없었다.

나는 초인종을 다시 누르고는 정원을 쭉 둘러보다 비 내리는 연못 너머 저 아래 세워둔 비바를 바라보았다. 연못에서는 거대한 오렌지빛 금붕어가 두세 마리 노니는 듯했다. 물고기들이 비를 좋아할지, 아니면 비가 내리든 말든 아무 차이가 없을지 궁금했다.

나는 몸을 돌려 마지막으로 길게 초인종을 누르려다, 건장한 몸집에 선탠을 하고 골프복을 입은 남자의 무뚝뚝한 얼굴과 마주쳤다.

"도슨 부인 집에 계십니까?"

"없어요."

"언제 돌아오실지 아십니까?"

"모릅니다."

"어디로 가면 부인을 만날 수 있을지 아십니까?"

"모릅니다."

"도슨 씨 댁에 계십니까?"

"없어요."

그 사람이 누군지 희미하게 떠올랐다. "그럼 포스터 씨, 더 방해 않겠습니다. 도와주셔서 감사합니다."

나는 몸을 돌려 걸어나갔다.

진입로를 반쯤 갔을 때 돌아보니 커튼이 살짝 벌어져 있었다. 나는 오른쪽으로 방향을 틀어 잔디밭에 들어가 나긋나긋한 풀을 밟으며 연못으로 향했다. 빗방울이 연못 표면에 아름다운 무늬를 그리고 있었다.

연못 아래서 환한 오렌지빛 물고기가 가만히 있었다.

나는 몸을 돌려 빗속의 샹그릴라를 응시했다. 굽이치는 하얀 단들은 굴껍질을 담은 선반이나 시드니의 망할 오페라하우스처럼 보였다. 그때 아버지가 샹그릴라와 존 도슨에 대해 쓴 의견이 떠올랐다.

샹그릴라는 잠자는 백조처럼 보였다.

정오.

폰트프랙트의 월먼 클로즈.

손마디가 비바의 김 서린 창문을 두드렸다. 똑똑 소리에 정신을 차리고 나는 창문을 내렸다.

폴 켈리가 차 안으로 고개를 들이밀었다. "배리 얘기 들었어? 정말 씨팔 같은 일이야, 안 그래?" 켈리는 우산도 없이 숨가쁜 목소리로 말했다.

"그러게요."

"머리가 나가떨어졌다더군."

"그러게요."

"어떻게 그딴 식으로 죽을 수 있지. 그것도 망할 몰리에서 그랬다며?"

"네, 거참."

폴 켈리가 픽 웃었다. "이봐, 냄새 한번 지독하네. 대체 무슨 짓을 한 거야?"

"베이컨 샌드위치를 먹었어요. 머리 치워요." 나는 창문을 도로 올리다 말고 차에서 내렸다.

망할.

사진사 폴 켈리. 그 유명한 존과 폴라 남매의 사촌.

빗줄기가 더 거세졌고, 내 망상증도 더 강력해지고 있었다.

디키나 놈Norm이 아니라 왜 켈리일까?

왜 오늘일까?

우연의 일치?

"어느 쪽이야?"

"네?" 나는 차문을 잠그고 머리에 재킷을 뒤집어썼다.

"골드소프 집 말이야." 켈리가 단층집들을 바라보며 말을 이었다. "어디냐고."

"6번지요." 우리는 끝 쪽 집을 향해 클로즈를 가로질렀다.

켈리가 망할 거대한 일제 카메라를 가방에서 꺼내들었다. "그럼, 할 망구는 5번지겠네?"

"네. 편집장한테 돈 받아왔어요?"

"그래." 켈리가 카메라를 재킷으로 가리며 대꾸했다.

"얼마요?"

"200."

"현찰로요?"

"그럼." 켈리가 씩 웃으며 재킷 주머니를 톡톡 쳤다.

"반은 떼어먹기로 하죠." 나는 유리문을 두드리며 말했다.

"좋고말고." 켈리가 대답하는 순간 문이 열렸다.

"좋은 아침이네요, 셰어드 부인."

"좋은 오후겠죠, 던퍼드씨. 이분은……"

"저는 켈리라고 합니다." 켈리가 끼어들었다.

"한결 예의바른 시간에 왔네요. 안 그래요, 던퍼드 씨?" 이니드 셰어드가 폴 켈리를 향해 미소지어 보였다.

"아무렴요." 켈리가 마주 웃으며 대꾸했다.

"차 한잔 들겠어요?"

나는 재빨리 말했다. "감사합니다만, 시간이 촉박해서요."

이니드 셰어드가 입술을 오므렸다. "그럼, 이쪽으로 가시죠."

셰어드가 두 집 사이에 난 길을 따라 우리를 안내했다. 6번지 뒷문에
이르자 5번지에서 개가 짖어대는 소리에 켈리가 화들짝 놀랐다.

"햄릿이군요." 내가 말했다.

"돈은요, 던퍼드 씨?" 이니드 셰어드가 열쇠를 움켜쥔 채 말했다.

폴 켈리가 평범한 갈색 봉투를 내밀었다. "현찰 100파운드입니다."

"고마워요, 켈리 씨." 이니드 셰어드가 돈을 앞치마 주머니에 넣었다.

나는 말했다. "별말씀을요."

그녀는 윌먼 클로즈 6번지 뒷문을 열었다. "난 주전자를 올려놓을 테
니 볼일 끝나면 노크해요."

"감사합니다. 정말 친절하시군요." 집안으로 들어가며 켈리가 말했다.

나는 그녀의 면전에 대고 문을 쿵 닫았다.

"조심하는 게 좋을걸요. 할망구 섹스 모터가 켜지기라도 하면 어떻게
꺼야 할지 모를 텐데." 나는 소리내 웃어댔다.

"그야 자네한테 물으면 되지." 폴 켈리도 따라 웃더니 느닷없이 시무
룩해졌다.

나는 웃음을 그치고 식기 건조대 위 양초를 응시했고 망할 『북부 운
하 안내서』가 떠올라 대체 그걸 어디 두었는지 걱정했다.

캐서린의 집.

"쥐잡이꾼의 소굴이군." 켈리가 나직이 속삭였다.

"네. 별거 없죠?"

"몇 장이나 필요해?" 켈리가 카메라에 플래시를 달며 물었다.

"방마다 두 장씩. 거실은 몇 장 더 있으면 될 거예요."

"방마다 두 장씩?"

"네. 우리끼리 말이지만, 이 사건에 대해 책을 쓸까 생각중이에요. 그러니 사진이 꽤 필요할 거예요. 관심 있어요?"

"그래? 좋은 생각이야, 에디."

켈리가 부엌에서 복도로 나가 메리 골드소프의 침실 문으로 향하는 동안 나는 사진에 찍히지 않도록 비켜섰다.

"여기가 그 여자 방이야?"

"네." 나는 켈리를 지나쳐가며 대꾸했다.

서랍장으로 가 꼭대기 오른쪽 칸을 열었다. 속옷을 이리저리 뒤져 원하던 것을 찾아냈다. 서랍 가장자리에 스타킹 한 짝을 걸쳐놓으며 나자신을 증오했다.

"마법이군." 켈리가 한마디하고는, 내가 비켜나자 셔터를 눌러댔다.

나는 비 내리는 뒤뜰을 응시하며 누나를 생각했다.

"그 둘이 그렇고 그런 사이였을까?"

"그럴걸요." 나는 스타킹을 도로 넣고 메리 골드소프의 속옷 서랍을 닫았다.

"더러운 인간들."

나는 그레이엄의 방으로 켈리를 이끌었다. 책장에서 책을 한 권 꺼내 펼쳤다. "이걸 잘 찍어주세요." 나는 올빼미 스티커와 협박문을 가리켰다.

"이 책은 그레이엄과 메리 골드소프의 것이다. 훔쳤다가는 끝까지 추적해 작살내고 말겠다." 켈리가 소리내어 읽고는 말했다. "망할 인간들."

"책장 사진도 하나 박고요."

"거참 흥미진진하겠는데." 켈리가 껄껄댔다.

나는 어둠에 잠긴 좁은 복도를 지나 거실 문을 열었다.

가장 먼저 벽난로가 눈에 띄었다.

뒤따라온 켈리가 어둑한 거실 여기저기서 플래시를 터뜨렸다. "여기가 바로 거기야?"

"네."

벌거벗은 채 목이 졸려.

"저 벽난로에서 그랬지?"

"네."

벽난로에 목매달려.

"그럼 저기도 몇 장 박을까?"

"좋죠."

소총을 자기 입에 대고.

"오싹하니 소름 돋는걸."

"그래요." 나는 벽난로 위쪽 공간에 대고 말했다.

방아쇠에 손가락을 걸어.

"왜 그랬을까?"

"누가 알겠어요."

켈리가 코웃음 쳤다. "나름 의견이 있을 거 아냐. 자네도 하느님이 주신 대로 삶을 살아왔으니."

"경찰 생각으로는 그자가 소음을 싫어했대요. 침묵을 원했다나."

"지당하고말고."

"하긴."

거실에 하얀 별을 뿜으며 사진 찍는 켈리의 모습을 나는 가만히 바라보았다.

폴라의 남편 역시 총으로 자살했다.

"요즘 같은 시대에 왜 힘들게 벽난로를 썼는지 알아?" 켈리가 여전히 사진을 찍으며 말했다.

"쓸 만하니까 쓰겠죠."

"자네가 망할 산타클로스라면야 쓸 만하겠지."

"스타일 때문이 아닐까요?"

"스타일이야 확실히 있지. 이거 때문에 일어난 망할 난리법석 몰라?"

"이거라뇨?"

"이 동네 주택사건 몰라?"

"네."

켈리가 필름을 갈아 끼웠다. "하긴, 모르는 게 당연하지. 나야 할머니
랑 아버지가 여기나 캐슬퍼드의 집을 사려고 했으니 기억하는 거고."

"무슨 말인지 모르겠어요."

"원래 여기는 노인용 주택이었어. 그래서 전부 단층으로 지은 거야.
그런데 망할 의회가 집을 몽땅 팔아버렸지 뭐야. 장담하는데, 골드소프
가족도 돈깨나 냈을 거야."

"얼마나 했는데요?"

"모르겠지만 절대 싸진 않았어. 그건 확실해. 망할 존 도슨이 설계했거
든. 옆집 할망구한테 물어봐. 얼마를 줬는지 동전 한 닢까지 기억할걸."

"존 도슨이 여기 주택들을 설계했다고요?"

"그래, 배리의 친구. 의회가 팔아넘길 생각을 한 것도 다 존 도슨 작
품에 대한 망할 야단법석 때문이었다고 우리 아버지는 믿으시지."

"씨팔."

"배리가 캐내려고 했던 사건 중 하나였어. 완전히 말도 안 되는 법률
위반이잖아. 당시 꽤 시끄러웠지."

"몰랐어요."

"옛날 일이잖아. 게다가 남쪽에서까지 요란 떨 거리도 아니고."

"그렇겠죠. 언제 그랬어요?"

"오륙 년 되었나. 아무튼 그쯤이었는데……" 켈리가 멀어져갔다. 어

디로 가는지는 뻔했다.

춥고 컴컴한 방을 플래시 빛이 불쑥불쑥 가르는 동안 우리는 아무 말도 하지 않았다.

"이만하면 다 된 것 같은데. 또 찍고 싶은 곳 있어?" 켈리가 카메라 가방을 정리하며 말했다.

"집밖에서 두어 장 찍으면 어때요?" 나는 비 내리는 바깥을 내다보며 말했다.

자동차 한 대가 클로즈로 돌아 들어오고 있었다.

켈리가 창문을 흘끗 보았다. "날씨가 좋을 때 다시 와서 찍는 게 낫지 않을까 싶지만, 한번 찍어보긴 할게."

자동차는 이 집 앞에서 멈추었다.

"망할." 나는 말했다.

"씨팔." 켈리가 말했다.

"그러게요." 경찰 둘이 푸르고 흰 자동차에서 내렸다.

우리가 집밖으로 나가는데 경찰 둘이 샛길을 따라 다가왔다. 한 명은 턱수염을 기른 꺽다리, 다른 한 명은 코가 큼직한 땅딸보였다. 이인조 코미디언으로 나서도 손색없을 테지만 둘 다 웃고 있지 않았고, 더럽게 비열해 보였다.

옆집에서 햄릿이 짖어대자 땅딸보가 욕을 퍼부었다. 켈리가 문을 닫았다. 이니드 셰어드는 그림자도 보이지 않았다. 비가 쏟아지고 있었고, 숨을 곳은 전혀 없었다.

"여기서 뭐하는 거야?" 턱수염 꺽다리가 물었다.

"〈포스트〉에서 나왔습니다." 나는 켈리를 바라보며 대꾸했다.

땅딸보가 히죽댔다. "그래서 어쨌다고?"

나는 기자증을 찾아 재킷 여기저기를 뒤졌다. "취재중입니다만."

"웃기고 있네." 땅딸보가 수첩을 꺼내들며 하늘을 힐끗 올려다보았다.

"정말입니다." 켈리가 먼저 기자증을 내밀었다.

꺽다리가 기자증을 들고 있는 동안 땅딸보가 인적사항을 수첩에 베껴썼다. 꺽다리가 말했다. "집안에는 어떻게 들어갔지?"

대답할 기회도 주지 않고 땅딸보가 투덜댔다. "젠장, 문이나 어서 열어. 언제까지 비 맞고 서 있어야 돼?" 땅딸보가 적다 말고 비에 젖은 종잇장을 찢어 와락 구겼다.

나는 말했다. "못 엽니다."

꺽다리의 얼굴에서 웃음이 사라졌다. "못 열긴 왜 못 열어?"

"이건 예일 자물쇠예요. 우리한테 열쇠가 없습니다."

"그럼 당신들이 산타라도 된단 말이야? 안에는 어떻게 들어갔어?"

나는 도박을 했다. "누가 열어줬습니다."

"헛소리 작작해. 열긴 누가 열어?"

"골드소프 가족의 변호사가요." 켈리가 말했다.

"누구?"

나는 얼굴에 미소가 떠오르는 걸 애써 지웠다. "폰트프랙트 타운게이트의 에드워드 클레이 변호사 사무실에서요."

"웃기고 자빠졌네." 꺽다리가 침을 찍 뱉었다.

"이봐, 당신 혹시 조니 켈리랑 친척은 아니지?" 땅딸보가 기자증을 돌려주며 물었다.

"육촌간입니다."

"하여튼 아일랜드 놈들은 염병할 토끼처럼 잘도 새끼 친다니깐."

"루칸 경처럼 튀었다며? 달아났나보지."

켈리는 그저 대꾸했다. "저는 모릅니다."

껑다리가 고개를 휙 젖혀 도로를 가리켰다. "여기서 썩 꺼져. 다음주 일요일 전에 그놈을 찾아내는 게 신상에 좋을 거야."

"산타 너는 기다려." 땅딸보가 내 가슴을 찔러댔다.

켈리가 돌아섰다. 나는 그에게 비바의 열쇠를 던졌다. 그는 어깨를 으쓱하고는 차를 향해 터벅터벅 걸어갔다. 우리 셋은 지붕에서 흘러내리는 물줄기를 맞으며 뒷문가에 서서 햄릿이 짖어대는 동안 누군가 입을 열기를 기다렸다.

땅딸보가 수첩을 도로 넣으며 시간을 끌었다. 껑다리가 장갑을 벗어 손가락을 풀고 손마디로 딱딱 소리를 내더니 도로 장갑을 꼈다. 콧등에 비를 맞으며 나는 양손을 주머니에 넣은 채 발꿈치에 무게중심을 두고 몸을 흔들었다.

이런 망할 상황이 이 분쯤 이어지자 내가 말했다. "무슨 일로 그러시죠?"

껑다리가 느닷없이 두 팔을 뻗어 나를 문에 밀어붙였다. 그리고 장갑 낀 손으로 내 목을 움켜쥐고 다른 손으로 얼굴을 페인트칠한 문에 대고 짓뭉겠다. 발이 허공에 떴다.

"가만있는 사람 그만 좀 괴롭혀." 껑다리가 내 귀에 대고 속삭였다.

"사람이 착하게 살아야지." 땅딸보가 까치발로 서서 내게 얼굴을 들이댄 채 비아냥거렸다.

나는 주먹질을 예상해 배에 단단히 힘을 주고 가만히 기다렸다.

손이 내 불알을 잡더니 슬며시 툭툭 쳤다.

"얌전히 취미생활이나 즐기시지 그랬어."

땅딸보가 불알을 감싼 손을 옥죄었다. "조류 관찰 어때, 꽤 점잖은 취미잖아."

손가락 하나가 바지를 누르며 항문으로 밀고 들어왔다.

나는 토악질을 하고 싶었다.

"아니면 사진 찍기도 좋지." 땅딸보가 불알을 놓더니 내 뺨에 키스하고는 〈We Wish You a Merry Christmas and a Happy New Year〉를 휘파람으로 불며 멀어져갔다. 햄릿이 다시 짖어댔다.

껑다리가 내 얼굴을 문에 더 세게 눌렀다. "그리고 명심해, 빅브라더가 널 지켜보고 있다는 것을."

자동차 경적이 울렸다.

껑다리가 나를 바닥에 떨구었다. "마음 깊이 새겨둬."

경적이 다시 울렸다. 나는 빗속에 무릎 꿇은 채 콜록거리며, 앞코에 철판을 덧댄 11사이즈 구두가 샛길을 걸어가 경찰차에 오르는 것을 바라보았다.

타이어가 돌아가고 경찰차가 사라졌다.

문 열리는 소리가 들리더니 햄릿이 더 우렁차게 짖어댔다.

나는 일어나 목을 문지르고 불알을 움켜쥔 채 클로즈를 가로질러 뛰었다.

"던퍼드 씨! 던퍼드 씨!" 이니드 셰어드가 소리쳤다.

비바의 시동이 걸려 있었다. 나는 조수석 문을 열고 뛰어들었다.

"씨팔." 켈리가 액셀을 밟으며 말했다.

나는 뒤를 돌아보았다. 불알과 얼굴이 여전히 타는 듯했다. 이니드 셰어드가 월먼 클로즈를 가로지르며 망할 고함을 질러대고 있었다.

"가만있는 사람 그만 좀 괴롭히라네요."

켈리가 도로에 시선을 붙박은 채 말했다. "그리 나쁜 충고는 아니군."

"무슨 뜻이에요?" 나는 무슨 뜻인지 뻔히 알면서 물었다.

"어젯밤 폴라랑 이야기했지. 무척 속상해하더라고."

"알아요. 죄송해요." 나는 앞차에 시선을 둔 채 대꾸하고는 켈리가 왜 지금까지 기다렸는지 궁금해했다.

"먼저 나한테 물었어야지."

"몰랐어요. 게다가 거기 간 건 내 생각이 아니라 배리 선배 생각이었고요."

"남 탓하는 거 아냐, 에디. 그건 옳지 않아."

"네, 맞아요. 선배랑 친척인 줄은 꿈에도 몰랐어요. 나는……"

"네 일을 한 것뿐이지. 나도 알아. 하지만 우리는 아직도 그 일의 충격에서 벗어나지 못했어. 최근 일 때문에 가슴 아픈 기억이 다시 되살아났지."

"그러게요."

"게다가 조니까지 말썽이고. 문제가 끊이지 않는 것 같아."

"무슨 소식 못 들었어요?"

"아무 소식도 없어."

"유감이에요, 폴."

"여자 문제라거나 남자 애인이랑 달아났다고들 떠들어대지만, 나는 아무 소식도 못 들었어. 차라리 그런 소문이 진짜라면 좋겠어."

"아닌 것 같아요?"

"조니는 그 일을 그애 부모 못지않게 힘들어 했지. 아이를 워낙 좋아하니. 사실 그 녀석 자체가 덩치만 컸지 아이나 다름없어. 제니를 끔찍이 아꼈지."

"죄송해요."

"알아. 말 안 하려고 했지만……"

나는 듣고 싶지 않았다. "조니는 어디 있을까요?"

켈리가 나를 바라보았다. "그걸 알면 망할 운전사처럼 너를 이렇게 모셔다주고 있겠어?" 켈리는 웃으려고 했지만 뜻대로 되지 않는 듯했다.

"죄송해요." 사죄의 말을 천 번은 거듭하는 것 같았다.

차창 밖을 내다보니 갈색 나무가 점점이 서 있는 갈색 들판과 초라한 갈색 산울타리가 이어졌다. 집시촌이 점점 가까워지고 있었다.

켈리가 라디오를 켜자 베이 시티 롤러스가 〈All of Me Loves All of You〉를 불러댔지만 이내 라디오를 도로 껐다.

나는 켈리 너머로 스쳐가는 불탄 트레일러들을 응시하며 말할 거리를 생각해내려고 애썼다.

리즈에 도착해 〈포스트〉 건물 근처 아치 아래 차를 세울 때까지 둘 다 입을 열지 않았다.

켈리가 시동을 끄고 지갑을 꺼냈다. "이건 어떻게 하지?"

"반반씩 나누죠."

"좋지." 켈리가 10파운드짜리 지폐를 헤아렸다.

그리고 내게 다섯 장을 건넸다.

"고마워요. 차는 어떻게 했어요?"

"편집장이 버스를 타고 가라던데. 돌아올 때는 자네 차로 같이 오고."

씨팔, 나는 생각했다. 그 인간 짓이 분명했다.

"왜 물어?"

"아니에요. 그냥요."

"우리는 위대한 탐사 보도의 시대에 살고 있으며, 배리 개넌은 바로 이런 시대의 서막을 여는 데 크나큰 공헌을 했다. 그는 불의를 목도하면 정의를 요구했고, 거짓을 들으면 진실을 추적했다. 배리 개넌은 영국 국민에게 진실을 알 자격이 있다는 믿음하에 거물에게도 질문 던지기를 주저하지 않았다.

언젠가 배리 개넌은 말했다, 오직 진실이 우리를 더욱 풍요롭게 한다고. 진실을 추구하는 우리 모두는 배리의 이른 죽음으로 더욱 빈곤해졌다."

책상에서 왜소하고 기운 빠진 모습의 빌 해든이 안경을 벗고 고개를 들었다. 나는 맥주를 앞에 두고 많은 이야기를 하던 배리 개넌을 떠올리며 고개를 끄덕였다. 개중에는 코끼리를 더듬은 세 명의 장님과 진실에 관한 인도 이야기도 있었다.

적절한 침묵 후 내가 말했다. "오늘 신문에 실리나요?"

"아니. 심리가 끝날 때까지 기다릴 거야."

"왜요?"

"자네도 잘 알잖아. 심리 결과 무엇이 튀어나올지는 아무도 모르는 법이지. 자네 생각은 어떤데?"

"아주 좋네요."

"너무 대놓고 칭양만 늘어놓은 것 아닐까?"

"절대 아닙니다." 나는 망할 칭양이 무슨 뜻인지도 모른 채 대꾸했다.

"좋아." 해든이 타이핑한 A4 용지를 한쪽으로 치우고는 말을 이었다. "폴 켈리와 만났나?"

"네."

"셰어드 부인에게 돈은 줬고?"

"넵." 나는 지나치게 씩씩하게 대꾸하며, 혹시 망할 할망구가 해든에게 전화해 경찰 이야기를 하다 돈 이야기까지 꺼낸 건 아닐까 걱정했다.

"사진은 잘 찍었고?"

"네."

"기사는 다 썼나?"

"거의 마무리 단계입니다." 나는 거짓말을 했다.

"그것 말고는 어떤 조사를 하고 있지?"

"별다른 건 없습니다." 나는 다시 거짓말하며, 저넷 갈런드와 수전 리드야드와 클레어 켐플레이와 불타는 집시촌과 『북부 운하 안내서』와 아널드 파울러와 날개 잃은 백조와 껑다리 경찰과 땅딸보 경찰과 배리 개넌의 마지막 말을 생각했다.

"음." 해든 뒤쪽에서 도시가 벌써 어둠에 잠겨들고 있었다.

"전에 말했듯이 토요일에 수전 리드야드의 부모를 만났습니다. 기억하시죠, 인간적 관심?"

"그건 잊어버려." 해든이 일어나 서성이기 시작했다. "이제부터는 클레어 켐플레이 사건에만 집중해."

"하지만 그 건은……"

해든이 고개를 들었다. "이 사건이 사람들의 관심을 계속 끌려면 기초 정보가 더 많이 필요해."

"하지만 그 건은 이제부터 잭 선배가 맡기로 했잖습니까?" 내 목소리에 또다시 푸념이 끼어들었다.

해든의 표정이 어두워졌다. "자네도 거들기로 한 걸로 아는데?"

나는 밀어붙였다. "하지만 두 사람이 맡아야 할 만큼 일이 많아 보이지는 않던데요."

"음." 해든이 배리의 부고를 집어들었다. "지금은 우리 모두에게 대단히 힘든 시기야. 자네에게도 나름의 논리가 있겠지. 하지만 자네는 필요한 순간 종종 자리에 없어."

"죄송합니다." 나는 편집장의 낯짝이 참으로 가증스럽다고 생각하며 대꾸했다.

해든이 다시 자리에 앉았다. "말했다시피 자네는 실수를 저질렀고, 문제를 안고 있어. 핵심은 잭이 매일매일의 취재를 맡는 대신, 자네는 배경 조사에 집중한다는 거야."

"배경 조사요?"

"자네가 가장 잘하는 일이지. 잭이 오늘 자네가 참으로 위대한 소설가라며 감탄해 마지않더군." 해든이 빙긋이 웃었다.

나는 그 장면이 훤히 그려졌다. "칭찬으로 하신 말씀이겠죠?"

해든이 껄껄 웃었다. "잭 화이트헤드의 입에서 나온 말인데."

"네?" 나는 빙긋이 웃으며 속으로 100부터 거꾸로 세기 시작했다.

"어쨌든, 자네가 좋아할 만한 일거리가 생겼어. 이 영매를 만나봐."

86, 85. "영매요?"

"그래, 영매. 점쟁이 말이야." 해든이 책상 서랍을 마구 뒤적이며 말을 이었다. "자신이 클레어의 시신을 발견하도록 경찰을 이끌었고, 지금은 살인범 찾는 걸 돕고 있다고 주장해."

"저더러 만나서 취재하라고요?" 한숨을 쉬며, 39, 38.

"그래. 여기 있군. 웨이크필드 블레넘 거리 28번지 5호. 중학교 바로 뒤야."

안녕, 그리운 옛날. 24, 23. "이름이 뭐예요?"

"맨디 위머. 자칭 신비의 맨디라나."

나는 포기했다. "돈도 쥐여줘야 하나요?"

"안타깝게도 맨디처럼 능력 많은 여자는 결코 싸게 살 수 없지."

"언제 갈까요?"

"내일. 1시로 약속을 잡아놓았네."

"감사합니다." 나는 혼란스러운 마음으로 자리에서 일어났다.

해든이 따라서 일어났다. "내일 심리 있는 건 알지?"

"무슨 심리요?"

"배리 말이야."

"내일요?"

"그래. 프레이저 경사가 자네를 만나고 싶어해." 편집장이 손목시계를 확인했다. "십오 분 후 로비에서."

또 경찰이라니. 불알이 움츠러드는 듯했다.

"알겠습니다." 나는 문을 열며 생각했다, 사태가 더 나쁠 수도 있었다고, 도슨 부인 일이나 폰트프랙트에서 두 경찰과 마주친 일이나 심지어 망할 캐서린 테일러 일을 편집장이 언급할 수도 있었다고.

"신비의 맨디 잊지 마."

"잊을 리 있겠습니까?" 나는 문을 닫았다.

"자네 취향에 맞을 거야."

"이 시간에 이렇게 폐를 끼쳐 죄송합니다, 던퍼드 씨. 하지만 개넌 씨의 어제 행적을 정확히 파악해야 하는지라 부득이하게 찾아왔습니다." 경사는 젊고 친절한 금발이었다.

나는 그가 지금 날 조롱하는 거라고 생각하며 대꾸했다. "어제 10시쯤 절 데리러 와서는……"

"죄송합니다만, 어디로 데리러 왔죠?"

"오시트의 웨슬리 거리 10번지로요."

"감사합니다." 경사가 주소를 받아적고는 다시 고개를 들었다.

"우리는 배리, 그러니까 개넌 씨의 차를 타고 캐슬퍼드로 갔습니다. 저는 캐슬퍼드의 브런트 거리 11번지에서 갈런드 부인을 취재하고……"

"폴라 갈런드요?"

"네."

프레이저 경사가 받아적기를 멈추었다. "저넷 갈런드 때문에요?"

"네."

"알겠습니다. 개넌 씨도 함께였습니까?"

"아뇨. 개넌 씨는 마저리 도슨 부인을 만났습니다. 캐슬퍼드의 샹그릴라에서요. 존 도슨 부부의 집 말입니다."

"알겠습니다. 그럼 개넌 씨가 던퍼드 씨를 캐슬퍼드까지 데려다준 거군요?"

"네."

"그리고 그때 마지막으로 개넌 씨를 본 건가요?"

나는 잠시 가만있다가 이윽고 말했다. "아뇨. 캐슬퍼드에 있는 스완이라는 술집에서 다시 만났어요. 1시에서 2시 사이였는데, 정확한 시각은 모르겠네요."

"개넌 씨가 술을 마셨나요?"

"반잔 정도요. 많아야 한 잔이었습니다."

"그러고 나서는요?"

"우리는 헤어져 따로 갔습니다. 어디로 갈지 개넌 씨는 아무 말도 안 했고요."

"던퍼드 씨는요?"

"저는 버스를 타고 폰트프랙트로 갔습니다. 또다른 취재가 있어서."

"그럼, 개넌 씨를 마지막으로 본 것이 정확히 몇시였습니까?"

"늦어도 3시 십오 분 전이었을 겁니다." 나는 마저리 도슨이 배리에게 그의 목숨이 위험하다고 했다는 말을 듣고도 흘려 넘겼던 일을 생각하며 지금은 그 얘기를 하지 않는 게 좋겠다고 판단했다.

"어디로 갔는지 짐작 가는 곳은 없습니까?"

"네. 신문사로 돌아갈 줄 알았어요."

"왜 그렇게 생각하셨죠?"

"별다른 이유는 없습니다. 그냥 당연히 그러리라 여겼던 거죠. 취재 내용을 타이핑해 정리해야 할 테니까요."

"개넌 씨가 몰리에 왜 갔는지 짐작 가는 거라도 없습니까?"

"전혀요."

"알겠습니다. 감사합니다. 내일 심리에 꼭 참석해야 한다는 것 아시죠?"

나는 고개를 끄덕였다. "심리가 굉장히 빨리 열리네요."

"필요한 세부사항은 거의 다 알아냈습니다. 우리끼리 말이지만, 유족들이 간절히 원하는 모양이에요. 알다시피…… 곧 크리스마스잖습니까."

"심리는 어디서 열리죠?"

"몰리 시청에서요."

"알겠습니다." 나는 클레어 켐플레이에 대해 생각했다.

프레이저 경사가 수첩을 덮었다. "오늘 받은 질문을 내일 또 받을 겁니다. 음주 문제에 대해 아마 조금은 자세히 질문할 테죠. 이런 일이 어떻게 돌아가는지는 잘 아시겠지만요."

"그럼, 술에 취해 있었던 건가요?"

"그렇게 생각됩니다."

"브레이크는요?"

프레이저가 어깨를 으쓱했다. "제대로 작동하지 않았죠."

"다른 자동차는요?"

"정지해 있었습니다."

"판유리가 실려 있었다면서요?"

"네."

"차 앞유리를 그대로 뚫고 들어갔다던데요?"

"네."

"그리고……"

"네."

"즉사했나요?"

"그런 것 같습니다."

"젠장."

"네."

우리는 둘 다 하얗게 질려 있었다. 나는 로비 너머 비를 뚫고 집으로 달려가는 차량들을 바라보았다. 전조등과 브레이크등이 번쩍이다 사라졌다, 노랗고 빨간, 노랗고 빨간. 프레이저 경사가 수첩을 획획 넘겼다.

얼마 후 그가 일어났다. "캐서린 테일러가 어디 있는지 아십니까?"

"신문사에 없으면 집에 가 있을 겁니다."

"아뇨. 신문사로도 자택으로도 연락이 안 되더군요."

"글쎄요, 어차피 특별히 아는 것도 없을걸요. 그날 저녁 거의 내내 나랑 있었거든요."

"그렇다고 들었습니다. 하지만 사람 일은 모르는 거죠."

나는 아무 말도 하지 않았다.

경사가 모자를 썼다. "테일러 씨와 마주치면 제게 연락해달라고 전해주십시오. 언제 어느 때든 몰리 경찰서로 하면 된다고요."

"네."

"시간 내주셔서 감사합니다, 던퍼드 씨."

"수고하십시오."

"그럼 내일 뵙지요."

"네."

나는 경사가 접수처의 데스크로 다가가 리사에게 뭐라고 말하고는 회전문을 지나 사라지는 모습을 바라보았다.

담배에 불을 붙이는 나의 심장이 시속 150킬로미터로 쿵쿵거렸다.

세 시간 내내 책상에 앉아 작업했다.

조간과 석간을 모두 발행하는 유일한 지방 신문사인 이곳에 조용한 때라고는 없지만 오늘은 무덤처럼 고요했다. 모두 일찌감치 나가버렸다. 여기도 안녕, 저기도 안녕. 굳이 상상하자면, 우리 중 몇몇은 한참 뒤까지 기자 클럽에 죽치고 있으리라.

가고 없는 배리 개넌.

그래서 나는 타이핑을 하고 또 했다. 아버지가 돌아가시고 클레어 켐플레이가 실종된 후 처음으로 하는 일다운 일이었다. 이 책상에 언제 마지막으로 앉아 일을 하고 타이핑을 했는지 기억해내기가 쉽지 않았다. 폭주족 기사를 쓸 때였으리라. 하지만 그때 아버지가 여전히 병원에 계셨는지, 아니면 이미 집으로 옮겨진 뒤였는지는 확실하지 않았다.

가고 없는 로널드 던퍼드.

6시경 켈리가 가져온 사진을 함께 살펴본 뒤 가장 쓸 만한 것들을 서랍에 따로 챙겼다. 켈리는 내 기사와 자기 사진을 부편집장에게 보인 뒤 레이아웃 담당에게로 가져갔다. 그 결과 내 기사에서 단어 오십 개가 삭제되었고, 이는 평소라면 캐서린과 기자 클럽에서 거나하게 퍼마실 원인을 제공했을 터였다.

하지만 오늘은 평소가 아니었다.

가고 없는 캐서린 테일러.

나는 뚱보 스텝에게로 가서 입 닥치라고 말했지만 그녀는 대체 무슨 소리인지 모르겠다며, 나에 대한 잭 화이트헤드의 판단이 옳다고 했다. 우리 모두 얼마나 속상한데요. 하지만 나는 참아야 했다. 나에 대한 잭의 판단이 옳았고, 스테파니는 나를 비롯해 반경 15킬로미터 이내에 있는 모두에게 말하고, 말하고, 또 말했다.

망할 잭 화이트헤드는 없었느냐고?

망할 행운은 내게 찾아오지 않았다.

모든 책상마다 오늘자 신문이 놓여 있었다.

악마를 잡아라.

〈이브닝 포스트〉 1면에 커다랗게 박힌 헤드라인.

1968년과 71년 올해의 범죄 전문 기자 & 사회부 부장 잭 화이트헤드.

망할.

사체 부검 결과 클레어 켐플레이(10)는 고문과 강간을 당한 뒤 교살된 것으로 드러났다. 웨스트요크셔 경찰은 자세한 상해 정도는 공개하지 않았지만, 오늘 아침 기자회견장에서 조지 올드먼 총경이 선언하길, 이번 사건의 극악함은 "이루 말할 수 없"으며 "나를 비롯해 웨스트요크셔 메트로폴리탄 경찰 누구에게도 전무후무한 끔찍한 사건"이었다.

내무부 소속 병리학자로 사체 부검을 실시한 닥터 앨런 쿠츠는 말했다. "이 어린 소녀가 겪었을 공포를 제대로 설명할 단어를 찾을 수 없다." 이제까지 오십 건이 넘는 살인사건을 담당한 그가 기자회견 도중 크게 동요하며 고백하길, "이 같은 임무는 두 번 다시 맡고 싶지 않다"고 했다.

올드먼 총경은 살인범 검거가 시급하다며 피터 노블 경정이 지휘를 맡아 클레어의 죽음에 책임이 있다면 누구든 매일 추적해나갈 거라고 발표했다.

1968년 노블 경정은 웨스트미들랜즈 경찰서 소속으로 캐넉체이스 살인범 레이먼드 모리스의 체포에 크게 기여해 전국적 명성을 얻었다. 1965년부터 67년까지 스태퍼드와 그 근방에서 세 명의 소녀를 성폭행한 뒤 질식사시킨 모리스는 노블 경정에 의해 검거되었다.

노블 경정은 클레어 켐플레이의 살인범을 찾겠다는 결심을 밝히며 다음과 같이 시민의 도움을 요청했다. "또다른 순진무구한 어린이가 희생되기 전에 반드시 이 악마를 잡아야 합니다."

올드먼 총경은 12월 13일 금요일 밤이나 12월 14일 토요일 아침 웨이크필드의 데블스 디치 부근에 있었던 시민의 제보를 간절히 기다리고 있다고 덧붙였다.

누구든지 정보가 있다면 가장 가까운 경찰서나 수사팀 직통전화인 웨이크필드 3838 또는 3839로 연락하기 바란다. 모든 제보자의 신원은 철저히 보장될 것이다.

기사에는 사진 두 장이 함께 실려 있었다. 클레어의 실종 당시 내가 초기 취재를 하며 받은 아이의 학교 사진, 그리고 시신이 발견된 웨이크필드의 데블스 디치를 수색중인 경찰이 흐릿하게 찍힌 사진.

잭에게 경의를 표할지니.

나는 1면을 죽 찢어 재킷 주머니에 쑤셔넣고는 배리 개년의 책상으로 갔다. 맨 아래 서랍을 열어 배리의 믿음직한 벨스 병을 꺼내, 마시다 만 커피잔에 그 세 배쯤 되는 술을 따랐다.

배리 개년을 위해 건배.

더럽게 맛이 없어 다른 책상에 놓인 다른 식은 커피를 찾아 또다시 망할 술을 탔다.

로널드 던퍼드를 위해 건배.

오 분 후 나는 머리를 책상에 얹은 채 나무와 위스키와 소매에 밴 하루 치 노동의 냄새를 맡았다. 캐서린의 집에 전화할까도 싶었지만 위스키가 커피 기운을 내쫓아버려 환한 조명 아래 망할 잠에 빠져들었다.

"기상, 기상, 특종."

나는 한쪽 눈을 떴다.

"잠꾸러기 씨, 어서 일어나서 광 좀 내시지. 남자친구가 2번 전화에서 기다리고 있어."

나는 다른 쪽 눈도 떴다.

잭 화이트헤드가 사무실 맞은편 배리의 책상에서 배리의 의자에 앉아 내게 수화기를 흔들어댔다. 주위는 더이상 고요하지 않았고, 다음호 준비로 몹시 분주했다. 나는 일어나 잭에게 고개를 끄덕였다. 잭이 윙크를 하자 내 책상 위 전화가 울렸다.

나는 수화기를 집어들었다. "네?"

젊은 남자의 목소리가 말했다. "에드워드 던퍼드?"

"그런데요?"

침묵 후 딸깍 소리가 들렸다. 잭이 망할 수화기를 이제야 내려놓은 것이다. 나는 사무실 너머를 응시했다. 잭 화이트헤드가 짐짓 미안하다는 듯 양쪽 빈손을 들어 보였다.

모두가 웃었다.

수화기로 흘러드는 내 입냄새가 코를 찔렀다. "누구시죠?"

"배리의 친구입니다. 라운드헤이 로드에 있는 게이어티라는 술집 아시나요?"

"네."

"10시에 전화부스 앞에서 봅시다."

전화가 끊겼다.

나는 말했다. "죄송합니다만, 먼저 편집장님과 상의해봐야 합니다. 하지만 내일 다시 전화를 주시면…… 네, 알겠습니다. 감사합니다. 안녕히 계십시오."

"또 특종이 터졌나?"

"망할 쥐잡이꾼. 차라리 나를 죽일 것이지."

모두 껄껄댔다.

잭마저도.

1974년 12월 16일 월요일 밤 9시 30분.

리즈의 라운드헤이 로드, 게이어티호텔 앞 주차장에 차를 세우고 삼십 분간 그대로 버티기로 결심했다. 시동과 전조등을 끄고 시커먼 비바 안에 앉아 주차장 건너편의 게이어티를 응시했다. 술집에서 흘러나오는 불빛 덕에 전화부스와 술집 모두 훤히 보였다.

게이어티는 헤어힐스와 채플타운에 인접한 여느 술집의 역겨운 옛 매력을 지닌 역겨운 현대식 술집이었다. 음식을 제공하지 않는 레스토랑과 침대가 없는 호텔, 그것이 바로 게이어티였다.

담배에 불을 붙이고 차창을 약간 내린 뒤 고개를 뒤로 젖혔다.

사 개월쯤 전 북부에 돌아온 직후 조지 그리브스와 스포츠부의 가즈와 배리와 함께 게이어티에서 거의 꼬박 하루하고도 다음날까지 내리 골이 빠개지도록 마셨다.

사 개월쯤 전만 해도 북부 귀향은 여전히 신선했고, 게이어티에서 보낸 시간은 적당한 즐거움이자 약간은 놀라운 경험이었다.

사 개월쯤 전에는 로널드 던퍼드와 클레어 켐플레이와 배리 개넌이 여전히 살아 있었다.

24시간 회식은 사실상 그다지 재미나지 않았지만, 그래도 풋내기 북잉글랜드 범죄 전문 기자에게는 유용한 첫걸음이 되었다.

그날 아침 11시경 문을 활짝 젖혀 게이어티 안으로 들어서며 조지 그리브스가 속삭였다. "여긴 잭 화이트헤드의 도시야."

다섯 시간 후 나는 집으로 돌아가고자 했지만 게이어티는 지방법이 정한 영업시간을 지키지 않았다. 음식도, 침대도, 댄스홀도 없었지만 어느 경찰이 찾아오느냐에 따라 레스토랑도 호텔도 디스코장도 될 수 있다는 이점 덕에 오전 11시부터 다음날 오전 3시까지 술을 팔았다. 또한 도시 중심부에 위치한 퀸스호텔과 달리 게이어티는 낮시간 단골들에게 런치타임 스트립쇼를 제공했다. 게다가 갓 요리한 뜨거운 음식 대신 스트립걸 중 누구든 적당한 가격에 먹을 수 있는 독특한 기회를 제공했다. 스포츠부의 가즈는 누구에게든 5파운드의 값어치는 하는 간식거리라고 내게 장담했다.

"우리 가즈는 뮌헨 올림픽 거시기 다이빙에서 챔피언을 먹었었지." 조지 그리브스가 껄껄댔다.

"신참은 감히 엄두도 못 낼 솜씨야." 가즈가 덧붙였다.

6시쯤 처음 토한 나는 그래도 계속 놀아보자는 생각으로 신이 나 고장난 변기 속에서 빙빙 돌아가는 음모를 응시했다.

게이어티의 낮시간 고객과 저녁시간 고객은 매우 비슷했고 비율만 차이가 났다. 낮에는 창녀와 파키스탄인 택시기사가 더 많았다면, 밤에는 노동자와 사업가가 현저히 늘었다. 열받은 기자, 교대를 마친 경찰, 무뚝뚝한 서인도제도 사람은 밤이고 낮이고, 이날이고 저 날이고 늘 한결같았다.

"여긴 잭 화이트헤드의 도시야."

그날의 마지막 기억은 주차장에서 또다시 토하며, 여긴 내 도시가 아니라 잭의 도시라고 생각했던 것이다.

비바의 재떨이를 창밖으로 내밀어 비우는 동안, 게이어티의 주크박스에서 〈The Israelites〉가 또다시 흘러나오자 환호성이 터졌고 이에 슬롯머신이 동전을 쏟아냈다. 나는 창문을 도로 올리고는 생각했다. 사 개월 전 그날 저 망할 음악을 몇 번이나 들었지. 저 인간들은 지겹지도 않나?

10시 오 분 전 〈Young, Gifted and Black〉이 다시 흘러나오자 나는 옛 기억을 털어내고 비바에서 내려 전화부스 옆으로 가서 기다렸다.

10시 정각 전화가 두 번 울리자 나는 수화기를 집어들었다. "여보세요?"

"누구시죠?"

"에드워드 던퍼드입니다."

"혼자인가요?"

"네."

"녹색 복스홀 비바를 타고 왔나요?"

"네."

"헤어힐스 레인을 따라 올라가다 채플타운 로드와 만나는 곳의 병원 밖에 차를 세워요."

전화는 다시 끊겼다.

10시 10분 나는 헤어힐스 레인과 채플타운 로드가 만나 헤러게이트 로드가 되어 더욱 발전일로로 뻗어가는 곳에 자리잡은 채플 앨러튼 병원 앞에 차를 세웠다.

10시 11분 누군가 조수석 문을 열려고 애쓰다 차창을 두드렸다. 나는 조수석으로 몸을 숙여 문을 열어주었다.

"차를 돌려 다시 리즈로 달려요." 오렌지색 머리에 고동색 양복 차림의 남자가 차에 올랐다. "여기 오는 걸 다른 사람한테 알렸나요?"

"아뇨." 나는 차를 돌리며 망할 보위 자식이군, 생각했다.

"당신 여자친구는요?"

"그녀가 왜요?"

"당신이 여기 있는 거 알아요?"

"아뇨."

고동색 양복이 요란하게 코를 훌쩍이며 오렌지색 머리를 이리저리 돌렸다. "저기 공원에서 우회전해요."

"여기서요?"

"네. 그리고 이 길을 따라 교회까지 달려요."

교회 앞 교차로에서 고동색 양복이 또 요란하게 코를 훌쩍이고는 말했다. "여기 차를 세우고 십 분 동안 기다린 뒤 스펜서 플레이스를 걸어와요. 오 분만 걸으면 스펜서 마운트가 보일 거예요. 왼쪽 다섯번째인가 여섯번째 골목으로 접어들면 나오는 길이에요. 길 오른쪽 3번지. 초인종 누를 것 없이 바로 5호로 들어와요."

나는 대꾸했다. "스펜서 마운트 3번지 5호……" 하지만 고동색 양복은 이미 차에서 내려 뛰어가고 있었다.

10시 30분 나는 스펜서 플레이스를 따라 걸으며 이따위 스파이 짓거리를 하다니 정말 망할 자식이라고 생각했다. 10시 30분에 스펜서 플레이스를 이처럼 걷는 염병할 테스트를 시키다니 정말 망할 자식이었다.

"그래, 잘 보고 있지, 자기?"

10시부터 3시까지 일주일에 칠 일 동안 밤의 스펜서 플레이스는 브래드퍼드의 매닝엄을 제외하면 요크셔에서 가장 번잡한 도로였다. 오늘밤 역시 추위에도 불구하고 혼잡스럽기 짝이 없었다. 상행선과 하행선을 모두 꽉 메운 차들의 붉은 브레이크등은 마치 공휴일의 도로를 연상시켰다.

"그래, 똑똑히 봐. 어때?"

불 꺼진 테라스하우스 앞 나지막한 담장에 나이든 여자들이 앉아 있었고, 반대로 어린 여자들은 추위를 쫓으려고 발을 동동거리며 이리저리 서성였다.

"실례합니다……"

거리에 있는 남자들은 전부 서인도제도 사람으로, 주차된 차에서 짙은 연기와 음악을 흘리며 튀어나와 물건을 들이미는 한편 백인 여자친구를 감시했다.

"젠장맞게 빡빡한 놈 같으니!"

터져나오는 웃음들을 뒤로하고 스펜서 마운트를 향해 모퉁이를 돌았다. 길을 건너 돌계단 세 개를 올라 3번지 문 앞에 섰다. 이 빠진 '다윗의 별'이 회색 유리 위에 그려져 있었다.

유대인 마을에서 돼지 같은 도시까지 얼마나 긴 세월을 옮겨왔을까?

나는 문을 밀어 열고는 계단을 올랐다.

나는 말했다. "멋진 동네군요."

"웃기지 마요." 고동색 양복이 5호 문을 열어 쥔 채 나직이 대꾸했다.

커다란 창문들이 달린 원룸아파트에는 너무 많은 가구가 들어차 있고, 북부의 숱한 겨울 냄새에 찌들어 있었다. 캐런 카펜터*의 사진이 벽마다 높이 걸려 있었지만, 조그만 단세트 턴테이블에서 흘러나오는 기타소리는 지기**였다. 꼬마전구가 켜져 있었지만 크리스마스트리는 없었다.

고동색 양복이 의자 하나에서 옷가지를 치우고 말했다. "여기 앉아요, 에디."

"나는 당신 이름을 모르는데요." 나는 씩 웃었다.

"배리 제임스 앤더슨이에요." 배리 제임스 앤더슨이 자랑스럽게 말했다.

---

* 유명 듀오 그룹인 카펜터스의 여성 멤버.
** 데이비드 보위가 만든 가상의 록스타 캐릭터.

"배리 개년과 이름이 같네요." 안락의자에서는 퀴퀴한 냄새가 났다.

"네. BJ라고 불러요." 고동색 양복이 낄낄대며 말을 이었다. "다들 그러거든요."

나는 웃지 않았다. "그렇죠."

"넵. BJ는 이름이고, bj*는 게임이죠." 그가 웃음을 그치더니 서둘러 구석의 낡은 옷장으로 다가갔다.

"배리하고는 어떻게 알게 되었어요?" 나는 배리 개년이 동성애자였던가 싶어 의아했다.

"어쩌다 마주쳤죠. 그러다 이야기를 하게 되었고."

"뒷구멍 배리 말이야. 계집애 같은 자식."

"어디서 마주쳤죠?"

"그냥 어쩌다가요. 차 들겠어요?" BJ가 옷장 구석을 마구 뒤졌다.

"아뇨, 괜찮습니다."

"편하게 있어요."

나는 담배에 불을 붙이고 지저분한 접시를 재떨이로 삼았다.

"여기 있네요." BJ가 옷장 구석에서 힐러즈** 쇼핑백을 꺼내 내게 내밀었다. "자기한테 무슨 일이 생기면 당신한테 전해주라고 했어요."

"무슨 일이 생기면요?" 나는 그의 말을 되풀이하며 쇼핑백을 열었다. 서류철과 서류봉투로 그득했다. "이게 뭐죠?"

"배리가 목숨을 바친 작업이죠."

나는 말라붙은 토마토소스에 담배를 비벼 껐다. "왜요? 그러니까 내 말은, 배리가 왜 이걸 여기 남겨둔 건가요?"

---

* 블랙잭의 약칭.
** 북잉글랜드의 슈퍼마켓 체인.

"그러니까 왜 하필 나한테 맡겼느냐는 거겠죠." BJ가 콧방귀를 뀌었다. "어젯밤 여기로 찾아왔어요. 이걸 보관할 안전한 장소가 필요하다면서. 그리고 자기한테 무슨 일이 생기면 당신에게 전해주라고 했어요."

"어젯밤에요?"

BJ가 침대에 앉아 재킷을 벗었다. "네."

"어젯밤 당신을 봤어요. 그렇죠? 기자 클럽에서."

"맞아요. 아주 쌀쌀맞더군요." 그의 셔츠는 수천 개의 자그마한 별로 뒤덮여 있었다.

"화가 좀 났었거든요."

"어련하실까." BJ가 히죽댔다.

나는 저 별무늬 셔츠 꼬락서니의 게이 자식 좀 안 볼 수 있으면 좋겠다고 생각하며 새 담배에 불을 붙였다. "배리하고는 어떤 관계였죠?"

"내가 눈이 좀 밝거든요."

"그렇겠죠." 나는 아버지의 시계를 흘긋 보았다.

BJ가 침대에서 벌떡 일어났다. "이봐요, 바쁘면 그만 가봐요."

나는 일어났다. "미안합니다. 앉아요. 미안해요."

BJ는 도로 앉았지만 거만하기 짝이 없는 태도였다. "내가 발이 얼마나 넓은지 모를걸요."

"물론 그러시겠죠."

그가 다시 일어나서 발을 굴렀다. "아니, 진짜예요. 다들 유명인사라고요."

나는 일어나 두 팔을 뻗었다. "그럼요, 그럼요……"

"이봐요. 나는 이 나라에서 가장 위대한 인물들의 불알을 핥고 자지를 빨았어요."

"예를 들면?"

"어림없어요. 그렇게 쉽게는 안 알려줘요."

"알았어요. 그럼, 왜 그랬죠?"

"그야 돈 때문이죠. 다른 무슨 이유가 있겠어요? 내가 좋아서 이렇게 사는 줄 알아요? 이런 몸으로? 날 봐요! 이게 나는 아니에요." 그가 무릎을 꿇더니 별무늬 셔츠 자락을 들어올렸다. "나는 게이가 아니에요. 몸뚱이는 이렇지만 여자라고요." 그가 고함을 지르며 벌떡 일어나 캐런 카펜터의 사진을 한 장 뜯어내서는 내 면전에 대고 박박 구겼다. "이게 어떤 건지 그녀는 알아요. 그는 안다고요." 그가 돌아서서 스테레오를 걷어차자 지기가 삐끗대며 음악을 멈추었다.

전축 옆 바닥에 쓰러진 배리 제임스 앤더슨은 머리를 두 팔로 감싸고 온몸을 파르르 떨어댔다. "배리는 알았어요."

나는 앉았다가 다시 일어났다. 그리고 은빛 별무늬 셔츠와 고동색 바지 차림으로 뻗어 있는 청년에게 다가가 일으켜세워서 살며시 침대에 앉혔다.

"배리는 알았어요." 그가 다시 훌쩍이며 말했다.

나는 전축으로 가서 레코드 위에 바늘을 올렸지만 늘어진 소리가 나는 데다 바늘이 계속 튀어 도로 끄고는 냄새나는 안락의자로 가서 앉았다.

"배리를 좋아했나요?" 그가 얼굴을 닦더니 똑바로 앉아 나를 바라보았다.

"네. 하지만 잘 알지는 못했어요."

BJ의 눈에 다시 눈물이 차올랐다. "그이는 당신을 좋아했죠."

"왜 자기한테 무슨 일이 일어날 거라고 생각했을까요?"

"이봐요!" BJ가 벌떡 일어났다. "망할. 그야 뻔하죠."

"왜 뻔하죠?"

"그렇게 계속할 수는 없었어요. 배리는 너무 많은 사람에 대해 너무 많은 것을 알고 있었죠."

나는 몸을 앞으로 숙였다. "존 도슨 말이에요?"

"존 도슨은 망할 빙산의 일각에 지나지 않아요. 이거 안 읽어봤어요?" 그가 손으로 내 발치의 쇼핑백을 재빨리 가리켰다.

"신문에 실린 것만 봤어요." 나는 거짓말을 했다.

그가 씩 웃었다. "비밀은 모두 저 가방에 담겨 있죠."

나는 이 망할 녀석이, 그의 게임이, 그의 아파트가 끔찍했다. "배리가 어젯밤 여기서 나간 후 어디로 갔죠?"

"당신을 도와줄 거라고 했어요."

"나를요?"

"그렇게 말했어요. 몰리의 여자애랑 관계된 일이라고요. 모든 걸 하나로 연결시킬 수 있다나."

나는 벌떡 일어났다. "그게 무슨 말이죠? 어떻게 도와요?"

"그냥 그렇게만 말했어요……"

등에 날개가 꿰매진 아이의 모습과 크리켓 공만한 젖가슴이 달린 그의 모습에 사로잡힌 나는 방을 가로질러 배리 제임스 앤더슨에게 다가가며 소리쳤다. "생각해봐!"

"몰라요. 그렇게만 말했다고요."

나는 별무늬 셔츠를 움켜쥐고 그를 침대에 눌렀다. "클레어에 대해 다른 이야기는 안 했어?"

방에서 풍기는 냄새만큼이나 퀴퀴한 입냄새가 내 코를 찔렀다. "클레어라뇨?"

"죽은 여자애 말이야."

"그냥 몰리에 갈 거라고, 당신한테 도움을 줄 거라고만 했어요."

"씨팔, 어떻게 도움을 준다는 거야?"

"그렇게만 말했다고요! 몇 번을 더 말해야 해요?"

"정말 다른 말 안 했어?"

"그래요. 젠장, 이거 놔요."

나는 그의 입을 움켜쥐고 세게 비틀었다. "아니. 배리가 왜 너한테 그런 얘기를 한 건지 말해." 나는 있는 힘껏 그의 얼굴을 옥죈 다음에야 손을 풀었다.

"내 눈이 열려 있어서겠죠. 밝은 눈으로 본 걸 모두 기억해서겠죠." 그의 아랫입술에서 피가 흘렀다.

나는 내 다른 손이 움켜쥐고 있는 셔츠의 은빛 별무늬를 내려다보다가 손을 풀었다. "아무것도 모르면서 까불긴."

"맘대로 생각해요."

나는 일어나 힐러즈 쇼핑백 쪽으로 갔다. "그러지."

"당신은 잠을 좀 자야 해요."

나는 쇼핑백을 집어들고 문으로 갔다. 문을 열었다가 지옥 같은 원룸을 돌아보며 마지막 질문을 던졌다. "배리가 취해 있었어?"

"아뇨. 하지만 술을 계속 마시고는 있었어요."

"많이?"

"술냄새가 났죠." 눈물이 그의 뺨을 타고 흘러내렸다.

나는 쇼핑백을 내려놓았다. "어떻게 된 걸까?"

"그놈들이 죽인 거예요." 그가 콧방귀를 뀌었다.

"그놈들이라니?"

"이름은 몰라요. 알고 싶지도 않고."

"모든 나라, 모든 도시에 암살대가 있어." 목소리가 귀에서 맴돌았다.

"누구야? 도슨? 경찰?"

"몰라요."

"그럼 왜 죽였는지는 알아?"

"돈 때문이지, 달리 뭐 때문이겠어요? 당신이 들고 있는 쇼핑백 속 비밀을 그대로 묻어두려고. 영원히 지하에 매장하려고."

나는 캐런 카펜터가 거대한 미키 마우스 인형을 껴안고 있는 방 맞은편의 포스터를 응시했다.

나는 쇼핑백을 집어들었다. "어디로 연락하면 되지?"

배리 제임스 앤더슨이 씩 웃었다. "442189. 에디라고 말하면 나한테 메시지가 올 거예요."

나는 번호를 받아적었다. "고마워."

"당연하죠."

스펜서 플레이스를 내달려 차에 올라타서는 속도를 내 리즈로 접어들어 M1을 타고 가며 그 자식을 두 번 다시 보지 않기를 빌었다.

혹성 탈출, 암흑으로부터의 해방, 가설들이 줄을 이었다.

앞유리창에 빗방울이 떨어지고, 달은 도난당하고 없었다.

핵심은 이것이다.

나는 한 남자를 알고 있는 한 남자를 알고 있다.

"모든 걸 하나로 연결시킬 수 있다……"

악마 같은 천사, 천사 같은 악마.

결론은 났다.

아무 일도 없는 양 행동하자.

의자에서 잠든 어머니를 바라보며 모든 걸 하나로 연결시키려 애썼다.

여기서는 아냐.

2층으로 올라가 쇼핑백과 봉투를 비우고는 서류와 사진을 침대에 흩

뜨려놓았다.

여기서는 아냐.

나는 전부 긁어모아 시커먼 쓰레기봉투에 담고서 아버지의 핀과 바늘을 주머니에 집어넣었다.

여기서는 아냐.

계단을 내려가 어머니의 이마에 입을 맞추고 문으로 나갔다.

여기서는 아냐.

액셀을 밟으며 오시트의 새벽 사이로 비명을 내질렀다.

여기서는 아냐.

5

1974년 12월 17일 화요일 새벽 레드벡 카페 & 모텔.

밤새 차를 몰다가 이곳으로 돌아왔다, 마치 모든 게 이곳으로 돌아오 듯이.

프런트에 이 주 치 방세를 내고 그 대가를 받아쥐었다.

모텔 뒤쪽 27호실의 옆방은 오토바이족 둘이, 다른 옆방은 여자 하나 와 아이 넷이 머물고 있었다. 전화도, 화장실도, 텔레비전도 없었다. 하 지만 하룻밤에 2파운드만 내면 주차장 풍경과 더블베드와 옷장과 책상 과 세면대가 내 것인데다 아무 질문도 받을 필요가 없었다.

단단히 문단속한 뒤 축축한 커튼을 내렸다. 침대에서 이불을 벗겨내 가장 두꺼운 시트를 커튼 위에 덧씌우고는 매트리스를 그 위에 기대세 웠다. 누가 쓰고 버린 콘돔을 집어, 반쯤 먹다 만 포테이포칩 봉지 안에 집어넣었다.

차로 돌아가다가, 지옥 여행 티켓을 샀던 바로 그 화장실에 들러 오줌 을 눴다.

오줌을 누며 서 있자니 오늘이 화요일인지, 수요일인지 헷갈려 그냥 그쯤 되었으려니 짐작했다. 볼일을 다 본 뒤, 누런 똥과 요란한 낙서밖에 없을 칸막이의 문을 걷어찼다.

모텔 앞으로 돌아가 카페로 들어가서는 설탕을 듬뿍 넣은 블랙커피라지 두 잔을 주문하고 지저분한 스티로폼 컵을 받았다. 비바의 트렁크를 열어 검은 쓰레기봉투를 꺼내 블랙커피와 함께 27호실로 가져갔다.

다시 단단히 문단속을 하고는 커피 한 잔을 들이켠 다음 쓰레기봉투의 내용물을 침대 나무판 위에 쏟아붓고 작업을 시작했다.

배리 개넌의 파일과 봉투는 이름별로 정리되어 있었다. 침대 반쪽에 알파벳 순서로 늘어놓은 다음, 해든이 준 두툼한 서류봉투를 뒤적여 해당 서류를 배리의 관련 파일에 끼워넣었다.

옆에 직위나 계급이 붙은 경우도 있었지만, 대부분은 그저 평범한 이름이었다. 아는 이름도 있고, 희미하게 떠오르는 이름도 있었지만, 대다수가 여태 한 번도 못 본 이름이었다.

침대의 나머지 반쪽에는 내가 만든 얇은 파일 세 개와 두꺼운 파일 하나를 늘어놓았다. 저넷, 수전, 클레어 그리고 오른쪽에 쥐잡이꾼 그레이엄 골드소프.

옷장 뒤쪽에 돌돌 말린 벽지가 처박혀 있었다. 아버지의 핀을 한 줌 꺼내고 벽지를 뒤집어 책상 위쪽 벽에 꽂았다. 굵은 붉은색 사인펜으로 벽지 뒷면을 크게 다섯으로 나누었다. 각 칸 위에 붉은 대문자로 다섯 개의 이름을 썼다. 저넷, 수전, 클레어, 그레이엄, 배리.

그 옆에는 비바에서 가져온 웨스트요크셔 지도를 꽂았다. 붉은 펜으로 십자가 네 개를 표시한 뒤 로치데일 쪽으로 붉은 화살표를 그렸다.

나는 두 잔째 커피를 마시며 마음을 다잡았다.

클레어의 파일 위에 놓인 봉투를 떨리는 손으로 집어들었다. 용서를 구하고 봉투를 거칠게 열어젖혀 대형 흑백사진 세 장을 꺼냈다. 속이 울렁거리는 채로 입에 핀을 잔뜩 물고서 벽지 차트로 다가가 세 개의 이름 위에 세 장의 사진을 조심스레 꽂았다.

뺨을 눈물로 적시며 물러서서 내가 만들어낸 새로운 벽지를 응시했다, 너무도 파리한 피부를, 너무도 창백한 금발을, 너무도 새하얀 날개를.

흑백의 천사.

세 시간 후 그때껏 읽은 내용 때문에 울어서 핏발이 선 눈으로 27호실 바닥에서 일어났다.

배리의 이야기: 세 명의 부자: 존 도슨, 도널드 포스터, 그리고 배리가 이름을 알아내지 못한 혹은 알아내지 않은 제삼의 인물.

나의 이야기: 세 명의 죽은 소녀: 저넷, 수전, 클레어.

나의 이야기와 그의 이야기—두 개의 이야기: 똑같은 시간, 똑같은 장소에 다른 이름과 다른 얼굴.

수수께끼와 역사.

하나로 연결?

나는 레드벡 로비의 공중전화 위에 동전을 한 움큼 얹었다.

"프레이저 경사 계십니까?"

온통 노란색과 갈색인 로비에서 담배냄새가 코를 찔렀다. 유리문 너머로 당구를 치고 담배를 피우는 아이들의 모습이 비쳤다.

"프레이저 경사입니다."

"에드워드 던퍼드입니다. 일요일 밤에 대한 정보를 구했습니다. 배리……"

"어떤 정보죠?"

나는 턱과 목 사이에 수화기를 끼우고서 성냥을 켰다. "익명의 전화를 받았는데요, 개넌 씨가 클레어 켐플레이 사건 때문에 몰리로 갔답니다." 나는 잇새에 담배를 문 채 말했다.

"그리고요?"

"전화로는 더 말할 수 없습니다." 전화기 옆면에 '힘 좋은 물건 있음'과 여섯 자리 전화번호가 볼펜으로 선명하게 적혀 있었다.

"심리 전에 만나는 게 좋겠군요." 프레이저 경사가 말했다.

밖에서는 다시 비가 내리기 시작해 화물트럭 운전사들이 머리에 코트를 뒤집어쓰고 카페와 화장실로 달려갔다.

나는 말했다. "어디서요?"

"한 시간 후 앤절로스 카페에서요. 몰리 시청 맞은편에 있습니다."

"좋습니다. 부탁 하나 해도 될까요?" 재떨이를 찾아보았지만 벽을 이용하는 수밖에 없었다.

프레이저가 목소리를 낮춰 속삭이듯 말했다. "뭔데요?"

삐삐거리는 소리에 나는 동전을 더 넣었다. "시신을 발견한 노동자들의 이름과 주소를 알고 싶습니다."

"무슨 시신요?"

"클레어 켐플레이요." 나는 전화기 주위에 낙서해놓은 하트의 개수를 세기 시작했다.

"글쎄요……"

"부탁드립니다."

누군가 하트 안쪽에 붉은 글자로 '4eva 2geva'*라고 적어놓았다.

프레이저가 말했다. "왜 나한테 부탁하는 거죠?"

---

* "영원히 함께해"를 의미하는 은어.

"믿을 만한 분인 것 같고, 도움이 필요한데 달리 부탁할 사람이 없어서요."

침묵 그리고, "한번 알아볼게요."

"그럼 한 시간 후 보죠." 나는 전화를 끊었다.

수화기를 내려놓았다가 도로 집어들고 동전을 넣어 다이얼을 돌렸다.

씹하는 마누라들은 유죄다.

"여보세요?"

"BJ에게 에디가 전화했다고 전해주세요. 276578로 연락해 27호실 로널드 개년을 바꿔달라고 하면 된다고요."

망할 자식 눈떠.

수화기를 내려놓았다가 도로 집어들고 동전을 넣어 다이얼을 돌렸다.

참된 사랑은 영원히 사라지지 않는다.

"피터 테일러입니다."

"안녕하세요. 캐서린 있습니까?"

"아직 자고 있어."

나는 아버지의 손목시계를 보았다.

"일어나면 에드워드가 전화했다고 좀 전해주세요."

"그러지." 캐서린의 아버지는 무슨 어마어마한 특혜라도 베풀어준다는 양 대꾸했다.

"안녕히 계세요." 수화기를 내려놓았다가 도로 집어들고 마지막 동전을 넣어 다이얼을 돌렸다.

카페에서 로비로 나온 늙은 여자에게서 베이컨냄새가 훅 끼쳤다.

"오시트 256199번 부탁드립니다."

"엄마, 저예요."

"괜찮니, 애야? 지금 어디니?"

아이 하나가 다른 아이를 쫓아 당구대를 돌며 큐대를 휘둘렀다.

"전 괜찮아요. 일 때문에 나와 있어요."

늙은 여자가 공중전화 맞은편 갈색 로비 의자에 앉아 화물트럭과 빗줄기를 응시했다.

"이삼일 출장 가야 할 것 같아요."

"어디로?"

큐대를 든 아이가 다른 아이를 당구대 위에 찍어 눌렀다.

"남부요."

"전화할 거지?"

늙은 여자가 요란하게 방귀를 뀌었고, 당구장의 아이들이 싸움을 멈추고 로비로 달려나왔다.

"그럼요……"

"사랑한다, 얘야."

아이들이 소매를 걷어올리더니 팔에 입술을 대고 괴상한 소리를 내기 시작했다.

"저도요."

화물트럭과 빗줄기를 응시하는 늙은 여자의 주위를 돌며 아이들이 춤을 추었다.

나는 수화기를 내려놓았다.

4 LUV.

몰리 시청 맞은편 앤절로스 카페는 아침식사 손님들로 북적였다.

나는 피로에 휘청대며 두 잔째 커피를 마시고 있었다.

"뭐 더 드시겠습니까?" 카운터에서 프레이저 경사가 말했다.

"커피 부탁드리죠. 설탕은 두 개."

카페를 둘러보니 벽에 붙은 헤드라인들이 모든 아침식사를 지키고 있었다.

5억 3천4백만 파운드의 무역 적자, 유가 12퍼센트 상승, IRA*와의 크리스마스 휴전협정, 새 시즌 닥터 후**의 사진, 그리고 클레어.

"좋은 아침이군요." 프레이저가 내 앞에 커피잔을 내려놓았다.

"감사합니다." 나는 마시던 식은 커피를 쭉 들이켜고는 뜨거운 커피를 한 모금 삼켰다.

"방금 전 검시관을 만났는데, 심리가 연기되었다네요."

"애초에 너무 서둘렀어요."

웨이트리스가 아침식사가 가득 담긴 접시를 가져와 프레이저 앞에 놓았다.

"네. 하지만 크리스마스이기도 하고 유족들을 생각하면 빨리 끝내는 게 좋죠."

"젠장. 네, 유족이 있죠."

프레이저가 음식의 반을 포크 위에 쌓았다. "고인의 가족과도 아는 사이입니까?"

"아뇨."

"좋은 분들이더군요." 프레이저가 한숨을 쉬더니 토스트로 달걀과 토마토 즙을 싹싹 닦았다.

"그래요?" 프레이저 경사의 나이가 몇이나 될지 궁금했다.

"그래도 시신은 보내드리기로 했습니다. 장례식을 치를 수 있게요."

"그럼 별문제 없겠네요."

---

* 아일랜드 공화국군.
** 우주의 시공간을 자유자재로 여행하는 유명 드라마 캐릭터.

프레이저가 나이프와 포크를 내려놓더니 찌꺼기 하나 없는 접시를 한쪽으로 밀어놓았다. "목요일에 한다더군요."

"네. 목요일이랬죠." 아버지를 화장한 것이 지난주 목요일이었는지, 금요일이었는지 헷갈렸다.

프레이저 경사가 의자에 등을 기댔다. "익명의 전화 얘기를 해볼까요?"

나는 몸을 앞으로 숙이고 목소리를 낮추었다. "말씀드렸듯이, 망할 한밤중에……"

"이봐요, 에디?"

나는 프레이저 경사를 올려다보았다. 금발과 촉촉한 푸른 눈과 통통한 붉은 얼굴과 리버풀 억양의 흔적과 소박한 결혼반지. 화학 시간에 내 옆자리에 앉았던 아이와 무척 닮아 보였다.

"솔직히 말할까요?"

"그래주면 고맙죠." 프레이저가 담배를 권했다.

"배리한테 정보원이 있었어요." 나는 담배에 불을 붙였다.

"끄나풀 말입니까?"

"정보원요."

프레이저가 어깨를 으쓱했다. "그래서요?"

"지난밤 신문사로 전화가 왔어요. 이름을 밝히지 않고, 라운드헤이 로드에 있는 게이어티에서 보자고 하더군요. 이런 일이 어찌 돌아가는지는 잘 아시겠지만."

"아뇨." 프레이저가 껄껄 웃었다. "물론 당연히 알죠. 장난전화가 아니라는 건 어떻게 알았죠?"

"배리가 워낙 발이 넓었거든요. 사람을 많이 알았죠."

"전화가 몇시쯤 왔었죠?"

"10시쯤요. 아무튼 그리로 가서 그자를 만났고……"

프레이저가 탁자에 팔을 얹고 몸을 숙이더니 싱긋 웃었다. "누구였는데요?"

"이름은 모르고, 흑인이었어요. 일요일 밤 배리랑 같이 있었대요."

"어떻게 생겼던가요?"

"흑인요." 나는 담배를 비벼 끄고는 내 담뱃갑에서 새로 한 대를 꺼냈다.

"젊었나요? 늙었나요? 키가 큰가요? 작은가요?"

"흑인에 곱슬머리, 코가 크고, 입술이 두꺼웠어요. 내 입에서 무슨 말이 나오길 바라나요?"

프레이저 경사가 씩 웃었다. "배리 개년이 술을 마셨다던가요?"

"물어보니, 좀 마시긴 했지만 곤죽이 될 만큼 취하지는 않았다고 하더군요."

"어디서 만났대요?"

나는 말을 멈추고 지금 까딱하다간 실수할지도 모른다고 생각하며 대꾸했다. "게이어티에서요."

"목격자가 있겠네요?" 프레이저가 수첩을 꺼내 적어나갔다.

"게이어티에서 누군가 봤겠죠, 그럼요."

"추측건대 경찰에게 그런 사실을 알리라고 흑인 친구를 설득하지는 않으셨겠죠?"

"네."

"그래서 어찌되었습니까?"

"11시쯤 배리가 몰리로 가겠다고 했대요. 클레어 켐플레이 사건 때문에 간다고요."

프레이저 경사가 내 어깨 너머로 빗줄기와 길 건너편 시청을 응시했다. "구체적으로 무엇 때문에요?"

"자기도 모른다더군요."

"그자를 믿습니까?"

"안 믿을 까닭이 없죠."

"이봐요. 그자가 당신을 갖고 논 겁니다. 일요일 밤 11시 게이어티에서 술에 취해 떠든 말이잖아요."

"그자가 그렇게 말했습니다."

"그렇다 칩시다. 일요일 밤 그 시간에 개년이 왜 여기까지 왔을지 짐작 가는 거라도 있어요?"

"모르겠어요. 그냥 그자에게 들은 대로 전할 뿐이에요."

"그리고 그게 다고요?" 프레이저 경사가 껄껄 웃었다. "젠장. 당신은 기자잖아요. 헤어지기 전에 질문을 수백 개는 던졌을 텐데."

나는 망할 새 담배에 불을 붙였다. "네. 하지만 단언컨대, 그자가 아는 건 그게 다였어요."

"좋습니다. 개년이 뭘 알아낸 걸까요?"

"말했잖아요. 모른다고요. 하지만 왜 몰리에 왔는지는 설명이 돼요."

"윗분들이 좋아하시겠군요." 프레이저가 한숨을 쉬었다.

웨이트리스가 다가와 잔과 접시를 가져갔다. 옆 테이블에 앉은 남자가 우리 대화에 귀를 쫑긋 세우며, 그 누구와도 닮았다고 할 수 있을 케임브리지 강간범의 몽타주를 들여다보았다.

나는 말했다. "이름은 알아냈습니까?"

프레이저 경사가 새 담배에 불을 붙이고 몸을 숙였다. "우리끼리 비밀로 하는 거죠?"

"물론이죠." 나는 재킷에서 종잇조각과 볼펜을 꺼냈다.

"건설 인부 두 명이었어요. 테리 존스와 제임스 애시워스. 웨이크필드 교도소 뒤쪽 새 주택단지에서 일하는 사람들이죠. 포스터 건설사 소속이랬던가."

"포스터 건설사." 나는 되뇌며 도널드 포스터와 배리 개넌의 연결
관계를 생각했다.

"주소는 모릅니다. 안다 해도 알려주지 않겠지만요. 자, 됐죠?"

"감사합니다. 한 가지만 더 물어도 될까요?"

프레이저가 일어났다. "뭡니까?"

"클레어 켐플레이의 사체 부검 보고서와 사진에 접근할 수 있는 사람
이 누구누구죠?"

프레이저가 도로 앉았다. "왜요?"

"그냥 궁금해서요. 그 사건 수사에 참여한 경찰이라면 누구나 볼 수
있나요?"

"네, 그렇죠."

"경사님도요?"

"나는 담당이 아닙니다."

"그래도 수색대에는 참여했죠?"

프레이저가 손목시계를 보았다. "네. 하지만 수사본부는 웨이크필드
에 차려졌어요."

"그럼, 부검 보고서가 처음 나왔을 때 전혀 모르셨겠네요."

"왜 묻죠?"

"그냥 절차를 알고 싶어서요. 호기심이 생겨서."

프레이저가 다시 일어났다. "그런 질문은 함부로 하는 게 아닙니다,
에디." 그가 씩 웃으며 윙크하더니 말을 이었다. "이만 가봐야겠군요.
그럼 나중에 서에서 뵙죠."

"네."

프레이저 경사가 카페 문을 연 후 뒤돌아보았다. "계속 연락합시다.

알았죠?"

"네. 물론이죠."

"그리고 비밀 꼭 지켜요." 그는 반쯤 껄껄대고 있었다.

"그럼요." 나는 중얼거리며 종잇조각을 접었다.

스포츠부의 가즈가 시청 계단을 올라왔다.

나는 계단에 앉아 마지막 담배를 피우고 있었다. "여기는 웬일이에요?"

"참 반갑게도 맞이한다." 가즈가 이 빠진 자리를 훤히 드러내며 웃었다. "나는 증인이라고."

"네?"

미소가 사라졌다. "그래, 진짜야. 일요일 밤 배리를 만나기로 했었는데 바람맞았지."

"심리는 연기됐어요. 몰랐어요?"

"농담이지? 왜?"

"일요일 밤 뭘 하고 있었는지 여전히 알아내지 못했대요." 나는 가즈에게 담배를 권하고 나도 새 담배에 불을 붙였다.

가즈가 침통하게 담배와 라이터를 받아들었다. "어쨌든 죽은 건 확실하잖아, 안 그래?"

나는 고개를 끄덕이고는 말했다. "장례식은 목요일이에요."

"망할. 그렇게 빨리?"

"네."

가즈가 요란하게 콧방귀를 뀌더니 돌계단에 침을 뱉었다. "편집장은 만났어?"

"아직 안에 안 들어가봤어요."

가즈가 담배를 비벼 끄고 계단을 올랐다. "일단 들어나 가보지."

"나는 그냥 여기서 기다릴래요. 필요하면 경찰이 부르겠죠."

"좋을 대로 해."

"저기요." 나는 그를 향해 소리쳤다. "조니 켈리 소식 들은 것 없어요?"

"씨팔. 지난밤 인스에서 어떤 놈이 말하길, 지금까지 내내 포스터랑 같이 있었대."

"포스터요?"

"돈 포스터. 트리니티 회장 말이야."

나는 일어났다. "돈 포스터가 웨이크필드 트리니티 팀 회장이에요?"

"그래. 그것도 모르고 여태 뭐했어?"

"제기랄 시간 낭비였어." 삼십 분 후 스포츠부의 가즈가 빌 해든과 함께 계단을 내려왔다.

"이런 일은 서두른다고 되는 게 아닌데." 해든이 맞장구쳤다. 사무실 밖에서 보는 편집장은 어딘가 이상하게 느껴졌다.

나는 차가운 계단에서 일어나 인사했다. "적어도 장례식은 치르게 해주니 다행이죠."

"좋은 아침이군, 에드워드." 해든이 말했다.

"안녕하세요. 시간 좀 있으세요?"

"가족들이 생각보다 담담해 보이더군." 가즈가 목소리를 낮춰 말하며 계단 위쪽을 힐긋 돌아보았다.

"그렇다더군요." 나는 대꾸했다.

"아주 강한 사람들이야. 나한테 무슨 할말이라도 있나?" 해든이 내 어깨에 손을 얹었다.

"그럼 나중에 봐요." 스포츠부의 가즈가 한 번에 두 개씩 계단을 성큼성큼 내려가며 춤까지 추었다.

"카디프 시티 팀하곤 어떻게 될까?" 해든이 그를 향해 고함쳤다.

"당연히 놈들이 박살나겠죠, 편집장님!" 가즈가 맞받아 소리쳤다.

해든이 빙그레 웃었다. "저런 열정은 돈 주고도 못 사지."

"네, 그러게요."

"그래, 무슨 일이야?" 해든이 추위를 막아보려고 팔짱을 끼었다.

"시신을 발견한 두 남자를 만나보고, 그걸 영매 취재와 데블스 디치의 역사와 한데 엮어보면 어떨까 합니다." 나는 삼십 분 내내 생각한 사람처럼 너무 빨리 말해버렸다.

해든이 턱수염을 쓰다듬었다. 그건 항상 나쁜 징조였다. "흥미롭군. 아주 흥미로워."

"그렇죠?"

"음. 다만 기사 톤이 좀 걱정스럽군."

"톤요?"

"음. 영매나 무당은 기사로 쓰기보다는 기초 자료에 더 어울리지. 보충 자료 말이야. 하지만 시신을 발견한 사람들이라면 글쎄……"

나는 그의 얼굴을 똑바로 응시했다. "하지만 영매가 살인범의 이름을 안다고 하셨잖습니까. 그건 기초 자료가 아니라 1면 톱기사 감이죠."

해든이 미끼를 물지 않고 대꾸했다. "오늘 만나볼 건가?"

"어차피 웨이크필드에 가는 김에 그 사람들까지 만나보면 좋죠."

"그래." 해든이 로버를 향해 걸어가며 말을 이었다. "5시까지 기사를 제출해. 내일 신문에 실을지 말지 검토해보자고."

"맡겨만 주세요." 나는 소리치며 아버지의 시계를 확인했다.

조수석에 취재 수첩을 올려놓고, 무릎에 리즈와 브래드퍼드의 지도 책을 펼쳐놓은 채 몰리의 뒷길과 샛길을 천천히 나아갔다.

빅토리아 로드로 꺾어들어가 조심스레 차를 몰다 룸스 레인과 처치 거리가 만나는 지점 바로 직전에 멈추었다.

배리는 웨이크필드 로드나 M62를 향해 반대쪽에서 차를 몰고 왔을 것이다. 화물차는 여기 서 있었을 거고, 빅토리아 로드의 신호등을 보며 룸스 레인으로 우회전하려고 기다렸을 것이다.

나는 뒤에서 앞으로 수첩을 점점 더 빨리 후르륵 넘겼다.

빙고.

나는 신호에 걸리도록 천천히 차를 출발했다.

왼쪽 교차로 건너편에 시커먼 교회가 서 있고, 그 옆에 몰리 그레인지 초등학교가 보였다.

신호가 바뀌었지만 나는 여전히 수첩을 보고 있었다.

"룸스 레인과 빅토리아 로드의 교차로에서 그들과 헤어진 뒤 집을 향해 빅토리아 로드를 걸어가는 모습이 마지막으로 목격……"

클레어 켐플레이.

마지막으로 목격.

안녕.

빅토리아 로드를 따라 천천히 차를 몰자 뒤꽁무니에서 경적이 울려 댔다. 내 옆으로 오렌지색 비옷 차림에 빨간 장화를 신은 클레어가 인도를 깡충깡충 뛰어갔다.

"집을 향해 빅토리아 로드를 걸어가는 모습이 마지막으로 목격……"

스포츠 그라운드, 샌드미드 클로즈, 윈터본 애비뉴.

클레어가 윈터본 애비뉴의 모퉁이에 서서 손을 흔들고 있었다.

나는 윈터본 애비뉴를 향해 좌회전 방향등을 켰다.

낡은 연립주택 여섯 채와 새 단독주택 세 채가 늘어선 막다른 골목이었다.

3번지 앞에 경찰이 비를 맞고 서 있었다.

나는 돌아나가기 위해 새로 지은 단독주택의 진입로로 후진했다.

그러면서 길 건너편 윈터본 애비뉴 3번지를 응시했다.

커튼이 내려와 있었다.

비바가 멈추었다.

커튼 하나가 젖혀졌다.

팔짱을 낀 창가의 켐플레이 부인.

경찰이 손목시계를 확인했다.

나는 차를 몰고 나갔다.

포스터 건설사.

건축 부지는 데블스 디치에서 몇 미터 떨어진, 웨이크필드 교도소 뒤쪽이었다.

12월의 비 내리는 화요일 점심시간 그곳은 무덤처럼 고요했다.

축축한 공기를 타고 〈Dreams Are Ten A Penny〉가 나직이 흘러나왔다.

나는 소리를 쫓아갔다.

"안녕하세요?" 미완성 주택의 방수천 문을 젖히고 말했다.

네 남자가 샌드위치를 씹고 보온병의 차를 마시고 있었다.

"무슨 일이죠?" 한 남자가 물었다.

"길 잃었어요?" 다른 남자가 물었다.

"사람을 찾고 있는데요……"

"모릅니다." 한 남자가 말했다.

"기자요?" 다른 남자가 말했다.

"척 봐도 그런가보죠?"

"아무렴." 남자들이 한목소리로 말했다.

"어디로 가면 테리 존스와 제임스 애시워스를 만날 수 있을까요?"

동키 재킷 차림의 덩치 큰 남자가 샌드위치 반쪽을 삼키며 일어났다. "내가 테리 존스요."

나는 손을 내밀었다. "에디 던퍼드입니다. 〈요크셔 포스트〉에서 나왔죠. 말씀 좀 나눌 수 있을까요?"

그는 내 손을 무시했다. "얼마 줄 거요?"

모두 껄껄대며 차를 마셨다.

"그야 상황에 따라 다르겠죠."

"상황이 어쨌든 꺼지는 게 좋을 거요." 웃음소리가 높아졌다.

"농담으로 하는 말 아닙니다." 나는 저항했다.

테리 존스가 한숨을 쉬고 고개를 저었다.

"어이, 배짱 한번 제법인데." 한 남자가 말했다.

"적어도 이 동네 사람이긴 하군." 다른 남자가 말했다.

"좋아." 테리 존스가 쩍 하품하더니 남은 차를 꿀꺽꿀꺽 들이켰다.

"잊지 말고 돈 받아." 우리가 밖으로 나가는데 누군가 소리쳤다.

"기자가 많이 찾아왔죠?" 나는 테리 존스에게 담배를 권하며 물었다.

"〈선〉의 사진기자가 왔다고들 하던데, 우리는 경찰서에 있었는걸."

굵은 보슬비가 내리고 있었다. 나는 반쯤 짓다 만 다른 건물을 가리켰다. 테리 존스가 고개를 끄덕이고 길을 안내했다.

"서에는 오래 붙들려 계셨어요?"

"아니, 별로. 이런 경우 목격자를 범인으로 몰지는 않잖아요. 안 그래요?"

"제임스 애시워스는요?" 문가에 선 우리 두 사람을 빗줄기가 아슬아

슬 비켜갔다.

"그 녀석이 왜요?"

"서에 오래 붙들려 계셨나요?"

"나랑 같이 나왔지."

"오늘은 어디 갔죠?"

"아파요."

"그래요?"

"뭔가 돌고 있어요."

"그런가요?"

"네." 테리 존스가 담배를 버리고 부츠로 짓이긴 뒤 덧붙였다. "현장 감독은 목요일부터 결근이고, 지미는 어제랑 오늘 결근이에요. 또 두 친구도 지난주부터 결근이고."

"시신은 둘 중 누가 발견했습니까?"

"지미가요."

"어디서요?" 나는 진흙탕과 난장판을 여기저기 둘러보았다.

테리 존스가 큼직한 가래를 뱉더니 말했다. "따라와요."

우리는 침묵 속에 건축 현장을 벗어나 웨이크필드-듀즈베리 로드에 면한 황무지로 들어갔다. 푸른색과 흰색의 출입금지선이 도랑 가장자리에 쳐져 있었다. 도랑 맞은편 도로가에 주차된 경찰차에 경찰 둘이 앉아 있었다. 그중 한 명이 우리를 보더니 테리 존스에게 고개를 끄덕여 보였다.

테리 존스도 마주 손을 흔들었다. "언제까지 여길 지킬까요?"

"글쎄요."

"어젯밤까지만 해도 여기가 텐트 천지였어요."

나는 녹슨 유모차와 자전거, 가스레인지와 냉장고가 나뒹구는 데블스 디치를 가만히 응시했다. 사방에서 가랑잎과 쓰레기가 뱀처럼 꿈틀대며 도랑을 집어삼킨 탓에 바닥이 보이지 않았다.

"직접 보셨습니까?" 나는 물었다.

"네."

"참, 기막힐 일이죠."

"절반쯤 내려간 지점, 유모차 위에 걸쳐 있었어요."

"유모차요?"

그는 어딘가 먼 곳을 응시하고 있는 듯했다. "경찰이 데려갔어요. 세상에 등에……"

"알고 있습니다." 나는 눈을 감았다.

"아무한테도 말하지 말라고 경찰이 신신당부했는데."

"그럼요, 그럼."

"하지만 망할……" 목이 메고 눈물이 그렁그렁한데도 그는 꾹 참고 있었다.

나는 그에게 다시 담배를 건넸다. "저도 압니다. 사체 부검 사진을 봤거든요."

그는 불붙이지 않은 담배로 여기저기 땅 위의 흔적을 가리켰다. "날개 하나는 저기, 거의 꼭대기에 있었어요."

"젠장."

"그 광경을 기억에서 지울 수만 있다면……"

데블스 디치를 바라보자니 레드벅 벽에 붙여놓은 사진들이 주마등처럼 스쳐갔다.

"그런 어린애만 아니었어도……" 그가 나직이 말했다.

"지미 애시워스는 어디 살아요?"

테리 존스가 나를 바라보았다. "그리 좋은 생각은 아닌 듯한데."

"부탁드립니다."

"그 친구 정말 충격이 심했어요. 새파란 풋내기라."

"얘기를 하면 그분에게도 도움이 될 겁니다." 나는 비탈 중간에 버려진 지저분한 푸른색 유모차를 바라보며 말했다.

"헛소리요."

"부탁드립니다."

"피츠윌리엄에 가봐요." 테리 존스가 말하더니 몸을 돌려 걸어갔다.

나는 푸른색 출입금지선 아래로 몸을 숙이고 들어가 고목 뿌리에 매달려서는 데블스 디치로 팔을 뻗어 덤불에서 하얀 깃털을 집었다.

죽여야 할 한 시간.

퀸 엘리자베스 중학교를 지나 차를 세우고는 비를 뚫고 웨이크필드로 되돌아 뛰어갔다. 학교 앞을 지나칠 때는 걸음을 빨리했다.

죽여야 할 오십 분.

화요일인지라 벼룩시장을 서성이며, 고인의 집에서 대방출된 유모차와 어린이 자전거와 잡동사니를 구경하면서 담배를 피우다보니 속옷까지 흠뻑 젖었다.

시장 건물 안은 젖은 걸레 냄새가 진동했다. 조의 서점이 있던 자리에는 여전히 책 가판대가 서 있었다.

나는 옛날 슈퍼히어로 만화들을 뒤적이다 아버지의 시계를 흘끗 보았다.

죽여야 할 사십 분.

삼 년 동안 매주 토요일 아침 7시 30분 아버지와 나는 오시트 버스 터미널에서 126번을 탔다. 아버지가 무릎에 빈 장바구니를 얹은 채 〈포스트〉를 읽으며 축구나 크리켓 이야기를 하는 동안, 나는 조 아저씨의 일을 거들어주고 받을 만화책들을 꿈꾸었다.

그렇게 매주 토요일이 반복되다 어느 토요일 아침 조 아저씨는 가게 문을 열지 않았고, 나는 아버지가 장바구니 두 개에 종이 포장 치즈를 얹어 돌아오실 때까지 마냥 기다렸다.

죽여야 할 삼십오 분.

한때 흠모한 웨이트리스가 일했던 웨스트게이트 꼭대기의 아크로폴리스에서 나는 요크셔푸딩과 양파 그레이비소스를 억지로 먹고는 뒤쪽의 좁은 화장실에서 바로 토해버렸다. 웨이트리스 제인을 마침내 이 화장실에서 따먹기를 얼마나 꿈꾸었던가.

죽여야 할 이십오 분.

나는 비를 맞으며 북부에서 가장 센 술집인 스트래퍼드 암스를 지나고 누나가 파트타임으로 일하다 토니를 만난 미용실도 지나서 볼링으로 향했다.

죽여야 할 이십 분.

어머니가 가장 좋아하는 카페이자 내가 방과후 아무도 몰래 레이철 라이언스를 만나곤 했던 실비오에서 나는 초콜릿 에클레르를 주문했다.

축축이 젖은 수첩을 꺼내 신비의 영매에 대한 몇 줄 안 되는 정보를 읽었다.

"과거가 그러하듯 미래 역시 정해져 있습니다. 결코 바꿀 순 없지만, 현재의 아픔을 치유하는 데 도움이 될 수 있죠."

나는 창가에 앉아 웨이크필드를 바라보았다.

지나버린 미래들.

세차게 퍼붓는 빗줄기에 도시 전체가 물에 잠긴 듯했다. 나는 정말 그러기를 빌었다. 비에 모든 사람이 익사하고, 망할 도시가 떠내려가버리면 좋겠다고 하느님께 기도했다.

남은 시간을 다 죽였다.

뜨겁고 달콤한 차를 쭉 들이켜고는 에클레르를 남긴 채 일어나 입술에는 찻잎을, 주머니에는 깃털을 지니고 세인트 존스로 향했다.

크고 튼튼한 나무와, 작은 마당 너머 저택이 늘어선 블레넘 거리는 웨이크필드에서 가장 아름다운 명소로 꼽혔다.

28번지 역시 마찬가지였다. 거대한 옛 저택은 아파트로 개조되어 있었다.

나는 물웅덩이를 피해서 진입로를 걸어올라가 건물 안으로 들어갔다. 복도와 계단의 창문은 스테인드글라스였고, 온 건물에 겨울철 오래된 교회에서 날 법한 냄새가 풍겼다.

5호는 2층 계단참 바로 오른쪽이었다.

나는 아버지의 시계를 확인한 뒤 초인종을 눌렀다. 꼭 〈Tubular Bells〉* 같은 멜로디에 〈엑소시스트〉를 떠올리는데 문이 열렸다.

〈요크셔 라이프〉에서 바로 튀어나온 것처럼 시골 치마와 블라우스 차림의 중년 여자가 손을 내밀었다.

"맨디 위머예요." 짧게 악수를 나누었다.

"에드워드 던퍼드입니다. 〈요크셔 포스트〉에서 나왔습니다."

"네, 들어오세요." 그녀가 벽 쪽에 붙어 서자 나는 그 앞을 지나 어스레한 기름등이 켜진 복도를 나아갔다. 그녀는 현관문을 살짝 열어둔 채로 뒤따라왔다. 커다란 유리창을 더 커다란 나무가 가린 어스레한 큰방에 다다랐다. 한쪽 구석에 놓인 고양이 배변 상자에서 스며나온 냄새가 온 방을 뒤덮고 있었다.

---

* 영화 〈엑소시스트〉의 주제음악.

"여기 앉으세요." 그녀가 홀치기염색 천을 씌운 커다란 소파의 한쪽 끝을 가리켰다.

여자의 보수적 외양은 직업은 물론 동양적 히피풍 실내장식과도 전혀 어울리지 않았다. 내 얼굴에 그런 생각이 훤히 드러난 모양이었다.

"전남편이 터키인이거든요." 그녀가 불쑥 말했다.

"전남요?" 나는 주머니에 든 필립스 포켓 메모의 스위치를 누르며 물었다.

"이스탄불로 돌아갔죠."

나는 참지 못하고 말했다. "그 일을 예측 못했나요?"

"나는 영매입니다, 던퍼드 씨. 점쟁이가 아니에요."

소파의 한쪽 끝에 앉은 나는 머저리가 된 듯 할말을 찾지 못했다.

마침내 입을 열었다. "첫인상부터 망쳐버렸군요. 그렇죠?"

그녀가 의자에서 재빨리 일어났다. "차 드시겠어요?"

"폐가 안 된다면 좋습니다."

그녀가 뛰듯이 방에서 나가다가 유리 접시라도 밟은 양 문가에 우뚝 멈춰 섰다.

"당신에게서 나쁜 기억의 냄새가 아주 강하게 나는군요." 그녀는 내게서 등을 돌린 채 나직이 말했다.

"네?"

"죽음의 냄새예요." 그녀가 창백한 몸을 파르르 떨며 문설주를 꽉 쥐었다.

나는 일어났다. "괜찮으십니까?"

"그만 가주세요." 그녀가 나직이 말하며 문설주를 따라 주저앉더니 바닥으로 쓰러졌다.

"저기……" 나는 그녀에게 다가갔다.

"제발요! 가주세요!"

나는 그녀를 부축하려고 팔을 뻗었다. "저기……"

"내 몸에 손대지 마세요!"

나는 뒤로 물러섰고, 그녀는 공처럼 몸을 말았다.

"죄송합니다."

"냄새가 너무 강해요." 그녀는 말을 한다기보다 탄식하는 듯했다.

"무슨 냄새가요?"

"당신의 온몸에서 풍겨나와요."

"무슨 냄새 말이죠?" 나는 정신이 나간 채로 모텔에서 보낸 낮과 밤, 그리고 BJ를 생각하며 화가 나서 소리쳤다. "무슨 냄새요? 말해봐요."

"그애의 죽음의 냄새요."

느닷없이 공기가 묵직해지며 살기로 에워싸였다.

"그게 대체 무슨 말이죠?" 그녀에게 다가가는 나의 귀에서 망할 쿵쿵 소리가 울렸다.

"가요!" 여자가 고함치더니 팔다리를 바르작대며 엉덩이를 밀어 복도로 뒷걸음치자 치마가 말려올라갔다. "하느님 제발!"

"닥쳐! 닥쳐! 닥치라고!" 나도 소리치며 복도로 그녀를 쫓아갔다.

여자가 허둥지둥 일어나며 사정했다. "제발요, 제발 부탁드려요. 그만 가주세요."

"기다려요!"

그녀가 방으로 들어가더니 내 면전에 대고 문을 쾅 닫았다. 순간 내 왼쪽 손가락 하나가 문틈에 끼고 말았다.

"이 망할 계집!" 나는 고함을 지르며 잠긴 문을 걸어차고 두드렸다. "이 망할 미친 년!"

그러다 멈추고는 욱신대는 왼손을 입에 넣고 빨았다.

아파트는 고요했다.

나는 문에 머리를 대고 나직이 말했다. "제발 부탁드립니다."

문 뒤에서 겁에 질린 울음소리가 들려왔다.

"제발요. 꼭 이야기해야 해요."

가구가 움직이는 소리가 들렸다. 옷장과 서랍장이 문 앞으로 옮겨지고 있었다.

"이봐요."

겹겹이 가로막힌 나무와 문을 뚫고 나온 희미한 소리는 마치 이불을 덮어쓴 친구에게 속삭이는 어린아이의 목소리 같았다.

"그들에게 다른 것들에 대해 말해요."

"네?"

"그들에게 다른 것들에 대해 꼭 말해요."

문에 온몸을 기대고 있던 탓에 입술에서 광택제 맛이 스멀댔다. "다른 것들이라뇨?"

"다른 것들요."

"그게 대체 뭔데요?" 나는 문손잡이를 당기고 비틀며 고함쳤다.

"아름다운 새 카펫 아래 있는 다른 것들요."

"닥쳐요!"

"풀 아래, 돌과 틈 사이에 있어요."

"닥쳐요!" 주먹으로 문을 내리치자 손마디에서 피가 흘렀다.

"그들에게 말해요. 어디인지 그들에게 꼭 말해요."

"닥쳐! 망할 입 닥쳐!"

문에 머리를 대자 소음의 파도가 밀려가고 어스레한 아파트에는 적요만 감돌았다.

"이봐요." 나는 속삭였다.

침묵, 어스레한 침묵.

손가락과 손마디를 핥고 빨면서 아파트에서 나오는데 계단참 맞은편 문이 슬그머니 열렸다.

"남 일에 신경 꺼!" 나는 고함치고는 계단을 달려내려갔다.

"안 그러면 네 잘난 코를 잘라버리겠어!"

겁에 질린 시속 150킬로미터.

M1을 질주하며 과거와 현재의 웨이크필드 유령을 내쫓았다.

백미러 속에서 초록색 로버가 뒤쫓아오고 있었다. 피해망상에 사로 잡힌 나에게는 위장용 경찰 차량으로만 보였다.

하늘 높이 올려다보며 고래의 두툼한 뱃속으로 달려들어갔다. 헐벗 은 검은 나무로 튼튼한 뼈대를 삼고 잿빛 살가죽을 뒤집어쓴 하늘은 축 축한 감옥이었다.

백미러 속에서 로버가 점점 가까워졌다.

리즈 출구로 들어서니 검댕투성이 잔해만 남은 집시촌이 보였다. 죽 음을 향해 이단적 원을 그리며 서 있는, 시커멓게 타버린 트레일러가 뼈를 보탰다.

백미러 속에서 초록색 로버가 북쪽으로 달려갔다.

주유소의 아치 아래 비바를 세웠다. 시커먼 까마귀 두 마리가 시커먼 쓰레기봉투에서 버려진 고기를 뜯어먹다 내지른 비명이 시커먼 재앙의 계절 속으로 메아리쳤다.

십 분 후 나는 내 책상에 앉아 있었다.

번호 안내 서비스에 전화를 걸고 그다음 제임스 애시워스에게, 그다 음 BJ에게 전화를 걸었다.

다들 크리스마스 쇼핑을 나갔는지 아무도 받지 않았다.

"몰골이 형편없네요." 양팔 가득 파일을 든 망할 뚱보 스테파니가 말했다.

"난 괜찮아."

스테파니가 내 책상 앞에 서서 가만히 기다렸다.

나는 책상 위에 놓인 하나뿐인 크리스마스카드를 응시하며 잭 화이트헤드가 그녀의 엉덩이에 씹하는 광경을 머릿속에서 지우려 애썼지만 내 물건만 약간 단단해졌다.

"어젯밤 캐서린을 만났어요."

"그래서?"

"관심도 없나보죠?" 그녀는 이미 화가 나 있었다.

나 역시 화가 났다. "내가 무슨 지랄을 하든 신경 꺼."

양발에 번갈아 무게를 옮겨 실을 뿐 꿈쩍도 않고 서 있는 그녀의 눈에 눈물이 차올랐다.

나는 속이 상해서 말했다. "미안, 스텝."

"돼지 같은 인간. 망할 돼지."

"미안해. 캐서린은 어때?"

그녀는 뚱뚱한 얼굴을 끄덕이며 자신의 뚱뚱한 생각에 동의했다. "이번이 처음 아니죠?"

"캐서린이 그래?"

"다른 여자하고도 그랬죠, 아니에요?"

다른이라니, 망할 어디에나 다른 것들 천지군.

"나는 당신을 잘 알아요, 에디 던퍼드." 그녀가 허벅지 같은 두 팔로 책상을 짚고서 상체를 숙이며 말했다. "아주 잘 알아요."

"닥쳐." 나는 나직이 말했다.

"몇 번이나 그랬어요, 네?"

"남 일에 신경 꺼, 뚱보 여편네야."

사무실 여기저기서 박수와 환호성이 울리고, 책상을 주먹으로 두드리고 발을 굴렀다.

나는 캐서린의 크리스마스카드를 응시했다.

"돼지 같은 자식." 그녀가 내뱉듯 말했다.

나는 카드에서 고개를 들었지만 그녀는 이미 훌쩍이며 문밖으로 나가고 있었다.

사무실 맞은편에서 조지 그리브스와 가즈가 담배를 들어올려 경례를 하더니 내게 엄지를 치켜 보였다.

나도 엄지를 들어올렸다. 손마디에 새로 피가 흐르고 있었다.

5시.

"다른 한 명을 더 만나봐야 합니다. 실제로 시신을 발견한 사람은 제임스 애시워스였거든요."

해든이 크리스마스카드 더미에서 고개를 들었다. 그리고 커다란 카드 하나를 더미 아래 쑤셔넣더니 말했다. "기사가 좀 부실한데."

"영매가 아니라 사이코던걸요."

"담당 경찰을 만나보지는 않았고?"

"네."

"만나보지 그랬어." 해든이 한숨을 쉬며 크리스마스카드를 계속 읽어갔다.

나는 잠들지도 못할 만큼 지쳤고, 먹지도 못할 만큼 허기졌고, 방은 말도 못할 만큼 더웠고, 모든 게 너무도 리얼했다.

해든이 카드를 읽다 말고 고개를 들어 나를 보았다.

"오늘은 뭐 새로운 정보 없나요?" 그렇게 묻는 순간 느닷없이 입안이 신물로 가득찼다.

"기사에 낼 만한 건 없어. 잭이……"

나는 침을 꿀꺽 삼켰다. "잭 선배가 어쨌는데요?"

"비밀리에 취재를 계속하고 있다고만 말해두지."

"알아서 잘하시겠죠."

해든이 기사 초안을 도로 건넸다.

나는 무릎 위 서류철을 열어 초안을 끼운 뒤 다른 초안을 꺼냈다. "이건 어떻습니까?"

해든이 종이를 받아들더니 콧등 위로 안경을 올렸다.

나는 해든 너머 창밖을 응시했다. 어둠에 잠긴 축축한 리즈 위쪽으로 노란 사무실 전등이 어른댔다.

"날개 잘린 백조?"

"아시겠지만, 동물의 몸을 절단하는 사건이 잇따라 일어나잖습니까."

한숨을 쉬는 해든의 뺨이 빨갛게 달아올랐다. "내가 머저리로 보이나? 잭이 사체 부검 보고서를 보여줬어."

건물 어딘가에서 사람들이 깔깔대는 소리가 들렸다.

"죄송합니다." 나는 말했다.

해든이 안경을 벗고 콧등을 문질렀다. "자네는 열성이 지나쳐서 탈이란 말이야."

"죄송합니다." 나는 다시 말했다.

"꼭 배리 같아. 그 친구도 그랬지. 항상……"

"클레어나 부검 이야기는 쓰지 않을 작정입니다."

해든이 일어나 서성였다. "진실이라고 생각해서 무턱대고 기사를 쓰고 나서 진실이라고 우길 수는 없는 거야."

"그런 일은 절대 없을 겁니다."

"글쎄." 그는 어둠에 대고 말했다. "죽일 만한 뭔가가 있을지도 모른다는 생각에 무턱대고 숲 전체를 향해 총질을 해대는 것이나 마찬가지 짓이야."

"그렇게 보인다니 정말 죄송합니다."

"목적을 달성하는 데는 여러 방법이 있지."

"압니다."

해든이 돌아보았다. "아널드 파울러는 우리랑 오래 일해왔어."

"압니다."

"그 불쌍한 친구를 끔찍한 이야기로 겁줄 생각은 아니겠지?"

"그런 일은 없을 겁니다."

해든이 도로 앉더니 요란하게 한숨을 쉬었다. "가서 몇 문장 따와. 아버지처럼 자상하게 말하고, 망할 클레어 켐플레이 사건은 입에도 올리지 마."

나는 일어났다. 방이 느닷없이 어두워졌다가 다시 불이 들어왔다. "감사합니다."

"목요일에 신도록 하지. 동물 학대 건으로만."

"물론이죠." 나는 공기와 지지와 탈출구를 찾아 문을 열었다.

"석탄 운반용 조랑말 기사처럼 말이야."

내장이 입까지 올라온 나는 화장실로 달려갔다.

"안녕하세요? 캐서린 있습니까?"

"없어."

사무실은 고요했고, 나는 할일을 거의 마친 상태였다.

"언제쯤 돌아올까요?"

"모르겠군."

나는 책상 깔개 위에 날개와 장미를 그렸다. 그러다 펜을 내려놓았다.

"에드워드가 전화했다고 전해주세요."

전화가 끊겼다.

나는 기사 위쪽에 볼펜으로 '영매의 메시지'라고 휘갈겨쓰고 물음표를 덧붙이고는 담배에 불을 붙였다.

몇 모금 빤 뒤 수첩에서 종이 한 장을 찢어내고는 담배를 비벼 끄고 두 개의 목록을 작성했다. 맨 아래쪽에 도슨이라고 쓰고 밑줄을 쳤다.

지치고, 허기지고, 완전히 길을 잃었다.

너무 환한 전깃불에 눈을 감고 백색소음으로 머릿속을 채웠다.

전화벨소리를 알아차리는 데 몇 분이 걸렸다.

"에드워드 던퍼드입니다."

"폴라 갈런드예요."

나는 팔꿈치를 책상에 대고 수화기와 내 머리의 무게를 지탱했다. "네?"

"오늘 맨디 위머를 만났다더군요."

"네. 어떻게 아셨죠?"

"폴이 얘기했어요."

"그렇군요." 뭐라고 말을 이어야 할지 막막했다.

오랜 침묵 후 그녀가 말했다. "위머가 뭐라고 했는지 알고 싶어요."

나는 등을 바로하고는 전화기를 번갈아 바꿔 들고 바짓자락에 손의 땀을 닦았다.

"던퍼드 씨?"

"그게, 별말 안 했습니다."

"부탁이에요, 던퍼드 씨. 전혀 아무 말도요?"

나는 턱에 수화기를 끼우고서 아버지의 시계를 확인한 뒤 '영매의 메시지' 기사를 봉투에 넣었다.

그러고는 말했다. "스완에서 뵈면 어떨까요? 한 시간 후에."

"감사해요."

복도 아래쪽 자료실.

파일과 색인을 뒤져 뽑아냈다.

아버지의 시계가 8시 5분을 가리켰다.

과거로의 회귀:

1969년 7월 달 착륙, 작은 걸음으로 거대한 도약을 내딛다.

1969년 7월 12일 저넷 갈런드(8) 실종.

7월 13일 어머니의 애타는 호소.

7월 14일 올드먼 총경의 기자회견.

7월 15일 경찰, 저넷의 마지막 행적 추적.

7월 16일 경찰, 수색 범위 확대.

7월 17일 경찰, 막다른 골목.

7월 18일 경찰, 수색 중단.

7월 19일 영매가 경찰에 접촉.

작은 걸음과 거대한 도약.

1974년 12월 17일 휘갈겨쓴 문장으로 가득한 수첩.

8시 30분을 가리키는 아버지의 시계.

시간 끝.

캐슬퍼드 스완.

나는 바에 앉아 맥주와 스카치를 주문했다.

크리스마스를 코앞에 둔 술집은 송년회 손님들로 북적댔다. 모두 주크박스에서 나오는 노래를 따라 불렀다.

내 팔꿈치에 얹히는 누군가의 손.

"하나는 내 건가요?"

"원하는 걸로 드세요."

폴라 갈런드 부인이 위스키를 집어들더니 사람들을 뚫고 담배 자판기로 갔다. 그러고는 자판기 위에 핸드백과 술잔을 얹었다.

"여기 자주 와요, 던퍼드 씨?" 그녀가 미소지었다.

"편하게 에드워드라고 부르세요." 나는 자판기 위에 맥주잔을 얹었다. "아뇨, 그리 자주 오지는 않습니다."

그녀가 깔깔 웃으며 내게 담배를 권했다. "처음이에요?"

"두번째요." 나는 지난번 이곳에 왔을 때를 떠올리며 대답했다.

그녀는 내게서 불을 가져갔다. "대개는 이렇게 북적이지 않아요."

"여기 자주 오세요?"

"내 뒷조사라도 하게요, 던퍼드 씨?" 그녀가 깔깔댔다.

나는 그녀의 머리 위로 연기를 내뿜고서 미소지었다.

"예전에는 자주 왔죠." 그녀의 웃음소리가 불현듯 사그라졌다.

나는 뭐라고 해야 할지 막막한 채로 말했다. "이 지역 분위기가 느껴지는 멋진 곳이네요."

"예전에는 그랬죠." 그녀가 술잔을 집어들었다.

나는 그녀를 빤히 보지 않으려고 갖은 애를 썼지만, 스웨터의 붉은색 때문에 너무도 파리해 보이는데다 터틀넥 때문에 두상 전체가 너무도 작고 연약해 보였다.

게다가 위스키 탓에 뺨이 붉게 물들어 꼭 두들겨맞은 사람 같았다.

폴라 갈런드가 술잔을 다시 들어 쭉 비웠다. "일요일에 말이에요.

전……"

"그 일은 잊어주세요. 그땐 제가 결례가 많았습니다. 한 잔 더 드시겠어요?" 나는 약간은 너무 빠르게 말했다.

"지금은 괜찮아요. 고마워요."

"언제든 말씀만 하세요.

엘튼 존이 길버트 오설리번의 뒤를 이었다.

우리 둘 다 어색하게 술집을 둘러보며 파티 모자와 겨우살이 장식에 미소지었다.

폴라가 말했다. "맨디 위머를 만났나요?"

새 담배에 불을 붙이는데 뱃속이 울렁거렸다. "네."

"왜 만났죠?"

"자기 제보로 경찰이 클레어 켐플레이의 시신을 발견했다고 주장했거든요."

"믿지 않는군요."

"시신을 발견한 건 건설 노동자 둘이었어요."

"그 여자가 뭐라던가요?"

"취재할 만한 상황이 아니었습니다."

폴라 갤런드가 담배를 세게 빨더니 말했다. "범인이 누군지 안대요?"

"안다고 주장하더군요."

"누군지 말하진 않고요?"

"네."

폴라가 빈 잔을 담배 자판기 위에 대고 빙빙 돌렸다. "저넷 이야기는 안 하던가요?"

"모르겠습니다."

"모른다고요?" 그녀의 눈에 눈물이 그렁그렁했다.

"'다른 것들'이 어쩌고저쩌고하더군요. 그뿐입니다."

"네? 뭐라고 했다고요?"

나는 술집을 둘러보았다. 우리는 거의 속삭이듯 이야기하고 있었는데, 다른 세계는 스위치가 꺼져버린 듯 들리는 것이라고는 우리 말소리뿐이었다.

"그들에게 다른 것들에 대해 꼭 말하라더군요. 그러고는 망할 카펫이 어쩌고 돌 사이의 풀이 저쩌고 횡설수설하던데요."

폴라 갈런드가 등을 돌렸다. 그녀의 어깨가 떨리고 있었다.

나는 그 어깨에 손을 얹었다. "죄송합니다."

"아뇨, 내가 미안해요, 던퍼드 씨." 그녀는 붉은 벨벳 벽지를 향해 말했다. "친절하게 여기까지 찾아와줘서 고마워요. 하지만 지금은 혼자 있고 싶어요."

폴라 갈런드가 가방과 담뱃갑을 집어들었다. 다시 돌아서는 그녀의 얼굴에는 눈에서 입술까지 희미한 검은 줄이 생겨 있었다.

나는 양손을 들어 그녀의 앞을 막았다. "별로 좋은 생각 같지 않군요."

"부탁이에요." 그녀가 고집했다.

"제가 집까지만이라도 바래다드릴게요."

"괜찮아요."

그녀가 나를 밀치더니 사람들을 뚫고 문밖으로 나갔다.

나는 술잔을 비우고 내 담뱃갑을 집어들었다.

정면을 하얗게 칠한 연립주택들과 어둑한 테라스하우스들이 마주보고 있는 브런트 거리는 양쪽 모두 몇 집만 불이 켜져 있었다.

나는 11번지 맞은편의 연립주택 앞에 차를 세우고 크리스마스트리의 개수를 세며 기다렸다.

11번지에는 트리가 있지만 불은 켜져 있지 않았다.

아홉 개의 크리스마스트리가 불을 밝힌 거리에서 오 분을 기다리자 그녀의 기다란 갈색 부츠 소리가 들렸다. 나는 운전석에서 몸을 낮춘 채 붉은 문을 열고 안으로 들어가는 폴라 갈런드의 모습을 지켜보았다.

11번지에는 여전히 불이 켜지지 않았다.

나는 그저 앉아서 바라보며, 만약 저 붉은 문에 노크할 용기를 낼 수 있다면 뭐라고 말해야 할지 궁리했다.

십 분 후 연립주택에서 모자 쓴 남자가 개를 끌고 나와 길을 건넜다. 그가 돌아서서 내 차를 바라보는 동안 개가 테라스하우스 쪽에 똥을 누었다.

11번지의 불은 여전히 감감무소식이었다.

나는 비바의 시동을 걸었다.

레드벡의 형편없는 감자튀김 탓에 입이 온통 기름투성이가 된 나는 공중전화기 위에 동전을 쌓아두고 다이얼을 돌렸다.

"네?"

"BJ에게 에디가 전화했다고 전했나요?"

유리문 너머로 예의 그 아이들이 당구 치는 모습이 보였다.

"메시지를 전하라더군요. 12시에 댁한테 전화한다고요."

나는 전화를 끊었다.

아버지의 시계를 보니 오후 11시 35분이었다.

나는 수화기를 집어들고 다시 다이얼을 돌렸다.

세번째로 신호가 간 뒤 전화를 끊었다.

망할 년.

나는 오늘 아침 늙은 여자가 방귀를 뀌었던 갈색 로비 의자에 앉아 기다렸다. 당구공들이 탁 부딪치는 소리와 아이들이 내뱉는 욕설 덕분에 잠드는 것을 피할 수 있었다.

정각 12시 나는 의자에서 일어나 아이들이 수화기를 집어들세라 얼른 공중전화를 차지했다.

"네?"

"로널드 개넌 씨?" BJ의 목소리였다.

"나예요, 에디. 내 메시지 받았어요?"

"네."

"도움이 필요해요. 그리고 당신을 돕고 싶고요."

"어젯밤은 별로 확신이 없어 보이던데요."

"미안해요."

"당연히 그래야죠. 볼펜 있어요?"

"네." 나는 주머니를 마구 뒤지며 대답했다.

"마저리 도슨과 이야기해봐요. 헴스워스의 하틀리 요양원에 있어요. 일요일에 그리 들어갔어요. 배리를 만난 후에요."

"그걸 대체 어떻게 알아냈죠?"

"인맥이 짱짱하다니까요."

"누구한테 들었는지 말해줘요."

"어림없는 소리 마요."

"이런 젠장, BJ. 난 알아야 해요."

"말 못해요."

"젠장."

"하지만 이건 말할 수 있어요. 게이어티에서 나오는 잭 화이트헤드를 봤는데, 완전히 취한데다 미친듯이 화를 내더군요. 당신 몸조심하는 게 좋을걸요."

"잭을 알아요?"

"아주 오래전부터 알았죠."

"고마워요."

"당연하죠." 그가 깔깔대며 전화를 끊었다.

나는 27호실 바닥에서 똑같은 꿈 때문에 세 번이나 깼다.

매번, 이제 나는 안전해, 이제 나는 안전해, 다시 잠드는 거야, 생각했다.

매번 똑같은 꿈이었다. 브런트 거리에서 폴라 갈런드가 붉은색 카디건을 단단히 여민 채 내 얼굴에 대고 십 년 치 비명을 질러댔다.

매번 커다란 검은 까마귀가 천 가지 잿빛으로 물든 하늘에서 날아와 그녀의 지저분한 금발을 할퀴었다.

매번 거리를 따라 달아나는 그녀의 눈을 쪼았다.

매번 얼어붙은 채 나는 차가운 바닥에서 깨어났다.

매번 달빛이 방으로 스며들어 드리운 그림자 탓에 벽에 걸린 사진들이 살아난 듯 보였다.

마지막에는 창문이 전부 핏빛으로 물들었다.

6

1974년 12월 18일 수요일.

오전 7시 더럽게 감사하게도 방에서 나감.

레드벡 카페에서 차 한 잔과 버터 바른 토스트 한 조각.

트럭 운전사들이 들고 있는 신문 1면들:

윌슨 스톤하우스 감시 부인, 폭탄 3기 폭발 사망자 발생, 휘발유 74페니로 인상.

뒤쪽 페이지에 실린 조니 켈리는 전국적인 뉴스거리로 확대되고 있었다.

리그의 루칸 경? 우리의 멋진 친구는 어디 있나?

경찰 둘이 들어와 모자를 벗더니 창가 테이블에 앉았다.

수첩 위로 내 심장이 쿵 떨어졌다.

아널드 파울러, 마저리 도슨, 제임스 애시워스.

세 번의 데이트.

레드벡 로비로 돌아가 새로 쌓아올린 동전 더미.

"아널드 파울러입니다."

"저는 〈포스트〉의 에드워드 던퍼드입니다. 방해해서 죄송합니다만, 브레턴공원의 백조 학대사건을 취재하려고 합니다."

"그렇군요."

"직접 만나뵙고 싶습니다만."

"언제요?"

"오늘 오전 괜찮으십니까? 급하게 연락드려 죄송합니다."

"오늘 아침에는 브레턴공원에 가야 합니다. 호버리중학교 학생들과 자연 탐사를 하거든요. 하지만 10시 30분에 시작할 겁니다."

"그럼 9시 30분까지 그리 가겠습니다."

"그럼 메인 홀에서 보도록 하지요."

"감사합니다."

"그럼 이만."

브레턴으로 가는 내내 부서질 듯 눈부신 겨울 햇살이 앞유리를 찔러대고, 히터의 소음이 라디오만큼 요란해졌다.

IRA와 스톤하우스, 크리스마스 1위를 향한 경쟁, 전국지에서 다시 한번 죽어가는 클레어 켐플레이.

나는 백미러를 확인했다.

한 손을 라디오로 뻗어 지역방송 채널로 옮겼다.

라디오 리즈에서 클레어는 여전히 살아 있었다. 청취자들은 이런 종류의 사건에 반드시 조치를 취해야 한다고 단호히 주장하며 대체 어떤 짐승 같은 인간이 이런 짓을 저질렀는지 기막혀하는 한편, 그런 놈에게는 교수형조차 너무 관대하다고 부르짖었다.

경찰은 느닷없이 조용해졌다. 새로운 단서도, 기자회견도 없었다. 내 생각에는, 좆나 망할 폭풍 전의 고요였다.

"날씨가 참 좋습니다." 나는 갖은 미소를 지으며 말했다.

"기분 전환에 좋은 날씨군요." 예순다섯의 아널드는 예순다섯 살에 걸맞은 옷차림이었다.

커다란 메인 홀은 추웠고, 새나 나무를 그린 아이들의 그림으로 벽이 온통 뒤덮여 있었다.

높은 천장을 가로지르는 들보에는 종이 반죽으로 빚은 커다란 백조 한 마리가 매달려 있었다.

겨울의 교회에서 날 법한 메인 홀의 냄새 때문에 맨디 위머가 떠올랐다.

"그쪽 부친을 알아요." 아널드 파울러가 나를 좁은 부엌으로 안내하며 말했다. 부엌에는 하늘색 포마이카를 칠한 탁자와 의자 두 개가 있었다.

"그러세요?"

"그래요. 뛰어난 재단사였지." 그가 트위드 재킷의 단추를 풀어 라벨을 보여주었다. 내가 평생 봐온 로널드 던퍼드 양복점 라벨.

"세상 좁군요."

"그러게. 그래도 예전만큼은 아니지."

"아버님이 이걸 봤다면 무척 기뻐하셨을 겁니다."

"설마. 내가 아는 로널드 던퍼드라면 전혀 안 그럴걸."

"하긴요." 나는 빙긋 웃고는, 이제 겨우 일주일 지났구나 생각했다.

아널드 파울러가 말했다. "부친께서 작고하셨다니 정말 유감이군."

"감사합니다."

"모친께서는 어찌 지내시나?"

"잘 견디고 계십니다. 아시겠지만, 무척 강한 분이죠."

"그래요. 요크셔 여자들은 견디고 또 견디지."

"제가 어렸을 때 홀리 트리니티에 선생님이 오신 적이 있죠."

"놀랄 일도 아니지. 웨스트 라이딩에 있는 학교라면 빠짐없이 다 갔으니까."

"네. 그때 일이 지금도 선명하답니다. 아무리 해도 그림을 그릴 수 없었죠."

아널드 파울러가 씩 웃었다. "그럼 나랑 자연 탐사는 안 갔겠군."

"네, 죄송합니다. 저는 소년단이었거든요."

"축구?"

"네." 나는 참으로 오랜만에 웃음을 터뜨렸다.

"오, 크나큰 손실이군." 그가 내게 머그잔을 건넸다. "설탕은 좋을 대로 넣어요."

나는 두 스푼 가득 넣고는 한참 저었다.

고개를 드니 아널드 파울러가 나를 빤히 응시하고 있었다.

"빌 해든이 웬일로 백조에 관심을 보이지?"

"편집장님 생각이 아닙니다. 제가 네더턴의 조랑말 부상에 대해 취재한 적이 있거든요. 그런 차에 백조 소식을 들은 거죠."

"어떻게 들었나?"

"〈포스트〉에서 이야기를 나누다가요. 배리 개넌이……"

아널드 파울러가 고개를 저었다. "끔찍해요, 정말 끔찍해. 그의 부친도 알고 있거든. 아주 잘 아는 사이지."

"그러세요?" 나는 바보 역할을 맡아 바보처럼 물었다.

"그래요. 정말 안타까운 일이야. 그렇게 재능 있는 젊은이가."

나는 입안이 델 듯이 뜨겁고 다디단 차를 한입 가득 삼키고 나서 말했다. "세세한 이야기는 못 들었습니다만."

"응?"

"백조사건 말입니다."

"그렇군."

나는 수첩을 꺼냈다. "지금까지 몇 번이나 이런 일이 있었습니까?"

"올해만 두번째야."

"언제였죠?"

"한 건은 8월쯤이었고, 다른 한 건은 바로 일주일 전이었어."

"올해만 그렇다고요?"

"그래요. 이런 일은 늘 있지."

"그런가요?"

"그래요. 정말 가슴 아픈 일이야."

"늘 똑같습니까?"

"아니, 아니. 올해는 대단히 야만적이더군."

"무슨 뜻이시죠?"

"고문을 했어."

"고문요?"

"망할 날개를 잘라냈다니까. 백조가 여전히 살아 있는데."

질문을 하자니 입이 바싹 말라왔다. "보통은 어떻습니까?"

"석궁이나 공기총이나 다트를 써."

"경찰은요? 이런 일이 생기면 매번 신고하시나요?"

"그럼, 당연하지."

"경찰에서는 뭐라던가요?"

"지난주 사건 때?"

"네." 나는 고개를 끄덕였다.

"아무 말도 않더군. 하긴 무슨 말을 할 수 있겠나?" 아널드 파울러가 느닷없이 꿈틀대며 설탕 스푼을 흔들었다.

"지난주 사건 후에 경찰이 찾아오지 않았습니까?"

아널드 파울러가 부엌 창으로 호수 너머를 내다보았다.

"파울러 씨?"

"어떤 기사를 쓰고 있는 겁니까, 던퍼드 씨?"

"진실된 기사죠."

"진실은 비밀에 부쳐달라는 요청을 받았는데."

"무슨 뜻입니까?"

"아무에게도 말하지 말라는 거지." 그는 바보를 보는 듯한 시선으로 나를 바라보았다.

나는 머그잔을 들어 차를 마셨다.

"백조가 발견된 곳을 보여주시겠습니까?"

"좋아."

우리는 일어나 백조가 매달린 메인 홀을 가로질렀다.

커다란 문 앞에서 나는 물었다. "클레어 켐플레이가 여기 온 적 있습니까?"

페인트를 두껍게 덧칠한 난방기 위쪽에 귀퉁이가 벽에서 떨어져 말린 연필화 쪽으로 아널드 파울러가 걸어갔다. 호수 위에서 백조 두 마리가 키스하는 그림이었다.

그는 그림의 모서리를 살며시 눌러 폈다. "정말 망할 놈의 세상이야."

나는 텅 빈 햇살을 향해 문을 열고 밖으로 나갔다.

우리는 메인 홀이 세워진 언덕을 내려가 백조 호수를 가로지르는 다리로 향했다.

호수 맞은편에서 구름이 빠르게 움직이며 해를 가리자 황량한 산자락에 그림자가 드리웠다. 자줏빛과 갈색 그림자가 꼭 멍든 얼굴 같았다.

나는 폴라 갈런드를 생각했다.

다리 위에서 아널드 파울러가 걸음을 멈추었다.

"지난주 발견된 백조는 호숫가에서 이리로 던진 것처럼 보였어."

"날개를 자른 곳은 어디입니까?"

"모르지. 사실을 말하자면, 애당초 찾아보지도 않았고."

"다른 백조는요? 8월에 발견된 백조 말입니다."

"저 나무에 목이 매달려 있었지." 그가 호수 맞은편의 커다란 참나무를 가리켰다. "먼저 나무에 못박은 뒤 날개를 잘라냈어."

"농담이시죠?"

"전혀."

"목격자는 없었습니까?"

"그래."

"백조는 누가 발견했죠?"

"참나무의 백조는 어떤 아이들이 발견했고, 이번 백조는 공원 경비원이 발견했지."

"경찰은 아무 조치도 취하지 않았고요?"

"던퍼드 씨, 우리는 백조를 못박은 것이 범죄가 아니라 장난으로 간주되는 세상에 살고 있어요."

우리는 침묵 속에서 다시 언덕을 올랐다.

주차장에서 아이들이 버스에서 내리며 서로 밀치거나 코트를 잡아당겨댔다.

나는 차문을 열었다.

아널드 파울러가 손을 내밀었다. "몸조심해요, 던퍼드 씨."

"선생님도요." 나는 악수를 하며 말을 이었다. "다시 뵐 수 있어서 정말 기뻤습니다."

"그래요. 이런 상황에서 만난 것은 유감이지만."

"그러게 말입니다."

"행운을 빌어요." 아널드 파울러는 아이들을 향해 걸어갔다.

"감사합니다."

브레턴과 네더턴 사이 어느 술집의 텅 빈 주차장에 차를 세웠다.

공중전화부스는 멀쩡한 유리와 달리 붉은색 페인트가 거의 다 벗겨졌고, 다이얼을 돌리는데 바람이 술술 들어왔다.

"몰리 경찰서입니다."

"프레이저 경사님 부탁합니다."

"성함이 어떻게 되시죠?"

"에드워드 던퍼드입니다."

지나가는 자동차들을 세며 기다리던 나는 수화기를 쥔 뚱뚱한 손가락과 경찰서를 쩌렁쩌렁 울리는 고함소리를 상상했다.

"프레이저 경사입니다."

"안녕하세요. 에드워드 던퍼드입니다."

"남부에 갔다면서요?"

"왜 그렇게 생각하시죠?"

"어머님께서 그러셨어요."

"젠장." 자동차를 세고, 거짓말을 세고.

"저한테 무슨 볼일이 있으셨나보군요."

"어제 대화와 관련해서 약간 문제가 생겼어요. 정식 진술서를 받아오라고 위에서 성화예요."

"죄송하게 됐군요."

"무슨 일로 전화했나요?"

"또 부탁을 드려도 될까요?"

"망할 농담은 그만해요."

"거래하자는 겁니다."

"네? 정글에서 북소리라도 들었어요?"

"지난 일요일 일에 대해 마저리 도슨을 신문했습니까?"

"아뇨."

"왜요?"

"남부에 갔다는군요. 어머니가 위독하시다나 어쨌다나."

"그건 아닐 겁니다."

"그럼 어디로 갔을까요, 셜록?"

"근처에 있죠."

"장난은 그만 치지그래요, 던퍼드."

"아까 말했잖습니까, 거래하겠다고요."

"이런 망할 인간." 경사가 목소리를 죽인 채 씩씩거렸다. "그 여자가 어디 있는지 당장 말하지 않으면 공무집행방해죄로 처넣겠어."

"마음대로 해요. 나는 브레턴공원에서 죽은 백조들 사건에 대해 알고 싶을 뿐이에요."

"당신 약 먹었어요? 죽은 백조라니?"

"지난주 브레턴에서 날개가 잘린 백조가 발견되었어요. 그 사건에 대해 경찰이 어떻게 생각하는지 알고 싶을 뿐이에요."

프레이저가 무겁게 씩씩대며 말했다. "날개가 잘렸다고?"

"그래요, 날개." 프레이저도 소문은 들었겠지.

"그것도 발견되었나요?"

"그거라뇨?"

"날개요."

"알면서 뭘 물어요."

침묵 그리고, "알겠어요."

"거래하는 거죠?"

"한번 알아는 볼게요."

"고마워요."

"자 이제, 망할 마저리 도슨이 어디 있는지 말하시지."

"헴스워스의 하틀리 요양원에요."

"당신이 대체 그걸 어떻게 아는 겁니까?"

"정글에서 울리는 북소리 덕분이죠."

나는 수화기를 늘어뜨린 채 밖으로 나갔다.

나는 액셀을 밟았다.

10사이즈의 프레이저 경사가 경찰서를 뛰어다니고 있으리라.

나는 십 분이면 하틀리 요양원에 도착하리라.

프레이저 경사가 재킷 단추를 잠그고 모자를 움켜쥐리라.

창문을 조금 내리고 담배에 불을 붙인 뒤 라디오 3 채널을 켜자 비발디가 울려퍼졌다.

프레이저 경사가 청장실 앞에 앉아 아내가 지난 크리스마스 선물로 준 싸구려 손목시계를 들여다보리라.

나는 족히 한 시간은 앞선 채 씨익 웃었다.

나는 한 손에 생화를 들고 하틀리 요양원의 초인종을 울렸다.

세인트 제임스에는 한 번도 꽃을 가져가지 않았다.

아버지에게는 풀 한 포기 드린 적이 없다.

옛 저택이나 호텔처럼 보이는 건물의 차갑고 검은 그림자가 사람의 손길이 미치지 않은 땅에 드리워 있었다. 온실 퇴창에서 늙은 여자 둘이 나를 보고 있었다. 그중 한 명이 자신의 왼쪽 젖을 주무르며 손가락으로 젖꼭지를 비틀었다.

어머니가 아버지의 위문용 꽃 선물을 언제부터 그만 받기로 했는지 궁금했다.

붉은 얼굴에 하얀 간호사복 차림의 중년 여자가 문을 열었다.

"무슨 일이시죠?"

"마저리 이모님을 뵐 수 있을까요? 마저리 도슨 부인 말입니다."

"그래요? 확인해보죠. 이리 들어오세요." 여자가 문을 활짝 열었다.

나는 아버지를 언제 마지막으로 찾아뵈었는지 기억나지 않았다. 월요일이었는지, 화요일이었는지.

"이모님은 어떠세요?"

"신경을 가라앉혀줄 약을 드렸어요. 일종의 진정제죠." 커다란 홀을 더 커다란 계단이 독차지하다시피 하고 있었다.

"저런, 어쩌다가."

"다시 여기로 모시고 올 때 다소 흥분 상태이셨더랬죠."

다시, 에 대해 생각하며 나는 말을 참았다.

"이모님은 언제 마지막으로 뵈었지요? 참, 성함이······?"

"던스턴입니다. 에릭 던스턴." 나는 활짝 웃으며 손을 내밀었다.

"저는 화이트 부인이라고 해요." 여자가 내 손을 맞잡으며 말을 이었다. "하틀리 원장님 내외분은 이번 주에 안 계신답니다."

"이렇게 만나뵈어서 반갑습니다." 나는 하틀리 부부와 마주치지 않을 수 있다니 진심으로 반가워서 말했다.

"이모님은 위층에 계세요. 102호실이에요. 물론 1인실이죠."

아버지는 1인실에서 생의 마지막을 맞았다. 꽃은 모두 사라지고 갈색 거죽 안에 담긴 뼈 무더기가 되어.

몸에 꼭 맞는 하얀 간호사복 차림의 화이트 부인이 앞서 계단을 올랐다.

난방 때문에 후텁지근했고, 텔레비전이나 라디오가 나지막이 윙윙대는 소리가 들렸다. 우리 뒤로 계단을 타고 올라오는 조리실냄새는 리즈의 세인트제임스병원에서부터 나를 따라온 듯했다.

계단 꼭대기에 이른 우리는 커다란 철제 난방기로 가득차 뻘뻘 땀을 흘리는 복도를 지나 102호실에 이르렀다.

심장이 세차게 쿵쿵 뛰었다. "이제 가보셔도 괜찮습니다. 제가 너무 시간을 빼앗은 것은 아닌지 모르겠군요, 화이트 부인."

"어머, 전혀요." 화이트 부인이 활짝 웃으며 노크하고 문을 열었다. "시간은 많으니 염려 마세요."

겨울 햇살을 한껏 머금은 가운데 꽃이 가득한 아름다운 방이었다. 라디오 2 채널에서 가벼운 음악이 흘러나왔다.

마저리 도슨 부인은 베개 두 개를 겹쳐 그 위에 머리를 누이고 눈을 꼭 감은 채였다. 잠옷 가운의 목깃이 이불 위로 비쭉 튀어나와 있었다. 얼굴을 덮은 땀의 얇은 막과 납작 눌린 곱슬머리 탓에 실제 나이보다 어려 보였다.

내 어머니처럼 보였다.

루코제이드* 병과 로빈슨 보리차 병을 응시하는데, 유리창에 아버지의 여윈 얼굴이 힐긋 어른댔다.

화이트 부인이 침대로 가 도슨 부인의 팔을 살짝 건드렸다.

---

* 스포츠 음료의 일종.

"마저리, 손님이 왔어요."

도슨 부인이 천천히 눈을 뜨더니 방을 둘러보았다.

"차 좀 드시겠어요?" 화이트 부인이 내게 물으며 협탁 위 꽃들을 정리했다.

"아뇨, 괜찮습니다." 나는 도슨 부인을 응시한 채 대꾸했다.

화이트 부인이 내 꽃을 받아들고 구석의 세면대로 갔다. "이 꽃만 병에 꽂고 나갈 테니 두 분이서 시간 보내세요."

"감사합니다." 망할, 나는 생각하며 대꾸했다.

도슨 부인이 나를 똑바로 바라보았다, 마치 나를 꿰뚫을 듯.

화이트 부인이 꽃병에 물을 가득 채우고는 말했다.

"에릭이잖아요. 조카분이 왔어요." 화이트 부인이 내게로 돌아서며 나직이 속삭였다. "걱정 마세요. 정신이 들려면 시간이 좀 걸리거든요. 어젯밤 이모부님이랑 친구분이 찾아오셨을 때도 이랬어요."

화이트 부인이 꽃병을 협탁에 올려놓았다. "이만 가볼게요. 저는 온실에 있을 테니 필요하면 그리로 오세요. 그럼 이만." 그녀가 활짝 웃는 얼굴로 문을 닫으며 내게 윙크했다.

느닷없이 라디오 2 채널의 방송이 못 견디게 큰 것 같았다.

못 견디게 더웠다.

아버지는 돌아가셨다.

나는 창가로 갔다. 걸쇠까지 모두 페인트로 칠해놓았다. 나는 손가락으로 페인트 결을 따라 쓸어보았다.

"잠겨 있어요."

나는 돌아보았다. 도슨 부인이 침대에 똑바로 앉아 있었다.

"그렇군요." 나는 대꾸했다.

창가에 선 나는 옷 아래 온몸이 젖어 있었다.

도슨 부인이 협탁으로 손을 뻗어 라디오를 껐다.

"누구시죠?"

"에드워드 던퍼드라고 합니다."

"여기서 뭐하는 거죠, 에드워드 던퍼드 씨?"

"저는 기자입니다."

"그래서 화이트 부인에게 거짓말을 늘어놓았나요?"

"직업상의 특권이죠."

"내가 여기 있는 건 어떻게 알았죠?"

"익명의 제보를 받았습니다."

"익명의 제보 대상이 되다니 이거 영광으로 여겨야겠군요." 도슨 부인이 머리를 귀 뒤로 넘기며 말을 이었다. "유명인사라도 된 것 같네요. 안 그래요?"

"경주마처럼 말이죠." 나는 BJ를 생각하며 대꾸했다.

마저리 도슨 부인이 싱긋 웃으며 말했다. "그래, 나처럼 늙은 말한테 무슨 볼일이 있나요, 에드워드 던퍼드 씨?"

"지난 일요일 제 동료인 배리 개넌을 만나셨죠. 기억나세요?"

"기억나요."

"그의 목숨이 위험하다고 말씀하셨죠."

"그래요? 많은 말을 하긴 했죠." 도슨 부인이 몸을 숙여 내가 가져온 꽃의 향기를 맡았다.

"그 사람 일요일 밤 살해당했습니다."

도슨 부인이 고개를 들었다. 두 눈이 젖어들며 흐릿해졌다.

"그걸 알려주러 왔어요?"

"모르셨나요?"

"내가 뭘 알고, 뭘 모르는지 누가 알겠어요?"

나는 마당 너머 앙상한 나무들을 바라보았다. 나무의 차가운 그림자가 겨울 햇살과 함께 바스러지고 있었다.

"왜 목숨이 위험하다고 하셨죠?"

"무모한 인간들에 대해 무모한 질문을 하더군요."

"어떤 질문요? 남편분에 대해 묻던가요?"

도슨 부인이 슬프게 웃었다. "던퍼드 씨, 우리 남편이 재주는 많아도 무모함과는 거리가 멀죠."

"그럼 어떤 사람들에 대해 어떤 질문을 했나요?"

"서로의 공통된 친구며 건축이며 스포츠 따위에 대해 물었죠." 눈물이 그녀의 뺨을 타고 흘러내려 목으로 떨어졌다.

"스포츠요?"

"럭비 리그라고 하면 믿겠어요?"

"럭비가 왜요?"

"나는 그다지 팬은 아니지만, 리그가 다소 편파적이긴 했죠."

"도널드 포스터가 팬이죠. 안 그래요?"

"그래요? 나는 그 집 부인이 팬인 줄 알았는데." 또다른 눈물.

"부인요?"

"그래요, 던퍼드 씨, 또 시작이네요. 무모한 대화는 목숨을 대가로 치러야 해요."

나는 창가로 돌아섰다.

푸른색과 흰색이 섞인 경찰차가 자갈 진입로를 올라오고 있었다.

"젠장."

프레이저?

나는 아버지의 시계를 보았다.

아까 전화를 걸고 나서 겨우 사십 분이 흘렀을 뿐이었다.

프레이저가 아니라면?

나는 문으로 향했다.

"벌써 가는 거예요?"

"안타깝게도 경찰이 왔어요. 부인께 배리 개넌에 대해 물어볼 겁니다."

"또요?" 도슨 부인이 한숨을 쉬었다.

"또라니요? 그럼 벌써 경찰이 다녀갔나요?"

계단을 따라 쿵쿵 올라오는 부츠소리와 함께 고함이 터져나왔다.

"어서 가보세요." 도슨 부인이 말했다.

문이 벌컥 열렸다.

"그래, 당장 꺼지는 게 좋을 거야." 문으로 들어온 첫번째 경찰이 말했다.

턱수염을 기른 경찰이었다.

프레이저가 아니라.

망할 프레이저.

"가만있는 사람 그만 좀 괴롭히라고 잘 알아듣게 말했을 텐데." 땅딸보 경찰이 말했다.

경찰은 단둘이었지만, 철판을 덧댄 부츠와 검은 제복에 경찰봉을 든 경찰로 온 방이 가득찬 듯했다.

땅딸보가 한 걸음 나섰다.

"여기 네 대가리를 뽀개줄 경찰 나리 나가신다."

발목을 급습한 날카로운 통증에 나는 무릎이 꺾이고 말았다.

붉은 눈물로 타오르는 눈을 끔뻑이며 카펫 위를 엉금엉금 기면서 일어나려고 안간힘을 썼다.

하얀 스타킹이 나를 향해 다가왔다.

"이 망할 거짓말쟁이." 화이트 부인이 나직이 씩씩댔다.

커다란 발이 그녀를 이끌고 멀어졌다.

"너는 이제 죽은목숨이야." 턱수염이 속삭이며 내 머리카락을 움켜쥐더니 방에서 질질 끌고 나갔다.

나는 머릿가죽이 시뻘게진 채 침대를 돌아보았다.

도슨 부인이 문을 등지고 모로 누워 있고, 라디오가 요란하게 떠들어 댔다.

문이 닫혔다.

방이 사라졌다.

커다란 원숭이 손이 내 겨드랑이를 세게 꼬집는 동안에도 갈퀴 같은 작은 손은 여전히 내 머리를 단단히 틀어쥐고 있었다.

나는 커다란 난방기를 보았다. 페인트가 줄줄이 벗어지고 있었다.

씨팔, 검고 노란 고통 속으로 기어든 희고 따뜻한 털실.

계단참에서 나는 내 발로 일어서려고 용을 썼다.

이윽고 계단을 반쯤 내려간 곳에서 난간을 붙잡았다.

씨팔, 갈빗대 아래서 숨통이 막히는 듯했다.

이윽고 나는 계단 발치에서 한 손으로 마지막 단을 짚고 다른 손으로는 가슴을 움켜쥔 채 일어서려고 용을 썼다.

씨팔, 머릿가죽을 강타한 붉고 검고 노란 고통.

이윽고 열기는 사라지고 차가운 공기와 진입로의 자갈이 손바닥을 스쳤다.

씨팔, 내 등.

이윽고 우리 모두는 진입로를 따라 달려가고 있었다.

씨팔, 내 머리가 초록색 비바 문에 부딪혔다.

그들이 내 불알을 더듬고, 주머니를 뒤지고, 간지럼을 태웠다.

씨팔, 커다란 가죽 손이 내 얼굴을 비틀어 짜자 노랗고 붉은 고통이

와락 끼쳤다.

이윽고 그들이 내 차의 문을 열고 손을 쭉 잡아당겼다.

씨팔, 씨팔, 씨팔.

그리고 암흑.

노란 불빛.

우리의 꼬마 홍당무 에디를 누가 사랑할 것인가?

다시 노란 불빛.

"아이고, 하느님 아버지 감사합니다."

어머니의 분홍 얼굴이 절레절레 도리질하고 있었다.

"얘야, 대관절 무슨 일이니?"

그녀 뒤에 키 큰 검은색 형체 둘이 거대한 까마귀처럼 서 있었다.

"얘야, 에디?"

노란 방은 검은색과 푸른색으로 가득했다.

"여긴 핀더필즈병원 응급실입니다." 저 너머 어둠 속에서 남자의 낮은 목소리가 울렸다.

내 팔 끝에 뭔가 있었다.

"몸에 감각이 있나요?"

붕대를 감은 커다란 손이 내 팔 끝에 있었다.

"조심했어야지, 아가." 어머니가 부드러운 갈색 손을 내 뺨에 얹었다.

노란 불빛, 검은 번득임.

"그들은 내가 누군지 알아요! 우리가 어디 사는지 안다고요!"

"지금은 이대로 두는 게 나을 듯합니다." 또다른 남자가 말했다.

검은 번득임.

"죄송해요, 엄마."

"내 걱정은 말렴, 얘야."

파키스탄 라디오방송이 조잘거리고 솔향이 감도는 택시.

나는 내 하얀 오른손을 내려다보았다.

"지금 몇시죠?"

"막 3시 지났을걸."

"수요일이에요?"

"그래, 얘야. 수요일이야."

창밖으로 웨이크필드의 중심부가 휘리릭 스쳐갔다.

"무슨 일이 있었던 거죠, 엄마?"

"나도 모르겠다, 얘야."

"누가 전화했는데요?"

"전화? 너를 발견한 건 바로 나였어."

"어디서요?"

어머니가 차창으로 얼굴을 돌리고서 코를 훌쩍였다.

"집 앞에서."

"차는 어떻게 됐는데요?"

"너는 차 안에 있었다. 뒷좌석에."

"엄마……"

"온몸이 피투성이였어."

"엄마……"

"거기 가만히 누워 있었지."

"제발요……"

"나는 네가 죽은 줄로만 알았다." 어머니는 흐느끼고 있었다.

나는 내 하얀 오른손을 내려다보았다. 붕대냄새는 택시냄새보다 더

지독했다.

"경찰은요?"

"구급차 운전사가 경찰에 연락했어. 널 한번 보더니 바로 신고하더라."

어머니는 성한 내 팔에 손을 얹고 내 눈을 응시했다.

"누가 너한테 이런 짓을 했니, 얘야?"

차가운 내 오른손이 붕대 아래서 맥박치며 욱신거렸다.

"저도 몰라요."

오시트 웨슬리 거리의 집.

택시 문이 내 뒤에서 쾅 닫혔다.

나는 펄쩍 뛰었다.

비바의 조수석 문이 갈색 범벅이었다.

어머니가 나를 따라 진입로를 올라오며 핸드백을 닫았다.

나는 왼손을 내 오른쪽 주머니에 넣었다.

"뭘 하고 있니?"

"갈 데가 있어요."

"어리석은 짓 마라, 얘야."

"엄마, 제발요."

"그 몸으로 어딜 간다고."

"엄마, 그만 좀 해요."

"너나 그만해. 나한테 제발 이러지 마라."

어머니가 차 열쇠를 움켜쥐었다.

"엄마!"

"이 천벌받을 녀석, 에드워드!"

차를 후진하는데 눈물과 검은 번득임이 어른댔다.

어머니가 진입로에 서서, 떠나가는 나를 바라보고 있었다.

외팔이 운전사.
빨간불, 파란불, 노란불, 빨간.
레드벡 주차장에서 흐느꼈다.
검은 고통, 하얀 고통, 노란 고통, 그리고.

27호실은 그대로였다.
한 손으로 차가운 물을 받아 머리에 끼얹었다.
거울 속 얼굴의 오래 묵은 피가 갈색으로 흘러내렸다.
27호실은 온통 핏빛이었다.

이십 분 후에는 느릿느릿 피츠윌리엄으로 향하고 있었다.
백미러에 팔을 댄 채 한 손으로 운전하며 입으로 진통제 병뚜껑을 열
고는 고통을 가라앉히고자 여섯 알을 삼켰다.
어렴풋이 보이는 피츠윌리엄은 지저분한 갈색 탄광촌이었다.
뚱뚱한 하얀 오른손을 운전대에 얹고서 왼손으로 주머니를 뒤졌다.
레드벡 전화번호부에서 뜯어낸 페이지를 성한 손과 이로 펼쳤다.
피츠윌리엄 뉴스테드 뷰 69번지, D. 애시워스.
동그라미와 밑줄이 쳐져 있었다.
시내로 이어진 철제 다리에 씨팔 IRA라고 스프레이로 휘갈겨 있었다.
"어이 친구들. 뉴스테드 뷰가 어디지?"
헐렁한 초록색 바지 차림의 십대 셋이 담배 하나를 나눠 피우며 버스
정류장 유리에 큼직한 가래 덩이를 뱉어 분홍색 줄무늬를 그어대고 있
었다.

그들이 말했다. "뭐라고요, 형씨?"

"뉴스테드 뷰?"

"무허가 술집에서 우회전. 그리고 나서 좌회전."

"고맙다."

"당연하지."

힘겹게 창문을 올리고 출발하려는데 시동이 꺼졌다. 헐렁한 초록색 바지 아이 셋이 큼직한 분홍 가래 세례로 작별 인사를 하며 두 손가락을 들어 보였다.

붕대 속에서 네 개의 손가락이 하나로 짓뭉개지는 듯했다.

무허가 술집에서 우회전한 뒤 좌회전하니 뉴스테드 뷰였다.

나는 차를 세우고 시동을 껐다.

뉴스테드 뷰에는 지저분한 황야를 향해 테라스하우스가 한 줄로 늘어서 있었다. 녹슨 트랙터와 고철 더미 사이에서 조랑말이 풀을 뜯었다. 개떼가 비닐봉지를 쫓아 거리를 내달렸다. 어디선가 아기들이 울어댔다.

나는 재킷 주머니를 더듬었다.

볼펜을 꺼내는데 뱃속이 텅 비며 눈물이 차올랐다.

나는 주먹을 쥘 수도, 글을 쓸 수도 없는 하얀 오른손을 응시했다.

볼펜이 붕대 사이로 천천히 굴러내려와 차 바닥에 떨어졌다.

뉴스테드 뷰 69번지, 깔끔한 정원과 페인트칠이 벗어져가는 창틀.

텔레비전 불빛.

똑똑.

나는 오른쪽 재킷 주머니 속 필립스 포켓 메모의 스위치를 왼손으로 켰다.

"안녕하세요. 저는 에드워드 던퍼드라고 합니다."

"어찌 오셨는가?" 아일랜드 억양의 뻐드렁니 여자는 너무 빨리 머리가 센 듯했다.

"제임스 씨 계십니까?"

푸른색 실내복 깊이 두 손을 찔러넣으며 여자가 말했다. "〈포스트〉에서 나왔다는 그 기자 양반?"

"예, 맞습니다."

"테리 존스하고 이야기했다는?"

"예."

"우리 지미는 왜?"

"그냥 잠깐 이야기를 나누었으면 해서요."

"이야기는 경찰하고 신물나게 했는데 또 뭐하러. 무슨 좋은 이야기라고……"

나는 균형을 잡으려고 손을 뻗어 문틀을 쥐었다.

"무슨 사고라도 당했어요?"

"네."

여자가 한숨을 쉬더니 중얼거렸다. "들어와서 좀 앉아요. 몸이 그래서야 원."

애시워스 부인이 손짓해 나를 거실 의자로 안내했다. 의자는 벽난로에 너무 바짝 붙어 있었다.

"지미! 〈포스트〉 기자 양반이 널 보러 왔다."

내 왼쪽 뺨은 벌써부터 달아올랐고, 위층 방에서 요란하게 쿵쿵거리는 소리가 들렸다.

애시워스 부인이 텔레비전을 끄자 거실이 오렌지빛 어둠으로 곤두박질쳤다. "좀 일찍 오지."

"왜요?"

"직접 보지는 못했지만, 경찰이 바글바글했답디다."

"언제요?"

"새벽 5시쯤."

"어디에 말이죠?" 나는 어스레한 빛 속에서 텔레비전 위에 놓인 학교 사진을 응시하며 물었다. 긴 머리 젊은이가 얼굴만한 매듭을 맨 넥타이 차림으로 나를 향해 히죽거리고 있었다.

"여기. 이 동네에."

"오늘 새벽 5시에요?"

"그래요, 5시. 무슨 영문인지는 몰라도, 사람들 생각에……"

"엄마, 그만해요!"

지미 애시워스가 낡은 교복 셔츠와 자줏빛 트레이닝 바지 차림으로 거실 문가에 서 있었다.

"아, 왔구나. 차 마실래요?"

나는 대꾸했다. "네, 좋습니다."

"나도." 젊은이가 말했다.

애시워스 부인이 중얼대며 반쯤 뒷걸음치다시피 거실을 나갔다.

젊은이가 바닥에 앉아 소파에 등을 기대더니 눈을 가리는 곧은 머리카락을 획 넘겼다.

"지미 애시워스 씨?"

젊은이가 고개를 끄덕였다. "테리를 찾아왔다는 그 형씨인가보죠?"

"네, 맞습니다."

"국물을 좀 나눠주기로 했다면서요?"

"잘만 하면 가능합니다." 나는 다른 의자로 옮겨 앉고 싶어 안절부절못했다.

지미 애시워스가 소파 팔걸이 위 담뱃갑을 향해 뒤로 손을 뻗었다. 카펫으로 떨어진 담뱃갑에서 그는 담배 한 대를 뽑았다.

나는 상체를 숙이고 나직이 말했다. "무슨 일이 있었는지 말해주시겠습니까?"

"손은 왜 그래요?" 지미가 담배에 불을 붙이며 물었다.

"차문에 끼었어요. 눈은 왜 그래요?"

"티가 확 나나요?"

"아까 담배에 불붙일 때요. 경찰이 그랬어요?"

"아마도요."

"고생깨나 했겠네요."

"아니라고는 못하죠."

"고생한 값은 받아야죠. 나한테 말만 해요."

지미 애시워스가 담배를 세게 빨더니 벽난로의 오렌지 불빛을 향해 천천히 연기를 뱉었다.

"아무리 감독을 기다려도 나타날 생각을 안 하는 거예요. 게다가 비까지 오고. 그래서 빈둥빈둥 시간을 때웠죠. 차도 마시면서. 그러다 오줌을 누러 도랑에 갔는데 거기 그애가 있더라고요."

"어디 있었죠?"

"거의 도랑 꼭대기요. 애가 굴러내려온 것처럼 보였어요. 그런데 거기 글쎄……"

부엌에서 주전자가 삐삐거렸다.

"날개요?"

"알고 있었어요?"

"네."

"테리가 말했어요?"

"네."

지미 애시워스가 얼굴로 내려온 머리를 쓸어넘기려다 담배 끝에 머리카락이 살짝 그슬렸다. "젠장."

머리카락 탄내가 방안에 진동했다.

지미 애시워스가 나를 바라보았다. "그것 말고는 딱히 해줄 말도 없는데."

"시신을 발견하고 나서는 어떻게 했나요?" 나는 되도록 난롯불에서 멀어지려고 몸을 돌리며 물었다.

"아무것도요. 좆나 얼어붙었죠. 그애라니 믿기지 않았어요. 전혀 달라 보였거든요. 어찌나 창백하던지."

애시워스 부인이 돌아와 찻쟁반을 내려놓았다. "참 귀엽게 생긴 애라고 다들 칭찬했었는데." 그녀가 나직이 말했다.

내 오른팔은 피가 아예 통하지 않는 듯했다. "그때 혼자였어요?"

"네."

손이 다시 욱신대는데다 붕대 속에 땀이 차 가려웠다. "테리 존스는요?"

"테리가 왜요?"

"감사합니다." 나는 애시워스 부인에게서 찻잔을 받아들며 말했다. "테리는 언제 그애를 봤습니까?"

"동료들한테 가서 내가 말했던 것 같아요."

"언제요?"

"무슨 뜻이에요?"

"얼어붙었다면서요. 그러니까 얼마나 그렇게 서 있다가 동료들한테 갔는지 궁금해서요."

"씨팔, 그걸 어떻게 알아요."

"지미, 부탁이다. 집안에서만은 그러지 마." 그의 어머니가 나직이 말했다.

"이 인간이 망할 경찰들하고 똑같이 굴잖아. 얼마나 오래 서 있었는지 내가 어떻게 아느냐고."

"미안해요, 지미." 나는 붕대 감긴 손을 닦으려고 찻잔을 벽난로 위에 놓았다.

"현장감독이 와 있기만을 빌면서 작업장으로 갔더니……"

"포스터 씨 말인가요?"

"아뇨, 아뇨. 포스터 씨야 사장이죠. 현장감독은 마시 씨예요."

"조지 마시 씨라고, 아주 좋은 사람이지." 애시워스 부인이 말했다.

지미 애시워스가 어머니를 보더니 한숨을 쉬고는 말했다. "어쨌든 감독은 감감무소식이고 테리만 있었어요."

"다른 사람들은요?"

"차를 타고 어디로 가고 없었어요."

"그래서 테리 존스한테 말한 뒤 같이 데블스 디치로 갔나요?"

"아뇨, 아뇨. 곧장 경찰에 연락했어요. 그런 걸 보는 건 한 번으로 충분했다고요."

"그러니까 테리가 그리 갔고, 당신은 경찰에 전화를 했군요?"

"네."

"테리 혼자 갔나요?"

"혼자 갔다고 몇 번을 말해요."

"그러고는요?"

지미 애시워스가 오렌지빛 불꽃으로 시선을 돌렸다. "그러고는 경찰이 왔고, 우리는 우드 거리의 경찰청으로 끌려갔죠."

"그놈들은 우리 애가 그랬다고 생각했지." 애시워스 부인이 눈을 비비며 말했다.

"엄마, 그만해요!"

"테리 존스는요?" 손에 지독한 통증과 함께 감각이 돌아오더니 무언가가 사라진 느낌이 들었다.

"그 자식은 아무 도움이 못 됐어요."

"엄마, 제발 입 좀 닥쳐요!"

나는 덥고, 멍하고, 기진맥진했다.

"경찰이 테리도 신문했나요?"

"네."

땀을 뻘뻘 흘리며 가려움증에 시달리고 있자니 어서 이 망할 오븐에서 빠져나가고 싶었다.

"하지만 테리 짓이라고는 생각 안 했군요?"

"몰라요. 경찰한테 직접 물어봐요."

"왜 당신 짓이라고 생각했을까요?"

"말했잖아요. 경찰한테 직접 물어보라니까."

나는 일어났다. "당신 정말 똑똑하군요, 지미."

그가 깜짝 놀라 얼굴을 들었다. "왜요?"

"그렇게 계속 입을 다무니 말이에요."

"얼마나 착한 앤데, 던퍼드 씨. 우리 아들은 아무 짓도 안 했어요." 애시워스 부인이 일어나며 말했다.

"이렇게 환대해주셔서 감사합니다. 애시워스 부인."

"기사에는 우리 아이에 대해 뭐라고 쓸 거예요?" 그녀는 양손을 푸른색 주머니에 깊이 찔러넣은 채 문가에 서 있었다.

"아무것도 안 쓸 겁니다."

"아무것도?" 지미 애시워스가 맨발로 물었다.

"아무것도." 나는 두툼한 하얀 오른손을 들어올리며 대꾸했다.

어둠을 뚫고 천천히 차를 몰아 레드벡으로 돌아가며 진통제를 집어 몇 알 삼키고 그보다 더 많이 바닥에 흩뿌렸다. 화물트럭과 크리스마스 트리의 불빛이 마치 유령처럼 어둠 속에서 나타났다.

뺨을 타고 눈물이 흘렀지만 통증 때문은 아니었다.

"정말 망할 놈의 세상이야."

어린아이들이 도륙당하는데 아무도 눈썹 하나 까딱 않는 세상. 헤롯 왕 만만세.

환한 노란색 로비에서 나는 다시 동전을 쌓은 다음 웨슬리 거리로 전화를 걸어 오 분간 신호음을 들었다.

"이 천벌받을 녀석, 에드워드!"

누나 집으로 전화해볼까 하다가 그만두었다.

나는 밖으로 나가 〈이브닝 포스트〉를 산 뒤 레드벡 카페에서 커피를 마셨다.

신문은 물가 인상과 IRA로 도배되어 있었다. 노블 경정이 클레어 켐플레이 수사에 관해 발표한 별 의미 없는 내용이 기자 이름도 없이 2면에 박혀 있었다.

망할 잭은 뭘 하고 있는 거지?

"게이어티에서 나오는 잭 화이트헤드를 봤는데, 완전히 취한데다 미친듯이 화를 내더군요."

신문 뒷면은 럭비 리그가 완전히 밀려나고 리즈 유나이티드와 축구 이야기로 가득했다.

조니 켈리나 웨이크필드 트리니티 관련 언급은 일절 없이 세인트 헬

렌스가 7점 차로 승리했다고만 나와 있었다.

"그래요? 나는 그 집 부인이 팬인 줄 알았는데."

나는 물기가 없는 커피 스푼으로 원을 그리고 있었다.

실종 아동: 클레어 켐플레이—

클레어 켐플레이의 시신을 발견한 제임스 애시워스—

제임스 애시워스를 고용한 포스터 건설사—

포스터 건설사를 소유한 도널드 포스터—

도널드 포스터가 회장인 웨이크필드 트리니티 럭비 리그 클럽—

웨이크필드 트리니티의 스타 선수 존 켈리—

존 켈리의 누나 폴라 갈런드—

폴라 갈런드의 딸 저넷 갈런드—

저넷 갈런드: 실종 아동.

"모든 것은 연결되어 있어. 아닌 것 두 가지를 예로 들어봐."

마치 배리 개넌이 탁자 맞은편에 앉아 있는 듯했다.

"이제 어떡할 계획이야?"

막 6시가 지났을 때 환한 노란색 로비로 돌아간 나는 전화번호부를
거칠게 펼쳐 넘겼다.

"에드워드 던퍼드입니다."

"네?"

"꼭 뵈어야겠습니다."

"들어오세요."

캐슬퍼드의 브런트 거리 11번지 문가에 선 폴라 갈런드 부인.

"감사합니다."

오른손을 주머니에 넣은 채 따뜻한 집안으로 들어서자 〈코러네이션 거리〉*가 막 시작되고 있었다.

붉은 머리에 자그마하고 통통한 여자가 부엌에서 나왔다. "안녕하세요, 던퍼드 씨."

"여긴 옆옆집에 사는 스코틀랜드 출신 클레어예요. 안 그래도 막 가려던 참이었지?"

"그래. 만나서 반가웠어요." 여자가 말하며 내 왼손을 꼭 쥐었다.

"혹시 저 때문에 가시는 건 아니죠?" 나도 덩달아 예의상 물었다.

"어머, 매너도 좋으셔라. 안 그래?" 스코틀랜드 클레어가 깔깔 웃으며 붉은 문으로 향했다.

폴라 갈런드는 여전히 열린 문을 잡고 서 있었다. "그럼, 내일 봐."

"그래. 던퍼드 씨, 만나서 반가웠어요. 우리의 조촐한 크리스마스 파티 때 다시 만나면 좋겠네요."

"에디라고 부르세요. 파티는 기꺼이 참석하겠습니다." 나는 활짝 웃었다.

"그럼 그때 봐요, 에디. 메리 크리스마스." 클레어가 싱글거렸다.

폴라 갈런드가 클레어와 함께 거리로 몇 걸음을 뗐다. "내일 봐." 그녀가 밖에서 깔깔거렸다.

나는 거실에 잠시 홀로 서서 텔레비전 위 사진을 응시했다.

폴라 갈런드가 집으로 들어와 붉은 문을 닫았다. "기다리게 해서 미안해요."

"아닙니다. 오히려 사과할 사람은 저죠. 갑자기 전화를 걸어……"

"괜한 생각 마세요. 편히 앉아요."

---

* 영국에서 1960년부터 현재까지 방송되고 있는 전 세계 최장수 드라마.

"감사합니다." 나는 황백색 가죽소파에 앉았다.

그녀가 먼저 입을 열었다. "지난밤에는 제가……"

나는 두 손을 들었다. "그 일은 잊어버리세요."

"손은 어쩌다 그랬어요?" 손으로 입을 가린 폴라 갈런드가 내 팔 끝에서 잿빛으로 변해가는 붕대 덩어리를 응시했다.

"어떤 사람이 내 차 문으로 짓이겼어요."

"농담이시죠?"

"아뇨."

"누가요?"

"경찰 둘이요."

"농담이시죠?"

"아뇨."

"왜요?"

나는 고개를 들어 억지웃음을 지어 보이려고 했다. "그 까닭은 부인이 제게 알려주시지 않을까 싶은데요."

"내가요?"

그녀가 갈색 플레어스커트에서 붉은색 면실을 집어내자 나는 이따위 것은 집어치우고 그 붉은색 면실에 대해 이야기하고 싶어졌다.

하지만 나는 말했다. "일요일에 여길 방문한 후 내게 경고했던 바로 그 경찰들이었습니다."

"일요일요?"

"제가 처음 여기 왔을 때요."

"나는 경찰한테 아무 말도 안 했어요."

"그럼 누구한테 말했습니까?"

"폴한테요."

"그리고요?"

"없어요."

"제발 알려주세요."

트로피와 사진과 크리스마스카드와 가구로 둘러싸인 한가운데 선 폴라 갈런드가 노란색과 초록색과 갈색 줄무늬 카디건을 단단히 여몄다.

"제발, 갈런드 부인……"

"폴라라고 부르세요." 그녀가 나직이 말했다.

나는 그만 입 닥치고 팔을 뻗어 붉은색 면실을 집어내고 그녀를 삶 그 자체처럼 단단히 끌어안고 싶었다.

하지만 나는 말했다. "폴라, 제발요. 꼭 알아야 해요."

그녀가 한숨을 쉬더니 내 맞은편 황백색 가죽 안락의자에 앉았다. "당신이 가고 나서 나는 무척 속상했고……"

"말씀하세요."

"마침 포스터 부부가 와서……"

"도널드 포스터가요?"

"네, 부인과 함께요."

"여기는 무슨 일로요?"

폴라 갈런드의 푸른색 눈이 차갑게 번득였다. "우리는 친구예요."

"미안합니다. 그런 뜻으로 한 말은 아니에요."

그녀가 한숨을 쉬었다. "조니 소식을 듣지 않았나 해서 찾아왔더군요."

"언제요?"

"당신이 가고 십 분에서 십오 분쯤 후에요. 나는 여전히 울고 있었고……"

"죄송합니다."

"당신 때문만은 아니에요. 주말 내내 전화해서 조니를 찾았거든요."

"누가요?"

"신문사요. 당신 동료들." 그녀는 바닥을 내려다보며 이야기하고 있었다.

"그래서 포스터에게 저에 대해 말했습니까?"

"이름은 말 안 했어요."

"뭐라고 했는데요?"

"그냥 어느 망할 기자가 와서 저넷에 대해 물어댔다고 했죠." 폴라 갈런드가 고개를 들어 내 오른손을 응시했다.

"그 사람 이야기를 해주세요." 나의 죽은 손이 다시 깨어나고 있었다.

"누구요?"

통증이 커지며 욱신거렸다. "도널드 포스터."

아름다운 금발을 단단히 묶은 폴라 갈런드가 말했다. "그 사람에 대한 무슨 이야기요?"

"모든 것을요."

폴라 갈런드가 침을 삼켰다. "그는 부자고, 조니를 좋아해요."

"그리고요?"

폴라 갈런드가 눈을 빠르게 깜박이며 나직이 말했다. "저넷이 실종되었을 때 우리한테 정말 친절하게 대해줬어요."

입이 바싹 마르고, 손이 불타는 듯했다. 나는 붉은색 면실을 응시했다. "그리고요?"

"자기 뜻을 거스르는 자는 작살내버리죠."

나는 하얀 오른손을 들어올렸다. "당신이 생각하기에 이런 짓도 기꺼이 할 사람인가요?"

"아뇨."

"아니라고요?"

"몰라요."

"모른다고요?"

"네, 몰라요. 그가 그런 짓을 할 만한 이유를 모르니까."

"내가 아는 것 때문이죠."

"그게 무슨 뜻이죠? 뭘 아는데요?"

"모든 것이 연결되어 있고, 그가 연결점이라는 것을 알기 때문이죠."

"무엇에 연결되어 있다는 거죠? 대체 무슨 말이에요?" 폴라 갈런드가 팔뚝을 긁적였다.

"도널드 포스터는 당신과 조니를 알고 있고, 클레어 켐플레이의 시신은 웨이크필드에 있는 그의 건축 부지에서 발견되었어요."

"그것뿐이에요?"

"그는 저넛과 클레어 사이의 연결점이에요."

하얗게 질린 폴라 갈런드가 부들부들 떨며 팔을 잡아뜯었다. "도널드 포스터가 그 어린애를 죽이고, 내 딸 저넛을 빼앗아갔다는 말이에요?"

"그런 뜻은 아닙니다. 그저 그가 안다는 거죠."

"뭘 알아요?"

나는 일어나 붕대 감긴 팔을 흔들며 고함쳤다. "한 남자가 있어요. 그는 어린애들을 납치해서 강간하고 살해했죠. 또 납치해서 강간하고 살해할 거예요. 아무도 그를 막지 못해요. 아무도 이딴 일에 관심이 없으니까요."

"나는 관심 있어요."

"알아요. 하지만 다른 사람들은 안 그래요. 그들은 그저 자신의 자그마한 거짓말과 돈에만 관심 있죠."

폴라 갈런드가 의자에서 일어나 내 입에 키스하고, 내 눈에 키스하고, 내 귀에 키스하고는 나를 꼭 껴안고 되뇌고 또 되뇌었다. "고마워요, 고마워요, 고마워요."

나의 왼손은 그녀의 등뼈를 꽉 쥐고, 오른손은 아무 느낌 없이 그녀의 치마 위를 더듬다 붕대에 붉은색 면실이 붙었다.

"여기서는 안 돼요." 폴라가 말하며 내 하얀 오른손을 살며시 들어올리더니 나를 가파르고 가파른 계단으로 이끌었다.

계단 위에는 문이 세 개 있었는데, 두 개는 닫혀 있고 욕실 문은 약간 열려 있었다. 닫힌 두 문에 플라스틱 문패가 달려 있었다. 엄마 아빠의 방과 저넷의 방.

엄마 아빠의 방으로 쓰러지듯 들어서며 폴라는 점점 더 강하게 키스하고 점점 더 빨리 말했다.

"당신은 관심이 있고, 또 믿고 있어요. 그게 나한테 얼마나 큰 의미인지 당신은 몰라요. 오랫동안 누구도 관심을 갖지 않았죠."

층계참의 전등 불빛에 우리가 누워 있는 침대 위로 옷장과 화장대의 따스한 그림자가 드리워졌다.

"지금도 아침에 눈을 뜨면 저넷의 아침을 준비해야 한다고, 아이를 깨워야 한다고 얼마나 자주 생각하는지 몰라요."

내가 그녀 위에서 키스하는 동안 구두가 침실 바닥으로 떨어졌다.

"다른 사람들처럼 잠들고 일어날 수만 있다면 소원이 없겠어요."

그녀가 일어나 앉아 노란색과 초록색과 갈색 줄무늬 카디건을 벗었다. 나는 오른손으로 몸을 지탱한 채 왼손으로 그녀의 블라우스에 달린 자그마한 꽃단추를 풀려고 했다.

"아무도 그애를 잊지 않고, 아무도 그애가 죽은 것처럼 얘기하지 않는 것이 예전에는 내게 더없이 중요했죠."

내 왼손이 그녀의 스커트 지퍼를 내리는 동안 그녀의 손은 내 바지 지퍼를 열었다.

"제프와 난 행복하지 않았어요. 하지만 저넷이 태어난 후에는 그 모든 것을 감수할 수 있었죠."

입에서 짭짤한 소금물 맛이 맴돌았다. 그녀의 눈물과 말은 쉼없이 내리는 세찬 빗줄기였다.

"그애가 겨우 갓난아기였을 때도 나는 밤에 자다가 깨서 걱정하곤 했죠. 만약 그애한테 무슨 일이 생기면 어떡하지, 그애가 죽기라도 하면. 잠이 깬 채 누워서 그애의 죽은 모습을 그려보았어요."

그녀는 나의 성기를 꽉 움켜쥐고, 나는 그녀의 속바지 안으로 손을 넣었다.

"대개 자동차나 화물트럭에 치여 자그마한 빨간 코트 차림으로 거리에 누워 있는 모습이었죠."

나는 그녀의 젖가슴에 키스하고는 배로 내려가며 그녀의 말과 키스로부터 달아나 음부에 이르렀다.

"때로는 강간당하고 목 졸린 채 죽은 모습이 떠오르면 나는 아이 방으로 달려가 아이를 깨워서는 꼭 안아주고, 안아주고, 또 안아줬어요."

그녀가 손가락으로 내 머리카락을 훑으며 덜렁대는 딱지를 뜯어내자 그녀의 손톱에 내 피가 스몄다.

"그러다 그애가 집에 돌아오지 않자 내가 상상한 끔찍한 것들이 전부, 전부 현실이 되어버렸죠."

나의 손은 불타고 있었고, 그녀의 목소리는 백색소음이 되었다.

"전부 현실이 되었어요."

단단한 성기를 재빨리 그녀의 죽은 방으로 밀어넣었다.

그녀가 어둠 속에서 울부짖으며 속삭였다.

"우리는 죽은 자를 산 채 묻어요. 안 그래요?"

나는 그녀의 젖꼭지를 잡아당겼다.

"돌 아래, 풀 아래."

그녀의 귓불을 깨물었다.

"매일 그들의 소식을 들어요."

그녀의 아랫입술을 빨았다.

"그들은 우리에게 말하죠."

그녀의 엉덩이뼈를 꽉 움켜쥐었다.

"우리에게 물어요. 왜, 왜, 왜냐고?"

더 빨리, 더 빨리.

"매일 그애 목소리를 들어요."

더 빨리.

"나한테 왜냐고 물어요."

더 빨리.

"왜요?"

메마르고 따가운 피부 위에 메마르고 따가운 피부.

"왜요?"

메리 골드소프와 그녀의 실크 속바지와 스타킹이 떠올랐다.

"이 문을 노크하고는 왜냐고 물어요."

더 빨리.

"왜 그렇게 된 건지 알고 싶어해요."

그녀의 메마른 끄트머리에 맞붙은 나의 메마른 끄트머리.

"그애의 말소리가 들려요. 엄마 왜요?"

맨디 위머의 말려올라간 시골 치마가 떠올랐다.

"왜요?"

빨리.

메마른.

엉뚱한 갈런드를 떠올리며.

기진해서.

"다시는 혼자이고 싶지 않아요."

메마르고 따가운 성기를 내놓은 채 나는 어둠 사이로 그녀가 말하는 소리를 들었다.

"그놈들이 내 아이를 뺏어갔어요. 그리고 제프까지……"

나는 눈을 뜨고 쌍발 엽총과 제프 갈런드를, 그레이엄 골드소프와 피투성이 무늬를 생각했다.

"그이는 겁쟁이였어요."

전조등이 지나가며 천장에 그림자가 가로지르자 문득 궁금해졌다. 제프가 자기 머리통을 날려버린 곳이 이 집 이 방일까, 아니면 다른 곳일까.

그녀가 말하고 있었다. "어쨌든 반지는 늘 헐거운 느낌이었죠."

나는 과부이자 어머니인 여자의 침대에 누워 캐서린 테일러를 생각하며 눈을 감았다. 마치 내가 여기 없는 것처럼.

"그런데 이제 조니까지."

이 집에는 침실 두 개와 욕실 하나뿐이었다. 그렇다면 폴라 갈런드의 동생은 어디서 잤는지, 혹시 저넷의 방에서 잤을지 궁금했다.

"더이상 이렇게는 못 살아요."

나는 잠의 가장자리에서 그녀의 베갯머리 속삭임에 휘감긴 채 내 오른팔을 살며시 쓰다듬었다.

크리스마스 전날 밤이었다. 검은 숲 한가운데 새로 지은 통나무 오두막 창가에서 노란 촛불이 타올랐다. 나는 살짝 쌓인 눈을 밟으며 오두막을 향해 숲속을 걷고 있었다. 현관에서 부츠의 눈을 털고 묵직한 나무문을 열었다. 난로가 활활 타올랐고, 집안에 맛있는 음식 냄새가 가득했다. 완벽한 크리스마스트리 아래 예쁘게 포장된 선물들이 늘어서 있었다. 나는 침실로 들어가서 그녀를 보았다. 그녀는 집에서 만든 퀼트 이불을 덮고 누워 있었다. 금발을 길엄 베개에 흩뜨린 채 눈을 꼭 감고서. 나는 침대가에 앉아 내 옷의 단추를 풀었다. 그리고 퀼트 이불 속으로 살며시 들어가 그녀에게 코를 비볐다. 너무나 차갑고 축축했다. 그녀의 팔다리를 더듬었다. 벌떡 일어나며 퀼트 이불과 담요를 젖혀보니 모든 것이 빨갰다. 팔다리는 사라지고 머리와 몸통만 남은 그녀가 절단면을 그대로 드러낸 채 누워 있었다. 나는 담요 위로 쓰러졌고, 그녀의 심장이 바닥에 툭 떨어졌다. 나는 붕대가 감긴 손으로 심장을 들어올렸다. 피투성이 심장에 먼지와 깃털이 묻어 있었다. 나는 지저분한 심장을 그녀의 가슴에 대고 꾹 누르고는 그녀의 금빛 머리카락을 쓰다듬었다. 손길이 가는 대로 머리카락이 쑥쑥 빠졌고, 나는 크리스마스 전날 밤 피와 깃털로 뒤덮인 침대 위에 누워 있었다. 누군가 문을 두드렸다.

"무슨 소리죠?" 나는 완전히 정신이 들었다.

폴라 갈런드가 침대를 빠져나가고 있었다. "전화 왔어요."

그녀는 노란색과 초록색과 갈색 카디건을 집어들어 계단을 내려가며 걸쳤지만 색색의 옷도 소용없이 엉덩이가 훤히 드러났다.

나는 침대에 누워 지붕에서 쥐나 새가 긁어대는 소리를 들었다.

이삼 분 후 몸을 일으켜 앉았다가 벌떡 일어나서 옷을 입고 아래층으로 갔다.

폴라 갈런드 부인이 황백색 가죽 안락의자에 앉아 저넷의 학교 사진을 움켜쥔 채 몸을 앞뒤로 흔들고 있었다.

"왜 그래요? 무슨 일이에요?"

"우리 폴이 전화했어요……"

"네? 뭐가 잘못됐나요?" 젠장, 젠장, 젠장, 나는 생각했다. 충돌한 자동차의 피투성이 앞유리창이 떠올랐다.

"경찰이……"

나는 무릎을 꿇고는 그녀를 흔들었다. "무슨 일이에요?"

"잡았대요."

"누구요? 폴을요?"

"피츠윌리엄의 어떤 아이를요."

"네?"

"경찰 말이 그애가 그랬대요."

"뭘 했다는 거예요?"

"그애가 클레어 켐플레이를 죽이고……"

"네?"

"다른 아이들도 그애 짓이래요."

돌연 눈앞이 온통 붉은 핏빛으로 물든 것 같았다.

"그애가 저넷을 죽였대요."

"저넷을요?"

그녀의 입과 눈은 열려 있었지만, 어떤 소리도, 눈물도 없었다.

나는 계단을 뛰어올라갔다. 손이 꼭 불이라도 붙은 듯했다.

한 손에 구두를 든 채 다시 계단을 내려갔다.

"어디 가요?"

"경찰서요."

"제발 가지 마요."

"가야 해요."

"혼자 있기 싫어요."

"가야 해요."

"돌아올 거죠?"

"당연하죠."

"목숨걸고 맹세하죠?"

"목숨걸고 맹세해요."

1974년 12월 18일 수요일 오후 10시.

축축하게 젖은 시커먼 고속도로는 미끄러웠다.

한 팔을 운전대에 얹고 페달을 꽉 밟은 채 얼음 같은 바람이 비바를 가르며 내지르는 비명소리 사이로 지미 제임스 애시워스를 생각했다.

"그놈들은 우리 애가 그랬다고 생각했지."

나는 백미러를 확인했다. 화물트럭과 연인들과 지미 제임스 애시워스를 제외하면 고속도로는 텅 비어 있었다.

"엄마, 그만해요!"

어둠 속에 상처를 감춘 시커먼 집시촌에서 고속도로를 빠져나오며 오른손의 따뜻한 피를 흔들어 털고는 지미 제임스 애시워스를 생각했다.

"왜 당신 짓이라고 생각했을까요?"

리즈 시티 센터의 크리스마스 조명을 뚫고 나아가며 머릿속으로 기사를 쓰는 한편 지미 제임스 애시워스를 생각했다.

"경찰한테 직접 물어보라니까."

〈요크셔 포스트〉 건물 10층에 노란 불이 켜져 있었다. 나는 지하에 주차하는 동안 히죽거리며 지미 제임스 애시워스를 생각했다.

"당신 정말 똑똑하군요, 지미."

로비에 커다란 크리스마스트리가 세워져 있고, 쌍여닫이 유리문에 크리스마스 인사가 하얗게 새겨져 있었다. 나는 엘리베이터 버튼을 누르고는 지미 제임스 애시워스를 생각했다.

"그렇게 계속 입을 다무니 말이에요."

엘리베이터 문이 열렸다. 나는 안으로 들어가 10층 단추를 누른 뒤 심장이 방망이질하는 가운데 지미 제임스 애시워스를 생각했다.

"얼마나 착한 앤데, 던퍼드 씨. 우리 아들은 아무 짓도 안 했어요."

엘리베이터 문이 10층에서 열렸다. 사무실은 사방에서 웅웅거리며 살아 있었다. 모든 사람의 얼굴이 외치고 있었다. **잡았어!**

나는 왼손에 필립스 포켓 메모를 움켜쥐고 지미 제임스 애시워스를 생각하고 또 그에게 고마워했다.

"기사에는 우리 아이에 대해 뭐라고 쓸 거예요?"

특종이다.

노크도 없이 해든의 사무실로 들어섰다.

편집장실은 폭풍의 눈처럼 고요했다.

이틀 치 턱수염과 만찬 접시처럼 커다란 눈의 화이트헤드가 고개를 들었다.

"에드워드……" 안경이 콧등으로 반쯤 내려온 해든이 말했다.

"오늘 오후 그자를 취재했어요. 씨팔 취재를 했다고요!"

해든이 움찔했다. "누구?"

"아니, 안 했어." 잭이 공기 중에 술냄새를 풀풀 풍기며 히죽댔다.

"나는 그 자식 집 거실에 앉아 있었고, 그 자식은 사실상 내게 모든 것을 말했어요."

"그래?" 잭이 짐짓 놀란 표정을 지어 보였다.

"네, 그렇고말고요."

"지금 누구 얘기하는 거야, 특종?"

"제임스 애시워스요."

잭 화이트헤드가 실실 웃으며 빌 해든을 바라보았다.

"여기 앉아." 해든이 잭 옆의 의자를 가리키며 말했다.

"왜 그러세요?"

"에드워드, 제임스 애시워스는 체포되지 않았어." 해든이 애써 친절한 목소리로 말했다.

잭 화이트헤드가 수첩에서 뭔가 확인하는 척하더니 눈썹을 치켜세우며 참지 못하고 말했다. "그에게 마이클 존 미슈킨이라는 다른 이름이 없다면 말이야."

"누구요?"

"마이클 존 미슈킨." 해든이 말했다.

"폴란드계야. 그 부모는 영어를 한마디도 못한다지." 잭은 재미있다는 듯 웃음을 터뜨렸다.

"그것참 다행이네요." 나는 말했다.

"이봐, 특종. 읽어나 보라고." 잭 화이트헤드가 조간을 내게 던졌다. 신문이 나를 맞고 바닥에 떨어졌다. 나는 몸을 숙여 신문을 집어들었다.

"손은 대체 어쩌다 그랬어?" 해든이 말했다.

"문에 끼었어요."

"거참 잘 어울리는군. 안 그래, 특종?"

나는 왼손으로 신문을 넘겼다.

"도와줄까?" 잭이 낄낄거렸다.

"아뇨."

"1면이야." 잭이 씩 웃었다.

체포라는 글자가 헤드라인에서 소리치고 있었다.

클레어 수사대 용의자 체포하다라는 부제가 나를 놀려댔다.

올해의 범죄 전문 기자 잭 화이트헤드라는 기자명이 으스댔다.

나는 쭉 읽었다.

어제 새벽 경찰은 클레어 켐플레이(10)의 살인과 관련, 한 피츠윌리엄 시민을 체포했다.

본지가 단독 입수한 경찰측 정보에 따르면, 용의자는 범행을 자백했으며 공식 기소되었다. 오늘 오전 웨이크필드 치안법원에서 영장실질심사가 열릴 예정이다.

또한 용의자는 다른 살인들도 자백했으며, 이에 대한 공식 기소 또한 곧 이루어질 것이다.

주변 지역 경찰서에서는 상급 수사관들을 곧 웨이크필드로 파견해 다른 유사 미해결 사건들에 관해 용의자를 취조하기로 했다.

나는 신문을 바닥에 떨어뜨렸다.

"내 말이 맞았어요."

"과연 그럴까?" 잭이 대꾸했다.

나는 해든에게로 고개를 돌렸다. "내 말이 맞았다는 거 아시죠. 모든 게 연결되어 있다고 말씀드렸잖아요."

"미해결 사건이라는 게 어떤 건들이지, 잭?" 해든이 물었다.

"저넷 갈런드와 수전 리드야드요." 나는 눈에 눈물이 그렁그렁한 채 말했다.

"초기 피해자들이었지." 잭이 말했다.

"씨팔, 내가 말한 거잖아요."

"말조심해, 에드워드." 해든이 나직이 말했다.

나는 말했다. "바로 이 사무실에 앉아 편집장님과 잭 선배에게 분명히 말했어요. 올드먼의 총경실에서도요."

하지만 나는 이미 끝장났다는 것을 알았다.

모든 것이 끝장난 뒤 통증으로 손이 얼어붙은 채 해든과 잭 화이트헤드 앞에 앉아 있는 것이다. 나는 두 사람을 번갈아 바라보았다. 잭은 싱글거렸고, 해든은 안경을 만지작댔다. 편집장실과 기자실과 그 너머 거리가 느닷없이 고요해졌다. 일순 밖에 눈이 내리는 것은 아닐까 싶었다.

하지만 그 순간은 이내 지나가고 소음이 다시 시작되었다.

"주소는 알아냈어요?" 나는 해든에게 물었다.

"잭?"

"뉴스테드 뷰 54번지."

"뉴스테드 뷰라니! 씨팔 동네 같으니."

"뭐?" 해든이 인내심이 바닥난 얼굴로 물었다.

"아이의 시신을 발견한 제임스 애시워스가 바로 그자와 같은 거리에 살고 있어요."

"그래서?" 잭이 히죽거렸다.

"이런 씨팔, 잭 선배!"

"내 방에서는 그 입 조심하는 게 좋을걸."

잭 화이트헤드가 항복한다는 시늉으로 두 팔을 번쩍 들었다.

내 눈에는 붉은색, 붉은색, 붉은색만 보였고, 머릿속은 고통으로 넘쳐났다. "그 둘은 시신이 발견된 곳에서 15킬로미터 떨어진 같은 도시의 망할 같은 거리에 살고 있어요."

"우연의 일치겠지." 잭이 말했다.

"과연 그럴까요?"

"그래."

나는 의자에 등을 기댔다. 여전히 피로 얼룩진 오른손은 묵직했고, 바로 그런 묵직함이 온몸에 스멀스멀 기어들었다. 바로 이 사무실에서, 내 머릿속에서 눈이 내리고 있듯.

잭 화이트헤드가 말했다. "자백을 했어. 뭘 더 원해?"

"씨팔 진실요."

잭이 껄껄 웃었다. 뚱뚱한 배에서 올라오는 진짜 웃음이었다.

우리 둘은 해든을 너무 멀리까지 몰아붙이고 있었다.

나는 조용히 말했다. "경찰이 그자를 어떻게 잡았나요?"

해든이 한숨을 쉬었다. "망가진 브레이크등 때문에."

"농담이시죠?"

잭이 웃음을 멈추었다. "차를 세우지 않았어. 경찰차와 추격전을 벌였지. 경찰한테 잡히자 그자가 난데없이 모든 것을 자백했고."

"어떤 차였죠?"

"화물 운송용 밴이었어." 잭이 내 눈길을 피하며 말했다.

"무슨 색이었는데요?"

"흰색." 잭이 씩 웃으며 내게 담배를 건넸다.

나는 담배를 받아들고는 리드야드 부인과 실종자 포스터와 전망이 엉망이 된 깔끔한 거실을 생각했다.

"몇 살이에요?"

잭이 담배에 불을 붙이고 말했다. "스물둘."

"스물둘요? 그럼 69년에는 겨우 열여섯이나 열일곱이었잖아요."

"그래서?"

"그게 말이 돼요?"

"직업이 뭐래?" 해든이 잭에게 물으며 나를 빤히 바라보았다.

"사진관에서 일한대요. 사진을 현상한다나."

내 머릿속은 온통 여자아이들의 학교 사진으로 어지러웠다.

잭이 말했다. "뭔가 찝찝하지, 특종?"

"아뇨." 나는 나직이 대꾸했다.

"그자가 범인이 아니길 바란다는 거 알아."

"아닌데요."

잭이 의자에 앉은 채 상체를 숙였다. "나도 마찬가지였어. 그렇게 죽을 고생을 하고, 온갖 추측을 했는데 이렇게 쉽게 풀리다니, 나 원 어처구니가 없어서."

"아니에요." 중얼거리는 나의 머릿속에는 온통, 활짝 웃는 금발의 죽은 아이들 사진으로 도배된 흰색 화물 운송용 밴의 모습이 떠돌 뿐이었다.

"입맛은 쓰지만 어쨌든 범인은 체포됐어."

"네."

"익숙해질 거야." 잭이 윙크하며 비트적비트적 일어났다. "그럼 다들 내일 봅시다."

"그래, 수고했네, 잭." 해든이 말했다.

"엄청난 하루였지, 안 그래?" 잭이 말하며 문을 닫았다.

"맞아요." 나는 멍하니 말했다.

편집장실은 고요했지만 여전히 잭과 술냄새가 어른댔다.

몇 초 후 나는 말했다. "이제 어떻게 되는 거죠?"

"미슈킨에 대한 배경 조사를 해. 사실상 아직 심리중이야. 하지만 자백한 게 맞고, 구속된다면 우리는 크게 한 건 올리는 거지."

"이름은 언제 발표하실 건데요?"

"내일."

"구속 심리는 누가 맡고 있나요?"

"그건 잭이 알아서 할 거야. 기자회견도 갈 거고."

"잭 선배가 둘 다 해요?"

"자네도 못 갈 거 없지만, 장례식이 있으니……"

"장례식요? 무슨 장례식요?"

해든이 안경 너머로 나를 바라보았다. "배리의 장례식이 내일이야."

나는 책상 위에 놓인 크리스마스카드를 응시하고 있었다. 눈 덮인 숲

속에 빛나는 따스한 오두막이 그려져 있었다. "젠장, 잊고 있었어요."
나는 중얼거렸다.

"내일 기자회견은 잭이 가는 게 나을 것 같아."

"장례식은 몇시죠?"

"11시. 듀즈베리 화장장이야."

나는 일어났다. 죽은 피의 무게로 팔다리가 휘청거렸다. 나는 해저를
가로질러 문으로 향했다.

해든이 카드 더미에서 고개를 들고 나직이 말했다. "범인이 제임스
애시워스라고 왜 그렇게 확신했나?"

"확신 안 했어요." 나는 대꾸하고 문을 닫았다.

폴 켈리가 내 책상 가장자리에 걸터앉아 있었다.

"우리 폴라가 자네한테 계속 전화하고 있어."

"네?"

"도대체 무슨 일이야, 에디?"

"아무 일도 아니에요."

"아무 일도 아니야?"

"나한테 전화를 했어요. 내가 맨디 위머라는 여자를 만난다고 선배한
테 들었다더군요."

"폴라를 가만 내버려둬, 에디."

두 시간이면 끝날 망할 일을 한 손으로 타이핑하느라 네 시간이 걸렸
다. 잭 화이트헤드의 톱기사를 위해 리드야드 취재를 정리하고 폴라 갈
런드 부인과의 만남에 대해선 대충 얼버무렸다.

잭 선배-갈런드 부인은 딸의 실종에 대해 말하기를 꺼려요. 우리 신문사

246

에서 일하는 폴 켈리가 갈런드 부인의 육촌인데, 그녀를 괴롭히지 말아달라고
부탁했어요.

나는 수화기를 집어들고 다이얼을 돌렸다.

두번째 신호음에 저편에서 전화를 받았다.

"여보세요, 에드워드?"

"그래요."

"어디예요?"

"신문사요."

"언제 올 거예요?"

"또 경고를 했어요."

"누가요?"

"폴 선배가요."

"미안해요. 좋은 뜻으로 한 말일 거예요."

"알아요. 하지만 맞는 말이에요."

"에드워드, 나는……"

"내일 전화할게요."

"법원에 갈 거예요?"

사무실에 혼자 남아 있던 나는 말했다. "그래요."

"진짜 범인이 맞는 거죠?"

"그런 것 같아요."

"제발 이리로 와요."

"그럴 수 없어요."

"부탁이에요."

"내일 전화할게요. 약속해요. 이만 끊어야 해요."

전화가 끊기자 뱃속이 뒤틀렸다.

나는 멀쩡한 손과 다친 손으로 머리를 감쌌다. 양손 모두에서 병원냄새와 그녀의 냄새가 끼쳤다.

나는 어둠 속 27호실 바닥에 누워 여자들을 생각했다.
주차장에 화물트럭들이 들락거렸고 그 불빛이 만든 그림자가 해골처럼 춤추며 방안을 가로질렀다.
막다른 골목에 몰린 나는 엎드려 눈을 감고 두 손으로 귀를 막고는 아이들을 생각했다.
밖의 어둠 속에서 차문이 쿵 닫혔다.
나는 화들짝 놀라 비명을 지르며 벌떡 일어났다.

7

오전 6시.

1974년 12월 19일 목요일.

어머니는 뒷방의 자기 흔들의자에 앉아, 아침을 잿빛으로 물들이는 진눈깨비를 바라보고 있었다.

나는 찻잔을 건네며 말했다. "검은 양복으로 갈아입으러 왔어요."

"침대 위에 깨끗한 셔츠 갖다두었다." 차는 건드리지도 않은 채 어머니는 여전히 창밖만 바라보며 대꾸했다.

"고마워요." 나는 말했다.

"손은 어쩌다 그 꼴이 됐어?" 〈맨체스터 이브닝 뉴스〉의 길먼이 말했다.

"어쩌다 끼었어요." 나는 씩 웃으며 앞줄에 앉았다.

"거기만 낀 건 아닌 것 같은데?" 브래드퍼드의 톰이 윙크했다.

웨이크필드 우드 거리의 웨스트요크셔 메트로폴리탄 경찰청.

"밤새 재미 좋았나보지, 어?" 길먼이 껄껄댔다.

"그만 좀 해요." 나는 얼굴이 벌게져 나직이 말하며 아버지의 손목시계를 확인했다. 8시 30분.

"누가 죽었어요?" 신참이 검은 양복 차림의 세 사람 뒤에 자리잡으며 물었다.

"그래." 나는 돌아보지 않고 대꾸했다.

"젠장, 유감이네요." 신참이 웅얼거렸다.

"하여튼 재수없는 남부 새끼라니까." 길먼이 속삭였다.

나는 고개를 돌려 텔레비전 조명을 쭉 둘러보았다. "젠장, 뜨겁기도 해라."

"어느 쪽으로 들어왔나?" 브래드퍼드의 톰이 물었다.

"정문으로요." 신참이 대꾸했다.

"사람이 많던가?"

"씨팔, 수백 명은 되겠던데요."

"젠장."

"이름은 알아냈어?" 길먼이 속삭였다.

"네." 나는 씩 웃었다.

"주소도?" 길먼이 자랑스럽다는 듯 큰 소리로 말했다.

"네." 우리 모두 동시에 대꾸했다.

"씨팔."

"좋은 아침이군, 아가씨들." 잭 화이트헤드가 바로 뒤에 앉더니 내 양어깨를 세차게 주물러댔다.

"좋은 아침, 잭." 브래드퍼드의 톰이 말했다.

"손은 잘 놀리고 있겠지, 특종?" 잭이 껄껄댔다.

"필요하면 불러만 주십쇼, 선배."

"자, 자, 아가씨들." 길먼이 윙크했다.

옆문이 열렸다.

정장 차림의 덩치 큰 세 남자가 만면에 미소를 머금고 들어왔다.

로널드 앵거스 청장, 조지 올드먼 총경, 피터 노블 경정.

저마다 최고의 수확을 얻어낸 뚱땡이 고양이 세 마리.

마이크가 켜지면서 쿵쾅대고 삐익거렸다.

앵거스 청장이 하얀 A4 용지를 집어들더니 활짝 웃었다.

"기자 여러분, 반갑습니다. 어제 새벽 웨이크필드 동커스터 로드에서 짧은 추격전 끝에 한 남자가 체포되었습니다. 밥 크레이븐 경사와 밥 더글러스 순경은 흰색 포드 밴의 브레이크등 고장을 발견하고 운전자에게 차를 세우도록 신호했습니다. 하지만 운전자가 거부하고 달아나자 경찰은 추격했고 마침내 밴을 도로 밖으로 몰아냈습니다."

잿빛 호두나무 채찍처럼 물결치는 머리의 앵거스 청장이 박수갈채라도 기대하는 양 여전히 활짝 웃으며 말을 멈추었다.

"운전자는 이곳으로 이송된 후 신문을 받았습니다. 예비신문과정에서 운전자는 보다 중대한 사건에 대한 정보가 있음을 암시했습니다. 이에 따라 노블 경정이 클레어 켐플레이의 유괴와 살해 관련 신문을 시작했습니다. 어제 저녁 8시 운전자는 자백했습니다. 경찰은 용의자를 공식적으로 기소했으며, 오늘 오전 웨이크필드 치안법원에서 영장실질심사가 시작될 것입니다."

앵거스가 크리스마스 푸딩으로 배를 가득 채운 듯한 표정으로 의자에 등을 기댔다.

회견장에서 질문과 이름이 폭발하는 불처럼 번져갔다.

세 경찰은 아무 대꾸 없이 더욱 활짝 웃을 뿐이었다.

나는 올드먼의 검은 눈을 똑바로 응시했다.

"잘난 머리로 그런 생각을 한 게 당신 혼자뿐인 줄 압니까?"

올드먼이 내 눈을 똑바로 응시했다.

"그 정도 생각은 노망난 우리 어머니도 할 수 있지."

총경이 청장을 바라보더니 서로 고개를 끄덕이고 윙크를 주고받았다.

올드먼이 두 손을 들었다. "여러분, 여러분. 네, 구금중인 용의자는 다른 유사 사건에 대해서도 신문받고 있습니다. 하지만 현재 드릴 수 있는 정보는 이게 전부입니다. 청장님과 노블 경정과 이번 수사에 참여한 모든 경찰을 대신해 크레이븐 경사와 더글러스 순경에게 감사드리는 바입니다. 진심 어린 감사를 받아 마땅한 뛰어난 경찰들입니다."

또다시 회견장은 이름과 날짜와 질문으로 타올랐다.

69년의 저넷과 72년의 수전에 대해 대답은 없었다.

세 남자가 여전히 웃으며 자리에서 일어났다.

"감사합니다, 기자 여러분." 노블이 외치며 상급자들을 위해 옆문을 열어주었다.

"씨팔!" 검은 양복과 깨끗한 셔츠를 입고 잿빛 붕대를 감은 나는 고함쳤다.

망할 개새끼를 목매달아라,

망할 개새끼를 목매달아라,

지금 당장 망할 개새끼를 목매달아라!

웨이크필드의 삼대 정부 기관이 모여 있는 우드 거리.

경찰청, 법원, 시청.

막 9시가 지났고 군중은 더욱 늘어나 있었다.

야비하고 야비한 미슈킨 야비한 자식!

이천 명의 주부와 실업자 아들.

인파에 겹겹이 둘러싸인 길먼, 톰, 나.

이천 명의 목쉰 고함소리와 그 아들.

〈데일리 미러〉와 직접 만든 올가미를 들고 엄마와 함께 온 빡빡머리 청년.

증거는 충분했다.

야비하고 야비한 미슈킨 야비한 자식!

추한 손들이 우리를 당기고, 붙잡고, 밀어냈다.

이쪽으로, 저쪽으로, 저쪽으로, 이쪽으로.

법의 기다란 팔이 느닷없이 내 목깃을 꽉 잡았다.

프레이저 경사가 구출하러 온 것이다.

목매달아라!

목매달아라!

망할 개새끼를 목매달아라!

웨이크필드 치안법원의 두꺼운 참나무문과 대리석 벽 뒤에는 짧은 고요가 서려 있었지만, 나를 위한 것은 아니었다.

"꼭 해야 할 말이 있습니다." 나는 속삭이고는 몸을 돌려 넥타이를 바로 맸다.

"아무렴요. 하지만 지금 여기서는 안 돼요." 프레이저가 화난 어조로 나직이 말했다.

10사이즈의 구둣발이 뚜벅뚜벅 복도를 걸어갔다.

2호 법정 문을 밀고 들어가니 빡빡한 내부가 고요했다.

빈자리가 없어 서 있을 수밖에 없었다.

가족은 보이지 않고 기자들뿐이었다.

앞줄에 앉은 잭 화이트헤드가 목조 난간에 상체를 기댄 채 법정 정리와 껄껄대고 있었다.

나는 언덕과 양과 풍차와 예수가 새겨진 스테인드글라스를 올려다보았다. 햇살이 너무 약해 머리 위에서 요란하게 윙윙대는 전등의 기다란 빛만 되비칠 뿐이었다.

잭 화이트헤드가 고개를 돌려 눈살을 찌푸리더니 내게 경례를 보냈다.

대리석과 참나무 아래 저 낮은 곳에서 군중이 외치는 희미한 구호가 우리의 속삭임에 깔려 피 흘리며 쓰러지는 듯했고, 그들의 고함은 고대 갤리선에 시간을 아로새기는 듯했다.

"저 밖의 인간들은 미친 게 분명해." 길먼이 헐떡이며 말했다.

"적어도 우리는 들어오기나 했죠." 나는 뒷벽에 기대며 말했다.

"그래. 톰과 잭이 어찌되었는지 모르겠군."

나는 방청석 앞쪽을 가리켰다. "잭은 저기 있어요."

"아니, 대체 어쩜 그렇게 빨리 들어갔대?"

"여기랑 경찰청이랑 연결된 지하 통로라도 있나보죠."

"하긴 잭이라면 어디든 못 들어갈까." 길먼이 코웃음 쳤다.

"하여튼 대단한 인간이라니까요."

불현듯 스테인드글라스 쪽으로 고개를 드니 바깥에서 거대한 새 같은 시커먼 그림자가 치솟았다가 도로 떨어졌다.

"대체 저게 뭘까요?"

"플래카드나 뭐 그런 거겠지. 온 주민이 들썩대니."

"어디 주민만 그러겠어요."

때맞추어 그자가 나타났다.

피고석을 가득 채운 사복경찰 중 한 명이 그자와 수갑으로 연결되어 있었다.

피고석 맨 앞에 서 있는 마이클 존 미슈킨은 지저분한 파란색 작업복에 검은색 동키 재킷을 입고 있었다. 뚱뚱하고 머리통이 엄청 큰 녀석이었다.

나는 침을 크게 삼켰다. 신물이 솟구치며 뱃속이 뒤틀렸다.

마이클 존 미슈킨이 눈을 깜박이며 침으로 방울을 만들어 불었다.

펜을 집으려는데 손끝에서 어깨까지 통증이 관통해 벽에 다시 기대야 했다.

스물두 살의 마이클 존 미슈킨은 그보다 나이들어 보이는 얼굴로 열한 살짜리 소년처럼 우리에게 생글거리며 웃었다.

법원 서기가 자리에서 일어나 헛기침을 하고는 말했다. "피츠윌리엄 뉴스테드 뷰 54번지에 거주하는 마이클 존 미슈킨 맞습니까?"

"네." 마이클 존 미슈킨이 대꾸하며 피고석의 형사 하나를 돌아보았다.

"피고는 여왕 폐하의 뜻에 반해 12월 12일과 14일 사이 클레어 켐플레이를 살해한 죄목으로 기소되었습니다. 또한 12월 18일 웨이크필드에서 운전시 주의의무 위반으로 기소되었습니다."

수갑을 찬 프랑켄슈타인의 괴물 마이클 존 미슈킨이 자유로운 한 손을 피고석 앞 난간에 얹고서 한숨을 쉬었다.

서기가 반대쪽에 앉은 다른 남자에게 고개를 끄덕였다.

남자가 일어나 발표했다. "담당 검사 윌리엄 뱀포스입니다. 기록을 위해 말씀드리면, 미슈킨 씨는 현재 변호사를 선임하지 않은 상태입니다. 이번 사건과 유사한 다른 건에 대해 신문하기 위해 미슈킨 씨를 팔일 더 구금할 것을 웨스트요크셔 메트로폴리탄 경찰청을 대신해 요청하는 바입니다. 또한 이번 사건이 여전히 심리중인 점을 기자분들을 비롯해 본 법정에 계신 모든 분께서 유념해주시기 바랍니다. 감사합니다."

서기가 다시 일어났다. "미슈킨 씨, 팔 일 더 구금해야 한다는 검사의 요청에 이의 있습니까?"

마이클 존 미슈킨이 고개를 들더니 설레설레 저었다. "아뇨."

"성명 공개를 원합니까?"

마이클 미슈킨이 형사 하나를 바라보았다.

형사가 슬며시 고개를 젓자 마이클 존 미슈킨이 나직하게 대꾸했다. "아뇨."

"마이클 존 미슈킨, 팔 일간 구금을 선고합니다. 성명은 비공개로 유지됩니다."

형사가 몸을 돌려 미슈킨을 자기 뒤로 잡아당겼다.

방청석 전체가 목을 쭉 뺐다.

계단에 이르자 마이클 존 미슈킨이 뒤돌아 법원을 보다 그만 발을 헛디뎌 형사 하나가 얼른 잡아주었다.

마지막으로 보인 것은 계단을 내려선 그가 법원 가운데서 작별 인사를 고하며 흔드는 커다란 손이었다.

사람을 죽인 손이다, 나는 생각했다.

이윽고 쳐죽일 살인마는 사라졌다.

"어떻게 생각해?"

나는 대꾸했다. "누가 봐도 범인 같은데요."

"그래. 딱 그래." 길먼이 윙크했다.

길먼의 차를 따라 듀즈베리 화장장에 들어섰을 때는 11시가 다 되어가고 있었다.

진눈깨비는 차가운 보슬비로 가늘어졌지만 바람은 지난주만큼이나 거칠어서 한 손이 붕대에 감긴 채로는 도저히 담배에 불을 붙일 수 없었다.

"나중에 봅시다." 프레이저 경사가 문가에서 중얼거렸다.

길먼이 나를 바라보았지만 말은 하지 않았다.

화장장 안은 침묵만이 가득했다.

고인의 일가족과 기자들뿐이었다.

장례실 뒤쪽에 자리를 잡은 우리는 넥타이를 바로하고 젖은 머리를 정돈한 뒤 북잉글랜드 신문사 기자 중 절반에게 고개를 끄덕여 보였다.

망할 잭 화이트헤드는 앞쪽에 앉아 좌석 앞으로 고개를 숙여 해든과 그의 부인과 걔넌 가족과 이야기를 나누고 있었다.

나는 언덕과 양과 풍차와 예수가 새겨진 또다른 스테인드글라스를 올려다보며 배리가 나의 아버지보다 더 좋은 곳에 도착했길 빌었다.

잭 화이트헤드가 고개를 돌려 눈살을 찌푸리더니 내 쪽으로 손짓했다.

바깥에서 바람이 건물을 감아도는 웅웅 소리가 마치 바다와 갈매기들이 질러대는 비명 같았다. 나는 앉은 채로 새들도 말을 하는지 궁금해했다.

"가족들이 마음을 잘 다잡아야 할 텐데." 길먼이 속삭였다.

"잭은 어딨어?" 브래드퍼드의 톰이 물었다.

"저쪽에요." 나는 씩 웃으며 대꾸했다.

"씨팔. 설마 여기도 터널이 있나?" 길먼이 껄껄댔다.

"말조심해." 톰이 속삭였다.

길먼이 기도서를 들여다보았다. "젠장, 미안해."

나는 문득 스테인드글라스 쪽으로 고개를 돌리다 검정 일색으로 차려입은 캐서린 테일러가 뚱보 스텝과 스포츠부 가즈의 부축을 받으며 창가 쪽 통로를 지나가고 있는 것을 발견했다.

길먼이 내 옆구리를 세게 치며 윙크했다. "이런 운좋은 새끼를 봤나."

"꺼져요." 나는 얼굴을 붉히며 속삭였다. 성한 손으로 나무 좌석을 너무 꽉 움켜쥔 탓에 손마디가 점점 혈색을 잃고 파리해지고 있었다.

느닷없이 오르간 연주자가 젠장할 모든 건반을 동시에 눌렀다.

모두 자리에서 일어났다.

저곳에 그가 있었다.

앞쪽에 놓인 관을 보고 있자니 아버지의 관이 배리 것보다 연한색이었는지 짙은 색이었는지 기억이 모호했다.

나는 바닥에 놓인 기도서를 내려다보며 캐서린을 생각했다.

캐서린이 어디 앉아 있을지 궁금해서 고개를 들었다.

갈색 캐시미어 코트를 걸친 뚱뚱한 남자가 통로 맞은편 좌석에서 나를 보고 있었다.

우리 둘 다 고개를 돌려 바닥을 내려다보았다.

"어디 갔었어?"

"맨체스터." 캐서린 테일러가 대답했다.

우리는 화장장 현관과 자동차 사이의 비탈에 서 있었다. 비바람이 더욱 차가워져 있었다. 검은 양복과 코트가 줄지어 나와 담배에 불을 붙이고 우산을 펴고 악수를 나누려고 용을 썼다.

"맨체스터에는 무슨 일로?" 나는 그녀가 맨체스터에서 뭘 했는지 뻔히 알면서도 물었다.

"그 얘기는 하기 싫어." 그녀가 몸을 돌려 뚱보 스텝의 차로 향했다.

"미안해."

캐서린 테일러는 대꾸 없이 걷기만 했다.

"오늘밤 전화해도 될까?"

스테파니가 조수석 문을 열자 캐서린이 몸을 숙여 좌석에서 무엇인가를 집어들었다.

그리고 몸을 돌리더니 내게 책을 던지며 소리쳤다. "여기, 지난번 나랑 놀아날 때 이걸 두고 갔더라."

『북부 운하 안내서』가 화장장 마당을 가로질러 날아오며 여학생들 사진이 발자국처럼 흩뿌려졌다.

"젠장." 나는 침을 뱉고는 재빨리 사진을 주워모았다.

뚱보 스텝의 흰색 소형차가 후진해 화장장 주차장을 빠져나갔다.

"세상에 널리고 널린 게 여자죠."

나는 고개를 들었다. 프레이저 경사가 열 살짜리 금발 아이가 웃고 있는 사진을 건넸다.

"웃기지 마요." 나는 대꾸했다.

"그럴 필요 없어요."

나는 사진을 홱 낚아챘다. "무슨 필요요?"

해든과 잭 화이트헤드와 길먼과 가즈와 톰이 모두 문가에서 서성이며 우리를 바라보고 있었다.

프레이저가 말했다. "손이 그렇게 되어서 유감이에요."

"유감이라고요? 망할 당신이 이 꼴로 만들어놓고."

"무슨 말인지 모르겠군요."

"어련하실까."

"이봐요. 꼭 할 얘기가 있어요."

"난 당신한테 할말 없어요."

그가 내 윗주머니에 종이쪽지를 쑤셔넣었다. "오늘밤 전화해요."

나는 돌아서서 내 차로 걸어갔다.

"정말 유감이에요." 프레이저 경사가 바람에 맞서 소리쳤다.

"꺼져요." 나는 차 열쇠를 꺼내며 대꾸했다.

비바 옆자리의 진홍색 재규어 가까이서 거구의 남자 둘이 이야기를 나누고 있었다. 나는 왼손만으로 열쇠를 끼우고 돌리고 꺼내고 차문을 열었다. 차에 올라 망할 책과 사진을 뒷좌석에 던져놓고 시동을 걸었다.

"던퍼드 씨?" 갈색 캐시미어 코트 차림의 뚱뚱한 남자가 조수석 쪽에서 말했다.

"네?"

"점심이나 함께할까요?"

"네?"

뚱뚱한 남자가 씩 웃으며 가죽장갑 낀 두 손을 문질렀다. "식사 대접을 하고 싶어서요."

"무슨 일로 그러시죠?"

"할 이야기가 있습니다."

"무슨 이야기요?"

"절대 후회하지 않을 거라고만 말씀드리죠."

나는 화장장이 서 있는 언덕 쪽을 돌아보았다.

빌 해든과 잭 화이트헤드가 프레이저 경사와 이야기를 나누고 있었다.

"좋습니다." 나는 망할 기자 클럽에서 열릴 추도식을 생각하며 대꾸했다.

"브래드퍼드 로드의 카라치 소셜 클럽을 아시나요?"

"아뇨."

"배틀리에 도착하기 직전 버라이어티 클럽 바로 옆에 있습니다."

"알겠어요."

"십 분 후?" 뚱보 남자가 말했다.

"바로 뒤따라가겠습니다."

"역시 투사시군요."

하나의 빛깔만 남은 파키스탄 타운.

검은 벽돌과 사리 복장과 추위 속에서 크리켓을 하는 갈색 소년들.

모스크와 제분소의 1974년 요크셔.

카레와 모자.

마지막 교차로에서 신호에 걸려 재규어를 놓친 나는 배틀리 버라이어티 클럽 바로 옆 비포장 주차장으로 들어가 진홍색 자동차 옆에 차를 세웠다.

옆 건물에서는 셜리 배시의 크리스마스 쇼가 울려퍼지고 있었다. 담배꽁초와 과자 봉지로 가득한 지저분한 웅덩이 사이로 나아가는 동안 밴드가 리허설중인 〈Goldfinger〉가 길을 이끌었다.

카라치 소셜 클럽은 3층 단독 건물로, 한때 의류 사업을 하던 곳이었다.

나는 세 개의 돌계단을 오르며 필립스 포켓 메모의 스위치를 누르고서 레스토랑 문을 열었다.

안으로 들어서니 카라치 소셜 클럽은 두꺼운 꽃무늬 벽지와 동방의 피리 음악이 있는 동굴 같은 붉은색 공간이었다.

티 하나 없이 새하얀 튜닉을 걸친 껑다리 파키스탄인이 유일하게 손님이 앉아 있는 테이블로 나를 안내했다.

두 명의 뚱보 남자가 가죽장갑 두 켤레를 앞에 놓고 문 쪽을 향해 나란히 앉아 있었다.

나를 식사에 초대한 나이 많은 쪽이 자리에서 일어나 손을 뻗으며 말했다. "데릭 박스입니다."

나는 왼손을 뻗어 악수를 나누고는 권투로 다져진 얼굴의 젊은 남자를 바라보며 앉았다.

"이쪽은 폴이고, 내 일을 돕고 있죠." 데릭 박스가 말했다.

폴은 고개를 끄덕일 뿐 말이 없었다.

웨이터가 얇은 파키스탄 빵과 피클이 담긴 은쟁반을 들고 왔다.

"우리 모두 스페셜로 하겠네, 새미." 데릭 박스가 파키스탄 빵을 뜯으며 말했다.

"탁월한 선택이십니다, 박스 씨."

박스가 내게 미소지었다. "화끈한 카레를 좋아하셔야 할 텐데."

"딱 한 번 먹어본 적 있죠." 나는 대꾸했다.

"딱 맞는 메뉴를 골라드렸군요."

나는 묵직한 하얀 테이블보 위에 두꺼운 은 포크와 나이프가 세팅된 널찍하고 어스레한 내부를 둘러보았다.

"여기." 데릭 박스가 숟가락으로 피클과 요구르트를 파키스탄 빵에 올리며 말을 이었다. "이렇게 올리면 됩니다."

나는 들은 대로 했다.

"내가 왜 여기를 좋아하는지 아십니까?"

"아뇨." 나는 정말 아니기를 빌며 대꾸했다.

"사생활이 보호되니까요. 노랭이와 우리뿐이죠."

나는 축축해진 파키스탄 빵을 왼손으로 집어 입안에 쑤셔넣었다.

"나는 그런 걸 참 좋아한답니다. 사생활 보호 말이죠." 데릭이 말했다.

웨이터가 비터 맥주 세 잔을 들고 돌아왔다.

"망할 음식도 그다지 나쁘지 않고요. 안 그래, 새미?" 박스가 껄껄거렸다.

"감사합니다, 박스 씨." 웨이터가 대답했다.

폴이 씩 웃었다.

데릭 박스가 맥주잔을 들고 말했다. "건배."

폴과 나는 그에게 잔을 부딪치고 술을 들이켰다.

나는 담배를 꺼냈다. 폴이 묵직한 론슨 라이터를 내밀었다.

"아주 멋지지 않나요?" 데릭 박스가 말했다.

나는 빙긋이 웃었다. "아주 세련되었군요."

"네. 저 망할 것하고는 차원이 다르죠." 박스가 하얀 테이블보 위 잿빛 붕대로 칭칭 감긴 내 손을 가리켰다.

나는 내 손을 내려다보다 박스를 바라보았다.

그가 말했다. "나는 당신 동료의 작업을 아주 존경하고 있습니다, 던퍼드 씨."

"그를 잘 아시나요?"

"아, 네. 우리는 아주 특별한 관계였죠."

"네?" 나는 맥주잔을 집어들며 물었다.

"음. 상호이익을 도모하는 관계였달까요."

"어떤 식으로요?"

"나는 입수한 정보를 이따금 전달해줄 수 있는 아주 행복한 위치에 있답니다."

"어떤 정보요?"

데릭 박스가 술잔을 내려놓고 나를 응시했다.

"나는 끄나풀 따위가 아닙니다, 던퍼드 씨."

"압니다."

"그렇다고 천사도 아니죠. 그냥 사업가예요."

나는 맥주를 한입 가득 들이켜고는 조용히 물었다. "어떤 사업이죠?"

그가 씩 웃었다. "자동차 사업을 합니다만, 솔직히 건축업 쪽으로 꿈이 있답니다. 그쪽으론 전혀 기반이 없지만요."

"어떤 꿈요?"

"좌절된 꿈이죠." 박스가 껄껄대며 말을 이었다. "지금으로서는요."

"그럼 당신과 배리는 어떻게……"

"말했다시피, 나는 천사가 아니고, 그렇다고 다른 무엇인 척한 적도 없습니다. 하지만 내가 보기에 여기 이 땅에는 너무 큰 파이 조각을 차지한 인간들이 있어요."

"건축업 파이 말인가요?"

"그렇죠."

"그럼 배리에게 건축계의 특정 인물과 동향에 대한 정보를 주셨던 건가요?"

"네. 배리는 그러니까, 특정 인물들의 동향에 특별한 관심을 보였습니다."

웨이터가 노란 밥 세 접시와 진홍빛 카레 세 그릇을 가지고 돌아왔다. 그러고는 접시와 그릇을 각자 앞에 하나씩 내려놓았다.

폴이 카레 그릇을 들어 밥 위에 엎더니 골고루 섞었다.

웨이터가 말했다. "난 드시겠습니까, 박스 씨?"

"그래, 새미. 술도 한 잔씩 더 가져오고."

"알겠습니다, 박스 씨."

나는 카레 그릇에서 숟가락을 집어 카레를 아주 조금 밥 위에 얹었다.

"확 부어요, 젊은이. 무슨 의식 치르는 것도 아니고."

카레밥을 포크로 떠먹는 순간 입에서 불이 나 맥주잔을 쭉 비웠다.

얼마 후 나는 말했다. "네, 아주 맛있군요."

"맛있다고요? 그냥 맛있는 게 아니라 좆나 기가 막히죠." 박스가 뻘건 입을 벌린 채 껄껄거렸다.

폴이 고개를 끄덕이며 박스 못지않게 뻘건 웃음을 씩 지었다.

나는 카레밥을 한번 더 떠먹고는 두 뚱보 남자가 접시에 점점 더 코를 박고서 입이 미어져라 밥을 퍼먹는 광경을 바라보았다.

나는 데릭 박스를 기억하고 있었다. 혹은 적어도 데릭 박스와 그 형제들 이야기를 기억하고 있었다.

나는 노란 밥을 한입 떠먹은 뒤 새 맥주가 언제 나오나 싶어 주방 문 쪽을 건너다보았다.

박스 형제가 필드 레인에서 쏜살같이 달아나는 법을 연습한 이야기 며, 일요일 아침마다 아이들이 그들을 보러 몰려온 이야기며, 데릭이 늘 운전을 맡고 레이먼드와 에릭이 처치 거리를 매섭게 달려가는 차에 서 늘 뛰어나오고 뛰어드는 연습을 했다는 이야기가 떠올랐다.

웨이터가 맥주와 납작한 난 세 개가 담긴 은쟁반을 들고 돌아왔다.

또한 박스 형제가 에든버러 우편열차를 털다가 감옥에 간 이야기며, 그들이 누명을 썼다고 주장한 이야기며, 에릭이 석방을 몇 주 앞두고 사망한 이야기며, 레이먼드가 캐나다인지 호주인지로 이민 간 이야기 며, 데릭이 베트남전에 참전하려고 애썼던 이야기가 떠올랐다.

데릭과 폴이 난을 찢어 카레 그릇을 싹싹 닦고 있었다.

"여기." 데릭 박스가 난 반쪽을 내게 던졌다.

식사를 마친 그는 시가에 불을 붙이더니 의자를 테이블에서 뒤로 조 금씩 뺐다. 시가를 힘껏 빨고 그 끝을 확인한 뒤 연기를 내뿜고는 말했 다. "당신도 배리의 작업을 높이 평가했습니까?"

"음, 네."

"정말 안타까운 일이에요."

"네." 데릭 박스의 이마 끝 머리카락을 따라 맺힌 구슬땀이 불빛에 반짝였다.

"그 일을 마무리도 못하고 그렇게 가다니 얼마나 애석할지. 실컷 취 재해놓고 기사로 내지도 못하고. 안 그래요?"

"네. 그러니까 제 말은, 저는 잘 모르……"

폴이 내게 론슨 라이터를 내밀었다.

나는 담배연기를 깊이 빨아들인 다음 오른손의 붕대가 좀 느슨해지도록 손을 까닥거려보았다. 더럽게 아팠다.

"실례가 아닌지 모르겠지만, 지금은 어떤 취재를 하고 계십니까, 던퍼드 씨?"

"클레어 켐플레이 살인사건요."

"끔찍한 일이죠." 데릭 박스가 한숨을 쉬더니 말을 이었다. "더럽게 망할 세상이에요. 말문이 다 막힐 지경이니. 그리고 또 무슨 취재를 하시죠?"

"그게 다입니다."

"그래요? 그럼 고인이 된 친구분의 미완결 작업에는 손대지 않으시나보군요?"

"왜 그런 걸 물으시죠?"

"위대한 고인의 파일을 당신이 물려받았다고 알고 있거든요."

"누가 그래요?"

"나는 끄나풀이 아닙니다, 던퍼드 씨."

"압니다. 그런 뜻으로 한 말이 아니에요."

"나는 이런저런 것을 듣고, 또 이런저런 것을 듣는 사람들을 알지요."

나는 차갑게 식은 접시 위 한 숟갈 정도의 밥을 내려다보았다. "그게 누구죠?"

"스트래퍼드 암스에 가보신 적 있나요?"

"웨이크필드에 있는 것 말입니까?"

"네." 박스가 씩 웃었다.

"아뇨. 가본 적 없습니다만."

"그럼 꼭 한번 가보십시오. 알다시피, 위층은 기자 클럽처럼 회원 전용이죠. 나 같은 사업가나 법조계 인사가 좀더 비공식적인 만남을 갖기에 딱 좋은 곳입니다. 말하자면, 느긋하게 이야기할 수 있는 장소죠."

느닷없이 기억이 떠올랐다. 내 차 뒷좌석에 쓰러진 나와 피로 축축한 검은 좌석 커버와 로드 스튜어트의 노래를 흥얼거리며 차를 몰던 껑다리 턱수염 남자.

"괜찮아요?" 데릭 박스가 말했다.

나는 고개를 저었다. "관심 없습니다."

"앞으로는 관심이 생길 겁니다." 박스가 심해의 괴물처럼 속눈썹 없는 작은 눈으로 윙크했다.

"글쎄요."

"건네드려, 폴."

폴이 테이블 아래로 손을 뻗어 얇은 서류봉투를 꺼내서 지저분한 접시와 빈 맥주잔 너머로 던졌다.

"열어봐요." 박스가 나를 부추겼다.

서류봉투를 들어 왼손을 집어넣자 익숙한 유광 확대사진 용지가 느껴졌다.

나는 하얀 테이블보 너머로 데릭 박스와 폴을 바라보며, 흑백 날개가 몸에 꿰매진 작은 여자아이들이 점심시간의 비터 맥주 속에서 헤엄치고 있는 모습을 상상했다.

"어서 꺼내봐요."

나는 잿빛 붕대로 봉투를 고정하고 왼손으로 천천히 사진을 꺼냈다. 접시와 그릇을 밀치고 세 장의 대형 흑백사진을 내려놓았다.

두 남자가 벌거벗고 있었다.

데릭 박스가 날카로운 미소를 씩 지었다.

"듣기로는 여자를 좀 밝히신다고요, 던퍼드 씨. 이런 불쾌한 사진을 보게 해서 정말 미안합니다."

나는 사진을 하나하나 따로 놓았다.

배리 제임스 앤더슨이 늙은 남자의 성기를 빨고 불알을 핥고 있었다.

나는 말했다. "이게 누구죠?"

"그런 대단한 인물이 이토록 추락하다니." 데릭 박스가 한숨을 쉬었다.

"사진이 선명하지 않군요."

"의원이자 전 부주지사인 윌리엄 쇼이며, 더 유명한 로버트 쇼의 형이라는 것을 알아볼 정도로는 선명하다고 생각됩니다만. 가족 앨범에 넣으라고 몇 장 선물하는 것도 좋겠죠."

늙은 남자의 몸이 또렷하게 찍힌 사진이 있었다. 축 늘어진 뱃살, 비쩍 마른 가슴, 하얀 머리와 점.

"빌 쇼라고요?"

"안타깝게도 그렇습니다." 박스가 씩 웃었다.

하느님 맙소사.

윌리엄 쇼는 새로운 웨이크필드 메트로폴리탄 지방의회의 의장이자 웨스트요크셔 경찰권위원회 위원장이며, 과거 운수 및 일반 노동조합의 지역설립자로 활약하다 노동당의 전국집행위원회에 노조 대표로 참여했었다.

나는 부풀어오른 고환과 성기를 얼기설기 가로지르는 희미한 정맥과 잿빛 음모를 응시했다.

윌리엄 쇼는 그 유명한 로버트의 형이었다.

로버트 쇼는 내무부 장관이자 장차 성공 가도를 달리리라 기대되는 유망주였다.

쇼 의원, 장차 빨릴 대로 빨리리라 기대되는 유망주.

씨팔.

쇼 의원이 배리의 제삼의 인물일까?

도슨게이트.

나는 말했다. "배리도 알았나요?"

"네. 하지만 말하자면, 수단이 좀 부족했죠."

"나더러 이걸로 쇼를 협박이라도 하라는 겁니까?"

"협박은 적당한 단어가 아닌 것 같군요."

"그럼 적당한 단어가 뭡니까?"

"설득이죠."

"어떤 설득요?"

"모든 공직에서 완전히 물러나는 대신 사생활을 안전하게 보장받으라는 설득요."

"왜죠?"

"대영제국의 국민은 진실을 알 권리가 있으니까요."

"그리고요?"

"그리고 우리는……" 박스가 윙크를 하고 말을 이었다. "원하는 것을 얻는 거죠."

"싫습니다."

"그럼 당신은 내가 찾던 사람이 아니군요."

나는 하얀 테이블보 위에 놓인 흑백사진을 내려다보았다.

"당신이 찾던 사람은 누군데요?" 나는 물었다.

"용감한 사람이죠."

"이런 걸 용감하다고 하나요?" 나는 사진을 잿빛 오른손으로 밀치며 말했다.

"요즘 시대에는 그렇죠."

내가 담뱃갑에서 담배를 꺼내자 폴이 탁자 너머로 론슨을 내밀었다.

나는 말했다. "독신으로 알고 있는데요?"

"그래봤자 별 차이 없죠." 박스가 씩 웃었다.

웨이터가 텅 빈 쟁반을 가지고 돌아왔다. "아이스크림 드시겠습니까, 박스 씨?"

박스가 내 쪽으로 시가를 흔들었다. "여기 우리 친구를 위해 하나만 가져와."

"알겠습니다, 박스 씨." 웨이터가 지저분한 접시와 술잔을 은쟁반에 쌓자 재떨이와 사진 세 장만 남았다.

데릭 박스가 재떨이에 시가를 비벼 끄더니 탁자 위로 몸을 내밀었다.

"던퍼드 씨, 이 나라는 전쟁중입니다. 정부와 노조, 좌익과 우익, 부자와 가난뱅이. 아일랜드인, 유색인, 흑인, 호모, 변태성욕자, 심지어 망할 여자들까지. 다들 제 몫을 차지하려고 혈안이 되어 있죠. 이제 곧 백인 남성 노동자에게는 아무것도 남지 않을 겁니다."

"당신이 백인 남성 노동자라고요?"

데릭 박스가 일어났다. "전리품은 승자만이 쟁취하는 거죠."

웨이터가 은그릇에 담긴 아이스크림을 가지고 돌아왔다.

데릭 박스가 폴의 도움을 받아 캐시미어 코트를 입었다.

"내일 점심때 스트래퍼드 암스 2층에서 봅시다."

그가 내 어깨를 꼭 쥐더니 테이블을 떠났다.

나는 내 앞에 놓인 아이스크림을 응시한 채 앉아 있었다. 아이스크림은 흑백사진들 중간에 놓여 있었다.

"아이스크림 맛있게 먹어요." 데릭 박스가 문가에서 소리쳤다.

나는 성기와 불알, 손과 혀, 침과 정액을 응시했다.

그리고 아이스크림을 밀어냈다.

행잉 히턴 꼭대기의 공중전화 수화기에서는 카레냄새가 코를 찔렀다.

아무도 전화를 받지 않았다.

밖으로 나와 성큼성큼 걷는데 요란한 방귀가 터졌다.

라디오를 나직이 켜놓은 채 피츠윌리엄으로 차를 모는 외팔이 운전사.

마이클 존 미슈킨이 2시의 지역방송을 장악하고, IRA의 크리스마스 휴전이 2시의 전국방송을 휘어잡고 있었다.

나는 조수석 위 봉투를 힐긋 보고는 길 한쪽에 차를 세웠다.

이 분 후 외팔이 운전사는 다시 도로 위를 달렸고, 윌리엄 쇼 의원의 죄악을 담은 서류봉투는 조수석 아래 숨겨져 있었다.

나는 백미러를 확인했다.

어스레했지만 아직 3시도 채 되지 않은 시각이었다.

다시 찾은 뉴스테드 뷰.

조랑말과 강아지, 녹과 쓰레기봉투.

나는 어두운 거리로 천천히 차를 몰았다.

69번지에 텔레비전이 켜져 있었다.

나는 54번지 왼쪽 집 앞에 차를 세웠다.

우르르 몰려든 경찰이 한바탕 축제와 싸움을 벌인 끝에 창문이었던 자리에는 시커먼 눈 세 개만 남아 있었다.

앞쪽 창에 뚝뚝 흐르는 하얀 페인트로 변태를 목매달아라, LUFC*라고 적혀 있었다.

좁은 잔디밭 위 박살난 가구와 이런저런 잡동사니 사이에 갈색 현관 문이 차이고 부서진 채 나동그라져 있었다.

미슈킨 가족의 집 안팎에서 개 두 마리가 서로 꽁무니를 쫓아 빙빙

---

* 리즈 유나이티드 축구 클럽.

돌고 있었다.

나는 정원 길을 따라 머리가 부서진 램프와 갈기갈기 찢긴 쿠션을 지나 거대한 판다 인형과 실랑이하는 개 옆을 조심스레 걸어가 산산조각 난 현관으로 들어갔다.

연기냄새와 물 흐르는 소리.

박살난 거실 한가운데 유릿조각의 바다 위에 금속 쓰레기통이 자리했다. 텔레비전이나 스테레오는 사라져 빈자리만 휑하니 남았고, 플라스틱 크리스마스트리는 반으로 접혀 있었다. 선물이나 카드는 보이지 않았다.

나는 계단 발치에 퍼지른 인간의 똥무더기를 넘어 축축한 계단을 올라갔다.

욕실 수도꼭지에서 콸콸 쏟아지는 물이 욕조에서 흘러넘치고 있었다.

변기와 세면대는 모조리 걷어차이고 산산조각나 푸른 카펫 위를 떠다녔다. 욕조 바깥에 누런 설사가 흘러다니고, 욕조 위에 붉은색 스프레이로 NF*라고 쓰여 있었다.

나는 수도꼭지를 잠그고 붕대가 감긴 오른손으로 왼팔 소매를 걷어올렸다. 얼음장 같은 구정물에 왼손을 집어넣고 마개를 찾아 더듬거렸다. 욕조 바닥에서 딱딱한 뭔가가 손에 스쳤다.

욕조 안에 뭔가 있었다.

왼손이 얼음장 같았다. 이윽고 나는 재빨리 마개를 당기고 얼른 손을 빼냈다.

콸콸 빠져나가는 물을 응시하며 왼손을 바짓자락에 문질러 닦았다. 지저분한 구정물 아래서 무엇인가 시커먼 형체가 드러나기 시작했다.

---

* 국민전선당. 특히 인종 문제와 관련하여 과격한 견해를 지닌 영국의 소수당.

나는 두 손을 겨드랑이에 끼고서 눈을 찡그렸다.

파란색 가죽의 슬래진저 스포츠 가방이 욕조 바닥에 놓여 있었다.

지퍼가 채워진 채 옆으로 누워 있었다.

씨팔, 그냥 둬, 알 게 뭐야.

입안이 바싹 마른 나는 웅크리고 앉아 가방을 재빨리 바로 세웠다.

묵직했다.

물이 전부 배수구로 빠져나가자 똥색의 진흙 얼룩과 손톱 솔과 푸른색 가죽 슬래진저 가방만 남았다.

씨팔, 그냥 둬, 알 게 뭐야.

붕대가 감긴 손으로 가방을 붙들고 왼손으로 지퍼를 내리기 시작했다.

지퍼가 걸렸다.

씨팔.

또다시 걸렸다.

그냥 둬.

이제 막 싼 똥 냄새가 훅 끼쳤다.

알 게 뭐야.

털, 털이 보였다.

뚱뚱한 얼룩무늬 고양이의 사체였다.

등뼈가 부러진 채 입을 쩍 벌린 고양이.

푸른색 목걸이와 이름표에는 손대고 싶지 않았다.

애완동물 장례식의 기억들. 웨슬리 거리의 정원에 묻힌 아치와 삭스.

씨팔, 그냥 둬, 하지만 망할 호기심하고는.

계단참으로 나가니 문이 두 개 더 보였다.

트윈베드가 놓인 큰 침실에서는 지린내와 오래된 연기냄새가 코를 찔렀다. 침대에서 내동댕이쳐진 매트리스 위에 옷가지가 쌓여 있었다.

벽은 불에 그슬린 자국으로 얼룩덜룩했다.

또다른 붉은색 스프레이. 유색인을 추방하라, 씨팔 아일랜드 새끼.

나는 계단참을 가로질러 마이클의 방이라고 적힌 싸구려 플라스틱 문패를 건 두번째 방으로 들어갔다.

마이클 존 미슈킨의 방은 감방만큼이나 작았다.

싱글베드가 옆으로 넘어져 있고, 커튼이 뜯겨나간 창문은 옷장을 내던질 때 깨진 듯했다. 베이지색 벽지와 함께 뜯겨나간 포스터들, 미국과 영국의 만화책과 스케치북과 크레용이 바닥에 나뒹굴고 있었다.

나는 『헐크』를 집어들었다. 축축이 젖은 만화책에서 지린내가 코를 찔렀다. 나는 책을 내던지고 만화책과 종잇조각 더미를 발로 헤집었다.

쿵후 책 밑에 스케치북 하나가 멀쩡히 남아 있었다. 나는 몸을 숙여 스케치북을 넘겼다.

만화책 앞표지가 나를 똑바로 응시했다. 사인펜과 크레용으로 직접 그린 것이었다.

래트맨, 왕자 혹은 해충?

마이클 J. 미슈킨 저.

어린애가 그린 듯한 그림 속에서 인간의 손과 발을 가진 거대한 쥐가 왕관을 쓰고 왕좌에 앉아 작은 쥐 수백 마리에 둘러싸여 있었다.

래트맨이 빙그레 웃으며 말했다. "인간은 우리의 재판관이 아니다. 우리가 인간을 재판한다!"

래트맨 로고 위에 볼펜으로 이렇게 적혀 있었다.

MJM 코믹스, 4호, 5p.

나는 첫번째 페이지를 넘겼다.

여섯 칸으로 나뉜 면에서 쥐 인간들이 그들의 왕자인 래트맨에게 지상으로 올라가 인간들의 손아귀에서 지구를 구해달라고 부탁하고 있었다.

두번째 페이지에서는 지상으로 올라간 래트맨이 군인들에게 쫓기고 있었다.

세번째 페이지에서 래트맨은 탈출했다.

래트맨에게 날개가 돋아나 있었다.

망할 백조 날개였다.

나는 스케치북 만화책을 재킷 안에 쑤셔넣고는 마이클의 방문을 닫았다.

계단을 내려가는데, 현관을 걷어차며 떠들어대는 아이들 소리가 들렸다.

노란 별 세 개가 그려진 초록색 스웨터 차림의 열 살짜리 소년이 현관 계단에 식탁 의자를 놓고 올라서서 문설주에 못을 박고 있었다.

세 친구가 그 아이를 부추기고 있었는데, 그중 한 명은 작고 더러운 손에 빨랫줄로 엮은 올가미를 들고 있었다.

"거기서 뭐하는 거예요?" 아이 하나가 계단을 내려오는 내게 물었다.

"정말, 누구세요?" 다른 아이가 말했다.

나는 화가 난 경찰인 양 말했다. "너희 여기서 무슨 짓을 하는 거야?"

"아무것도 아니에요." 망치를 든 아이가 대꾸하며 의자에서 뛰어내렸다.

올가미를 든 아이가 물었다. "경찰이에요?"

"아니."

"그럼 우리가 뭘 하든 무슨 상관이에요?" 망치를 든 아이가 말했다.

나는 동전을 꺼내들고서 물었다. "이 집 식구들은 어디 있지?"

"웃기지 마요." 한 아이가 말했다.

"머리가 제대로 된 인간들이라면 절대 이곳으로 안 돌아올걸요." 망치를 든 아이가 말했다.

나는 동전을 흔들며 말했다. "그자의 아버지가 불구라지?"

"네." 아이들이 깔깔대며 뇌성마비 환자가 쌕쌕대는 소리를 냈다.

"어머니는?"

"씨팔 마녀래요." 빨랫줄을 든 아이가 말했다.

"일을 하니?"

"학교에서 청소부로 일해요."

"어느 학교?"

"큰길에 있는 피츠초등학교요."

나는 현관에서 의자를 치우고는 정원으로 내려가 어둠에 잠긴 조용한 거리 양쪽을 살폈다.

"동전 안 줘요?" 가장 어린 아이가 소리쳤다.

"안 줘."

망치를 든 아이가 의자를 도로 놓더니 친구에게서 올가미를 받아들어 못에 걸었다.

"그건 뭐하러 거니?" 나는 비바의 문을 열며 물었다.

"변태를 목매달려고요." 아이 하나가 소리쳤다.

"이봐요." 망치를 든 아이가 의자에 올라서서 깔깔대며 말을 이었다. "아저씨도 변태라면 조심하는 게 좋을걸요."

"2층 욕실에 죽은 고양이가 있어." 나는 차에 올라타며 말했다.

"알아요." 가장 어린 아이가 까르르 웃으며 말했다. "우리 손으로 직접 죽인걸요. 안 그래?"

1, 2, 3, 4, 5, 6, 7, 착한 아이들은 모두 천국에 간다.

피츠윌리엄초등학교 맞은편에 차를 세웠다.

5시가 다 되어가는데도 학교에는 여전히 불이 켜져 있어 크리스마스 그림들이 걸린 벽을 비추었다.

어두운 운동장에서는 예의 그 커다란 노란 별이 그려진 짙은 색 울 스웨터와 헐렁한 바지 차림의 아이들이 싸구려 오렌지색 축구공을 뒤 쫓고 있었다.

몸이 얼어붙은 나는 비바에 앉아 붕대 감긴 손을 겨드랑이에 끼운 채 홀로코스트에 대해 생각하고, 마이클 존 미슈킨이 이 학교에 다녔을지 궁금해했다.

십 분쯤 지나 일부 조명이 꺼지고 뚱뚱한 백인 여자 셋과 푸른색 작 업복을 걸친 말라깽이 남자 하나가 건물에서 나왔다. 아이들에게로 다 가가며 축구공을 뺏으려는 남자에게 여자들이 손을 흔들며 작별 인사 를 했다. 그리고 깔깔 웃으며 교문을 나섰다.

나는 차에서 내려 길을 가로질러 여자들을 쫓아 뛰어갔다.

"실례합니다."

뚱뚱한 여자 세 명이 일제히 뒤돌아보며 걸음을 멈추었다.

"미슈킨 부인?"

"지금 농담하나?" 가장 덩치 큰 여자가 침을 뱉었다.

"기자 양반인가보네." 가장 늙은 여자가 히죽히죽 웃었다.

나는 빙그레 웃고는 대답했다. "〈요크셔 포스트〉에서 나왔습니다."

"너무 늦게 왔네요." 덩치가 말했다.

"미슈킨 부인이 여기서 일한다던데, 아닙니까?"

"어제까지는 그랬지." 할망구가 말했다.

"어디 있는지 아십니까?" 나는 아무 말이 없는 철테 안경을 쓴 여자 에게 물었다.

"나한테 묻지 마요. 신참이거든."

할망구가 끼어들었다. "우리 케빈 말로는, 당신네 기자 하나가 그 집

식구들을 스카버러에 있는 무슨 호화 호텔에다 넣어줬다던데."

"그건 아닐 거예요." 신참이 말했다.

씨팔, 씨팔, 씨팔, 나는 생각하며 가만히 서 있었다.

운동장에서 고함소리가 들리더니 멍키 부츠가 우르르 달려갔다.

"저러다 망할 창문 하나 작살나겠군." 덩치가 한숨을 쉬었다.

나는 말했다. "그럼 두 분은 미슈킨 부인과 함께 일하셨겠군요."

"오 년도 넘었지." 할망구가 말했다.

"어떤 분이십니까?"

"이만저만 고생이 아니었어."

"어떤 고생요?"

"그놈의 먼지 때문에 남편이 계속 골골댔으니……"

"남편분이 광부였나요?"

"그래요. 우리 팻이랑 같이 일했지." 덩치가 말했다.

"마이클은요?"

여자들이 얼굴을 찡그리며 서로를 바라보았다.

"온전치가 않았어요." 신참이 나직하게 말했다.

"그게 무슨 말입니까?"

"좀 느렸다고 하던데요."

"친구는 있습니까?"

"친구?" 두 여자가 동시에 말했다.

"동네에서 어린애들이랑 놀곤 했지만……" 할망구가 몸서리치며 말을 이었다. "그렇다고 친구는 아니었지."

"아유, 생각만 해도 끔찍해요." 신참이 말했다.

"그래도 누구 친한 사람이 있지 않았나요?"

"다른 사람과 그리 친하게 지내지 않았지, 내가 알기론."

다른 두 여자도 고개를 끄덕였다.

"직장 동료는요?"

덩치가 고개를 저으며 말했다. "이 동네에서 일 안 했어요. 캐슬퍼드 어디서 일했지."

"맞아. 우리 케빈 말이, 사진관에서 일한다던데."

"추잡한 책을 내는 곳이래요." 신참이 말했다.

"설마?" 할망구가 말했다.

"소문이 그렇다고요."

푸른색 작업복 차림의 남자가 손에 자물쇠와 사슬을 들고 교문 앞에 서서는 아이들에게 소리쳐댔다.

"요즘 애들은 정말 못 말린다니까." 덩치가 말했다.

"망할 골칫거리들 같으니."

나는 말했다. "시간 내주셔서 감사합니다."

"천만에요, 귀염둥이." 할망구가 웃으며 대꾸했다.

"언제든지 찾아와요." 덩치가 말했다.

여자들이 멀어져가며 낄낄댔다. 신참이 뒤돌아보며 내게 손을 흔들었다.

"메리 크리스마스." 그녀가 외쳤다.

"메리 크리스마스."

담배를 꺼낸 뒤 성냥을 찾아 주머니를 뒤지던 손에 폴의 묵직한 론슨 라이터가 잡혔다.

왼손으로 라이터의 무게를 가늠한 다음 담배에 불을 붙이며 이걸 언제 주머니에 집어넣었는지 기억을 더듬었다.

한 무리의 아이들이 나를 지나쳐 인도를 달려가며 싸구려 오렌지색 축구공을 차고 수위에게 욕을 해댔다.

나는 자물쇠가 채워진 교문으로 되돌아갔다.

푸른색 작업복 차림의 수위가 운동장을 가로질러 학교 건물로 돌아가고 있었다.

"실례합니다." 나는 빨갛게 칠해진 교문 너머로 소리쳤다.

남자는 계속 걸어갔다.

"실례합니다."

학교 현관 앞에서 남자가 돌아서서 나를 바라보았다.

나는 양손을 모아 입에 댔다. "실례합니다. 말씀 좀 나눌 수 있을까요?"

남자는 돌아서서 문을 열고 시커먼 건물 안으로 들어가버렸다.

나는 교문에 이마를 댔다.

누가 붉은색 페인트를 벗겨내 씨팔이라고 새겨놓았다.

밤을 향해 바퀴가 휙휙 돌아갔다.

어둠이 일찍 찾아들고, 모든 것이 제멋대로인 듯하고, 아이들이 고양이를 죽이고, 남자들이 아이를 죽이는 피츠윌리엄이여, 안녕.

레드벡으로 돌아가다가 A655를 향해 좌회전하는 순간 어둠 속에서 튀어나온 화물트럭의 브레이크가 날카로운 비명을 질렀다.

나도 브레이크를 밟았다. 경적을 울리며 미끄러지던 차가 멈춰 섰다. 화물트럭과 내 차문의 거리는 불과 몇 센티미터였다.

백미러를 응시하는데 심장이 쿵쿵대고, 전조등이 춤을 추었다.

커다란 검은 부츠를 신고 턱수염을 기른 덩치 큰 남자가 화물트럭에서 뛰어내려 내 차로 다가왔다. 씨팔, 커다란 검은 야구방망이를 들고 있었다.

나는 시동을 켜고 액셀을 세게 밟으며 배리, 배리, 배리를 생각했다.

하루하루가 기나긴 일주일에서 가장 긴 하루인 1974년 12월 19일 목요일 6시를 막 지난, 샌들의 골든 플리스.

바에 맥주잔을 올려놓고 위스키로 뱃속을 채운 채 공중전화에 동전을 넣었다.

"가즈? 에디예요."

"대체 어디로 꺼졌던 거야?"

"알겠지만, 기자 클럽은 아니에요."

"덕분에 굉장한 쇼를 놓쳤어."

"네?"

"진짜야. 잭이 완전히 맛이 가서는 울고불고……"

"저기요, 도널드 포스터의 주소 알아요?"

"대체 그건 뭐하러?"

"중요한 일이에요, 가즈."

"폴 켈리와 폴라와 관련된 거야?"

"아뇨. 저기요, 여기는 샌들인데……"

"그래, 거기 우드 레인이야."

"몇 번지요?"

"우드 레인에는 번지 같은 거 없어. 트리니티 타워스라나 뭐라나."

"고마워요, 가즈."

"그래? 나한테서 들었다는 이야기는 절대 하지 마."

"아무렴요." 전화를 끊은 나는 가즈가 캐서린과 자는 사이는 아닌지 궁금해졌다.

또다른 동전, 또다른 전화.

"BJ를 만나야 합니다."

수화기 저편, 세계의 다른 쪽 끝에서 목소리가 중얼거렸다.

"언제 BJ에게 소식을 전할 거죠? 아주 중요한 일입니다."

세상 끝에서 내쉬는 한숨소리.

"전해주세요, 에디가 아주 중요한 일로 전화했다고요."

나는 바로 돌아가 맥주잔을 집어들었다.

"저기, 저거 당신 가방이죠?" 술집 주인이 공중전화 아래 놓인 힐러즈 비닐 가방을 턱짓으로 가리키며 말했다.

"네, 감사합니다." 나는 술잔을 비웠다.

"아무데나 망할 가방을 던져두면 어떡해요."

"죄송합니다." 나는 공중전화기로 걸어가며 씨팔, 이라고 생각했다.

"그게 폭탄인지 뭔지 내가 알 게 뭐냐고."

"네, 죄송합니다." 중얼거리던 나는 마이클 존 미슈킨의 스케치북과, 윌리엄 쇼와 배리 제임스 앤더슨의 사진을 집어들며 생각했다. 이게 네 그 멍청한 불알을 날려버릴 폭탄이야.

나는 샌들의 우드 레인에 세워진 트리니티 뷰 앞 보도에 차를 세웠다.

비닐 가방을 『북부 운하 안내서』와 함께 운전석 아래 쑤셔넣은 뒤 담배를 비벼 끄고 진통제 두 알을 삼키고는 차에서 내렸다.

주위는 고요하고 캄캄했다.

트리니티 뷰를 향해 기나긴 진입로를 걸어올라가자 투광조명등이 하나씩 켜졌다. 진입로에 로버가 서 있고, 저택 위층에 불이 켜져 있었다. 혹시 존 도슨이 설계한 건물은 아닌지 궁금했다.

나는 초인종을 누르고는 집안에 울려퍼지는 벨소리에 귀기울였다.

"네? 누구시죠?" 일부러 골동품처럼 가공한 문 뒤에서 여자가 말했다.

"〈요크셔 포스트〉에서 나왔습니다."

짧은 침묵 후 자물쇠가 돌아가고 문이 열렸다.

"무슨 일이시죠?"

갈색 머리를 고급스럽게 파마한 사십대 초반의 여자는 검은 바지와 그에 어울리는 실크 블라우스를 입고 목 보호대를 한 모습이었다.

나는 붕대에 감긴 오른손을 들어올리며 말했다. "우리 둘 다 전쟁터라도 다녀온 것 같네요."

"무슨 일로 오셨느냐고 물었어요."

나는 미친 척하고 무작정 말했다. "조니 켈리 일로 왔습니다."

"조니가 왜요?" 퍼트리샤 포스터 부인이 너무 성급하게 대꾸했다.

"부인이나 남편께서 조니에 대한 정보를 알지 않을까 해서요."

"우리가 어떻게 알겠어요?" 포스터 부인이 한 손은 문에, 다른 한 손은 목 보호대에 얹은 채 말했다.

"남편분 클럽에서 선수로 뛰고 있으니……"

"럭비 클럽은 그이 소유가 아니에요. 그이는 그냥 회장이에요."

"죄송합니다. 그럼 조니 소식은 전혀 모르시나요?"

"네."

"어디 있을지 짐작 가는 데라도?"

"아뇨. 저기요, 성함이……?"

"개넌입니다."

"개넌?" 천천히 이름을 되뇌는 동안 독수리처럼 코가 높은 퍼트리샤 포스터 부인은 검은 눈으로 나를 내려다보았다.

나는 침을 삼키고는 말했다. "안으로 들어가 남편분과 이야기를 나누었으면 하는데요."

"아뇨. 그이는 집에 없어요. 나도 할말 없고요." 포스터 부인이 문을 닫았다.

나는 문이 면전에서 닫히려는 걸 막으려고 애썼다. "조니에게 무슨 일이 일어났다고 보십니까, 포스터 부인?"

"경찰에 전화하겠어요, 개넌 씨. 오랜 친구이자 당신 상사인 빌 해든한테도요." 그녀가 문 뒤에서 말하고는 자물쇠를 잠갔다.

"남편분에게도 잊지 말고 전화하세요." 나는 고함치고 돌아서서는 투광조명등이 켜진 진입로를 달려내려오며, 양쪽 집에 퍼뜨린 전염병을 생각했다.

북잉글랜드 범죄 전문 기자 에드워드 던퍼드는 반즐리 로드의 공중 전화부스에 서서 뱀들을 놀래 쫓으려고 발을 굴렀다.

아무것도 건지지 못했다.

"웨이크필드 시청 전화번호 부탁드립니다."

"361234입니다."

나는 아버지의 손목시계를 보고 확률은 반반이라고 생각했다.

"쇼 의원님 부탁드립니다."

"의원님께서는 회의중이십니다."

"급한 집안일로 전화드렸습니다."

"성함이 어떻게 되시죠?"

"집안 친구입니다. 긴급 상황이에요."

나는 길 건너편에 늘어선 노란 전등불과 크리스마스트리로 장식된 따뜻한 거실들을 보았다.

다른 목소리가 대꾸했다. "쇼 의원님께서는 주의회 의사당에 계십니다. 전화번호는 361236입니다."

"감사합니다."

"큰일이 아니길 빕니다."

나는 수화기를 내려놓았다가 다시 들어 다이얼을 돌렸다.

"쇼 의원님 부탁드립니다."

"죄송합니다만, 의원님은 회의중이십니다."

"압니다. 급한 집안일로 전화드렸습니다. 의원님 사무실에서 여기 번호를 알려주었고요."

길 건너편, 어느 컴컴한 2층 창문에서 어린아이가 나를 내려다보고 있었다. 1층에서는 남자와 여자가 전깃불을 끈 채 텔레비전을 보고 있었다.

"쇼 의원입니다."

"의원님께선 저를 모르실 겁니다. 하지만 대단히 중요한 일로 꼭 뵈어야 합니다."

"누구시죠?" 초조하고 화난 목소리가 대꾸했다.

"꼭 직접 만나 이야기해야 합니다, 의원님."

"내가 뭐하러 당신을 만납니까? 대체 누구예요?"

"누군가가 의원님을 협박하려 하고 있습니다."

"누가요?" 목소리는 겁에 질려 간청하고 있었다.

"직접 만나 말씀드리겠습니다, 의원님."

"어째서?"

"어째서인지는 의원님이 잘 아실 텐데요."

"아니, 몰라." 목소리가 떨리고 있었다.

"의원님 배에는 맹장 수술 흉터가 있습니다. 그리고 의원님도 저도 아는 오렌지색 머리 친구가 거기 키스하는 걸 좋아하시죠."

"뭘 원하는 거요?"

"차종이 뭐죠?"

"로버요. 왜 그러죠?"

"색깔은요?"

"적갈색, 그러니까 자줏빛요."

"내일 아침 9시 웨스트게이트역 장기 주차장에서 뵙겠습니다. 혼자 나오십시오."

"그럴 수 없어요."

"방법은 알아서 찾으십시오."

나는 전화를 끊었다. 심장이 시속 150킬로미터로 쿵쿵거렸다.

길 건너편 창문을 올려다보았지만 아이는 사라지고 없었다.

북잉글랜드 범죄 전문 기자 에드워드 던퍼드는 한 곳을 제외한 모든 집에 전염병을 퍼뜨리고 있었다.

"어디 갔었던 거예요?"

"여기저기요."

"그자를 봤어요?"

"들어가도 돼요?"

폴라 갈런드 부인이 붉은 현관문을 열어둔 채 두 팔로 자기 몸을 꼭 감쌌다.

묵직한 유리 재떨이에서 담배가 타고 있고, 소리를 낮춘 텔레비전에서는 〈톱 오브 더 팝스〉*가 방송되고 있었다.

"어떻게 생겼던가요?"

"문 닫아요. 추워요."

폴라 갈런드가 붉은 현관문을 닫더니 나를 바라보며 서 있었다.

텔레비전에서 폴 다 빈치가 〈Your Baby Ain't Your Baby Anymore〉를 불러댔다.

---

* BBC방송의 음악차트 프로그램.

그녀의 왼쪽 눈에서 우윳빛 뺨으로 눈물 한 방울이 떨어졌다.

"이제 아이가 편히 눈감을 수 있겠어요."

나는 그녀에게 다가가 양팔로 감싸안았다. 얇은 붉은색 카디건 아래 등뼈가 느껴졌다.

텔레비전에 등을 돌리고 서 있자니 박수소리에 이어 〈Father Christmas Do Not Touch Me〉가 흘러나왔다.

폴라가 고개를 들자 나는 그녀의 눈꼬리에 키스했다. 축축하고 얼룩진 피부에서 짠맛이 느껴졌다.

그녀는 텔레비전을 보며 웃고 있었다.

옆으로 몸을 돌려보니, 섹시한 산타 복장을 한 팬스 피플*이 머리에 크리스마스 장식을 한 구디스** 주위를 뛰어다니고 있었다.

나는 폴라를 들어올려 스타킹 신은 자그마한 발을 내 신발 위에 올려놓고 가구에 종아리를 부딪혀가며 춤을 췄다. 폴라가 울고 웃으며 나를 꼭 껴안았다.

나는 흠칫 놀라 그녀의 침대에서 깨어났다.

1층은 고요하고, 오래된 연기냄새가 풍겼다.

불을 켜지 않은 채 팬티 바람으로 소파에 앉아 전화기를 집어들었다.

"BJ 있습니까? 저는 에디입니다." 나는 나직이 말했다.

시계가 재깍대는 소리가 온 방을 채웠다.

"운도 좋지. 정말 간만이네요." BJ가 전화선 너머에서 속삭였다.

"데릭 박스를 알아요?"

---

* 영국의 댄스 공연단.
** 영국의 코미디언.

"불행히도 아직 맛보지 못한 즐거움이죠."

"그는 당신을 알아요. 배리도 알고요."

"세상 참 좁지."

"그래요. 하지만 아름답지는 않죠. 나한테 사진을 몇 장 주더군요."

"잘됐네요."

"괜한 시간 낭비하지 마요. 당신이 윌리엄 쇼 의원의 성기를 빨고 있는 사진이니."

침묵. 세상의 다른 끝에서 높이 울리는 데이비드 보위의 〈Aladdin Sane〉뿐이었다.

나는 말했다. "쇼 의원이 배리의 제삼의 남자였죠, 안 그래요?"

"상이라도 줘야겠네요."

"웃기지 마요."

불이 켜졌다.

폴라 갈런드가 계단 아래 서 있었다. 붉은색 카디건으로 겨우 몸을 가린 채.

내가 미소짓고는 입 모양으로 미안하다고 말하는데 수화기를 쥔 손이 축축해졌다.

"어떡할 거예요?" 전화선 너머에서 BJ가 말했다.

"쇼 의원을 만나서 배리가 못한 질문을 할 거예요."

BJ가 속삭였다. "그 일에 끼어들지 마요."

나는 폴라를 응시한 채 말했다. "끼어들지 말라고요? 이미 끼어들었어요. 날 끼어들게 만든 장본인이 그런 말을 하다니."

"데릭 박스 일에 끼어들지 말라는 거예요. 배리도 그 인간하고는 엮이지 않았어요."

"데릭 박스 말로는 아니던데요."

"이건 그와 도널드 포스터 사이의 일이에요. 씨팔 전쟁이니, 당사자들이 알아서 하게 내버려둬요."

"갑자기 태도를 바꾸다니. 그게 무슨 말이에요?"

폴라 갈런드가 가만히 나를 응시하며 카디건 밑단을 끌어내렸다.

나는 눈을 들어 사과를 표했다.

"씨팔놈의 데릭 박스. 사진은 태워버리든지, 아니면 혼자 조용히 간직해요. 또 모르지, 다른 용도로 쓸데가 있을지." BJ가 낄낄거렸다.

"웃기지 마요. 이건 아주 심각한 일이에요."

"물론 좆나 심각하죠, 에디. 생각이 있는 거예요, 없는 거예요? 배리는 좆나 죽어버렸고, 나는 좆나 겁이 나서 장례식에도 얼굴을 못 내민 판국에."

"멍청한 거짓말쟁이." 나는 씩씩대며 전화를 끊었다.

폴라 갈런드가 여전히 나를 응시하고 있었다.

머릿속이 빙빙 돌았다.

"에디?"

나는 일어났다. 가죽소파 때문에 맨다리가 따끔거렸다.

"누구랑 통화한 거예요?"

"아무것도 아니에요." 나는 그녀를 지나쳐 계단을 올라갔다.

"나한테 이럴 수는 없어요." 그녀가 나를 뒤쫓아오며 소리쳤다.

나는 침실로 들어가 재킷 주머니에서 진통제를 꺼냈다.

"나를 이렇게 따돌려도 되는 거예요?" 그녀가 계단을 올라오며 말했다.

나는 바지를 집어들어 꿰입었다.

폴라 갈런드가 침실 문가에 서 있었다. "내 딸은 죽었고, 내 남편은 자살했고, 내 동생은 실종되었어요."

나는 셔츠 단추를 채우느라 낑낑댔다.

"당신은 제 발로 이 망할 난장판에 끼어들었고요." 속삭이는 그녀의 눈물이 침실 카펫 위로 떨어졌다.

나는 셔츠 단추를 다 채우지도 못한 채 재킷을 걸쳤다.

"아무도 강요하지 않았다고요."

나는 지저분한 회색 붕대로 감긴 주먹을 그녀의 얼굴에 내밀고는 말했다. "이게 뭐 같아요? 이게 뭐라고 생각해요?"

"당신에게 일어난 최고의 선물이죠."

"그런 식으로 말하지 마요."

"왜요? 어쩌려는 거예요?"

우리는 침묵과 어둠에 둘러싸인 채 계단참에 서서 서로를 응시했다.

"당신은 전혀 관심 없죠. 안 그래요, 에디?"

"웃기지 마요." 나는 고함치고는 계단을 내려가 집밖으로 나갔다.

"관심은 무슨 씨팔 관심. 안 그래요?"

8

증오의 일주일.

1974년 12월 20일 금요일 새벽.

벽지를 뜯어내 붉은색 펜으로 적은 목록들, 그 수백 장의 눈雪으로 뒤덮인 27호실 바닥에서 눈을 떴다.

목록, 폴라의 집에서 나온 후 줄곧 작성한 목록들.

붉은색 굵은 사인펜을 왼손에 쥐고 머릿속에 맴도는 것들을 벽지 뒷면에 알아볼 수도 없이 휘갈겨썼다.

이름 목록.

날짜 목록.

장소 목록.

여자아이 목록.

남자아이 목록.

부패, 부패한 사람들, 부패할 사람들 목록.

경찰 목록.

목격자 목록.

가족 목록.

실종자 목록.

용의자 목록.

사망자 목록.

나는 목록 속에서 익사하고 있었고, 정보 속에서 익사하고 있었다.

기자 목록을 적으려다 말고 망할 벽지를 통째로 갈기갈기 조각내다 왼손을 베이고 오른손은 얼얼해졌다.

이래도 내가 관심 없다고.

나는 드러누워 내가 따먹은 여자들의 목록을 마음속으로 나열했다.

1974년 12월 20일 금요일 새벽.

증오의 일주일.

고통을 불러오는.

오전 9시, 웨이크필드 웨스트게이트역 장기 주차장.

나는 비바에 얼어붙은 채 앉아 진한 자줏빛 로버 2000이 주차장으로 들어서는 것을 바라보았다. 내 옆 서류봉투에는 흑백사진 한 장이 담겨 있었다.

로버는 입구에서 가장 멀리 떨어진 곳에 멈추었다.

IRA 휴전, 마이클 존 미슈킨의 계속되는 협조적 자백, 존 스톤하우스 하원의원의 쿠바 방문, 레지 보즌켓의 파국으로 치닫는 결혼 따위의 라디오 뉴스를 들으며 나는 가만히 앉아 그가 기다리도록 내버려두었다.

로버 안에서는 아무 움직임이 없었다.

나는 단지 누가 우위인지 보여주기 위해 다시금 망할 담배에 새로 불을 붙이고는 페툴라가 부르는 〈The Little Drummer Boy〉를 들었다.

로버에 시동이 걸렸다.

나는 사진을 재킷 주머니에 쑤셔넣고 필립스 포켓 메모의 녹음 스위치를 누른 뒤 차문을 열었다.

내가 잿빛 여명 사이로 나아가자 로버의 엔진이 꺼졌다.

나는 조수석 창문을 두드린 뒤 문을 열었다.

텅 빈 뒷좌석을 흘긋 보고 차에 올라 문을 닫았다.

"똑바로 앞만 봐요, 의원님."

차는 따뜻하고, 고급스럽고, 개냄새가 풍겼다.

"원하는 게 뭐요?" 윌리엄 쇼의 목소리에는 분노도, 두려움도 아닌 체념만이 어려 있었다.

나 역시 똑바로 앞만 주시하며 이 늙고 여윈 존경받는 인물을 바라보지 않으려고 했지만, 주차된 차의 운전대를 꽉 쥔 장갑 낀 손이 시야에 들어왔다.

"원하는 게 뭐냐고 묻잖아." 그가 나를 힐긋 보며 말했다.

"똑바로 앞만 봐요, 의원님." 나는 주머니에서 구겨진 사진을 꺼내 의원 앞쪽 계기판에 올려놓았다.

윌리엄 쇼 의원은 BJ가 자신의 성기를 빨고 있는 사진을 장갑 낀 손으로 집어들었다.

"미안합니다. 사진이 좀 구겨졌어요." 나는 빙그레 웃었다.

쇼가 사진을 내 쪽 바닥으로 던졌다. "이건 아무 증거도 안 돼."

"내가 언제 증거라고 했나요?" 나는 사진을 집어들었다.

"저게 나라는 증거는 아무것도 없어."

"그렇죠. 하지만 의원님이시잖습니까?"

"그래서 원하는 게 뭐야?"

나는 몸을 숙여 라디오 아래 라이터를 눌러 뺐다.

"사진 속 남자는 몇 번이나 만났습니까?"

"왜지? 왜 그걸 알고 싶어하는 건데?"

"몇 번이나 만났죠?" 나는 다시 물었다.

쇼가 두 손으로 운전대를 꽉 쥐었다. "서너 번."

라이터가 탁 켜지자 쇼가 움찔했다.

"열 번. 어쩌면 더 만났을지도."

나는 담배를 물고 불을 붙이며, 외팔이를 이렇게 도와주시다니 다시 한번 하느님께 감사했다.

"어떻게 만났습니까?"

의원이 눈을 감고 대꾸했다. "제 발로 찾아왔어."

"어디서요? 언제요?"

"런던의 어느 바에서."

"런던요?"

"8월에 지방자치단체 회의가 있었어."

함정을 팠군요, 망할 자식들이 함정을 팠어요, 의원님, 나는 생각했다.

"그리고 여기서 다시 만났고요?"

윌리엄 쇼 의원이 고개를 끄덕였다.

"이자가 그동안 협박을 했습니까?"

또다른 끄덕임.

"얼마나요?"

"당신 누구야?"

나는 장기 주차장을 쭉 훑어보았다. 역 안내방송이 텅 빈 자동차들 너머로 메아리쳤다.

"얼마나 줬습니까?"

"이천 정도."

"그가 뭐라고 했죠?"

쇼가 한숨을 쉬었다. "수술비로 쓸 거라고 했어."

나는 담배를 비벼 껐다. "다른 사람 이야기는 없었나요?"

"날 해치고 싶어하는 사람들이 있는데, 자기가 보호해줄 수 있다고 하더군."

나는 또다시 쇼를 보는 것이 두려워 검은 계기판을 바라보았다.

"그들이 누구죠?"

"이름은 몰라."

"왜 당신을 해치고 싶어하는지 이유를 말하던가요?"

"말할 필요도 없었어."

"말해봐요."

의원이 운전대에서 손을 놓더니 주위를 둘러보았다. "먼저 당신이 누구인지부터 밝히시지."

나는 재빨리 몸을 돌려 사진으로 그의 얼굴을 세차게 밀어 오른쪽 뺨을 운전석 차창에 짓눌렀다.

손을 풀지 않은 채 사진을 더욱 세게 누르며 의원의 귀에 대고 속삭였다. "나는 지금 바로 당신을 해칠 수 있는 사람이야. 그만 좀 낑낑대고 내 질문에 씨팔 대답이나 해."

윌리엄 쇼 의원이 항복의 뜻으로 두 손바닥으로 자기 허벅지를 두드렸다.

"이제 대답하시지, 망할 호모 양반."

나는 사진에서 손을 떼고 의자에 바로 앉았다.

운전대에 엎드려 손으로 양쪽 뺨을 문지르는 쇼의 눈이 붉게 충혈되고 눈물이 그렁그렁했다.

거의 일 분 후 그가 말했다. "뭘 알고 싶어?"

멀리 주차장 맞은편에서 자그마한 보통열차가 웨스트게이트역으로 들어서서 차가운 플랫폼에 몇 안 되는 승객을 떨구고 있었다.

나는 눈을 감고 말했다. "왜 그들이 협박하는 건지 알고 싶어."

"알면서 왜 묻는 거지." 쇼가 코를 훌쩍이며 의자에 똑바로 앉았다.

나는 재빨리 몸을 틀어 그의 뺨을 한 대 갈겼다. "젠장, 말하라니까!"

"내가 한 거래 때문이야. 내가 거래한 사람들 때문이야. 씨팔 돈 때문이라고."

"돈이라." 나는 낄낄 웃었다. "언제나 돈이 문제지."

"그들은 끼어들고 싶은 거야. 이름과 날짜까지 원해?" 쇼가 히스테릭하게 말하며 얼굴을 가렸다.

"똥 같은 뒷거래나 부실 시멘트나 더러운 뇌물 따위에는 관심 없어. 하지만 난 당신 입으로 말하는 걸 꼭 들어야겠어."

"뭘? 뭘 말하라는 거야?"

"이름. 씨팔 이름들을 어서 대!"

"포스터. 도널드 리처드 포스터. 이걸 원해?"

"계속해."

"존 도슨."

"그뿐이야?"

"주요 인물은 그래."

"끼어들고 싶어하는 자는?"

쇼가 너무도 천천히, 그리고 나직이 말했다. "당신, 망할 기자군, 안 그래?"

감, 직감.

"배리 개넌이라는 사람을 만난 적 있지?"

"아니." 비명과 함께 쇼의 이마가 운전대에 쿵쿵 부딪혔다.

"씨팔 거짓말 마. 언제 만났어?"

쇼가 운전대에 엎드린 채 파르르 몸을 떨었다.

갑자기 사이렌소리가 웨이크필드 전체에 울려퍼졌다.

내 뱃속과 불알이 완전히 얼어붙었다.

사이렌소리가 희미해졌다.

"그 사람이 기자인 줄은 몰랐어." 쇼가 나직이 말했다.

나는 침을 삼키고는 말했다. "언제 만났지?"

"딱 두 번."

"언제?"

"지난달하고 일주일 전, 그러니까 금요일에."

"포스터한테 알렸나?"

"그럴 수밖에 없었어. 달리 방도가 없으니."

"그가 뭐라고 했지?"

쇼가 고개를 들었다. 흰자위가 시뻘게져 있었다. "누구 말이야?"

"포스터."

"알아서 처리하겠다고 했어."

나는 주차장 너머 런던 기차가 도착하는 것을 바라보며 바다가 보이는 아파트와 남부 아가씨들을 생각했다.

"그는 죽었어."

"알아." 쇼가 나직이 말을 이었다. "이제 어떻게 할 거지?"

나는 혀에서 개털 한 가닥을 집어내고 조수석 문을 열었다.

의원이 사진을 집어들고 내 쪽으로 내밀었다.

"가져. 당신 거니까." 나는 말하며 차에서 내렸다.

"너무 창백해 보이는군." 값비싼 자동차 안에 홀로 남은 윌리엄 쇼가 사진을 응시하며 말했다.

"뭐?"

쇼가 조수석 문을 닫으려고 팔을 뻗었다. "아무것도 아냐."

나는 몸을 숙여 차문을 꼭 쥐고 고함쳤다. "씨팔, 뭐라고 했는지 당장 말해."

"전혀 달라 보인다고 했어. 너무 창백하다고."

나는 차문을 쾅 닫고 주차장을 가로지르며 씨팔 지미 제임스 애시워스를 생각했다.

시속 150킬로미터.

붕대 감긴 손을 운전대에 올려놓은 채 다른 손으로 조수석 글러브박스 속 진통제와 지도와 종잇조각과 담배를 뒤적거렸다.

라디오에서 흘러나오는 더 스위트*.

백미러를 향한 신경질적인 흘깃거림.

초소형 카세트테이프를 찾아내자, 재킷에서 필립스 포켓 메모를 꺼내 테이프를 잡아빼고 다른 테이프를 집어넣었다.

되감기.

재생 버튼.

"애가 굴러내려온 것처럼 보였어요."

빨리 감기.

재생.

"그애라니 믿기지 않았어요."

귀기울여 듣는다.

"전혀 달라 보였거든요. 어찌나 창백하던지."

---

*1970년대 큰 인기를 얻은 글램 록 밴드.

정지.

피츠윌리엄.

뉴스테드 뷰 69번지에는 텔레비전이 켜져 있었다.

시속 150킬로미터로 현관을 향해 나아갔다.

똑, 똑, 똑, 똑.

"무슨 일이에요?" 애시워스 부인이 면전에 대고 도로 문을 닫으려고 했다.

나는 문틈에 발을 끼워넣고 문을 다시 밀쳤다.

"남의 집에 이렇게 막 들어오다니."

"어디 있습니까?" 나는 그녀의 축 처진 젖가슴 한쪽에 부딪히며 안으로 들어갔다.

"여기 없다니까. 나가요, 어서 나가!"

위층으로 올라가 문들을 걷어차 열었다.

"경찰 부를 거야." 애시워스 부인이 계단 발치에서 소리쳤다.

"얼마든지 그러세요, 아가씨."

나는 흐트러진 침대와 리즈 유나이티드 포스터를 바라보며 겨울의 습기와 십대의 자위냄새를 맡았다.

"경고했어요." 그녀가 소리쳤다.

"어디 있습니까?" 나는 계단을 내려가며 물었다.

"일하러 갔지, 어디 갔겠어요."

"웨이크필드요?"

"몰라. 아무 말 없었어요."

나는 아버지의 손목시계를 보았다. "몇시에 출발했죠?"

"늘 그렇듯 밴이 7시 십오 분 전에 와서 데려갔지."

"아드님이 마이클 미슈킨이랑 친했죠?"

애시워스 부인은 입을 굳게 다문 채 문을 활짝 열었다.

"애시워스 부인, 두 사람이 친구였다는 거 다 알고 있습니다."

"지미는 그 아이를 늘 가엾어했어. 워낙 착하다보니."

"정말 감동적이네요." 나는 문밖으로 나가며 말했다.

"그게 뭐 어쨌다고." 애시워스 부인이 현관 계단에서 소리쳤다.

나는 대문에 이르자 문을 열고 길 위쪽 불타버린 54번지를 바라보았다. "이웃들도 같은 생각이길 빌겠습니다."

"당신네 기자들은 늘 아무것도 아닌 걸 별스러운 걸로 만들지." 그녀는 나를 향해 소리치고는 현관문을 쾅 닫았다.

웨이크필드를 향해 반즐리 로드를 미친듯이 달리며 백미러를 힐긋거렸다.

라디오가 켜져 있었다.

지미 영*과 캔터베리 대주교가 항문 강간 포르노와 〈엑소시스트〉의 국내 수입 금지에 대해 토론하고 있었다.

"둘 다 당연히 금지해야 합니다. 그야말로 역겹기 짝이 없어요."

크리스마스 조명과 흩뿌리기 시작한 빗방울을 뚫고 주의회 의사당과 시청을 지나갔다.

"영국국교회에서 실시하는 엑소시즘은 지극히 종교적인 의식으로, 가볍게 다룰 수 있는 것이 아닙니다. 하지만 이 영화는 엑소시즘에 대해 완전히 잘못된 인상을 주고 있습니다."

럼브스 우유 맞은편 드루어리 레인 도서관 옆에 차를 세웠을 때는 차

---

* 영국의 유명 가수이자 디스크자키.

가운 회색 비가 세차게 퍼붓고 있었다.

"섹스에서 죄책감을 제거한다면 사회 전체에서 죄책감이 사라질 테고, 그런 식으로는 사회가 제대로 기능할 수 있다고 보지 않습니다."

라디오를 껐다.

그리고 담배를 피우며 차 안에 앉아 텅 빈 우유 차량이 돌아오는 것을 바라보았다.

11시 30분이 막 지난 시각.

나는 감옥을 지나 건축 부지로 달려갔다. 포스터 건설사 표지판이 빗줄기에 덜컹거렸다.

미완성 주택의 방수포 문을 열어젖히자 라디오에서 〈Tubular Bells〉가 흘러나왔다.

거구의 남자 셋이 땀내를 풍기며 담배를 피우고 있었다.

"씨팔, 또 왔군." 입에 샌드위치를 물고 손에 보온병을 든 남자가 말했다.

나는 말했다. "지미 애시워스를 찾고 있습니다."

"여기 없어요." NCB 동키 재킷을 걸친 다른 남자가 나에게 등을 돌린 채 말했다.

"테리 존스는요?"

"마찬가지요." 동키 재킷이 다른 두 남자에게 씩 웃으며 말했다.

"어디 있는지 아십니까?"

"몰라요." 샌드위치 남자가 말했다.

"현장감독은요? 어디 있습니까?"

"어쩌면 없는 인간만 골라 찾는지."

"감사합니다." 머저리 뚱보들 때문에 질식할 것 같다고 생각하며 나는 말했다.

"별말씀을." 샌드위치 남자가 돌아서는 내게 씩 웃어 보였다.

나는 재킷의 목깃을 세우고 두 손을 재킷 주머니에 쑤셔넣었다. 안에는 폴의 론슨 라이터와 동전 몇 개와 깃털 하나가 있었다.

싸구려 벽돌 더미와 반쯤 지은 주택들을 지나쳐 데블스 디치를 향해 가며 긴장한 듯한 클레어가 어여쁜 미소를 짓고 있는 마지막 학교 사진을 생각하다가 레드벡 모텔 벽에 꽂혀 있는 흑백사진들에 사로잡혔다.

깃털을 손에 쥔 채 고개를 들었다.

지미 애시워스가 비틀대며 나를 향해 황무지를 달려오고 있었다. 코와 머리에서 뚝뚝 떨어지는 커다란 핏방울이 앙상한 하얀 가슴을 물들였다.

"대체 무슨 일이에요?" 나는 고함쳤다.

내게 가까워지면서 애시워스가 속도를 늦춰 걸으며 아무 일 없는 양 굴었다.

"어떻게 된 거예요?"

"꺼져요, 그냥."

멀리 데블스 디치에서 테리 존스가 지미를 뒤쫓아오고 있었다.

나는 지미의 팔을 붙잡았다. "저자가 뭐라고 했죠?"

그가 팔을 비틀어 빼내며 소리쳤다. "날 내버려둬요!"

나는 재킷의 다른 쪽 소매를 움켜쥐었다. "전에 그애 본 적 있죠, 그렇죠?"

"꺼지라니까!"

테리 존스가 달려오며 우리에게 손을 저었다.

"마이클 미슈킨에게 그애에 대해 말했죠, 그렇죠?"

"꺼져." 지미가 고함치며 몸을 비틀어 재킷과 셔츠를 벗어던지더니 뛰어갔다.

나는 빙 돌아 달려가 지미에게 럭비 태클을 걸었다.

그는 내 아래 깔려 진흙에 처박혔다.

나는 그를 내리누른 채 소리쳤다. "그애를 대체 어디서 봤지?"

"꺼져!" 지미 애시워스가 소리치며 진흙과 피로 얼룩진 얼굴 위로 비를 퍼붓는 거대한 잿빛 하늘을 응시했다.

"말해, 어디서 봤는지."

"싫어."

붕대가 감긴 손으로 그의 얼굴을 철썩 치자 팔에서 고통이 솟구쳐 심장으로 달음질쳤다. 나는 고함쳤다. "어서 말해!"

"이봐 비켜." 테리 존스가 내 재킷 목깃을 잡고 나를 끌어냈다.

"꺼져." 나는 테리 존스를 향해 팔을 마구 휘둘렀다.

내 다리에서 풀려나온 재미 애시워스가 일어나더니 반벌거숭이 꼴로 건물들 쪽으로 달려갔다. 비와 진흙과 피가 그의 벌거벗은 등을 타고 흘러내렸다.

"지미!" 테리 존스와 실랑이하며 나는 고함쳤다.

"씨팔, 그냥 내버려두란 말이야." 존스가 씩씩거렸다.

건물들 너머로 거구의 남자 셋이 나오더니 달려가는 지미를 비웃어 댔다.

"씨팔, 저놈이 그애를 예전에 봤다고."

"그냥 내버려두라니까!"

지미 애시워스는 계속 달려갔다.

거구 셋이 웃음을 멈추더니 나와 테리 존스 쪽으로 다가오기 시작했다.

그가 나를 풀어주고는 속삭였다. "지금 당장 여기서 꺼지는 게 좋을걸."

"가만두지 않겠어, 존스."

테리 존스가 지미 애시워스의 셔츠와 재킷을 집어들었다. "시간 낭비를 하고 싶다면야."

"과연 그럴까?"

"그렇지." 그가 슬픈 얼굴로 미소지었다.

나는 돌아서서 데블스 디치를 향해 걸어가며 진흙투성이 손을 바짓자락에 문질렀다.

고함소리에 뒤돌아보니 테리 존스가 양팔을 쳐들어 거구 셋을 짓다 만 건물들 쪽으로 몰아가고 있었다.

지미 애시워스는 흔적도 보이지 않았다.

나는 데블스 디치 가장자리에 서서 녹슨 유모차와 자전거와 가스레인지와 냉장고를 바라보며 생각했다. 현대적인 생활의 모든 것이 여기 있으며 열 살 난 클레어 켐플레이 역시 여기 있었다고.

흙으로 시커메진 손가락을 주머니에 집어넣어 자그마한 흰색 깃털을 꺼내들었다.

데블스 디치에서 거대한 검은 하늘을 올려다보며 자그마한 흰색 깃털을 내 창백한 분홍 입술에 가져다대고는 생각했다, 그애만 아니었다면.

웨이크필드 볼링의 스트래퍼드 암스.

크리스마스 직전의 금요일, 웨이크필드의 죽은 중심지.

진흙투성이 남자가 계단을 올라 문을 열었다.

회원 전용.

"괜찮아, 그레이스. 내 일행이야." 박스가 여자 바텐더에게 말했다.

바에 앉은 데릭 박스와 폴은 위스키와 시가를 손에 들고 있었다.

주크박스에서 엘비스가 흘러나왔다.

데릭과 폴과 그레이스와 엘비스와 나뿐이었다.

박스가 의자에서 일어나 술집을 가로질러 창가 테이블로 갔다.

"꼴이 엉망이군. 대체 무슨 일입니까?"

나는 폴과 출입문을 등진 채 박스 맞은편에 앉아 축축이 젖은 웨이크 필드를 내다보았다.

"데블스 디치에 갔었거든요."

"범인을 잡았다고 들었는데."

"그랬죠."

"어떤 일은 그냥 묻어두는 게 최선이지." 데릭 박스가 시가 끝을 확인하며 말했다.

"쇼 의원처럼요?"

박스가 시가에 다시 불을 붙였다. "그를 만났어요?"

"그래요."

폴이 내 앞에 위스키와 맥주를 한 잔씩 놓았다.

나는 위스키를 맥주잔에 부었다.

"그리고?"

"그리고 지금 이 순간 그는 도널드 포스터에게 달려가서 이야기하고 있겠죠."

"잘됐군."

"잘됐다고요? 씨팔 포스터가 배리를 죽였는데."

"아마도."

"아마도라니요?"

"배리는 야망이 컸어요."

"그게 무슨 말이죠?"

"무슨 말인지 잘 알 텐데. 배리는 나름의 꿍꿍이가 있었잖아요."

"그게 왜요? 포스터는 미친놈이 분명해요. 이걸 그냥 덮어둘 수는 없어요. 무슨 조치를 취해야죠."

"그는 미치지 않았어요. 그저 동기 부여가 된 것뿐이지."

"잘 아는 사이인가보죠?"

"케냐에 같이 있었지."

"사업차?"

"여왕 폐하의 대업을 위해서였어요. 같은 부대에 있었는데, 케냐고원
에 배치돼서 지금의 나 같은 배불뚝이들을 보호하기 위해 씨팔 마우마
우 반란군과 싸웠지."

"젠장."

"그래요. 그놈들은 망할 인디언처럼 언덕을 타고 내려와 여자들을 강
간하고 남자들 불알을 잘라내 울타리 기둥에 주르르 걸어놓았지."

"농담이죠?"

"농담하는 것처럼 보여요?"

"아뇨."

"우리도 천사는 아니었어요, 던퍼드 씨. 망할 반란군을 때려잡으려고
돈 포스터랑 같이 매복하고 있을 때 순전히 재미 삼아 그놈들 무릎을
겨냥해 303구경을 쐈지."

"젠장."

"포스터는 느긋하게 즐겼어요. 비명소리며 개 짖는 소리를 녹음하더
니 그걸 들으면 잠이 잘 온다고 주장하더군."

나는 테이블에서 폴의 라이터를 집어들어 담배에 불을 붙였다.

폴이 위스키 두 잔을 더 가져왔다.

"그때는 전쟁중이었어요, 던퍼드 씨. 지금처럼요."

나는 잔을 집어들었다.

땀을 흘리며 술을 마시는 박스의 눈이 시커멓게 푹 꺼져 있었다. "일

년 전 배급제를 다시 도입하려고 했지. 그 탓에 망할 물가가 25퍼센트나 뛰었어."

나는 위스키를 한입 가득 삼켰다. 술에 취하고, 겁에 질리고, 지루함에 빠진 채. "그게 돈 포스터나 배리랑 무슨 상관이죠?"

박스가 새 시가에 불을 붙이고는 한숨을 쉬었다. "당신네 세대의 문제는 아는 게 전혀 없다는 거예요. 1970년 배를 가진 사람이 파이프를 가진 사람을 왜 이겼다고 생각해요?"*

"윌슨은 너무 안일했어요."

"안일하다라, 웃기는군." 박스가 껄껄거렸다.

"그럼 어디 말해봐요."

"세실 킹, 노먼 콜린스, 렌위크 경, 쇼크로스, ICI의 폴 챔버스, EMI의 록우드, 셸의 맥패든** 같은 사람들이 모여앉아 의견을 모았던 거예요, 피는 이제 충분히 흘렸다고."

"그래서요?"

"그런 자들은 힘을 갖고 있지. 사람들을 일으켜세우거나 파괴할 힘."

"그게 포스터랑 무슨 상관이죠?"

"젠장, 내 말을 하나도 안 듣는군! 알아듣기 쉽게 말해주지."

"그러시죠……"

"권력은 접착제와 같아요. 우리 같은 사람들을 하나로 뭉치고 모든 것이 제자리에 있도록 하지."

"당신과 포스터는……"

"우리는 같은 깍지에 든 콩이에요. 섹스와 돈을 좋아하지만 그걸 어

---

* 1970년 해럴드 윌슨 수상이 이끄는 노동당 정부가 총선에서 보수당에 패한 것을 가리킨다.
** 모두 영국 언론과 미디어, 기업의 실세다.

떻게 손에 넣는지에 대해서는 까다롭지 않지. 하지만 포스터는 자기 그릇에 맞지 않게 너무 큰 걸 얻었고, 지금은 나를 떼어내려고 하니 내가 열받을 수밖에."

"그럼 당신은 포스터의 친구들을 협박하려고 나와 배리를 이용한 거군요?"

"우리는 거래를 했어요. 나와 포스터와 또 한 사람. 그런데 그 남자가 죽었어요. 그들은 그가 호주에서 돌아올 때까지 기다렸다가 블랙풀의 어머니 집에서 나오는 그를 사로잡았지. 수건으로 팔을 뒤로 묶고 어깨에서 엉덩이까지 6미터짜리 테이프로 칭칭 감았고. 그러고 나서 그의 자동차 트렁크에 처넣고는 황무지로 갔어. 새벽에 세 남자가 그를 똑바로 세운 뒤 네번째 남자가 그의 심장에 칼을 다섯 번 박아넣었지."

나는 내 위스키잔을 내려다보았다. 주위가 살짝 빙글빙글 돌았다.

"그들이 죽인 사람은 바로 내 형이었어요. 어쩌다 한 번 귀향했다가 그 꼴이 되었지."

"정말 유감이에요."

"장례식에 카드가 왔어요. 이름은 없이 그냥 이렇게 적혀 있더군. 셋은 비밀을 지킬 수 있다, 오직 둘이 죽었을 때만."

"나는 이런 일에 끼어들고 싶지 않아요." 나는 나직이 말했다.

박스가 바 옆에 앉은 폴에게 턱짓을 하더니 요란하게 말했다. "우리가 당신을 너무 과대평가한 모양이군, 던퍼드 씨."

"나는 그냥 기자예요."

폴이 내 뒤로 다가와 어깨에 묵직한 손을 얹었다.

"그럼 시키는 대로 해요, 던퍼드 씨. 덕분에 원하는 기사를 얻을 테니. 나머지는 우리한테 맡겨두고."

나는 다시 말했다. "나는 이런 일에 끼어들고 싶지 않아요."

박스가 주먹으로 테이블을 치더니 씩 웃었다. "질긴 놈이군. 하지만 이미 끼어들었어."

폴이 내 목깃을 잡아 일으켰다.

"이제 그만 꺼져!"

진흙투성이 남자가 달려간다.

웨스트게이트로.

씨팔, 씨팔, 씨팔.

배리와 클레어.

시신이 된 귀여운 클레어 켐플레이가 키스하자 남자애는 울음을 터뜨렸지.

클레어와 배리.

더러운 배리, 좋은 사람일 때는 한없이 좋지만 나쁜 사람일 때는 한없이 나쁜.

경찰 하나가 빗줄기를 피해 문가에 서 있었다. 나는 그가 좋은 사람이기를 기도하며 그의 발치에 무릎 꿇고 망할 슬픈 이야기를 모조리 털어놓은 뒤 현실을 똑바로 봐달라고 부탁하고 싶은 욕구가 치솟았다.

하지만 무슨 말을 하지?

씨팔 술과 진흙 범벅인 채 이러지도 저러지도 못하는 답답한 상황이라고?

진흙투성이 남자가 리즈로 곧장 달려가는 동안 흙이 쩍쩍 갈라진다.

진흙투성이 남자가 똥으로 더께진 신문사 화장실로 직행한다.

깨끗한 얼굴과 깨끗한 한쪽 손, 지저분한 양복과 시커먼 붕대 차림으로 1974년 12월 20일 금요일 오후 3시 내 사무실 책상에 도착했다.

"양복 한번 멋진데, 에디."

"꺼져요, 조지."

"자네도 메리 크리스마스."

책상은 메시지와 카드로 어수선했다. 프레이저 경사가 오늘 아침 두 번 전화했고, 빌 해든은 최대한 빨리 보자는 메시지를 남겼다.

나는 의자에 무너지듯 앉았고, 조지 그리브스는 점심을 마치고 돌아온 몇몇의 박수갈채에 방귀로 응답했다.

나는 미소짓고는 카드를 집어들었다. 남부에서 온 카드 세 장 외에, 내 이름과 사무실 주소를 박아넣은 다이모 테이프가 봉투에 붙은 카드가 하나 있었다.

사무실 다른 쪽에서 가즈가 뉴캐슬 대 리즈 시합의 결과를 두고 내기를 벌이고 있었다.

나는 봉투를 열고 이와 왼손으로 카드를 꺼냈다.

"너도 낄래, 에디?" 가즈가 소리쳤다.

카드 앞면은 눈 덮인 숲속 오두막 그림으로 장식되어 있었다.

"로리머에 50페니." 나는 카드를 펼치며 말했다.

"잭이 벌써 거기 걸었어."

카드 안쪽 크리스마스 메시지 위에 다이모 테이프 두 줄이 붙어 있었다.

나는 나직이 말했다. "그럼 요라스."

윗줄 플라스틱 테이프에 박혀 있는 것은: 노크하시오……

"뭐라고?"

아랫줄 플라스틱 테이프에 박혀 있는 것은: 시티 하이츠 405호.

"요라스." 나는 카드를 응시하며 말했다.

"내가 아는 사람인가?"

나는 고개를 들었다.

잭 화이트헤드가 말했다. "여자한테 온 것이길 빌지."

"무슨 뜻이에요?"

"남자애들이랑 어울려 다닌다는 소문을 들었거든." 잭이 씩 웃었다.

나는 카드를 재킷 주머니에 넣었다. "네?"

"그래. 오렌지색 머리."

"누가 그러던가요?"

"작은 새가."

"술냄새가 코를 찌르네요."

"자네도 덜하지 않아."

"크리스마스니까요."

"그것도 곧 끝나." 잭이 씩 웃으며 말을 이었다. "보스가 좀 보자는군."

"알아요." 나는 움직이지 않은 채 말했다.

"나더러 자네를 찾아오래. 자네가 다시는 사라지지 않도록."

"내 손이라도 잡고 가시게요?"

"자네는 내 타입 아냐."

"헛소리야."

"웃기지 마요, 잭. 잘 들어봐요."

나는 다시 재생 버튼을 눌렀다.

"그애라니 믿기지 않았어요. 전혀 달라 보였거든요. 어찌나 창백하던지."

"헛소리라니까." 잭이 다시 말했다. "신문이나 텔레비전에서 사진을 보고 한 말이겠지."

"아니에요."

"그애 얼굴이 사방에 깔렸어."

"애시워스는 그애를 잘 알고 있었어요."

"미슈킨이 이미 망할 자백을 했다고."

"아무렴, 어련할까요."

안경을 콧등에 걸친 채 책상에 앉은 빌 해든은 턱수염을 쓰다듬을 뿐 말이 없었다.

"그 변태 새끼의 방에서 압수한 것들을 보면 자네도 알 거야."

"어떤 건데요?"

"여자애들 사진이 몇 상자나 나왔어."

나는 해든을 바라보고 말했다. "미슈킨 짓이 아니에요."

편집장이 천천히 말했다. "그럼 왜 무고한 사람을 잡아넣겠나?"

"왜냐고요? 그야 전통이죠."

잭이 끼어들었다. "삼십 년이야. 내 삼십 년 경험상 소방관은 절대 거짓말을 안 하지만, 경찰은 종종 하지. 하지만 이번은 아니야."

"경찰도 그애 짓이 아닌 걸 알아요. 선배도 마찬가지고요."

"그놈 짓이야. 자백했어."

"그게 어쨌다고요?"

"자네 법의학이라는 단어는 들어봤나?"

"그거 다 뻥이에요. 증거라고는 없다고요."

"진정들 하라고, 진정들 해." 해든이 말하며 몸을 앞으로 숙였다. "전에도 이런 얘기는 했잖나."

"내 말이." 잭이 중얼거렸다.

"아뇨, 전에는 나도 미슈킨 짓이라고 믿었습니다. 하지만……"

해든이 두 손을 들었다. "에드워드, 제발 부탁이야."

"죄송합니다." 나는 책상 위 카드를 가만히 응시했다.

해든이 입을 열었다. "재판은 언제 다시 열리지?"

"월요일 날이 밝자마자요." 잭이 말했다.

"혐의를 추가해서?"

"벌써 자백했다더군요. 저넷 갈런드와 로치데일 여자애인데 이름이……."

"수전 리드야드입니다." 내가 말했다.

"그외에도 많다더군."

"시신이 어디 있는지는 한마디도 안 했잖아요."

"자네 뒤뜰에 있지, 어디 있겠어, 특종."

"좋아." 해든이 아버지인 양 끼어들었다. "에드워드, 자네는 미슈킨 배경 조사를 월요일까지 마쳐. 잭, 자네는 구금 상황에 대해 쓰고."

"그러죠, 대장." 잭이 말하며 일어났다.

"그 두 경찰에 대해서도 근사하게 한 꼭지 쓰고." 해든이 언제나 자부심 가득한 아버지인 양 고개를 끄덕였다.

"고마워요. 좋은 친구들이죠. 예전부터 알던 사이거든요." 잭이 문가에서 말했다.

"그럼 내일 밤 보지, 잭." 해든이 대꾸했다.

"그래요. 특종, 자네도 수고하고." 잭이 방을 나서며 껄껄 웃었다.

"안녕히 가세요." 나는 일어나서도 여전히 해든의 책상 위 카드들을 내려다보고 있었다.

"잠시 앉아봐." 해든이 일어나며 말했다.

나는 도로 앉았다.

"에드워드, 자네 이번 달 말까지 좀 쉬는 게 좋겠어."

"네?"

해든이 뒤돌아서서 시커먼 하늘을 응시했다.

"이해를 못하겠는데요." 나는 무슨 말인지 정확히 이해한 채 카드 더미 사이에 긴 작은 카드에 시선을 집중하고 있었다.

"이런 꼴로 사무실에 오지 마."

"이런 꼴이라뇨?"

"이런 꼴 말이야." 해든이 돌아서서 나를 가리켰다.

"오늘 아침 취재차 건설 현장에 갔거든요."

"무슨 취재?"

"클레어 켐플레이요."

"그건 이미 끝났어."

나는 책상 위 그 카드 하나를 응시했다. 또다른 눈 덮인 숲속의 또다른 통나무 오두막.

"이번 달 말까지 푹 쉬어. 손도 치료받고." 해든이 의자에 도로 앉으며 말했다.

나는 일어났다. "미슈킨은 조사할까요?"

"그래, 물론이지. 타자로 정리한 뒤 잭에게 제출해."

문을 연 나는 망할 새끼들이라고 생각하며 마지막으로 저항했다.

"포스터 부부 아시죠?"

해든은 책상에서 고개를 들지 않았다.

"윌리엄 쇼 의원은요?"

해든이 고개를 들었다. "미안해, 에드워드. 진심이야."

"아닙니다. 편집장님 말씀이 맞아요." 나는 말을 이었다. "전 도움이 필요해요."

나는 마지막으로 내 책상에 앉아 씨팔 기사를 전국지에 터뜨리고 말겠다고 생각하며 망할 책상 위 물건을 낡고 지저분한 조합 가방에 모조리 쓸어넣었다. 내가 사라진 걸 누가 알든 말든 상관없었다.

망할 잭 화이트헤드가 빈 책상을 〈이브닝 뉴스〉로 툭 치며 씩 웃었다. "한 방 먹었군."

나는 숫자를 거꾸로 세며 잭을 올려다보았다.

사무실에 고요가 감돌며 모든 시선이 내게 집중되었다.

잭 화이트헤드는 눈 하나 깜짝하지 않고 내 얼굴을 보았다.

나는 반으로 접힌 신문을 내려다보며 신문 1면의 헤드라인을 읽었다.

경의를 표하다.

"뒤집어봐."

사무실 다른 쪽에서 전화가 울렸지만 아무도 받지 않았다.

신문을 뒤집어 아랫면을 드러내자 정복 차림의 경찰 둘이 앵거스 청장과 악수하는 사진이 실려 있었다.

적나라하게 드러난 두 정복경찰.

턱수염을 기른 껑다리와 턱수염이 없는 땅딸보였다.

나는 신문의 사진과 그 아래 캡션을 응시했다.

앵거스 청장이 밥 크레이븐 경사와 밥 더글러스 순경의 공로를 치하하다.

"이 두 뛰어난 경찰에게 진심 어린 감사를 보내는 바입니다."

나는 신문을 집어들고 반으로 접어 가방에 쑤셔넣으며 윙크했다. "고마워요, 선배."

잭 화이트헤드는 아무 말도 하지 않았다.

나는 가방을 집어들고 고요한 사무실을 걸어나갔다.

조지 그리브스는 창밖을 바라보고, 스포츠부의 가즈는 연필 끝만 보고 있었다.

내 책상 위 전화가 울렸다.

잭 화이트헤드가 수화기를 집어들었다.

문가에서 뚱보 스텝이 파일을 한가득 안은 채 미소지으며 말했다. "정말 안됐네요."

"프레이저 경사네." 잭이 내 책상에서 소리쳤다.

"꺼지라고 해요. 이미 잘렸다고."

"이미 잘렸어요." 잭이 수화기를 내려놓았다.

하나 둘 셋 넷, 계단을 내려가 문으로 들어섰다.

회원 전용인 기자 클럽에서 5시까지 죽쳤다.

곧 회원 신분을 박탈당할 나는 바에서 한 손에 스카치를, 다른 손에 전화기를 쥐고 있었다.

"여보세요. 캐서린 있습니까?"

주크박스에서는 내가 틀어놓은 〈Yesterday Once More〉가 흘러나왔다.

"언제 돌아올까요?"

망할 카펜터스. 내가 뿜어낸 담배연기에 눈이 쓰라렸다.

"에드워드 던퍼드가 전화했다고 좀 전해주세요."

나는 전화를 끊고 스카치를 내려놓고는 새 담배에 불을 붙였다.

"같은 걸로 한 잔 더."

"나도 같은 걸로, 벳."

나는 돌아보았다.

망할 잭 화이트헤드가 옆자리를 차지하고 있었다.

"나한테 반하기라도 했어요?"

"전혀."

"그럼 대체 왜 따라온 거예요?"

"이야기하려고."

"왜요?"

여자 바텐더가 우리 앞에 스카치 두 잔을 놓았다.

"누가 자네를 함정에 빠뜨리고 있어."

"그래요? 엄청 대단한 뉴스네요, 선배."

잭이 내게 담배를 권했다. "그게 누구지, 특종?"

"선배 친구들 이야기부터 하는 게 어때요? 두 명의 밥 있잖아요."

잭이 담배에 불을 붙이고는 속삭였다. "그게 왜?"

나는 붕대를 감은 오른손을 들어 그의 면전에 대고 흔들다 쓰러질 듯 몸을 기울이며 소리쳤다. "그게 왜냐고요? 이게 대체 뭘로 보여요?"

잭이 몸을 슬쩍 피해, 붕대가 감긴 내 손을 잡았다.

"그 두 사람 짓인가?" 잭이 나를 의자에 도로 앉히더니 내 팔 끝의 시커먼 뭉치를 살폈다.

"네. 집시촌을 불태우고, 부검 사진을 빼내고, 지체아를 두들겨 패서 자백을 받아내는 틈틈이 내 손을 박살냈죠."

"대체 그게 무슨 소리야?"

"우리의 새로운 웨스트요크셔 메트로폴리탄 경찰이 오랜 친구인 〈요크셔 포스트〉의 도움을 받아 자기 일을 잘해나가고 있다는 거죠."

"자네 정신 나갔군."

나는 스카치를 내려놓았다. "다들 그렇게 말하더군요."

"그럼 새겨들어."

"꺼져요, 선배."

"에디?"

"뭐요?"

"자네 어머니를 생각해."

"씨팔, 그게 무슨 말이에요?"

"지금 얼마나 힘드시겠어? 자네 아버지를 묻은 지 일주일도 채 안 됐는데."

나는 몸을 숙여 그의 앙상한 가슴을 두 손가락으로 찔렀다. "우리 가족은 끌어들이지 마요."

나는 일어나 자동차 열쇠를 꺼냈다.

"이런 상태로는 운전 못해."

"이런 상태로는 기사를 쓰면 안 되지만 선배는 잘도 쓰잖아요."

잭이 일어나 내 팔을 잡았다. "자네는 함정에 빠진 거야, 배리처럼."

"씨팔, 이거 놔요."

"데릭 박스는 더할 나위 없이 사악한 놈이야."

"이거 놔요."

잭이 도로 앉았다. "내가 경고 안 했다는 말은 하지 마."

"꺼져요." 나는 씩씩대며 계단을 올랐다. 그의 뻔뻔한 속내와 그가 사는 악취 나는 세상을 증오하며.

북적대는 7시의 M1 남행 차선을 타고 리즈를 빠져나오는데, 전조등 불빛에 비가 진눈깨비로 바뀌어 내리는 게 보였다.

라디오에서 〈Always on My Mind〉가 흘러나왔다.

추월선을 달리며 백미러와 집시촌이 사라진 왼쪽을 흘긋거렸다.

뉴스를 피해 라디오 채널을 이리저리 바꾸었다.

어둠 속에서 느닷없이 캐슬퍼드 출구가 화물트럭처럼 눈앞에 불쑥 달려들었다. 불을 환하게 밝힌 채.

내가 차선 세 개를 가로지르자 경적이 울려대고, 차 안의 성난 유령들이 나를 향해 욕설을 뱉어댔다.

죽음과의 거리는 불과 몇 센티미터, 나는 죽고 싶다고 생각했다.

죽고 싶어.

죽고 싶어.

문을 두드리자……

"취했어요."

"할 얘기가 있어요." 나는 11번지 계단에 서서 커다란 붉은 문이 열리기를 기다렸다.

"들어와요."

한 집 건너 이웃인 뚱뚱한 스코틀랜드 여자가 소파에 앉아 〈오퍼튜니티 노크스〉*를 보다가 나를 쳐다보았다.

"술이 좀 취했나봐." 폴라가 문을 닫으며 말했다.

"그럼 뭐 어때서." 스코틀랜드 여자가 깔깔 웃었다.

"죄송합니다." 나는 그녀 옆에 앉았다.

폴라가 말했다. "차 한 잔 내올게요."

"부탁해요."

"클레어, 한 잔 더 할래요?"

"아니, 나는 그만 가볼게." 그녀가 일어나 폴라를 따라 부엌으로 들어갔다.

텔레비전 앞에 앉은 나는 옆방에서 들리는 속삭임에 귀기울이며 수백만 가구와 영혼을 향해 탭댄스를 추는 어린 소녀를 보았다. 바로 그 소녀 위에서 다운증후군인 저넷이 나를 향해 미소짓고 있었다.

"나중에 봐요, 에디." 스코틀랜드 클레어가 문가에서 말했다.

나는 일어나야겠다는 생각과 다르게 앉은 채로 중얼거렸다. "네. 안녕히 가세요."

"네. 즐거운 시간 보내요." 그녀가 커다란 붉은 문을 닫았다.

텔레비전에서 박수가 터져나왔다.

폴라가 내게 머그잔을 건넸다. "여기요."

---

* 영국의 텔레비전 쇼.

나는 말했다. "이렇게 찾아와서 미안해요. 어젯밤 일도요."

폴라가 내 옆에 앉았다. "그 일은 그만 잊어요."

"늘 이딴 꼴로 나타나니. 지난밤 내가 뱉었던 똥 같은 말들은 다 그냥 헛소리예요."

"괜찮아요. 잊어버려요. 아무 말 안 해도 돼요."

텔레비전에서 로봇 외계인들이 인스턴트 매시트포테이토를 먹고 있었다.

"나는 정말 관심이 있어요."

"알아요."

나는 조니에 대해 묻고 싶었지만 찻잔을 내려놓고 몸을 숙여 왼손으로 그녀의 얼굴을 내 얼굴에 바싹 당겼다.

"손은 좀 어때요?" 그녀가 속삭였다.

"괜찮아요." 나는 그녀의 입술과, 턱과, 뺨에 키스했다.

"이럴 필요 없어요." 그녀가 말했다.

"하고 싶어요."

"왜요?"

텔레비전에서 납작 모자를 쓴 원숭이가 차를 마시고 있었다.

"사랑하니까요."

"진심이 아니라면 그런 말 마요."

"진심이에요."

"그럼 다시 말해봐요."

"사랑해요."

폴라가 나를 떼어내고 내 손을 잡더니 텔레비전을 끄고 가파르고 가파른 계단으로 이끌었다.

엄마와 아빠의 방은 너무도 추워 입김이 보일 정도였다.

침대에 앉아 블라우스 단추를 푸는 폴라의 맨살에 오돌토돌 소름이 돋았다.

나는 그녀를 깃털 이불 위로 눕히며 신발을 벗어던졌다. 쿵 소리가 두 번 울렸다.

그녀가 내 아래서 꿈틀거리며 바지를 벗었다.

나는 그녀의 블라우스와 검은 브래지어를 올리고는 창백한 갈색 젖꼭지를 빨며 더할 나위 없이 살며시 깨물었다.

그녀는 내 재킷을 벗기고 바지를 내리려고 했다.

"더러워요." 그녀가 낄낄거렸다.

"고마워요." 나는 빙그레 웃으며 그녀의 뱃속에서 울려퍼지는 웃음을 느꼈다.

"사랑해요." 그녀가 내 머리카락 사이로 양손을 밀어넣어 머리를 지그시 아래쪽으로 눌렀다.

지시에 따라 나는 그녀의 바지 지퍼를 내린 뒤 하늘색 면 속바지를 바지와 함께 벗겼다.

폴라 갈런드가 내 머리를 음부로 밀어넣고서 다리로 내 등을 감쌌다.

턱이 축축해지는 동시에 메마른 듯 따가웠다.

그녀가 나를 밀쳐냈다.

나는 달려들었다.

"사랑해요." 그녀가 말했다.

"사랑해요." 나는 얼굴을 온통 그녀의 음부에 박은 채 중얼거렸다.

그녀가 나를 자기 가슴 위로 끌어올렸다.

나는 그녀의 체취에 흠뻑 취한 입술로 그녀의 입술을 데우며 키스했다.

그녀의 혀가 내 혀를 감쌌다. 두 혀 모두 밑구멍냄새가 배어 있었다.

나는 팔의 고통 속에 몸을 일으켜 그녀를 뒤집어 눕혔다.

몸에 브래지어만 달랑 걸친 폴라가 깃털 이불 위에 엎드려 베개에 얼굴을 묻었다.

나는 나의 성기를 내려다보았다.

폴라가 엉덩이를 살짝 쳐들더니 도로 내렸다.

나는 그녀의 머리카락을 쓸어올려 목과 귀 뒤에 키스하며 나를 그녀의 다리 사이로 밀어넣었다.

그녀가 체액과 땀으로 축축해진 엉덩이를 다시금 들어올렸다.

나는 붕대 감은 손을 그녀의 머리에 얹고 왼쪽 손바닥을 그녀의 자그마한 등에 댄 채 편안히 앉아 내 성기를 그녀의 음부 가장자리에 비볐다.

성기가 그녀의 항문을 쓰다듬었다.

그녀가 손을 뻗어 내 성기를 쥐고서 항문에서 음부로 이끌었다.

들어오고 나가고, 들어오고 나가고.

폴라가 침대 위에서 주먹을 폈다 쥐었다.

들어오고 나가고, 들어오고 나가고.

폴라가 엎드린 채 두 주먹을 꼭 쥐었다.

나는 힘겹게 미끄러져나왔다.

폴리가 주먹을 펴며 한숨을 쉬었다.

내 성기가 그녀의 항문을 쓰다듬었다.

폴라가 뒤돌아보려 했다.

붕대 감은 손이 그녀의 목덜미를 눌렀다.

폴라가 내 성기를 향해 한 손을 휘저었다.

내 성기는 그녀의 항문 가장자리에 있었다.

폴라가 베개에 대고 고함을 질렀다.

꽉 조였다.

폴라 갈런드가 베개에 대고 비명을 지르고 또 질렀다.

붕대 감은 손이 그녀의 머리를 꼭 누르는 동안 다른 손이 그녀의 배를 휘감았다.

폴라 갈런드가 내 성기에서 벗어나려고 몸부림쳤다.

나는 그녀의 항문을 향해 세차게 저어댔다.

폴라가 늘어진 채 몸을 떨며 눈물을 흘렸다.

들어오고 나가고, 들어오고 나가고.

폴라의 항문에 피가 흘렀다.

들어오고 나가고, 들어오고 나가는 내 성기도 피범벅이었다.

폴라 갈런드가 울부짖었다.

다다르고, 다다르고, 또 다다르는.

폴라가 저넷을 부르짖었다.

나는 또다시 다다르고.

죽은 개와 괴물과 날개 달린 작은 쥐들.

내 머릿속에서 커다란 부츠를 신은 누군가가 횃불을 든 채 돌아다니고 있었다.

그녀는 거리에서 붉은 카디건을 단단히 여민 채 나를 향해 웃으며 서 있었다.

느닷없이 하늘에서 커다란 검은 새가 머리를 향해 급강하하며 그녀를 내몰더니 피투성이가 된 금발을 뿌리째 쥐어뜯었다.

하늘색 면 속바지를 드러낸 채 거리에 쓰러진 그녀는 화물트럭에 치여 죽은 개 같았다.

잠에서 깬 나는, 이제 난 안전해, 이제 난 안전해, 다시 잠드는 거야, 생각하며 다시 잠들었다.

죽은 개와 괴물과 날개 달린 작은 쥐들.

내 머릿속에서 커다란 부츠를 신은 누군가가 횃불을 든 채 돌아다니고 있었다.

나는 나무 오두막에 앉아 크리스마스트리를 응시했다. 집안에는 맛있는 음식 냄새가 진동했다.

나는 트리 아래서 신문지로 포장된 커다란 상자를 집어들고 빨간색 리본을 풀었다.

나중에 읽어보기라도 할 양 신문지를 조심스레 벗겼다.

무릎 위에 풀어헤친 신문지와 붉은색 리본 사이 자그마한 나무상자를 응시했다.

눈을 감고 상자를 여는 나의 심장이 둔하게 고동치는 소리가 온 집안을 가득 채웠다.

"그게 뭐예요?" 그녀가 뒤에서 다가와 내 어깨를 쓰다듬었다.

나는 붕대 감은 손으로 상자를 가리고 그녀의 빨간 깅엄 옷 속에 머리를 파묻었다.

그녀가 내 손에서 상자를 빼앗아 안을 들여다보았다.

상자가 바닥에 떨어지고, 집안은 맛있는 냄새와 내 심장소리와 그녀의 시뻘건 비명으로 가득찼다.

나는 그것이 상자에서 미끄러져나와 바닥을 가로지르며 붉고 가느다란 글자를 새기는 것을 바라보았다.

"치워요. 당장 치워!" 그녀가 소리쳤다.

그것이 획 돌아 등을 바닥에 대더니 나를 향해 미소지었다.

잠에서 깬 나는, 이제 난 안전해, 이제 난 안전해, 다시 잠드는 거야, 생각하며 다시 잠들었다.

죽은 개와 괴물과 날개 달린 작은 쥐들.

내 머릿속에서 커다란 부츠를 신은 누군가가 횃불을 든 채 돌아다니고 있었다.

눈을 뜬 나는 지하에서 얼어붙은 채 문짝 위에 누워 있었다.

위쪽에서 〈오퍼튜니티 노크스〉를 방영하는 텔레비전소리가 나직이 들렸다.

어둠을 응시하니 자그마한 빛들이 점점 다가왔다.

위쪽에서 전화가 울리고 퍼덕이는 날갯짓소리가 나직이 들려왔다.

어둠 너머를 바라보니 다람쥐를 닮은, 날개 달린 작은 쥐들이 털복숭이 얼굴로 친절한 말을 건넸다.

위쪽에서 레코드가 돌아가며 〈The Little Drummer Boy〉가 나직이 울려퍼졌다.

쥐들이 내 귀로 몰려와 가혹한 말과 욕설을 속살대며 몽둥이나 돌멩이보다 아프게 내 뼈를 부러뜨렸다.

곁에서 아이들이 나직하게 엉엉거렸다.

나는 벌떡 일어나 불을 켜려고 했지만 이미 켜져 있었다.

잠이 깬 나는 카펫에 얼어붙은 채 누워 있었다.

9

"이게 대체 뭐야?"

얼굴을 뒤덮는 신문에 눈을 떴다.

1974년 12월 21일 토요일.

"나한테 사랑한다고, 진심으로 관심 있다더니 내 항문을 찢어놓고 이따위 쓰레기 기사를 써?"

나는 침대에서 일어나 앉아 붕대 감은 손으로 옆얼굴을 문질렀다.

그래, 1974년 12월 21일 토요일.

폴라 갈런드 부인이 나팔 청바지와 붉은색 울 스웨터 차림으로 침대 옆에 서 있었다.

〈요크셔 포스트〉의 헤드라인이 이불 위에서 나를 빤히 보았다.

IRA 11일간 크리스마스 휴전.

"뭐예요?"

"모르는 척하지 마, 이 사기꾼 거짓말쟁이."

"대체 무슨 말인지 모르겠어요."

그녀가 신문을 집어들어 펼치더니 소리내 읽기 시작했다.

어머니의 간청, 기자 에드워드 던퍼드.

럭비 스타 조니 켈리의 누나인 폴라 갈런드 부인은 겨우 오 년 전 딸 저넷이 실종된 이후의 삶을 눈물과 함께 털어놓았다.

갈런드 부인은 "그날 이후 나는 모든 것을 잃었다"라고 말하며, 경찰 수사에도 실종된 딸의 소재가 밝혀지지 않자 1971년 남편 제프가 자살한 사실을 고백했다.

그녀는 눈물로 호소했다. "이 모든 것이 끝나기만을 빌어요. 어쩌면 이제는 그럴 수 있을지도요."

폴라가 읽기를 멈추었다. "계속 읽을까?"

나는 허리에 시트를 두르고서 침대 가장자리에 앉아 얇은 꽃무늬 카펫 위로 떨어지는 새하얀 햇살 한 줌을 응시했다.

"내가 쓴 게 아니에요."

"기자 에드워드 던퍼드라고 찍혀 있잖아."

"내가 쓴 게 아니에요."

클레어 켐플레이의 실종 및 살인과 관련해 피츠윌리엄의 한 남자가 체포된 것은 갈런드 부인에게 미미하나마 비극적 희망을 선사했다.

그녀는 울부짖었다. "내가 이런 말을 하리라고는 상상도 못했지만, 이 모든 일을 겪고 나니 진실을 알고 싶을 뿐이에요. 설령 더없이 끔찍하다 해도 그것을 안고 살아가기 위해 최선을 다할 거예요."

"내가 쓴 게 아니에요."

"기자 에드워드 던퍼드." 그녀가 다시 말했다.

"내가 쓴 게 아니에요."

"이 거짓말쟁이!" 폴라 갈런드가 고함을 지르며 내 머리카락을 움켜쥐고 침대에서 끌어냈다.

나는 벌거벗은 채 얇은 꽃무늬 카펫 위로 나동그라지며 거듭 말했다. "내가 쓴 게 아니에요."

"꺼져!"

"제발, 폴라." 나는 바지를 향해 손을 뻗으며 말했다.

내가 일어서려 하자 폴라가 밀치며 고함을 지르고 또 질렀다. "꺼져! 꺼져!"

"씨팔, 그만 좀 하고 내 말 들어요."

"닥쳐!" 그녀가 다시 고함을 지르며 손톱으로 내 귀를 꼬집어 뜯었다.

"씨팔!" 나는 비명을 지르며 그녀를 밀치고 옷을 주워들었다.

옷장 모서리로 쓰러진 그녀가 몸을 둥글게 말고 흐느꼈다. "좆나 더러운 새끼."

바지와 셔츠를 걸치는데 귀에서 핏방울이 뚝뚝 떨어졌다. 나는 재킷을 집어들었다.

"그 잘난 낯짝 다시 한번 내밀기만 해봐." 그녀가 나직이 말했다.

"걱정하지 마. 오라고 해도 안 와." 나는 씹듯이 내뱉고는 계단을 내려가 문을 열고 나왔다.

망할 년.

자동차 시계가 9시를 향해 다가가고, 새하얀 겨울 햇살이 차를 모는 나의 시야를 반쯤 가렸다.

씨팔 망할 년.

맑은 아침 하늘 아래 A655 도로 주위로 평평한 갈색 들판이 끝없이 펼쳐져 있었다.

좆나 씨팔 망할 년.

라디오에서 룰루가 〈The Little Drummer Boy〉를 불러댔고, 뒷좌석은 가방들로 빼곡했다.

더럽게 멍청한 좆나 씨팔 망할 년.

그래도 귀는 멀쩡한지 정시를 알리는 삐 소리가 들리고, 곧 뉴스가 이어졌다.

"어제 세인트 존스의 한 아파트에서 여성의 시신이 발견됨에 따라 웨스트 요크셔 경찰은 살인사건 수사대를 발족했습니다."

두 팔의 혈관이 얼어붙으며 차갑게 식었다.

"피해자는 서른여섯 살의 맨디 데니질리입니다."

살이 뼈를 옥죄며 차가 도로를 벗어나 길가에 멈추었다.

"데니질리 부인은 위머라는 예명으로 활동한 영매로, 수많은 경찰 수사를 도와 전국적 명성을 떨쳤습니다. 가장 최근에는 살해당한 여학생 클레어 켐플레이의 시신을 찾도록 도왔다고 주장한 바 있습니다. 그러나 해당 수사를 지휘한 피터 노블 경정은 이를 강력히 부인했습니다."

나는 이마를 운전대에 박고 두 손으로 입을 막았다.

"현재 경찰은 사건의 자세한 사항을 함구하고 있지만 대단히 잔혹한 광경이었다고 전해지고 있습니다."

나는 붕대 감은 손으로 힘겹게 문을 열다가 팔걸이와 풀밭에 신물을 토했다.

"데니질리 부인을 아는 분은 누구든 신속하게 경찰에 제보해주시기 바랍니다."

미치광이 좆나 씨팔 망할 년.

차에서 내려 무릎을 꿇자 턱을 타고 흘러내린 신물이 흙바닥으로 떨어졌다.

좆나 씨팔 망할 년.

신물과 가래를 뱉는데, 치마가 말려올라가는데도 그녀가 팔다리를

바르작대며 엉덩이를 밀어 복도로 뒷걸음치면서 내지른 고함이 귓가에
생생했다.

씨팔 망할 년.

손바닥을 자갈에 박고 이마를 흙바닥에 댄 채 도로 틈새의 풀을 응시
했다.

망할 년.

〈요크셔 라이프〉에서 바로 튀어나온 듯했던.

삼십 분 후 나는 얼굴이 시커먼 흙 범벅이 되고 손이 풀물로 얼룩진
채 레드벡 모텔 로비에 서서 붕대 감은 손을 전화기에 얹고 있었다.

"프레이저 경사 부탁드립니다."

노란색과 갈색과 담배냄새가 집이나 다름없이 편안하게 느껴졌다.

"프레이저 경사입니다."

전화선에 달라붙은 까마귀들이 있지 않을까 싶어 나는 침을 삼켰다.
"에드워드 던퍼드입니다."

침묵, 전화선의 윙 소리만 말들을 기다렸다.

유리문 뒤에서 당구공들이 탁 부딪치는 소리에 오늘이 무슨 요일인
지, 학교가 쉬는 날인지, 전화선에 까마귀가 달라붙지는 않았는지, 프
레이저가 무슨 생각을 하고 있는지 궁금해졌다.

"꺼져요, 던퍼드." 프레이저가 말했다.

"꼭 만나야 합니다."

"꺼져요. 자수나 하는 게 좋을 거예요."

"네?"

"들었잖아요. 신문을 하려고 경찰이 찾고 있어요."

"뭐 때문에요?"

"맨디 위머 살인사건."

"웃기지 마요."

"지금 어디죠?"

"내 말 들어요……"

"아니, 당신이나 내 말 들어. 지난 이틀간 당신이랑 얘기하려고 그렇게 애썼는데……"

"제발 내 말 좀 들어요."

다시 침묵, 전화선의 윙 소리만 그의 말이든 나의 말을 기다렸다.

유리문 뒤에서 당구공들이 탁 부딪치는 소리에 여전히 아까와 같은 판인지, 점수도 기록하는지, 또 전화선에 까마귀가 달라붙지는 않았는지, 프레이저가 여기 번호를 추적하지는 않을지 궁금해졌다.

"말해봐요." 프레이저가 말했다.

"배리 개넌이 찾아낸 모든 정보와 그의 죽음에 관한 모든 정보를 알려줄게요. 이름이며 날짜며."

"그리고요."

"마이클 미슈킨에 대한 모든 정보를 제공받는다는 조건으로요. 그가 저넷 갈런드와 수전 리드야드에 대해 무슨 말을 했는지, 그의 자백 전체를 알고 싶어요."

"그리고요."

"정오에 만납시다. 내가 가진 걸 다 줄 테니 당신도 당신이 가진 걸 줘요. 나를 연행하지 않을 거라는 약속도 해줘요."

"그리고요."

"만약 체포하려는 낌새가 보이면 이 거래는 바로 끝입니다."

"그리고요."

"오늘 자정까지만 기다려줘요. 그럼 내 발로 경찰서로 갈 테니."

침묵, 전화선의 윙 소리만 말을 기다렸다.

유리문 뒤에서 당구공들이 탁 부딪치는 소리에 그 방귀 뀌던 늙은 여자는 어디 있는지, 아무도 모르는 사이 방에서 죽은 것은 아닌지, 전화선에 까마귀가 달라붙은 것은 아닌지, 하틀리 요양원에서 나를 함정에 몰아넣은 것이 바로 프레이저가 아닌지 궁금해졌다.

"어디서?" 프레이저 경사가 나직이 속삭였다.

"B6134 도로와 A655 도로 교차로의 페더스톤 방향에 버려진 주유소가 있어요."

"12시?"

"정오예요."

전화가 끊기고 윙 소리가 사라졌지만 여전히 들리는 느낌이었다.

유리문 뒤에서 당구공들이 탁 부딪쳤다.

27호실 바닥에 주머니와 가방을 모조리 비운 뒤 '박스와 쇼'라고 표시된 자그마한 카세트테이프를 응시하다 재생 버튼을 눌렀다.

"그렇다고 천사도 아니죠. 그냥 사업가예요."

나는 다친 손으로 나와 그들의 대화를 받아썼다.

"모든 공직에서 완전히 물러나는 대신 사생활을 안전하게 보장받으라는 설득요."

나는 한쪽에 사진 한 장을 놓았다.

"내일 점심때 스트래퍼드 암스 2층에서 봅시다."

카세트테이프를 바꾸고 재생 버튼을 눌렀다.

"씨팔 돈 때문이라고."

대문자로 받아썼다.

"포스터, 도널드 리처드 포스터. 이걸 원해?"

늘어놓는 거짓말.

"그 사람이 기자인 줄은 몰랐어."

테이프를 뒤집었다.

"아름다운 새 카펫 아래 있는 다른 것들요."

되감기.

"내 몸에 손대지 마세요!"

삭제 버튼을 눌렀다.

"당신에게서 나쁜 기억의 냄새가 아주 강하게 나는군요."

27호실 바닥에 앉아, 배리가 캐낸 정보를 서류봉투 하나에 가득 담고는 혀로 핥아 봉하고 앞면에 프레이저의 이름을 휘갈겨썼다.

"그 일을 예측 못했나요?"

레드벡 모텔방 문가에서 나는 알약을 삼키고 담배에 불을 붙인 뒤 서류봉투를 들고 주머니에 크리스마스카드를 집어넣었다.

"나는 영매입니다, 던퍼드 씨. 점쟁이가 아니에요."

문 하나가 남아 있었다.

정오.

1974년 12월 21일 토요일.

화물트럭과 버스 사이에 끼여, A655와 B6134 교차로의 버려진 셸 주유소를 지나쳐 달렸다.

주유소 앞마당에 주차된 겨자빛 맥시의 보닛에 프레이저 경사가 기대서 있었다.

나는 100미터쯤 지나친 후 차를 세우고 차창을 내려 뒤돌아본 뒤 필립스 포켓 메모의 녹음 버튼을 누르고 나서 후진했다.

맥시 옆에 차를 세우고 말했다. "타요."

제복 위에 비옷을 걸친 프레이저 경사가 비바의 뒤를 돌아 차에 올라
탔다.

주유소 앞마당을 빠져나와 좌회전한 나는 B6134를 타고 페더스톤
방향으로 달렸다.

프레이저 경사는 팔짱을 낀 채 앞만 응시하고 있었다.

일순 나는 망할 닥터 후의 대체 세계라도 들어와 내가 경찰이고 프레
이저가 일반인이며, 내가 좋은 사람이고 프레이저가 나쁜 사람인 듯한
착각이 들었다.

"어디로 가는 겁니까?" 프레이저가 말했다.

"여기요." 나는 차와 파이를 파는 붉은색 트레일러를 지나쳐 갓길에
차를 세웠다.

시동을 끄고 말했다. "뭐 좀 들겠어요?"

"아뇨. 당신 멀쩡하네요."

"내가요? 크레이븐 경사와 그 파트너를 알죠?"

"그럼요. 누가 모르겠습니까."

"잘 알아요?"

"소문만 들었죠."

나는 갈색 진흙으로 얼룩진 창문을 내다보았다. 고독한 갈색 나무가
늘어선 평평한 갈색 벌판을 나지막한 갈색 산울타리가 둘로 가르고 있
었다.

"그건 왜 물어요?" 프레이저가 말했다.

나는 주머니에서 클레어 켐플레이가 등에 백조 날개를 단 채 병원 시
신 안치대에 누워 있는 사진을 꺼냈다.

그것을 프레이저에게 내밀었다. "내 생각에 크레이븐이나 그의 파트
너가 내게 이걸 준 것 같아요."

"씨팔. 왜요?"

"그놈들이 날 모함하고 있어요."

"왜요?"

나는 프레이저의 발치에 놓인 쇼핑백을 가리켰다. "저기 다 있어요."

"네?"

"네. 녹음 원고, 서류, 사진. 필요한 건 다 있어요."

"녹음 원고?"

"원본 테이프는 내가 갖고 있어요. 마음만 정하면 바로 넘겨드리죠. 걱정 마요. 모두 저기 있으니."

"그래야 할 겁니다." 프레이저가 가방 안을 들여다보며 말했다.

나는 재킷 안주머니에서 종이 두 장을 꺼내 그중 하나를 프레이저에게 주었다. "여기로 가봐요."

"채플타운 스펜서 마운트 3번지 5호." 프레이저가 읽었다.

다른 종이는 도로 내 주머니에 넣었다. "네."

"여기 누가 사는데요?"

"배리 제임스 앤더슨. 배리 개넌의 지인이자 저 가방 안에 든 사진과 테이프의 주인공이죠."

"왜 이자를 넘겨주는 거죠?"

나는 평평한 갈색 벌판 끝에서 푸른 하늘이 하얗게 변해가는 것을 응시했다.

"달리 넘겨줄 게 없으니까."

프레이저가 종이를 주머니에 넣더니 수첩을 꺼내들었다.

"이제 그쪽 정보를 받을 차례죠."

"뭐, 별다른 건 없어요." 프레이저가 수첩을 펼치며 말했다.

"자백은?"

"자백서를 입수하지 못했어요."

"구체적인 내용을 알아냈나요?"

"구체적이라 할 만한 게 없었어요."

"저넷 갈런드에 대해 뭐라고 했죠?"

"그냥 죽였다고. 그뿐이에요."

"수전 리드야드는?"

"마찬가지요."

"씨팔."

"그러게요." 프레이저 경사가 말했다.

"그가 진범이라고 보나요?"

"자백을 했으니."

"어디서 그랬다던가요?"

"자기 지하 왕국에서."

"거기는 구경도 못해봤을걸요."

"누군들 해봤겠습니까." 프레이저가 한숨을 쉬었다.

새하얀 하늘 아래 갈색 벌판 옆 녹색 차 안에서 나는 말했다. "그게 다예요?"

프레이저 경사가 손에 쥔 수첩을 내려다보며 말했다. "맨디 위머."

"씨팔."

"이웃이 어제 아침 9시 시신을 발견했어요. 강간당하고 머릿가죽이 벗겨진 뒤 전등에 철사로 매달려 있었습니다."

"머릿가죽이 벗겨져요?"

"인디언이라도 쳐들어온 건지."

"씨팔."

"경찰에서는 언론에 쉬쉬하고 있죠." 프레이저가 씩 웃었다.

"머릿가죽이라니." 나는 나직이 말했다.

"고양이들도 한몫했고. 정말 끔찍한 광경이었어요."

"씨팔."

"당신의 옛 상관이 당신을 팔아넘겼어요." 프레이저가 수첩을 덮었다.

"경찰에서는 내가 한 짓이라고 생각해요?"

"아뇨."

"왜요?"

"당신은 기자니까."

"그리고요?"

"당신이 진범을 알지도 모른다고 생각해요."

"어째서요?"

"살아 있는 그녀를 마지막으로 본 사람들 중 하나니까."

"씨팔."

"그 여자가 남편 이야기를 하던가요?"

"별말 없었어요."

프레이저 경사가 다시 수첩을 펼쳤다. "이웃 말로는 화요일 오후 위머가 누군가와 다투었어요. 당신의 옛 상관 얘기가, 그건 당신과 만나기 직전 아니면 만난 직후였을 거라는군요."

"그 싸움에 대해선 전혀 몰라요."

프레이저 경사가 내 눈을 응시하더니 수첩을 다시 덮었다.

"거짓말하는군."

"왜 그러겠어요?"

"나도 모르죠. 습관 때문에?"

나는 고개를 돌려 죽은 갈색 나무가 박힌 죽은 갈색 들판을 가르는 죽은 갈색 산울타리를 바라보았다.

"클레어 켐플레이에 대해 그 여자가 뭐라던가요?" 프레이저가 차분히 물었다.

"별말 안 했어요."

"예를 들어?"

"서로 연결된 사건이라고 생각해요?"

"당연하지."

"어째서죠?" 그렇게 묻는 나의 메마른 입이 쩍쩍 갈라지고 축축한 심장이 쿵쿵 뛰었다.

"젠장, 어째서겠어요? 그녀는 그 사건들을 맡아 작업하고 있었어요."

"노블이나 경찰측은 아니라고 했잖아요."

"그래서요? 그렇다고 진실이 거짓이 되나."

"그리고요?"

"양쪽 다 당신이 있죠."

"나요? 내가 뭐요?"

"사라진 고리인 거지."

"그게 이 사건들을 하나로 연결시킨다고요?"

"바로 그거죠."

"그쪽이야말로 경찰이 아니라 기자가 될 걸 그랬군요."

"그쪽도 만만치 않지." 프레이저가 야유하듯 말했다.

"웃기지 마요." 나는 시동을 걸었다.

"모든 것은 연결되어 있어요." 프레이저 경사가 말했다.

나는 백미러를 두 번 확인한 뒤 차를 후진했다.

B6134와 A655의 교차로에서 프레이저가 말했다. "자정까지 출두할 겁니까?"

나는 고개를 끄덕인 뒤 텅 빈 주유소 앞마당 맥시 옆에 차를 세웠다.

"몰리 경찰서로 와요." 프레이저 경사가 쇼핑백을 집어들고 차에서 내리며 말했다.

"그럼요. 당연하죠."

이제 내려놓을 카드 하나를 남긴 채 나는 백미러를 확인하며 주유소에서 멀어졌다.

리즈의 시티 하이츠.

눈이 내릴 기미 없이 비의 위협만 가득 담은 채 잿빛으로 변해가는 하얀 하늘 아래서 차문을 잠그며 나는 여름이면 이곳 경치가 참 좋겠다고 생각했다.

깔끔한 60년대의 고층 건물: 노란색과 하늘색 페인트가 너덜대고 난간이 녹슨.

4층까지 계단을 오르며 벽에 공이 부딪히고 아이들이 바람 너머로 외치는 소리를 듣자니 비틀스와 그들의 앨범 커버와 청결함과 경건함과 아이들이 떠올랐다.

4층의 개방형 복도를 따라 김 서린 부엌 창과 윙윙대는 라디오를 지나쳐가자 405호라고 적힌 노란 문이 나왔다.

나는 리즈의 시티 하이츠 405호 문을 두드린 뒤 기다렸다.

일 분 후 초인종을 눌렀다.

무반응.

나는 몸을 숙여 우편물 투입구의 금속 뚜껑을 젖혔다.

온기에 눈물이 고이고, 텔레비전의 경마방송 소리가 들렸다.

"실례합니다!" 나는 투입구에 대고 소리쳤다.

경마방송이 뚝 그쳤다.

"실례합니다!"

나는 다시 우편물 투입구에 눈을 댔다. 하얀 타월 양말 한 쌍이 다가오고 있었다.

"안에 계신 거 다 압니다." 나는 일어나며 말했다.

"도대체 뭐요?" 남자가 말했다.

"잠시 이야기 좀 나눕시다."

"무슨 이야기?"

나는 내 손에 든 마지막 카드를 펼쳤다. "누나분 이야기요."

열쇠가 돌아가고 노란 문이 열렸다.

"누나가 왜요?" 조니 켈리가 말했다.

"스냅."* 나는 붕대 감은 오른손을 들어올리며 말했다.

청바지와 스웨터 차림의 조니 켈리는 손목이 부러지고 아일랜드계 얼굴이 난타당한 몰골로 다시 말했다. "누나가 왜요?"

"누나한테 연락해요. 엄청 걱정하고 있어요."

"당신은 대체 누구요?"

"에드워드 던퍼드입니다."

"우리 아는 사이예요?"

"아닙니다."

"그럼 내가 여기 있는지 어떻게 알았죠?"

나는 주머니에서 크리스마스카드를 꺼내 건넸다. "메리 크리스마스."

"망할 년." 켈리가 카드를 펼치더니 다이모 테이프 두 줄을 응시했다.

"들어가도 될까요?"

조니 켈리가 뒤돌아 들어가자 나는 그를 쫓아 좁은 복도의 욕실과 침

---

* 카드 게임 '스냅'에서는 비슷한 카드 두 장이 판에 나오면 가장 먼저 '스냅'이라고 외쳐야 이긴다.

실을 지나쳐 거실로 들어섰다.

켈리가 비닐 안락의자에 앉아 손목을 움켜쥐었다.

나는 안락의자와 세트인 소파에 앉아, 울타리를 뛰어넘는 말로 가득 찬 소리 없는 텔레비전 화면을 마주한 채 리즈의 또다른 겨울 오후를 등지고 있었다.

가스난로 위에서 갖가지 주황색과 갈색으로 물든 폴리네시아 소녀가 머리에 꽃을 꽂은 채 미소짓고 있었다. 갈색 머리의 집시 소녀와 결코 피어나고 싶지 않은 곳에 피어난 장미가 떠올랐다.

말들 아래서 축구 전반전 점수 자막이 올라오고 있었다. 리즈가 뉴캐슬에 지고 있었다.

"누나는 잘 지내죠?"

"어떨 것 같아요?" 나는 포마이카 커피테이블에 펼쳐진 신문을 향해 턱짓했다.

조니 켈리가 몸을 숙여 신문을 들여다보았다. "당신 망할 기자군?"

"폴이랑 동료죠."

"저 망할 쓰레기를 쓴 게 바로 당신이군. 안 그래?" 켈리가 몸을 바로 하며 말했다.

"내가 쓴 게 아니에요."

"하지만 씨팔 〈포스트〉 기자잖아."

"지금은 아니에요."

"씨팔." 켈리가 고개를 절레절레 저었다.

"이봐요. 나는 아무 기사도 안 쓸 거예요."

"좋아." 켈리가 씩 웃었다.

"그저 무슨 일이 있었는지만 말해줘요. 맹세컨대 기사는 안 써요."

조니 켈리가 일어났다. "씨팔 기자 새끼들."

"지금은 더이상 기자가 아니에요."

"어련하시겠어."

"좋아요, 지금도 기자라고 쳐요. 그럼 아무 쓰레기 기사든 내 마음대로 쓸 수 있어요."

"언제는 안 그랬나."

"그러니 그냥 진실만 말해줘요."

조니 켈리가 내 뒤로 가더니 차갑고 거대한 유리창 너머로 차갑고 거대한 도시를 내려다보았다.

"기자도 아니라면서 여긴 왜 왔지?"

"폴라를 돕기 위해서죠."

조니 켈리가 비닐 안락의자에 도로 앉아 손목을 문지르며 씩 웃었다. "또 시작이군."

방이 어두워지며 가스난로의 불빛이 환해졌다.

나는 말했다. "어쩌다 그렇게 됐죠?"

"자동차 사고."

"정말요?"

"정말."

"직접 운전했나요?"

"그녀가 했지."

"누구 말이죠?"

"누구일 것 같아?"

"퍼트리샤 포스터 부인?"

"빙고."

"어쩌다가요?"

"놀러갔다가 돌아오는 길에……"

"그게 언제였죠?"

"지난 금요일 밤."

"그리고요." 나는 펜과 종이, 카세트와 카세트테이프가 아쉬웠다.

"오는 길에 술을 몇 잔 걸쳤지. 퍼트리샤가 그래도 자기가 덜 취했으니 운전을 하겠다잖아. 어쨌든 듀즈베리 로드를 달리다가, 잘은 모르겠지만 아마 우리 둘이 시시덕거리는데 그만 웬 놈이 도로로 나와 쾅 부딪혔지."

"어디요?"

"다리, 가슴, 난들 알겠어."

"아니, 아니. 듀즈베리 로드의 어디서요?"

"웨이크필드에 막 들어섰을 때 감옥 근처."

"포스트 건설이 새로 짓고 있는 주택단지 근처 말인가요?"

"그래, 그런 것 같네." 조니 켈리가 씩 웃었다.

모든 것이 연결되어 있다고, 우연 같은 것은 없다고, 계획이 있다고, 신이 존재하는 것이 분명하다고 생각하며 나는 침을 삼키고 물었다. "그 근처에서 클레어 켐플레이의 시신이 발견된 거 알아요?"

"그래?"

"그래요."

켈리가 내 너머를 바라보았다. "그런 건 몰랐는데."

"그러고는 어떻게 됐죠?"

"아주 슬쩍 부딪혔는데도 죽어 나자빠진 것 같아서 차를 돌려 달아나려는데 퍼트리샤가 그만 이성을 잃었지."

나는 폴리에스테르 옷을 입고 비닐 소파에 앉아 포마이카 탁자와 콘크리트 바닥을 응시하며 고무와 금속, 가죽과 유리에 대해 생각했다.

피.

"우리는 인도 가장자리에 부딪힌 뒤 가로등인지 뭔지를 받아버렸어."

"차에 부딪힌 사람은요?"

"몰라. 그냥 슬쩍 부딪혔을 뿐이라니까."

"살펴봤나요?" 나는 그에게 담배를 권하며 물었다.

"씨팔, 살펴봤지." 켈리가 담배에 불을 붙이며 대답했다.

"그리고요?"

"퍼트리샤를 끌어내려 괜찮은지 확인했어. 목 상태가 별로 좋지 않았지만 부러진 데는 없었어. 그냥 채찍질 수준 정도. 그래서 도로 차에 타서는 집까지 데려다줬지."

"차는 괜찮았나요?"

"부서지긴 했지만 잘 달리기는 하더군."

"포스터는 뭐라던가요?"

켈리가 담배를 비벼 껐다. "그 인간이랑 마주치기 전에 잽싸게 토꼈지."

"여기로요?"

"당분간 꺼져 있는 게 나으니까. 몸 사려야지."

"여기 있는 걸 포스터도 알아요?"

"당연히 알지." 켈리가 얼굴을 쓰다듬었다. 그리고 포마이카 탁자에서 하얀 카드를 집어들더니 나에게로 던졌다. "그 망할 새끼가 씨팔 자기 크리스마스파티에 오라고 초대장까지 보냈더군."

"어떻게 알았을까요?" 나는 어둑한 탓에 눈살을 찌푸리며 카드를 들여다보았다.

"여기가 그 인간 아지트 중 하나니까."

"그럼 왜 여기서 어슬렁대는 건데요?"

"결국 그 인간도 딱히 당당할 건 없으니까."

나는 더럽게 나쁜 뭔가를 잊어버린 느낌이 들었다. "그게 무슨 말이죠?"

"내가 열일곱 살일 때부터 그 자식은 일요일마다 우리 누나를 따먹었거든."

그럴 리 없어.

"그렇다고 불평하는 건 아니지만."

나는 고개를 들었다.

조니 켈리가 고개를 숙였다.

나는 바로 그 더럽게 나쁜 뭔가가 떠올랐다.

방은 어두웠고, 가스난로는 환했다.

"놀란 표정 짓기는. 당신이 누나를 돕겠다고 나선 맨 처음 인간도 아니고, 마지막 인간도 아니야."

나는 일어났다. 다리의 피가 차갑게 식으며 축축했다.

"파티에 가려나보지?" 켈리가 싱글대며 내 손에 들린 초대장을 향해 턱짓했다.

나는 몸을 돌려 좁은 복도를 지나며 씨팔 모든 것을 생각했다.

"조니 켈리가 망할 크리스마스 잘 보내라고 했다고 잊지 말고 전해."

씨팔 그녀를 생각했다.

안녕, 내 사랑.

돈을 내고 가져나왔다.

십 초 후 파키스탄 가게 앞에 세워진 자동차 바닥에는 병과 봉지 사이로 마지막 현금이 나뒹굴고, 라디오에서는 해러즈 백화점 폭탄 테러에 핏대를 올리고, 재떨이에는 담배 한 대가, 내 손에는 또다른 담배가 놓인 채 조수석 글러브박스에서 알약들이 쏟아졌다.

음주와 운전.

시속 150킬로미터, 스코틀랜드 사람들의 목을 조르고, 우울한 일을 떠올리며 신나는 일을 내리누르고, 바다가 보이는 아파트와 남부 아가씨들을 흩뜨리고, 캐서린과 캐런과 모든 옛 여자 사이를 뚫고 나아가고, 자동차 미등과 작은 소녀들을 뒤쫓고, 내 자동차로 사랑을 깔아뭉개고, 타이어가 지나간 자리에 사랑을 뒤집고.

내가 직접 디자인한 벙커의 독재자가 외쳐댄다. **난 나쁜 짓은 한 번도 한 적 없다.**

M1 도로에서 액셀을 꾹 밟은 채 슬픔에 잠겨 내 차의 환기구와 내 입의 잇새로 어둠과 폭탄과 총탄을 빨아들이고, 조건 없이 기도하고 계획 없이 사랑하기를, 한번 더 키스하기를, 그녀의 걸음걸음과 목소리와 함께하기를, 그녀가 다시 살아나기를, **바로 지금 나를 위해** 다시 살아나기를 간청하기 위해 울부짖고 노력하고 죽어갔다.

부드러운 눈물과 딱딱한 성기로 똥 같은 6차선을 가르며 소리친다. **난 씨팔 좋은 일도 한 적 없다.**

라디오2 채널이 느닷없이 조용해지고 하얀 차선이 황금색으로 변하더니 누더기를 걸치거나 왕관을 쓴 사람들과 날개가 달리거나 달리지 않은 사람들이 돌아다니고 나무와 지푸라기로 된 구유가 앞을 가로막아서, 세차게 브레이크를 밟았다.

굳어버린 어깨를 향해 위험한 불빛들이 달려왔다.

안녕, 안녕, 내 사랑.

브런트 거리 11번지는 온통 어둠에 싸여 있었다.

죽은 자를 깨우기 위해 브레이크를 밟고 녹색 비바에서 내려 망할 붉은 문을 걸어찼다.

브런트 거리 11번지의 뒷골목.

집들을 돌아 담을 넘고 부엌 유리창에 쓰레기통 뚜껑을 던진 뒤 재킷으로 유릿조각을 쓸어내고 안으로 들어갔다.

자기, 나 왔어.

브런트 거리 11번지는 무덤처럼 고요했다.

당신을 만나는 순간 내가 뭘 할 수 있는지 똑똑히 보여주지, 집안으로 들어온 나는 그렇게 생각하며 부엌 서랍에서(그곳에 칼이 있다는 것을 알고 있었다) 칼을 꺼내들었다.

이게 당신이 원했던 거야?

가파르고 가파른 계단을 올라 엄마와 아빠의 방으로 들어가 깃털 이불을 찢어발기고, 서랍들을 뽑아 화장품과 싸구려 속바지와 탐폰과 가짜 진주를 이리저리 흩뜨리는데 엽총을 입에 무는 제프의 모습이 떠오르자 딸이 죽고, 마누라가 동생 상사를 비롯해 이놈 저놈과 붙어먹는 창녀인 마당에 그렇게 죽은 것도 **당연하다** 생각하며 거울을 향해 의자를 집어던졌다. **이보다 더 씨팔 사나운 운수는 없지.**

당신이 원한 모든 것을 주지.

나는 층계참을 가로질러 저넷의 방문을 열었다.

방은 너무도 고요하고 너무도 차가워 마치 교회처럼 느껴졌다. 곰돌이와 인형들 무리 옆 자그마한 분홍색 침대에 앉아 칼을 바닥에 떨어뜨리고 두 손에 머리를 파묻었다. 손의 피와 얼굴의 눈물이 칼에 떨어지기도 전에 얼어붙었다.

처음으로 나는 나를 위해서가 아니라 다른 모든 사람을 위해 기도했다. 내 방에 있는 수첩과 카세트테이프와 봉투와 가방에 든 모든 것이 진실이 아니기를, 죽은 자가 살아 있기를, 사라진 자가 나타나기를, 살아 있는 모든 사람이 새롭게 살 수 있기를 빌었다. 그리고 나의 어머니와 누이와, 나의 삼촌과 고모와, 좋든 나쁘든 나의 친구들과, 마지막으로 어디 계시든 나의 아버지를 위해 기도했다. 아멘.

나는 고개를 숙이고 두 손을 꼭 쥔 채 가만히 앉아 집과 내 심장박동에 귀기울이며 소리를 하나하나 구분했다.

얼마 후 저넷의 침대에서 일어나 방문을 닫고는, 내가 엉망진창으로 만든 엄마와 아빠의 방으로 돌아갔다. 깃털 이불을 정리하고, 서랍을 도로 꽂고, 화장품과 속옷과 탐폰과 보석을 주워모으고, 유릿조각을 신발로 쓸어내고, 의자를 똑바로 세웠다.

그리고 계단을 내려가 부엌으로 가서 쓰레기통 뚜껑을 집어들고 식기장과 문을 모두 닫으며 아무도 망할 경찰에 신고하지 않은 데 대해 하느님께 감사했다. 주전자를 불에 올리고 하얀 머그잔에 설탕을 다섯 스푼 듬뿍 넣었다. 차를 거실로 가져가 텔레비전을 켜고 폭발로 다친 이들을 하얀 구급차가 이리저리 실어나르며 까맣게 젖은 밤을 가르는 모습을 바라보았다. 피투성이 산타와 고위 경찰은 크리스마스를 코앞에 둔 지금 이따위 짓을 하는 인간은 대체 어떤 인간인지 의아해했다.

나는 담배에 불을 붙이다 축구 점수를 보고 리즈 유나이티드에 욕을 퍼붓는 한편, 〈오늘의 시합〉*에서 어느 게임을 다룰지, 누가 〈파킨슨〉**에 출연할지 궁금해했다.

유리창 두드리는 소리에 이어 현관문을 노크하는 소리가 나자 불현듯 얼어붙으며 지금 여기가 어디고 내가 무슨 짓을 했는지 떠올렸다.

"누구시죠?" 나는 거실 한가운데서 일어났다.

"클레어예요. 거기 누구세요?"

"클레어?" 자물쇠를 돌려 문을 여는 나의 심장이 시속 150킬로미터

---

* BBC방송의 스포츠 프로그램.

** BBC방송의 유명 토크쇼.

로 쿵쿵거렸다.

"아, 에디였군요."

심장이 뛰다 말고 멈췄다. "네."

스코틀랜드 클레어가 물었다. "폴라는 집에 있나요?"

"아뇨."

"아, 그래요. 불빛을 보고 폴라가 돌아왔나 했죠. 미안해요." 스코틀랜드 클레어가 불빛에 눈을 찌푸리며 웃었다.

"아니, 안 돌아왔어요. 죄송하네요."

"괜찮아요. 내일 만나면 되죠."

"네. 그렇게 전할게요."

"몸은 좀 괜찮아요?"

"네."

"그래요. 그럼 다음에 봐요."

"안녕히 가세요." 문을 닫는데 숨이 얕고 빠르게 들락거렸다.

스코틀랜드 클레어가 알아듣지 못할 말을 몇 마디 하더니 발길을 돌려 거리를 내려갔다.

나는 소파에 앉아 텔레비전 위에 놓인 저넷의 학교 사진을 응시했다. 그 옆에 두 개의 카드가 있었는데, 하나는 눈 덮인 숲속의 통나무 오두막이 그려져 있고, 다른 하나는 무늬 없는 흰색이었다.

나는 도널드 포스터가 조니 켈리에게 보낸 무늬 없는 흰색 초대장을 주머니에서 꺼내 텔레비전으로 다가갔다.

맥스 월과 에머슨 피티팔디*를 끄고 고요한 밤으로 걸어나갔다.

스냅.

---

* 맥스 월은 영국 코미디언, 에머슨 피티팔디는 브라질 자동차 레이서다.

다시 찾은 저택들.

웨이크필드 샌들의 우드 레인.

길에 자동차가 줄줄이 세워져 있었다. 나는 재규어와 로버와 메르세데스와 BMW 사이로 나아갔다.

트리니티 뷰는 투광조명등을 남김없이 켠 파티장으로 변해 있었다.

잔디밭에 세워진 거대한 크리스마스트리가 새하얀 빛과 장식을 드리웠다.

조니 마티스와 로드 스튜어트가 경쟁하듯 부르는 노랫소리를 향해 나는 진입로를 올라갔다.

이번에는 현관문이 활짝 열려 있었다. 나는 잠시 문가에 서서 바라보았다. 롱드레스 차림의 여자들이 한쪽 방에서 옆방으로 음식이 담긴 종이 접시를 나르거나 화장실을 가려고 계단에 줄을 서 있는 한편, 벨벳 턱시도 차림의 남자들은 스카치잔과 통통한 시가를 들고 서성였다.

안으로 들어가 왼쪽으로 틀자, 목 보호대를 뺀 퍼트리샤 포스터 부인이 붉은 얼굴의 덩치 큰 남자들의 잔에 술을 따르고 있었다.

나는 방으로 들어가 말했다. "폴라를 찾고 있습니다."

방이 쥐죽은듯 조용해졌다.

포스터 부인이 입을 열었지만 아무 말도 하지 않은 채 독수리 같은 눈으로 방을 둘러보았다.

"잠시 밖으로 나가실까요?" 내 뒤에서 목소리가 들렸다.

나는 돌아서서 돈 포스터의 웃는 얼굴을 바라보았다.

"폴라를 찾으러 왔는데요."

"들었습니다. 나가서 얘기하죠."

콧수염을 기른 덩치 큰 두 남자가 포스터 뒤에 서 있었는데, 세 사람 모두 턱시도와 나비넥타이에 프릴 셔츠 차림이었다.

"폴라를 만나러 왔어요."

"초대받지 않았잖습니까? 나갑시다."

"조니 켈리가 망할 크리스마스 잘 보내라더군요." 나는 포스터에게 켈리의 초대장을 흔들어 보였다.

포스터가 아내를 힐긋 보더니 남자 하나에게 살짝 돌아서서 나직이 말했다. "밖으로 데려가."

남자가 나를 향해 다가왔다. 나는 항복의 표시로 손을 들고는 문으로 걸어갔다.

문에서 돌아서며 말했다. "크리스마스카드 보내주셔서 감사합니다, 퍼트리샤."

나는 여자가 침을 삼키고 카펫으로 시선을 떨어뜨리는 것을 바라보았다.

남자 하나가 나를 복도로 살짝 밀었다.

"무슨 일 있나요, 돈?" 스카치잔을 든 잿빛 곱슬머리 남자가 물었다.

"아닙니다. 이분은 막 가시려던 참입니다." 포스터가 말했다.

남자가 내 쪽으로 고개를 갸우뚱했다. "전에 뵌 적이 있던가요?"

나는 대꾸했다. "아마도요. 예전에 저기 턱수염을 기른 사람 밑에서 일했거든요."

로널드 앵거스 청장이 돌아서서 다른 방을 바라보았다. 그곳에 빌 해든이 등을 돌린 채 서서 이야기하고 있었다.

"그래요? 흥미롭군요." 앵거스 청장이 위스키를 한입 가득 마시더니 파티장으로 되돌아갔다.

도널드 포스터가 열린 현관문을 잡고 서 있고, 누군가가 뒤에서 나를 또다시 살짝 밀었다.

2층에서 웃음소리가 터져나왔다. 여자들의 웃음소리였다.

두 남자를 양쪽에 거느리고 포스터를 뒤세운 채 나는 집밖으로 걸어갔다. 황금 같은 기회를 찾아 잔디밭을 전력질주한다면 그들이 사람들 앞에서 감히 나를 가로막을까 싶었지만 그럴 것이 분명했다.

"어디로 가는 거죠?"

"계속 걷기나 하지." 암적색 셔츠를 입은 남자가 말했다.

진입로에 막 들어서는데 한 남자가 대문에서 뛰는 둥 걷는 둥 우리를 향해 다가오고 있었다.

"젠장." 돈 포스터가 말했다.

우리 모두 멈춰 섰다.

두 남자가 포스터를 바라보며 명령을 기다렸다.

"엎친 데 덮친다더니." 포스터가 중얼거렸다.

쇼 의원이 숨을 헐떡이며 소리쳤다. "돈!"

포스터가 그를 향해 조금 움직이며 두 팔을 활짝 벌려 손바닥을 보였다. "빌, 이렇게 만나서 반갑군."

"내 개를 쏴죽이다니! 망할 자식, 내 개를 죽여!"

쇼가 고개를 젓고 울부짖으며 포스터를 밀치려고 했다.

포스터가 거대한 곰처럼 그를 껴안고는 달랬다.

"내 개를 죽이다니!" 쇼가 고함치며 그에게서 떨어졌다.

포스터가 그를 도로 껴안고는 그의 머리를 자신의 벨벳 턱시도에 파묻었다.

우리 뒤쪽 현관 계단에 포스터 부인과 손님 몇이 추위에 떨며 서 있었다.

"무슨 일이에요, 여보?" 그녀가 말하는데 이와 술잔이 맞부딪쳐 달그락거렸다.

"별일 아니야. 다들 들어가서 재미있게 놀아요."

그들 모두 얼어붙은 채 그대로 계단에 서 있었다.

"들어가요. 망할 크리스마스 아닙니까!" 씨팔 산타클로스인 포스터가 소리쳤다.

"나랑 춤추실 분?" 퍼트리샤 포스터가 말라붙은 젖가슴을 흔들며 사람들을 안으로 이끌었다.

〈Dancing Machine〉이 문에서 쿵쿵거리자 재미와 게임이 다시 살아났다.

쇼는 여전히 그곳에 서서 포스터의 검은 벨벳 재킷에 얼굴을 묻고 흐느꼈다.

포스터가 속삭였다. "지금은 때가 안 좋아, 빌."

"이자는 어떡하죠?" 암적색 셔츠의 남자가 말했다.

"그냥 여기서 끝내."

붉은색 셔츠의 다른 남자가 내 팔꿈치를 잡더니 진입로를 따라 끌고 갔다.

포스터는 고개 숙여 쇼의 귀에 대고 속삭였다. "이건 존을 위한 특별한, 특별한 행사야."

우리는 그들을 지나쳐 진입로를 내려갔다.

"여기까지 차를 타고 왔지?"

"네."

"차 열쇠 이리 내." 암적색 셔츠가 말했다.

나는 그 말대로 했다.

"저게 당신 차야?" 붉은색 셔츠가 인도 위에 세워진 비바를 가리켰다.

"네."

남자들이 서로 바라보며 씩 웃었다.

암적색 셔츠가 조수석 문을 열고 좌석을 들어올렸다. "뒤에 타."

나는 붉은색 셔츠와 함께 뒤에 탔다.

암적색 셔츠가 운전석에 앉더니 시동을 걸었다. "어디로 갈까?"

"새 주택단지로."

나는 뒷좌석에 앉아 왜 달아날 엄두도 내지 않았을까 의아해하며 이번 사태는 그다지 심각하지 않을 거라고, 요양소에서만큼 독할 리 없다고 막 생각하는데 붉은색 셔츠가 내 머리를 어찌나 세게 치는지 플라스틱 차창이 쩍 갈라졌다.

"씨팔 입 닥쳐." 그가 껄껄대며 내 머리카락을 움켜쥐고 머리통을 내 무릎 사이에 밀어넣었다.

"우리 친구가 호모였으면 자기 불알 맛을 보라고 했을 텐데." 운전석의 암적색 셔츠가 소리쳤다.

"망할 음악이나 좀 틀까." 붉은색 셔츠가 여전히 내 머리를 밀어누르며 말했다.

〈Rebel Rebel〉이 차 안을 채웠다.

"볼륨 높여." 붉은색 셔츠가 소리치며 내 머리카락을 잡아 올리더니 나직이 속삭였다. "씨팔 호모 새끼."

"피 났어?" 암적색 셔츠가 노랫소리를 뚫고 소리쳤다.

"아직 멀었지."

그가 나를 차창으로 밀더니 왼손으로 내 목을 쥐고서 살짝 뒤로 물러앉아 콧등을 치자 뜨거운 피가 콸콸 흘러내렸다.

"이제 좀 낫군." 그가 내 머리를 깨진 차창에 슬쩍 밀어붙였다.

1974년 크리스마스 직전의 토요일 웨이크필드 시내를 지나가는 동안 내 코에서 쏟아진 따뜻한 피가 입술을 지나 턱을 타고 흐르는데 토요일 밤치고는 참 조용하구나 싶었다.

"기절했어?" 암적색 셔츠가 말했다.

"그래." 붉은색 셔츠가 말했다.

보위가 룰루인지 페툴라인지 샌디인지 실라인지에게 자리를 내줘 〈The Little Drummer Boy〉가 나를 뒤덮으면서 크리스마스 조명이 감옥의 조명으로 바뀌더니 자동차가 포스터 건설 현장의 쓰레기장에 쿵쿵 들어섰다.

"여기?"

"좋지."

차가 멈추자 〈The Little Drummer Boy〉도 멈추었다.

암적색 셔츠가 내려서 운전석을 들어올리자 붉은색 셔츠가 나를 땅바닥으로 밀었다.

"완전히 맛이 갔잖아, 믹."

"아, 미안."

나는 그들 사이에 얼굴을 처박은 채 쓰러져 죽은 척했다.

"어떡하지? 그냥 이대로 둬?"

"씨팔, 그렇게는 안 되지."

"그럼?"

"재미 좀 봐야지."

"오늘밤은 안 돼, 믹. 사고 치면 곤란하다고."

"그냥 조금만, 응?"

그들이 내 팔을 하나씩 잡아 질질 끌고 가자 바지가 무릎으로 흘러내렸다.

"여기서?"

"그래."

방수포를 뚫고 들어가, 짓다 만 주택의 나무 바닥으로 끌려가는 동안 가시와 못이 무릎을 찢어댔다.

그들이 나를 의자에 앉히더니 손을 등뒤로 결박한 뒤 바지를 신발까지 끌어내렸다.

"여기로 차 가져와서 불을 비춰."

"누가 보면 어떡해?"

"누가 본다고 그래?"

그들 중 하나가 밖으로 나가자 다른 하나가 바짝 다가왔다. 그리고 내 팬티 안에 손을 집어넣었다.

"당신 호모라며." 붉은색 셔츠가 내 불알을 꽉 움켜쥐었다.

자동차 엔진소리가 들리더니 느닷없이 새하얀 빛이 온 방을 가득 채우며 〈Kung-Fu Fighting〉이 흘러나왔다.

"어서 끝내버려." 암적색 셔츠가 말했다.

"조 버그너!" 주먹이 배를 강타했다.

"깜둥이 콘테!" 두번째 남자가 말했다.

"씨팔 조지 포먼!" 첫번째 남자가 턱을 강타했다.

"무하마드 알리!"* 주먹이 날아오지 않아 가만히 기다리자 왼쪽에서 하나, 오른쪽에서 다른 하나가 나를 갈겼다.

"씨팔 브루스 리!"

의자가 뒤로 쿵 넘어지자 씨팔 숨이 막혔다.

"씨팔 호모 새끼." 암적색 셔츠가 상체를 숙여 내 얼굴에 침을 뱉었다.

"이놈을 산 채 묻어야 해."

암적색 셔츠가 웃음을 터뜨리며 대꾸했다. "그러다 조지의 지하가 개판 될라."

---

* 모두 당대의 유명 복싱 챔피언.

"머리에 먹물 든 놈들은 하나같이 재수없다니까."

"이제 됐어. 그만 가자."

"벌써?"

"씨팔, 어서 돌아가야지."

"저놈 차를 타고?"

"웨스트게이트에서 택시 타자."

"좆나 씨팔."

누군가 내 뒤통수를 발길질했다.

그리고 오른손을 밟아 뭉갰다.

빛이 사라졌다.

추위에 눈을 떴다.

모든 것이 자줏빛 테두리를 두른 채 시커멨다.

나는 의자를 차내고 손을 당겨 끈을 풀었다.

팬티만 걸친 채로 나무 바닥에 일어나 앉자 머리가 멍하고 온몸이 쓰
라렸다.

바닥으로 손을 뻗어 바지를 끌어당겼다. 누군가의 오줌에 축축이 젖
어 악취를 풍겼다.

나는 신발을 신은 채로 바지를 입었다.

천천히 일어났다.

한 번 쓰러졌다가, 반쯤 짓다 만 주택 밖으로 걸어나갔다.

차는 문이 닫힌 채 어둠 속에 서 있었다.

양쪽 문을 열어보았다.

둘 다 잠겨 있었다.

부서진 벽돌을 집어들고 조수석으로 돌아가 차창에 던졌다.

안으로 손을 집어넣어 잠금쇠를 풀었다.

문을 열고 벽돌을 집어 조수석 글러브박스의 자물쇠를 두드렸다.

지도책과 축축한 천과 비상용 열쇠를 끄집어냈다.

운전석으로 돌아가 문을 열고 차에 올랐다.

차에 앉아 어둠에 잠긴 텅 빈 집들을 응시하며, 아버지와 함께 갔던 최고의 시합을 회상했다.

허더즈필드와 에버튼의 경기였다. 허더즈필드가 에버튼 구역의 가장 자리에서 프리킥 기회를 얻었다. 빅 메캐프가 공 앞에 서서 장벽을 피해 둥글게 감아 차자 지미 글래저드가 헤딩으로 골을 넣는다. 골인. 심판이 이유도 없이 이를 인정하지 않고 다시 하라고 지시한다. 메캐프가 다시 공 앞에 서서 장벽을 피해 둥글게 감아 차자 글래저드가 헤딩한다. 골이 들어가고 전체 관중이 신나게 웃어댄다.

씨팔 8 대 2.

"언론이 한바탕 떠들겠구나. 망할 전부 파묻어버려." 아버지가 껄껄 웃어댔다.

나는 시동을 걸고 오시트로 향했다.

웨슬리 거리를 달리며 아버지의 시계를 보았다.

씨팔 맛이 가버렸다.

3시쯤 되었으려나.

씨팔, 나는 뒷문을 열면서 생각했다. 거실 뒷방에 불이 켜져 있었다.

씨팔, 아무래도 인사는 해야 했다. 어서 해치워버리자.

어머니는 옷을 입은 채 흔들의자에 앉아 잠들어 있었다.

나는 문을 닫고 한 번에 한 단씩 밟아 2층으로 올라갔다.

지린내에 찌든 바지를 벗지도 않고 침대에 누워 피터 로리머의 포스터를 어둠 속에서 응시하며 아버지가 얼마나 상심하실까 생각했다.

시속 150킬로미터로.

≫ 3부 ≪

우리는
죽은
자다

10

1974년 12월 22일 일요일.

아침 5시, 노블 경정이 거느린 열 명의 경찰이 어머니 집 대문을 대형 망치로 때려부수고는 복도로 나온 어머니의 따귀를 갈기고 방으로 도로 밀어넣은 뒤 엽총을 들고 계단을 뛰어올라 나를 침대에서 끌어내려 머리카락을 몇 무더기 뽑은 후 계단으로 걷어차 1층에 닿자 배에 펀치를 먹인 다음 문밖으로 끌어내 아스팔트 위로 질질 끌고 가 검은 밴의 뒤쪽에 태웠다.

그들이 문을 쾅 닫고 출발했다.

밴 뒷좌석에서 그들은 내가 기절할 때까지 두들겨패더니 따귀를 때리고 얼굴에 오줌을 눠 정신이 돌아오게 했다.

밴이 멈추자 노블 경정이 뒷문을 열고 내 머리카락을 움켜쥐고 끌어내 우드 거리의 웨이크필드 경찰청 후문 주차장을 빙빙 돌았다.

이윽고 정복경찰 둘이 내 발을 잡고 석조 계단으로 끌고 올라가 경찰청으로 들어갔다. 노란색 복도를 끝도 없이 오르내리고 오르내리는 동안 복도에 주르르 늘어선 검은색 제복들이 질질 끌려가는 내게 주먹질과 발길질을 하고 침을 뱉었다.

그들은 사진을 찍고 내 옷을 벗기고 오른손의 붕대를 잘라낸 뒤 또다시 사진을 찍고 지문을 찍었다.

파키스탄인 의사가 내 눈에 손전등을 비추더니 입가를 압설자로 훑고 손톱 아래를 긁어갔다.

발가벗겨진 나는 하얀 등만 켜 있을 뿐 창문이 없는, 가로 3미터 세로 2미터짜리 신문실로 끌려가 등뒤로 수갑을 찬 채 탁자 앞에 앉혀졌다.

그리고 홀로 남겨졌다.

얼마 후 문이 열리고 똥오줌 한 양동이가 내 얼굴로 날아들었다.

그리고 다시 홀로 남겨졌다.

얼마 후 문이 열리고 호스로 얼음물이 쏟아지자 의자에 앉아 있던 나는 바닥에 쓰러졌다.

의자에 수갑이 채워진 채 드러누운 나는 홀로 남겨졌다.

다른 방에서 비명이 울려댔다.

비명은 한 시간은 족히 계속되는 듯싶더니 뚝 그쳤다.

침묵.

나는 바닥에 누워 윙윙거리는 전등소리에 귀기울였다.

얼마 후 문이 열리고 고급 정장 차림의 덩치 큰 남자 둘이 의자를 들고 들어왔다.

그들이 수갑을 풀고 의자를 바로 했다.

구레나룻과 콧수염을 기른 남자는 사십대 정도로 보였다. 모랫빛 결고운 머리카락의 다른 남자는 숨결에서 토한 냄새가 풍겼다.

모랫빛이 말했다. "탁자에 손바닥 대고 앉아."

나는 의자에 앉아 시키는 대로 했다.

모랫빛이 콧수염에게 수갑을 던지더니 내 맞은편에 앉았다.

콧수염이 방을 빙 돌아 내 뒤로 와서 수갑을 만지작거렸다.

나는 탁자 위에 납작 편 오른손을 내려다보았다. 네 손가락이 하나로 뭉쳐 있고, 백 가지 노란색과 붉은색으로 얼룩져 있었다.

콧수염이 의자에 앉더니 나를 노려보며 자기 주먹에 브라스 너클처럼 수갑을 끼웠다.

그러고는 벌떡 일어나 수갑을 낀 주먹으로 내 오른손을 내리쳤다.

나는 비명을 질렀다.

"손 다시 탁자에 대."

나는 손을 다시 탁자에 댔다.

"손 펴."

나는 손을 펴려고 애썼다.

"형편없군."

"의사에게 꼭 치료받도록."

콧수염이 내 맞은편에 앉으며 싱글거렸다.

모랫빛이 일어나 신문실을 나갔다.

콧수염은 말없이 실실 웃기만 했다.

내 오른손은 피와 고름이 방울방울 솟으며 욱신댔다.

모랫빛이 담요를 가지고 돌아와 내 어깨에 둘렀다.

그리고 의자에 앉아 JPS 갑을 꺼내 콧수염에게 권했다.

콧수염이 라이터를 꺼내 두 사람 담배에 불을 붙였다.

그들은 의자에 등을 기대고 앉아 나를 향해 연기를 뿜었다.

손이 파르르 떨렸다.

콧수염이 앞으로 몸을 숙여 내 오른손 위에 대고 두 손가락 사이로 담배를 굴렸다.

나는 손을 약간 뒤로 뺐다.

느닷없이 그가 상체를 쑥 내밀어 한 손으로 내 오른손목을 움켜쥐더니 다른 손으로 내 손등에 담배를 비벼댔다.

나는 비명을 질렀다.

그가 내 손목을 놓고 의자에 바로 앉았다.

"손 다시 탁자에 대."

나는 손을 탁자에 댔다.

살의 탄내가 물씬 풍겼다.

"한 대 더?" 모랫빛이 물었다.

"그거 좋지." 콧수염이 또다시 JPS 한 대를 꺼냈다.

그리고 담배에 불을 붙이고는 나를 응시했다.

그가 몸을 숙여 담배를 내 손 위로 달랑거렸다.

나는 일어났다. "뭘 원하는 겁니까?"

"앉아."

"뭘 원하는지 말해요!"

"앉아."

나는 앉았다.

그들이 일어났다.

"일어나."

나는 일어났다.

"앞을 봐."

개 짖는 소리가 들렸다.

나는 움찔했다.

"움직이지 마."

그들이 의자와 탁자를 벽 쪽으로 붙이더니 방을 나갔다.

나는 방 가운데 꼼짝도 않고 서서 하얀 벽을 응시했다.

다른 방에서 비명과 개 짖는 소리가 들렸다.

비명과 개 짖는 소리가 한 시간은 족히 계속되는 듯싶더니 뚝 그쳤다.

침묵.

나는 방 가운데 서서 요의를 느끼며 윙윙거리는 전등소리에 귀기울였다.

얼마 후 문이 열리고 고급 정장 차림의 덩치 큰 남자 둘이 들어왔다.

회색 머리에 기름을 발라 바짝 넘긴 남자는 오십대 정도로 보였다. 다른 남자는 훨씬 젊은 축으로 갈색 머리에 오렌지색 넥타이를 맸다.

둘 다 술냄새가 훅 끼쳤다.

회색과 갈색이 아무 말 없이 내 주위를 돌았다.

이윽고 회색과 갈색이 의자와 탁자를 도로 방 가운데 배치했다.

회색이 내 뒤에 의자를 놓았다.

"앉아."

나는 앉았다.

회색이 바닥에서 담요를 집어들어 내 어깨에 둘렀다.

"탁자에 손바닥 대." 갈색이 말하며 담배에 불을 붙였다.

"뭘 원하는지 제발 말해주세요."

"탁자에 손바닥 대."

나는 시키는 대로 했다.

갈색이 내 맞은편에 앉아 있는 동안 회색은 방안을 서성거렸다.

갈색이 탁자 가운데 권총을 놓고 씩 웃었다.

회색이 걸음을 멈추고 내 뒤에 섰다.

"앞을 똑바로 봐."

느닷없이 갈색이 벌떡 일어나 내 두 손목을 누르자 회색이 담요를 움켜쥐고 내 얼굴에 덮어씌워 비틀어댔다.

의자 앞으로 쓰러진 나는 숨을 쉴 수 없어 헐떡대고 콜록거렸다.

그들은 내 손목을 그대로 누른 채 얼굴에 덮인 담요를 계속 비틀어댔다.

느닷없이 갈색이 내 손목을 놓았고 나는 담요를 덮어쓴 채 벽으로 내던져졌다.

퍽.

회색이 담요를 휙 벗기더니 머리카락을 움켜쥐고 나를 벽에 기대세웠다.

"돌아서서 앞을 똑바로 봐."

나는 돌아섰다.

갈색이 오른손에 권총을 들고 있고, 회색이 총알 몇 개를 쥔 채 위로 던졌다 받기를 되풀이했다.

"보스 말이 이 새끼 쏴버려도 좋대요."

갈색이 적당히 떨어진 곳에 서서 두 손으로 권총을 쥐고 내 머리를 겨냥했다.

나는 눈을 감았다.

탁 소리가 났지만 아무 일도 일어나지 않았다.

"씨팔."

갈색이 돌아서서 권총을 만지작거렸다.

오줌이 내 다리를 타고 흘러내렸다.

"이제 됐어. 이번에는 잘될 거야."

갈색이 다시 권총을 겨누었다.

나는 눈을 감았다.

요란한 빵 소리.

나는 내가 죽었다고 생각했다.

눈을 떠서 권총을 바라보았다.

총신에서 나온 검은 찌꺼기가 바닥에 떨어지고 있었다.

갈색과 회색이 껄껄 웃어댔다.

"뭘 원하는 겁니까?"

회색이 앞으로 나와 내 사타구니를 걷어찼다.

나는 바닥에 쓰러졌다.

"뭘 원하죠?"

"일어나."

나는 일어났다.

"까치발로 서."

"제발 말해주세요."

회색이 다시 앞으로 나와 내 사타구니를 걷어찼다. 나는 바닥에 쓰러졌다.

갈색이 다가와 내 가슴을 걷어차고는 등뒤로 수갑을 채우더니 얼굴을 바닥에 대고 눌렀다.

"개 싫어하지, 에디?"

나는 꿀꺽 침을 삼켰다.

"뭘 원하시죠?"

문이 열리고 정복경찰이 목줄을 맨 셰퍼드를 데리고 들어왔다.

회색이 내 머리카락을 움켜쥐고 얼굴을 들어올렸다.

개가 혀를 빼문 채 헐떡대며 나를 응시했다.

"물어, 물어."

개가 으르렁대고 짖어대면서 목줄이 팽팽하게 당겨졌다.

회색이 내 얼굴을 앞으로 밀었다.

"저 녀석이 지금 엄청 배고프단 말이야."

"어디 저 녀석뿐일까."

"조심해."

개가 점점 가까이 다가왔다.

나는 울부짖으며 그의 손에서 벗어나려고 버둥거렸다.

회색이 내 머리를 더 세게 밀었다.

개는 불과 30센티미터 떨어져 있었다.

개의 잇몸과 이빨이 보이고, 입냄새가 훅 끼치고, 숨결이 느껴졌다.

개가 으르렁대고 짖어대면서 목줄이 팽팽하게 당겨졌다.

내 엉덩이에서 똥이 흘러내렸다.

개의 잇몸에서 흘러내린 침이 내 얼굴에 떨어졌다.

눈앞이 점점 깜깜해졌다.

"내가 무슨 짓을 했는지 말해줘요."

"다시."

개가 몇 센티미터 멀어졌다.

나는 눈을 감았다.

"내가 무슨 짓을 했는지 말해주세요."

"잘했어."

눈앞이 깜깜해지고 개가 사라졌다.

나는 눈을 떴다.

노블 경정이 탁자 맞은편에 앉아 있었다.

나는 벌거벗은 채 벌벌 떨며 내 똥을 뭉개고 앉아 있었다.

노블 경정이 담배에 불을 붙였다.

나는 움찔했다.

"왜?"

눈에 눈물이 가득 고였다.

"왜 그러나?"

"죄송합니다."

"좋아."

노블 경정이 담배를 내게 주었다.

나는 담배를 받아들었다.

노블이 새 담배에 불을 붙였다.

"왜 그러는지 말해봐."

"저도 모릅니다."

"도와줄까?"

"예."

"말이 짧다."

"예, 경정님."

"넌 그 여자를 좋아했다. 맞나?"

"예, 경정님."

"그것도 엄청 많이 좋아했다. 안 그래?"

"맞습니다, 경정님."

"하지만 그 여자는 눈도 깜짝 안 했어. 그치?"

"예, 경정님."

"그 여자가 어쨌다고?"

"눈도 깜짝 안 했습니다."

"널 전혀 원하지 않았어. 안 그래?"

"예, 경정님."

"하지만 넌 마음대로 해버렸어. 안 그래?"

"예, 경정님."

"뭘 했지?"

"뭐든지요."

"성기에 대고 했어. 그치?"

"예, 경정님."

"입에 대고 했어. 그치?"

"예, 경정님."

"항문에 대고 했어. 그치?"

"예, 경정님."

"뭘 했다고?"

"성기에 대고 했습니다."

"그리고?"

"입에 대고 했습니다."

"그리고?"

"항문에 대고 했습니다."

"넌 전혀 상관 안 했어. 그치?"

"예, 경정님."

"그런데 그 여자가 입을 다물지 않으려고 했어. 안 그래?"

"그렇습니다, 경정님."

"그 여자가 어땠다고?"

"입을 다물지 않으려고 했습니다."

"경찰에 신고하겠다고 했어. 안 그래?"

"그렇습니다, 경정님."

"그 여자가 뭐랬다고?"

"경찰에 신고하겠다고 했습니다."

"그걸 그냥 둘 수는 없었지. 안 그래?"

"그렇습니다, 경정님."

"그래서 그 여자 입을 막아야 했어. 그치?"

"예, 경정님."

"그래서 그 여자 목을 졸랐어. 그치?"

"예, 경정님."

"어쨌다고?"

"그 여자 목을 졸랐습니다."

"하지만 그 여자는 여전히 널 바라보고 있었지. 안 그래?"

"그렇습니다, 경정님."

"그래서 그 여자 머리카락을 잘라버렸어. 그치?"

"예, 경정님."

"어쨌다고?"

"그 여자 머리카락을 잘랐습니다."

"왜?"

"그 여자 머리카락을 잘랐습니다."

노블 경정이 내게서 담배를 뺏어갔다.

"그 여자가 여전히 널 바라보고 있어서야. 안 그래?"

"맞습니다, 경정님."

"네가 어쨌다고?"

"그 여자 머리카락을 잘랐습니다."

"왜?"

"그 여자가 여전히 날 바라보고 있어서입니다."

"잘했어."

노블 경정이 담배를 바닥에 버리고 발로 비볐다.

그리고 새 담배에 불을 붙여 내게 주었다.

나는 담배를 받아들었다.

"넌 그 여자를 좋아했어. 안 그래?"

"그렇습니다, 경정님."

"하지만 그 여자는 눈도 깜짝 안 했어. 그치?"

"예, 경정님."

"그래서 넌 어떻게 했지?"

"마음대로 해버렸습니다."

"뭘 했지?"

"성기에 대고 했습니다."

"그리고?"

"입에 대고 했습니다."

"그리고?"

"항문에 대고 했습니다."

"그런 다음에는?"

"여자가 입을 다물지 않으려고 했습니다."

"여자가 뭐랬다고?"

"경찰에 신고하겠다고 했습니다."

"그래서 어떻게 했지?"

"그 여자 목을 졸랐습니다."

"그런 다음에는?"

"그 여자 머리카락을 잘랐습니다."

"왜?"

"그 여자가 여전히 날 바라보고 있어서입니다."

"다른 여자도 그랬던 것처럼?"

"예, 경정님."

"뭐라고?"

"다른 여자도 그랬던 것처럼요."

"이제 자백을 하고 싶지?"

"예, 경정님."

"뭘 하고 싶다고?"

"자백을 하고 싶습니다."

"잘했어."

노블 경정이 일어났다.

그리고 나를 혼자 두고 나갔다.

얼마 후 경찰이 문을 열고 들어와 나를 끌고 노란 복도를 지나 샤워기와 변기가 있는 방으로 들어갔다.

경찰이 내게 비누를 주더니 샤워기의 뜨거운 물을 틀었다.

나는 따뜻한 물줄기 아래 서서 온몸을 씻었다.

똥이 다시 다리 아래로 떨어졌다.

경찰은 아무 말도 하지 않았다.

그가 내게 비누를 또 주고는 뜨거운 물을 다시 틀었다.

나는 샤워기 아래 서서 또다시 온몸을 씻었다.

경찰이 내게 수건을 주었다.

나는 몸을 닦았다.

경찰이 위아래가 붙은 푸른색 죄수복을 주었다.

나는 죄수복을 걸쳤다.

경찰이 다시 노란 복도를 지나 탁자 하나에 의자 네 개가 놓인, 가로 3미터 세로 2미터짜리 신문실로 나를 끌고 갔다.

"앉아."

나는 시키는 대로 했다.

그리고 혼자 남겨졌다.

얼마 후 문이 열리고 고급 양복을 입은 덩치 큰 남자 셋이 들어왔다. 올드먼 총경과 노블 경정과 모랫빛 머리카락이었다.

그들은 모두 내 맞은편에 앉았다.

올드먼이 팔짱을 낀 채 의자에 등을 기댔다.

노블 경정이 탁자 위에 서류철 두 개를 놓더니 종이와 흑백사진들을 주르르 넘겼다.

모랫빛의 무릎 위에는 A4 용지 뭉치가 놓여 있었다.

"자백하고 싶다며?" 올드먼 총경이 말했다.

"예, 총경님."

"그럼 해보게."

침묵.

나는 의자에 앉아 전등이 내뿜는 윙윙 소리에 귀기울였다.

"그 여자를 좋아했어. 그치?" 노블 경정이 상관에게 사진을 건네며 말했다.

"예, 경정님."

"뭐라고?"

"그 여자를 좋아했습니다."

모랫빛이 받아쓰기 시작했다.

올드먼 총경이 사진을 바라보며 히죽 웃었다.

"계속해."

"하지만 그 여자는 눈도 깜짝 안 했습니다."

올드먼 총경이 고개를 들어 나를 바라보았다.

"그래서?" 노블 경정이 물었다.

"마음대로 해버렸습니다."

"뭘 했지?" 올드먼이 물었다.

"성기에 대고 했습니다."

"그리고?" 노블이 올드먼에게 또다른 사진을 건넸다.

"입에 대고 했습니다."

"그리고?"

"항문에 대고 했습니다."

"그다음에는 어떻게 됐지?"

"여자가 입을 다물지 않으려고 했습니다."

"여자가 뭐라고 했나?"

"경찰에 신고하겠다고 했습니다."

"그래서 어떻게 했지?"

노블이 올드먼에게 또다른 사진을 건넸다.

"여자의 목을 졸랐습니다."

"그다음에는?"

"여자의 머리카락을 잘랐습니다."

올드먼 총경이 마지막 사진에서 고개를 들고는 물었다. "왜 그랬나?"

"그 여자가 여전히 날 바라보고 있어서입니다."

"다른 여자도 그랬던 것처럼?" 노블 경정이 물으며 두번째 서류철을 열어 더 많은 사진을 올드먼에게 건넸다.

"그렇습니다." 나는 말했다.

올드먼 총경이 사진을 주르르 훑더니 노블에게 도로 건넸다.

올드먼이 팔짱을 낀 채 의자에 등을 기대고 앉아 모랫빛에게 고개를 끄덕였다.

모랫빛이 A4 뭉치를 내려다보며 읽기 시작했다.

"그 여자를 좋아했습니다. 하지만 그 여자는 눈도 깜짝 안 했습니다.

그래서 내 마음대로 해버렸습니다. 성기와 입과 항문에 대고 했습니다. 여자가 입을 다물지 않으려고 했습니다. 경찰에 신고하겠다고 했습니다. 그래서 여자의 목을 졸랐습니다. 그리고 여자의 머리카락을 잘랐습니다. 그 여자가 여전히 나를 바라보고 있어서입니다. 다른 여자도 그랬던 것처럼."

올드먼 총경이 일어나 말했다. "에드워드 레슬리 던퍼드, 당신은 첫번째로 1974년 12월 17일 화요일경 웨이크필드 블레넘 거리 28번지 5호에 거주하는 맨디 데니질리 부인을 강간살해한 혐의로 기소되었습니다. 두번째로 1974년 12월 21일 토요일경 캐슬퍼드 브런트 거리 11번지에 거주하는 폴라 갈런드 부인을 강간살해한 혐의로 기소되었습니다."

침묵.

노블 경정과 모랫빛이 일어났다.

세 남자가 신문실을 나가자 나는 울음이 터질 것만 같았다.

얼마 후 경찰이 문을 열고 들어와 나를 노란색 복도로 끌고 갔다.

두 칸 건너 신문실의 열린 문으로 스코틀랜드 클레어가 보였다.

그녀가 입을 쩍 벌린 채 나를 바라보았다.

경찰이 나를 또다른 노란 복도로 끌고 가 석조 감방에 이르렀다.

문 위에 올가미가 있었다.

"들어가."

나는 시키는 대로 했다.

감옥 바닥에 차가 가득 든 종이컵과 돼지고기 파이 4분의 1조각이 담긴 종이 접시가 놓여 있었다.

경찰이 문을 닫았다.

모든 것이 암흑으로 변했다.

나는 바닥에 앉다가 종이컵을 걷어찼다.

돼지고기 파이를 찾아 조금씩 뜯어먹기 시작했다.

나는 눈을 감았다.

얼마 후 경찰 둘이 문을 열고 옷 뭉치와 신발 한 켤레를 던졌다.

"입어."

나는 시키는 대로 했다.

지린내와 진흙 범벅인 내 옷과 신발이었다.

"두 손을 등뒤에 대."

나는 시키는 대로 했다.

경찰 하나가 감방으로 들어와 내 손에 수갑을 채웠다.

"얼굴 가려."

경찰이 내 머리에 담요를 덮어씌웠다.

"걸어."

경찰이 나를 뒤에서 밀었다.

나는 걷기 시작했다.

나는 느닷없이 겨드랑이가 붙들려 끌려갔다. 담요 사이로는 노란색만 보였다.

"이 자식 내가 손 좀 볼까요? 나는 아직 제대로 시작도 못했는데."

"어서 치워버리자고."

나는 문에 몇 번 머리를 부딪힌 다음 밖으로 나왔다.

그리고 쓰러졌다.

그들이 나를 일으켜세웠다.

밴에 태워지는 듯했다.

문들이 쾅쾅 닫히고 시동이 걸렸다.

나는 여전히 머리에 담요를 덮어쓴 채 두세 명의 남자와 함께 밴 뒷좌석에 앉아 있었다.

"씨팔 개새끼."

"담요 덮어썼다고 잠들기만 해봐."

주먹이 내 머리를 강타했다.

"걱정 마. 내가 확실히 책임질 테니."

"씨팔 개새끼."

또다른 주먹.

"머리 똑바로 들어."

"씨팔 개새끼."

담배냄새가 났다.

"씨팔 자백했다며. 뭐 이딴 놈이 다 있지."

"그러게, 정말 씨팔 개새끼야."

정강이를 걷어차였다.

"이놈의 씨팔 불알을 잡아 찢어놔야 해."

"씨팔놈의 강간범."

나는 얼어붙었다.

"다른 놈한테 해준 대로 하자."

"그래, 잘 어울리는 한 쌍의 씨팔놈이군."

뒤통수가 밴에 부딪혔다.

"씨팔 개새끼!"

"여기서 어때?"

밴 안에서 쿵쿵거리는 소리가 들렸다.

"저 씨팔 새끼의 담요를 벗겨."

"여기서?"

밴 안이 느닷없이 더 추워진 듯했다.

그들이 담요를 벗겼다.

나는 콧수염과 회색과 갈색과 함께였다.

밴의 뒷문이 열려 있었다.

밖은 동틀 무렵처럼 보였다.

"저 씨팔 새끼의 수갑을 풀어."

콧수염이 내 머리카락을 휘어잡고 끌어내 수갑을 풀었다.

빠르게 뒤로 사라져가는 평평한 갈색 들판이 보였다.

"여기 앉힙시다." 갈색이 말했다.

콧수염과 회색이 나를 문 쪽으로 끌어내더니 탁 트인 갈색 들판에 등을 돌리고 무릎 꿇렸다.

갈색이 내 앞에 웅크리고 앉았다.

"바로 이거야."

갈색이 리볼버를 꺼내들었다.

"입 벌려."

머리카락이 모두 사라진 폴라가 벌거벗은 채 성기와 항문에 피를 흘리며 침대에 엎드린 모습이 눈앞에 떠올랐다.

"입 벌려!"

나는 입을 벌렸다.

갈색이 총구를 내 입에 들이밀었다.

"네놈의 씨팔 대가리를 날려버리겠어."

나는 눈을 감았다.

탁.

나는 눈을 떴다.

갈색이 내 입에서 총을 빼냈다.

"총이 어디 고장났나." 갈색이 껄껄거렸다.

"운도 더럽게 좋군." 콧수염이 말했다.

"해치워버려." 회색이 말했다.

"한번 더 해봐."

등뒤로 공기와 추위와 들판이 느껴졌다.

"입 벌려."

머리카락이 모두 사라진 폴라가 벌거벗은 채 성기와 항문에 피를 흘리며 침대에 엎드린 모습이 눈앞에 떠올랐다.

나는 입을 벌렸다.

갈색이 다시 내 입에 총구를 들이밀었다.

나는 눈을 감았다.

탁.

"씨팔 개새끼가 명줄 한번 질기군."

나는 눈을 떴다.

갈색이 내 입에서 총을 빼냈다.

"세번째도 운이 좋을까, 응?"

"씨팔." 콧수염이 권총을 뺏어들더니 갈색을 밀쳤다.

그리고 권총의 총구를 움켜쥐고 머리 높이 쳐들었다.

머리카락이 모두 사라진 폴라가 벌거벗은 채 성기와 항문에 피를 흘리며 침대에 엎드린 모습이 눈앞에 떠올랐다.

콧수염이 권총으로 내 머리를 내리쳤다.

"여긴 북부야. 우리는 우리가 원하는 대로 해!"

머리카락이 모두 사라진 폴라가 벌거벗은 채 성기와 항문에 피를 흘리며 도로에 쓰러진 모습이 눈앞에 떠오르며 나는 뒤로 넘어갔다.

11

우리는 손을 맞잡고 강에 뛰어들었다.

물이 차가웠다.

나는 그녀의 손을 놓았다.

눈을 떴다.

아침인 듯했다.

나는 비를 맞으며 도로가에 쓰러져 있었고, 폴라는 죽었다.

일어나 앉자 머리가 쪼개질 것 같고 온몸에 아무 감각이 없었다.

한 남자가 도로 위쪽에 세워진 차에서 내리는 참이었다.

나는 텅 빈 갈색 들판을 둘러보고는 일어나려고 애썼다.

남자가 내게로 달려왔다.

"내 차에 치여 죽을 뻔했어요!"

"여기가 어디죠?"

"대체 어떻게 된 겁니까?"

여자가 조수석 쪽 문가에 서서 우리를 바라보고 있었다.

"사고를 당했어요. 여기가 어디죠?"

"동커스터 로드요. 구급차 부를까요?"

"아뇨."

"경찰에 신고할까요?"

"아뇨."

"몸이 안 좋아 보이는데."

"저 좀 태워주시겠습니까?"

남자가 차 옆에 서 있는 여자를 돌아보았다. "어디로?"

"웨이크필드 가는 길에 있는 레드벡 카페라고 아십니까?"

"네." 남자가 다시 한번 차를 돌아보았다. "타시죠."

"감사합니다."

우리는 천천히 차로 향했다.

나는 뒷좌석에 올랐다.

여자는 앞좌석에 앉아 똑바로 앞만 보고 있었다. 폴라와 똑같은 금발이었지만 더 길었다.

"사고를 당했대. 가는 길에 목적지까지 태워주려고." 남자가 여자에게 말하며 시동을 걸었다.

계기판의 시계는 6시를 가리켰다.

"실례합니다. 오늘이 무슨 요일이죠?"

"월요일요."

여자가 돌아보지 않은 채 대꾸했다.

나는 텅 빈 갈색 들판을 응시했다.

1974년 12월 23일 월요일.

"그럼 내일이 크리스마스이브군요?"

"네." 여자가 대답했다.

남자가 백미러로 나를 살폈다.

나는 텅 빈 들판을 돌아보았다.

"여기 내려드리면 될까요?" 남자가 레드벡 옆에 차를 세우며 물었다.

"네. 감사합니다."

"병원에 안 가봐도 정말 괜찮겠습니까?"

"괜찮습니다. 정말 고맙습니다." 나는 내리며 말했다.

"그럼 몸조심해요." 남자가 말했다.

"안녕히 가세요. 정말 감사합니다." 나는 문을 닫으며 말했다.

차가 멀어져가는 내내 여자는 앞만 바라보고 있었다.

나는 화물트럭의 기름이 둥둥 떠다니는 진흙탕 빗물 웅덩이를 피해 주차장을 가로질러 건물 뒤쪽 모텔방으로 향했다.

27호실 문이 부서진 채 열려 있었다.

나는 문 앞에 서서 귀를 곤두세웠다.

고요.

나는 문을 밀었다.

제복 차림의 프레이저 경사가 서류와 파일과 테이프와 사진 담요를 깔고 잠들어 있었다.

나는 문을 닫았다.

프레이저가 눈을 뜨고 올려다보더니 일어났다.

"씨팔." 그가 손목시계를 들여다보았다.

"그래요."

그가 내 꼴을 응시했다.

"씨팔."

"그래요."

그가 세면대로 가서 물을 틀었다.

"거기 앉아요." 그가 세면대에서 침대로 가더니 하단 매트리스를 뒤집었다.

나는 서류와 파일과 사진과 지도를 가로질러 가서 휑한 매트리스에 앉았다.

"여기서 뭐해요?"

"정직당하게 생겼어요."

"씨팔 무슨 짓을 했는데요?"

"당신을 안다는 것 때문이지."

"그래서요?"

"그래서 나는 정직당하고 싶지 않아요."

밖에서는 빗줄기가 세차게 떨어지고, 화물트럭이 후진해 멈춰 서고, 운전사들이 비 피할 곳을 찾아 달려갔다.

"여긴 어떻게 알아냈죠?"

"난 경찰이에요."

"그래요?" 나는 머리를 감싸쥔 채 말했다.

"아무렴." 프레이저 경사가 재킷을 벗더니 소매를 걷어올렸다.

"전에 여기 와본 적 있어요?"

"아니. 왜요?"

"그냥요." 나는 말했다.

프레이저가 세면대에 있는 유일한 수건을 적셔 비틀어 짜더니 내게로 던졌다.

나는 수건으로 얼굴과 머리를 닦았다.

수건이 녹물 색으로 변했다.

"내가 한 짓이 아니에요."

"누가 뭐랍니까."

프레이저가 회색 침대 시트를 집어 쭉 찢었다.

"왜 나를 풀어줬을까요?"

"나도 모르죠."

방안이 어두워지며 프레이저의 셔츠가 회색으로 변했다.

나는 일어났다.

"앉아요."

"포스터가 그런 거죠?"

"앉아요."

"돈 포스터 짓이야. 분명해."

"에디……"

"그 망할 새끼들은 그걸 다 알고 있어요. 그렇죠?"

"포스터가 왜 그런 짓을 하겠어요?"

나는 서류를 한 주먹 움켜쥐었다. "왜냐하면 그자가 이 모든 똥 같은 상황의 연결고리니까."

"포스터가 클레어 켐플레이를 죽였다고?"

"네."

"왜요?"

"왜 아니겠어요?"

"헛소리 마요. 저넷 갈런드와 수전 리드야드도 그 인간이 죽였다고?"

"그래요."

"맨디 위머와 폴라 갈런드도?"

"네."

"왜 더 해보시죠? 샌드라 리벳은? 어쩌면 루칸 짓이 아니라 돈 포스터 짓이 아닐까. 버밍엄의 폭탄도 그렇고."

"웃기지 마요. 그녀는 죽었어요. 그들 모두 죽었어요."

"그렇지만 왜요? 돈 포스터가 왜 그딴 짓을? 그럴싸한 이유를 하나도 못 대고 있잖아요."

나는 침대에 도로 앉아 두 손에 머리를 파묻었다. 방안은 시커멨고, 그 어떤 것도 이치에 닿지 않았다.

프레이저가 내게 회색 침대 시트 두 조각을 건넸다.

나는 천을 오른손목에 감고 단단히 조였다.

"그들은 연인 사이였어요."

"그래서?"

"그자를 만나야겠어요."

"그자에게 죄를 묻겠다고?"

"꼭 물어봐야 할 게 있어요. 그자만 아는 거죠."

프레이저가 재킷을 집어들었다. "태워주죠."

"그러다 정직당할걸요."

"말했잖아요. 어차피 정직당한다고."

"그냥 열쇠만 줘요."

"왜 그래야 하죠?"

"왜냐하면 내가 가진 건 당신뿐이니까."

"그럼 이미 망한 겁니다."

"그래요. 그러니 나한테 맡겨줘요."

그가 화를 낼 듯하더니 내게 열쇠를 던졌다.

"고마워요."

"별말씀을."

나는 세면대로 가서 얼굴의 오래된 피를 씻어냈다.

"BJ는 만나봤어요?" 내가 물었다.

"아뇨."

"아파트에 안 가봤어요?"

"갔죠."

"그런데요?"

"달아났거나 체포됐겠지. 모르겠어요."

개들이 짖어대고, 사람들이 비명을 질러댔다.

"어머니께 전화드려야 해요." 내가 말했다.

프레이저 경사가 고개를 들었다. "네?"

나는 그의 열쇠를 손에 쥔 채 문가에 서 있었다. "어느 차죠?"

"노란색 맥시요."

나는 문을 열었다. "그럼 이만."

"잘 가요."

"고마워요." 나는 두 번 다시 그를 보지 못할 것처럼 말했다.

27호실 문을 닫고 주차장을 가로질러 지저분한 노란색 맥시로 향했다. 차는 두 대의 핀더스 화물트럭 사이에 세워져 있었다.

레드벡을 떠나며 라디오를 틀었다. IRA가 해러즈 백화점을 날려버렸고, 히스 씨가 몇 분 차이로 폭발을 피해 살아남았고, 애스턴 마틴은 산산조각나버렸고, 루칸은 로디지아*에서 목격되었고, 〈매스터마인드〉** 새 시즌이 시작되었다.

8시가 다 되었을 무렵, 트리니티 뷰의 높다란 담 옆에 차를 세웠다.

나는 차에서 내려 대문으로 향했다.

문은 활짝 열려 있고, 크리스마스트리 위 하얀 전구도 여전히 켜져

---

* 영국에서 독립하기 전 짐바브웨의 명칭.
** BBC의 퀴즈 프로그램.

있었다.

나는 진입로와 잔디밭을 둘러보았다.

"씨팔!" 고함치며 진입로를 달려갔다.

진입로 중간쯤 로버가 재규어의 꽁무니를 들이받은 채 서 있었다.

나는 잔디밭을 가로지르다 찬이슬에 미끄러졌다.

모피 코트 차림의 포스터 부인이 현관문 근처 잔디밭에서 몸을 숙여 뭔가를 내려다보고 있었다.

그녀는 비명을 지르고 있었다.

나는 그녀를 붙들고 꼭 안았다.

팔다리를 마구 허우적거리는 그녀를 뒤로, 집 쪽으로, 잔디밭에 있는 것이 뭐든 거기서 떼어놓으려고 밀었다.

그리고 살펴보았다, 자세히.

흙 범벅인 하얀 팬티 차림에 뚱뚱하고 창백한 그의 몸뚱이는 목을 휘감은 검은 전선으로 등뒤의 손까지 결박되어 있고, 머리카락은 한 올도 없이 시뻘건 두피를 드러냈다.

"안 돼, 안 돼, 안 돼." 포스터 부인이 비명을 질렀다.

그녀의 남편은 눈을 크게 뜬 채였다.

빗물에 시커멓게 얼룩진 모피 코트 차림의 포스터 부인이 또다시 시신을 향해 달려갔다.

나는 그녀를 힘껏 막으며 여전히 도널드 포스터를 응시했다. 진흙탕에 축 늘어진 새하얀 다리와 피범벅인 무릎과 삼각형의 화상 자국이 난 등과 연약한 머리.

"안으로 들어가요." 나는 고함치며 그녀를 단단히 붙들어 현관문 쪽으로 밀었다.

"안 돼요. 그이에게 뭐라도 덮어줘요."

"포스터 부인, 제발⋯⋯"

"제발 덮어줘요!" 그녀가 울부짖으며 코트를 벗으려고 몸부림쳤다.

우리는 집안으로 들어가 계단 발치에 이르렀다.

나는 그녀를 맨 아래 단에 앉혔다.

"여기서 기다려요."

나는 모피 코트를 받아들고 밖으로 나갔다.

축축한 코트를 도널드 포스터 위에 덮었다.

그리고 다시 안으로 돌아갔다.

포스터 부인은 여전히 아래 계단에 앉아 있었다.

나는 거실의 크리스털병에서 스카치 두 잔을 따랐다.

"부인은 어디 계셨나요?" 나는 그녀에게 큰 잔을 건네며 물었다.

"조니하고 있었어요."

"조니는 지금 어딨죠?"

"몰라요."

"누가 이런 짓을 했죠?"

그녀가 고개를 들었다. "몰라요."

"조니가요?"

"절대 아니에요."

"그럼 누구죠?"

"말했잖아요, 모른다고."

"듀즈베리 로드에서 부인이 차로 친 사람은 누구였죠?"

"왜요?"

"말해주세요."

"당신이야말로 말해봐요. 지금 그게 왜 중요하죠?"

나락으로 떨어지며 버둥버둥 움켜잡는 두 손. 죽은 자는 살아 있고,

산 자는 죽은 듯 나는 말했다. "그 사람이 누구든 클레어 켐플레이를 죽인 자들 중 하나이고, 그자들이 누구든 수전 리드야드를 죽이고 저넷 갈런드를 죽였으니까요."

"저넷 갈런드?"

"네."

그녀의 독수리 눈이 불현듯 흔들렸다. 나는 눈물과 비밀을, 그것도 그녀가 지킬 수 없는 비밀을 가득 담은 커다랗고 검은 판다 눈을 응시했다.

나는 밖을 가리켰다. "저 사람이 그랬나요?"

"아뇨, 설마요."

"그럼 누구죠?"

"몰라요." 그녀의 입과 손이 파르르 떨렸다.

"알잖아요."

손에 든 술잔이 미끄러지며 그녀의 드레스와 계단에 위스키가 흘렀다. "몰라요."

"당신은 알아요." 나는 나직이 씩씩대며 문 너머 망할 거대한 크리스마스트리 옆에 쓰러진 시신을 돌아보았다.

이윽고 힘껏 주먹을 쥐고 돌아서서 팔을 쳐들었다.

"말해요!"

"씨팔, 그녀에게서 떨어져!"

피와 진흙 범벅인 조니 켈리가 다치지 않은 손에 망치를 들고 계단 꼭대기에 서 있었다.

퍼트리샤 포스터는 넋이 나갔는지 뒤돌아보지도 않았다.

나는 천천히 뒤로 물러섰다. "당신이 저 사람을 죽였습니까?"

"우리 누나와 제니를 죽인 놈이야."

그가 맞기를 바라는 동시에 틀렸음을 아는 나는 그에게 말했다. "아니, 저자 짓이 아니에요."

"당신이 뭘 안다고 지랄이야?" 켈리가 계단을 내려왔다.

"당신이 저 사람을 죽였습니까?"

손에 망치를 들고 계단을 내려오며 나를 똑바로 응시하는 그의 눈과 빰이 눈물로 젖어 있었다.

나는 한 걸음 더 물러서며 그의 눈물에서 너무 많은 가능성을 포착했다. "당신 짓이 아니란 거 알아요."

그는 계속 계단을 내려오며 눈물을 흘렸다.

"조니, 당신이 뭔가 나쁜 짓을, 끔찍한 짓은 저질렀지만 이 남자를 죽이진 않았다는 걸 난 알아요."

그가 계단 끝에 멈춰 섰다. 망치는 포스터 부인의 머리에서 겨우 몇 센티미터 떨어져 있었다.

나는 그를 향해 다가갔다.

그가 망치를 떨어뜨렸다.

나는 다가가 망치를 집어들고는 〈코작〉의 사악한 인간들과 더러운 경찰들이 그러듯 지저분한 회색 손수건으로 망치를 닦았다.

켈리가 그녀의 머리를 내려다보며 가만히 서 있었다.

나는 망치를 떨어뜨렸다.

그가 그녀의 머리를 쓰다듬더니 점점 더 세게 당겼다. 다른 누군가의 피가 머리카락에 엉겨 있었다.

그녀는 꿈쩍도 하지 않았다.

나는 그를 밀어냈다.

더이상 알고 싶지 않았다. 마약과 술을 사서 망할 여기서 벗어나고 싶었다.

그가 내 눈을 응시하며 말했다. "여기서 떠나."

하지만 그럴 수 없었다. "당신도 떠나야 해요."

"그자들이 당신을 죽일 거야."

"조니." 나는 그의 어깨를 잡고서 말을 이었다. "듀즈베리 로드에서 차로 친 사람이 누구였지?"

"그들이 당신을 죽일 거야. 당신이 바로 다음 차례지."

"누구였지?" 나는 그를 벽으로 밀어붙였다.

그는 아무 말도 하지 않았다.

"누구 짓인지 알잖아. 누가 저넷과 다른 두 여자애를 죽였지?"

그가 밖을 가리켰다. "저자가."

주먹으로 그를 갈기자 격렬한 고통으로 눈앞에 별이 어른댔다.

럭비 리그의 스타가 푹신한 카펫 위로 쓰러졌다. "씨팔."

"아니, 당신이야말로 씨팔놈이야." 나는 그의 대가리를 쩍 갈라 씨팔 작고 더러운 비밀들을 퍼먹고자 몸을 숙였다.

켈리가 발치에 쓰러져 열 살짜리 어린애처럼 올려다보고 있었지만, 포스터 부인은 그게 다 누군가의 텔레비전에서 나오는 광경인 양 멍하니 몸을 앞뒤로 흔들 뿐이었다.

"말해!"

"저자 짓이야." 그가 훌쩍이며 말했다.

"씨팔 거짓말쟁이." 나는 뒤로 손을 뻗어 망치를 움켜쥐었다.

켈리가 내 다리 사이로 빠져나가 위스키 자국을 따라 현관문으로 기어갔다.

"저자 짓이기를 바라는 거겠지."

"아냐."

나는 그의 목깃을 움켜잡고 얼굴을 내 쪽으로 돌렸다.

"저자 짓이기를 바라는 거야. 이렇게 쉽게 끝나기를 바라는 거라고."

"저자 짓이야. 저자 짓이라고."

"아냐. 아니라는 거 알잖아."

"아니라니까."

"복수를 하고 싶다면 말해. 그날 밤 차로 친 게 누군지 말하라고."

"안 돼. 안 돼. 안 돼."

"너는 아무 짓도 못할 테니 나한테 말해. 아니면 대가리를 박살내버리겠어."

그가 손으로 내 얼굴을 치웠다. "다 끝났다니까."

"저자 짓이기를 바라겠지. 그래야 다 끝나니까. 하지만 끝나지 않았다는 거 알잖아." 나는 고함을 지르며 망치로 계단 옆면을 내리쳤다.

그녀가 흐느꼈다.

그가 흐느꼈다.

나도 흐느꼈다.

"차로 친 놈이 누군지 말하기 전에는 절대 끝나지 않아."

"아냐!"

"끝나지 않았어."

"아냐!"

"끝나지 않았다고."

"아냐!"

"끝나지 않았어, 조니."

그가 쿨럭이며 눈물과 신물을 토해냈다. "끝났어."

"말해, 이 망할 새끼야."

"그럴 수 없어."

환한 낮에 달이 뜨고, 깜깜한 밤에 해가 뜨고, 내가 그녀를 씹하고,

그녀가 그를 씹고, 모두의 몸에 저넷의 얼굴이 있었다.

나는 그의 목과 머리카락을 움켜쥐고 붕대 감은 손으로 망치를 쳐들었다. "네 누나랑 붙어먹었군."

"아냐."

"네가 바로 저넷의 아버지야. 그렇지?"

"아냐!"

"네가 그애의 아버지였어."

그의 입술이 달싹대며 피거품이 부글부글 비어져나왔다.

나는 그의 얼굴에 바싹 얼굴을 들이댔다.

뒤에서 그녀가 말했다. "조지 마시."

나는 휙 돌아 손을 뻗어 그녀를 우리 쪽으로 당겼다. "다시 말해."

"조지 마시." 그녀가 나직이 읊었다.

"그자가 뭐?"

"듀즈베리 로드에서 차에 치인 인간요."

"조지 마시라고?"

"도니 밑에서 일하는 현장감독이었죠."

"아름다운 새 카펫 아래, 돌과 틈 사이에."

"그자는 어디 있지?"

"몰라요."

나는 그들을 놔주고 일어났다. 현관이 불현듯 더 크고 환하게 느껴졌다.

나는 눈을 감았다.

손에서 망치가 떨어지고, 켈리의 이가 맞부딪치는 소리가 들리더니 이윽고 모든 것이 다시 작고 캄캄해졌다.

나는 전화기로 가 전화번호부를 꺼냈다. M자를 펼쳐 마시를 쭉 훑으니 G.마시가 있었다. 네더턴의 메이플 웰 드라이브 16번지였다. 전화번호는 3657이었다. 나는 전화번호부를 덮었다.

연한 꽃무늬 전화번호 수첩을 집어들어 M자를 펼쳤다.

만년필로 조지 3657이라고 적혀 있었다.

빙고.

나는 수첩을 덮었다.

조니 켈리는 손에 얼굴을 파묻고 있었다.

포스터 부인은 나를 응시하고 있었다.

"아름다운 새집 아래, 돌과 틈 사이에."

"언제부터 알았지?"

독수리 눈이 나를 피했다. "몰랐어요."

"거짓말."

퍼트리샤 포스터 부인이 침을 삼켰다. "우리는 어떻게 되는 거죠?"

"뭐가요?"

"우리를 어떻게 할 거예요?"

"하느님께 제발 용서해달라고 기도나 열심히 하시지."

나는 현관문과 도널드 포스터의 시신을 향해 걸어갔다.

"어디 가요?"

"끝내러."

조니 켈리가 고개를 들었다. 핏빛 손가락 자국이 얼룩진 얼굴로 말했다. "너무 늦었어."

나는 문을 열어둔 채 나갔다.

"아름다운 새 카펫 아래, 돌과 틈 사이에."

프레이저의 맥시를 타고 다시 웨이크필드로 가서 호버리를 빠져나오는데 진눈깨비가 내렸다.

나는 라디오2 채널에서 나오는 캐럴을 따라 부르다 10시 뉴스를 피하기 위해 라디오3 채널로 돌린 다음 영국이 호주와의 크리켓 시합에서 망해가는 동안 나만의 10시 뉴스를 소리쳤다.

돈 포스터가 죽었습니다.

망할 살인범은 두 명 혹은 세 명.

다음은 내 차례일까요?

살인범을 헤아리며.

네더턴 쪽으로 빠져나오는데 진눈깨비가 느닷없이 다시 비로 바뀌었다.

죽은 자를 헤아리며.

총의 금속맛을 느끼며, 나 자신의 똥냄새를 풍기며.

개가 짖고, 사람들이 비명을 지르고.

폴라가 죽었다.

내가 해야 할 일들이, 끝내야 할 일들이 있었다.

"아름다운 새 카펫 아래, 돌과 틈 사이에."

나는 네더턴 우체국에 들러 길을 물었다. 그곳에 근무하지도 않는 늙은 여자가 내게 메이플 웰 드라이브가 어디인지 알려주었다.

16번지는 거리의 다른 집들과 똑같은 단층집으로, 이니드 셰어드나 골드소프의 집과 무척 흡사했다. 나지막한 산울타리와 새 모이판이 있는 작고 깔끔한 정원.

조지 마시가 무슨 짓을 했든 이곳에서는 아니었다.

나는 자그마한 검은 쇠문을 열고 정원 길을 따라 올라갔다. 방충망 사이로 텔레비전 화면이 보였다.

고통스러운 분위기를 느끼며 유리문을 두드렸다.

회색 파마머리의 토실토실한 여자가 마른행주를 들고 문을 열었다.

"마시 부인?"

"네?"

"조지 마시 씨의 아내분 되십니까?"

"그런데요?"

나는 문을 세게 그녀에게로 밀었다.

"대체 뭐야?" 그녀가 엉덩방아를 찧고 쓰러졌다.

나는 웰링턴 부츠와 정원용 신발을 지나쳐 안으로 밀고 들어갔다. "남편은 어디 있지?"

그녀가 얼굴을 행주로 가렸다.

"어디 있지?"

"못 본 지 한참 됐어."

나는 그녀의 얼굴을 세차게 갈겼다.

여자가 뒤로 쓰러졌다.

"어디 있어?"

"못 본 지 한참 됐어."

낯가죽이 두꺼운 마녀는 눈을 동그랗게 뜬 채 눈물을 짜낼까 궁리하고 있었다.

나는 다시 손을 들었다. "어디 있어?"

"그이가 무슨 짓을 했는데?" 그녀는 눈 위에 상처가 났고 아랫입술은 벌써 부풀고 있었다.

"알잖아."

그녀가 씩 웃었다. 파리한 씨팔 미소.

"어디 있는지 말해."

신발과 우산 위에 쓰러진 채 내 얼굴을 똑바로 쳐다보는 그녀의 지저분한 입은 마치 우리가 지금 섹스라도 하려는 양 반쯤 벌어져 웃고 있었다.

"어디 있어?"

"오두막에. 시민 농장* 오두막에."

그곳에서 무엇을 보게 될지 나는 알았다.

"그게 어디 있지?"

그녀는 여전히 웃고 있었다. 그곳에서 무엇을 보게 될지 그녀도 알고 있었다.

그녀가 행주를 들어올렸다. "말 못해……"

"같이 가지." 나는 그녀의 팔을 움켜쥐고 씩씩거렸다.

"안 돼!"

나는 그녀를 일으켜세웠다.

"안 돼!"

나는 문을 벌컥 열어젖혔다.

"안 돼!"

정원 길을 따라 그녀를 질질 끌고 가는데 꽉 묶은 회색 파마머리 아래 피부가 시뻘겠다.

"안 돼!"

"어느 쪽이야?" 나는 대문에서 물었다.

"안 돼, 안 돼, 안 돼."

"씨팔, 어느 쪽이야?"

나는 손을 꽉 옥죄었다.

그녀가 몸을 획 돌려 집 너머를 돌아보았다.

---

* 시에서 대여하는 일종의 주말농장.

나는 그녀를 문밖으로 밀치고는 메이플 웰 드라이브 뒤쪽으로 끌고
갔다.

집들 뒤로는 텅 빈 갈색 들판이 지저분한 하얀 하늘을 향해 가파르게
치솟아 있었다. 담장에 대문이 하나 나 있고, 그 너머 트랙터 길이 이어
지고, 들판과 하늘이 만나는 곳에 검은 오두막이 주르르 늘어서 있었다.

"안 돼!"

나는 그녀를 길에서 끌어내 메마른 돌담을 향해 밀어붙였다.

"안 돼, 안 돼, 안 돼."

"망할 입 좀 다물어, 잡년아." 왼손으로 입을 움켜쥐자 그녀의 얼굴
이 물고기 머리처럼 보였다.

그녀는 부들부들 떨었지만 눈물은 한 방울도 흘리지 않았다.

"저기 있어?"

그녀가 나를 똑바로 응시한 채 한 번 고개를 끄덕였다.

"만약 놈이 저기 없거나, 우리가 오는 기척을 알아채기라도 하면 바
로 네년을 찢어죽여버리겠어. 알겠어?"

그녀가 나를 똑바로 응시한 채 다시 한번 고개를 끄덕였다.

그녀의 입을 놓은 내 손가락은 화장품과 립스틱 범벅이었다.

그녀는 돌담에 기댄 채 꿈쩍도 하지 않았다.

나는 그녀의 팔을 쥐고 대문 너머로 밀쳤다.

그녀는 검은 오두막들을 올려다보았다.

"걸어." 나는 뒤에서 그녀를 밀었다.

우리는 트랙터 길을 따라 올라갔다. 양쪽 도랑에 시커먼 물이 고여
있고, 공기 중에서 동물의 똥냄새가 코를 찔렀다.

그녀가 비틀비틀 넘어지더니 다시 일어났다.

뒤돌아 네더턴을 보니 오시트를 비롯해 세상 여느 곳과 똑같았다.

단층집과 연립주택, 상점과 주유소.

그녀가 비틀비틀 넘어지더니 다시 일어났다.

내 눈에 그 모든 광경이 보였다.

흰색 밴이 뒷좌석에 작은 화물을 싣고서 덜컹덜컹 트랙터 길을 올라간다.

흰색 밴이 다시 길을 내려올 때 자그마한 화물은 꿈쩍도 하지 않고 조용하다.

마시 부인이 망할 행주를 손에 들고 부엌 싱크대에 서서 밴이 오고 가는 것을 지켜본다.

그녀가 비틀비틀 넘어지더니 다시 일어났다.

언덕을 거의 다 올라와 오두막들이 코앞이었다. 흙으로 지어진 석기 시대 촌락처럼 보였다.

"어느 거지?"

그녀가 끝 쪽을 가리켰다. 방수포와 비료 포대와 골함석과 벽돌로 얼기설기 지은 오두막이었다.

나는 앞장서서 그녀를 질질 끌고 갔다.

"이거군." 나는 창문에 시멘트 포대를 댄 오두막의 검은 나무문을 가리키며 속삭였다.

그녀가 고개를 끄덕였다.

"열어."

그녀가 문을 당겼다.

나는 그녀를 안으로 밀쳤다.

작업대와 공구, 겹겹이 쌓인 비료 포대와 시멘트 포대, 화분, 모이통. 빈 비닐 포대가 바닥을 뒤덮고 있었다.

흙냄새가 훅 끼쳤다.

"어디 있지?"

마시 부인이 낄낄대며 행주로 코와 입을 가렸다.

나는 몸을 돌려 행주를 강타했다.

그녀가 비명을 지르며 무릎 꿇었다.

나는 회색 머리카락을 움켜쥐고 작업대로 끌고 가 옆얼굴을 나무 탁자에 대고 눌렀다.

"앗하하하. 앗하하하."

그녀가 온몸을 파르르 떨며 웃는 동시에 비명을 질러댔다. 한 손은 바닥의 비닐 포대를 향해 마구 저어대고, 다른 한 손은 자기 음부에 대고 치마를 꼭 움켜쥐었다.

나는 끌인지 벽지 긁개인지를 집어들었다.

"어디 있어?"

"음하하하. 음하하하."

비명이 콧노래가 되고, 낄낄거림이 나직해졌다.

"어디 있어?" 나는 그녀의 축 늘어진 목에 끌을 들이댔다.

"앗하하하. 앗하하하."

그녀가 다시 몸부림치며 비닐 포대를 걷어찼다.

포대 사이로 굵은 흙투성이 밧줄이 힐긋 보였다.

나는 얼굴을 놔주고 그녀를 획 밀쳤다.

발로 포대를 걷어내니 거대한 금속 단추인 양 지저분한 검은 밧줄로 엮어놓은 덮개가 보였다.

나는 양손에 밧줄을 휘감고서 덮개를 들어올려 옆으로 젖혔다.

마시 부인이 작업대 아래 주저앉아 낄낄대며 히스테릭하게 발꿈치로 바닥을 두드렸다.

좁은 석조 수직 통로 안에 금속 사다리가 달려 있고, 15미터쯤 아래 희미한 빛이 보였다.

갱도에 있음직한 배수 시설이나 환기 시설 같았다.

"여기 아래 있어?"

발을 점점 더 세게 굴러대는 그녀의 코에서 입으로 피가 여전히 흘러 내렸다. 그녀가 느닷없이 다리를 쫙 벌리더니 행주를 황갈색 스타킹과 시뻘건 속바지 위에 대고 문질렀다.

나는 작업대 아래로 손을 뻗어 그녀의 발목을 쥐고 질질 끌어냈다. 그리고 그녀를 뒤집어 엉덩이 위에 걸터앉았다.

"앗하하하. 앗하하하."

손을 뻗어 작업대에서 밧줄을 집어들었다. 그녀의 목에 올가미를 건 뒤 손목을 감고 마지막으로 작업대 다리에 두 번 휘감아 매듭을 지었다.

마시 부인은 오줌을 지리도록 웃어댔다.

나는 수직 통로를 들여다본 다음 몸을 돌려 어둠 속으로 한 발을 뻗었다.

축축하고 차가운 금속 사다리를 타고 천천히 내려갔다. 양쪽의 벽돌 벽이 미끌거렸다.

3미터를 내려갔다.

마시 부인의 새된 비명 사이로 물 흐르는 소리가 희미하게 들렸다.

6미터를 내려갔다.

위쪽에서 둥그런 회색빛과 광기가 어른댔다.

9미터를 내려가자 웃음과 비명이 점점 사그라졌다.

아래서 느껴지는 물의 기운 탓에 검은 물속에 입 벌린 시신들이 나뒹 굴고 있는 갱도가 떠올랐다.

위를 올려다보지 않고 빛을 향해 가자니 내가 지금 내려가고 있다는 사실 외에는 아무것도 확신할 수 없었다.

느닷없이 갱도 한쪽 면이 사라지고 나는 거기 빛 속에 서 있었다.

몸을 돌려 오른쪽으로 이어진 수평 통로의 누런 입구를 바라보았다.

통로를 따라 조금 가니 옆쪽으로 팔꿈치쯤 높이에 구멍이 나 있었다.

나는 빛을 향해 기어올라 들어갔다. 빛은 환했으나 터널은 좁고 끝이 없었다.

몸을 일으킬 수 없어서 거칠거칠한 벽돌 위를 팔꿈치로 기어 빛의 근원을 향해 나아갔다.

온몸이 땀범벅인데다 기진맥진해 어서 일어나고 싶은 마음뿐이었다.

몇 미터라고, 몇 킬로미터라고 생각하며 계속 기어가다 거리 감각을 완전히 잃어버렸다.

별안간 천장이 높아지자 무릎을 꿇고 엎드려 기어가며 내 머리 위에 쌓인 흙더미를 생각했다. 무릎과 정강이의 피부가 벗겨져 쓰라렸다.

어스레한 빛 속에서 무엇인가 움직이는 기척이 들렸다, 생쥐인지 쥐인지 어린애 발걸음인지.

이판암과 끈적끈적한 물질 위로 손을 뻗어 신발을 하나 집어들었다. 어린애 샌들이었다.

나는 먼지와 흙으로 뒤덮인 벽돌 위에 누워 애써 눈물을 참았다. 신발을 던져버릴 수도, 내버려둘 수도 없어 손에 꼭 쥔 채.

구부정하게 일어나 다시 나아가기 시작했다. 한 걸음씩 혹은 세 걸음씩 옮길 때마다 등이 들보나 기둥에 부딪혔다.

그러다 공기가 바뀌고 물 흐르는 소리가 사라지자 죽음의 냄새와 신음소리가 다가왔다.

천장이 다시 높아졌고, 몇 번 더 나무 들보에 머리를 부딪히다 오래전 떨어져내린 바위의 모퉁이를 돌자 그것이 있었다.

갱내 안전등 불빛 속에서 거대한 터널이 입을 벌리고 있었다. 땀범벅인 나는 숨을 헐떡이며 지랄 같은 갈증에 시달리면서도 다양한 각도에서 생각해보려고 애썼다.

망할 산타의 동굴.

신발이 손에서 떨어지고, 눈물이 지저분한 얼굴을 가로질렀다.

벽돌로 이루어진 5미터 정도의 터널 벽은 파란색 바탕에 흰 구름이 페인트로 칠해져 있고, 바닥은 포대와 하얀 깃털로 덮여 있었다.

양측 벽면에 열 개 정도의 얇은 거울이 일렬로 늘어서 있었다.

크리스마스트리 장식용 천사와 요정과 별이 들보에 매달려 안전등 불빛에 반짝였다.

상자와 가방과 옷가지와 공구가 있었다.

카메라와 조명과 녹음기와 테이프가 있었다.

터널 끝의 푸른 벽 아래 망할 포대를 덮고 누군가 쓰러져 있었다. 조지 마시였다.

다 시들어버린 붉은 장미의 침대 위에.

나는 깃털 담요를 가로질러 그에게로 갔다.

그가 불빛 쪽을 돌아보자 눈구멍과 열린 입이 보였다. 그의 얼굴은 검붉은 피로 빚은 가면이나 다름없었다.

마시가 입을 벌렸다 다물었다. 핏방울이 치솟고, 죽어가는 개의 비명이 뱃속에서부터 올라왔다.

나는 몸을 숙여 눈이 사라진 눈구멍과 혀가 사라진 입구멍을 들여다보고 침을 뱉었다.

그리고 일어나 포대를 걷어찼다.

조지 마시는 벌거벗은 채 죽어가고 있었다.

녹색과 보라색과 검은색으로 얼룩진 상체는 불에 그을린 자국과 함께 똥과 진흙과 피 범벅이었다.

성기와 불알은 사라지고 없고, 늘어진 피부가 너덜대고, 피가 웅덩이를 이루고 있었다.

그가 몸을 비틀어 내게로 손을 뻗었다. 새끼손가락과 엄지뿐이었다.

나는 일어나 포대를 도로 그에게로 걷어찼다.

그는 고개를 들어올려 이만 끝내달라고 기도했다. 죽음을 부르짖는 남자의 나지막한 탄식이 동굴을 가득 채웠다.

나는 가방과 상자 쪽으로 가 내용물을 쏟아부었다. 옷과 크리스마스 장식용 반짝이, 구슬과 칼, 종이 왕관과 거대한 바늘 사이에 책이나 기록은 없는지 찾았다.

사진이 있었다.

몇 상자나.

커다란 푸른 눈과 금발과 분홍빛 살결의 여학생이 새하얀 이를 드러내며 활짝 웃는 사진들.

나는 또다시 그것을 모두 보았다.

저녁과 수전의 흑백사진. 구석에 지저분한 무릎을 끌어안고 앉아, 온 방을 채운 거대한 하얀 플래시 불빛에 감긴 눈을 작은 손으로 가린.

웃고 있는 어른, 천사 날개 아래 지저분한 무릎을 드러낸 채 작은 손으로 핏빛 구멍을 가린 아이의 눈, 방을 채우는 거대한 하얀 웃음들.

자그마한 여자애들을 지하에서 범하는, 종이 왕관만 쓴 알몸의 남자.

천사 날개를 꿰매며 상처에 입을 맞추는 그의 아내.

사진을 훔치고 추가로 현상하는 폴란드 얼간이.

낡은 집 바로 옆에 새집을 짓는 동안 거리에서 노는 여자아이들을 지켜보며 사진을 찍고 기록을 남기는 남자들.

나는 다시 조지 마시를 내려다보았다. 다 시들어버린 붉은 장미의 침대 위에서 더할 나위 없는 고통 속에 죽어가고 있는 현장감독.

"조지 마시 씨라고, 아주 좋은 사람이지."

하지만 이것으로는 충분하지 않았다.

작업을 반쯤 마친 채 손에 망치를 든 조니 켈리.

여전히 충분하지 않았다.

암흑 천사에게 사로잡혀 서류와 도면에 휘감긴 채 백조로 만든 집을 설계하며 침묵을 간청하는 한 남자.

여전히 충분하지 않았다.

어스레한 모서리의 아치 위에 웅크리고 앉아 나를 위해 이렇게 하라고 고함을 질러대는 예의 그 남자. **조지, 나는 지금 당장, 더 많은 것을 원해.**

존 도슨.

지나치다. 해도해도 지나치다.

나는 거기서 도망쳐 등을 구부리고 터널을 되짚어 기어가며 어서 물소리가 들리고 오두막으로 이어지는 수직 통로가 나타나기를 간절히 빌었다. 그의 비명이 어둠을 채우고 그들의 비명이 내 머릿속을 채웠다.

"저기 새집들을 짓기 전만 해도 경치가 참 좋았답니다."

사다리에 이르러 빛을 향해 일어서다 등이 긁혔다.

나는 위로, 위로 올라갔다.

꼭대기에 닿아 오두막 바닥으로 몸을 끌어올렸다.

그녀는 여전히 꽁꽁 휘감긴 채 작업대에 묶여 있었다.

나는 비닐 포대 위에 널브러져 헐떡이고 땀을 흘리고 두려움에 휩싸였다.

그녀가 나를 향해 씩 웃었다. 침이 턱을 따라 질질 흐르고, 오줌이 스타킹을 적시고 있었다.

나는 작업대에서 칼을 집어들어 밧줄을 잘랐다.

그녀를 수직 통로 쪽으로 밀어낸 뒤 그녀의 머리카락을 움켜쥐고 고개를 젖혀 목에 칼을 들이댔다.

"어서 내려가."

나는 그녀의 몸을 돌려 다리를 구멍 안으로 걸어찼다.

"기어내려가든 그대로 떨어지든 마음대로 해."

그녀가 사다리에 한 발을 얹더니 나를 응시한 채로 기어내려가기 시작했다.

"죽음이 당신들 둘을 갈라놓을 때까지 영원히 함께하셔." 나는 뱉듯이 말했다.

어둠 속에서 그녀의 눈이 깜박이지도 않고 번쩍였다.

나는 돌아서서 굵은 검은색 밧줄을 움켜쥐고 덮개를 도로 덮었다.

시멘트 포대를 들어올려 덮개 위에 쌓았다. 그리고 또하나, 그리고 또하나, 그리고 또하나.

비료 포대들까지 그 위에 쌓았다.

그 더미 위에 앉아 다리와 발이 식어가는 것을 느꼈다.

나는 일어나 작업대에서 자물쇠와 열쇠를 집어들었다.

오두막 밖으로 나갔다. 문을 닫고 자물쇠를 채웠다.

들판을 가로질러 달려가다 흙바닥에 열쇠를 던져버렸다.

16번지 문은 여전히 살짝 열린 채였고, 텔레비전에서는 〈형사 법원〉이 방송중이었다.

나는 안으로 들어가 똥을 눴다.

텔레비전을 껐다.

소파에 앉아 폴라를 생각했다.

그리고 온 방을 돌아다니며 서랍을 뒤졌다.

옷장에 엽총과 총탄 상자가 있었다. 쓰레기봉투로 엽총을 싸서 차로 갔다. 엽총과 총알을 맥시의 트렁크에 넣었다.

집으로 돌아가 마지막으로 한번 더 둘러본 뒤 문을 잠그고 정원 길을 내려왔다.

나란히 늘어선 검은 오두막을 담에 기대선 채 올려다보았다. 빗방울이 진흙으로 뒤덮인 내 온몸과 얼굴을 때렸다.

나는 차에 올라 출발했다.

4 LUV.

사랑을 위해 모두를.

닳아빠진 회색 하늘을 배경으로 고고히 웅크린 샹그릴라의 홈통에서 빗방울이 뚝뚝 떨어졌다.

나는 또다른 빈 도로 위의 또다른 지저분한 산울타리 뒤에 차를 세우고 또다른 슬픈 진입로를 걸어올라갔다.

진눈깨비를 맞으니 연못 속 거대한 오렌지빛 물고기 역시 약간이나마 영향을 받는지 궁금해졌다. 조지 마시가 고통당하고 있으며 돈 포스터 역시 고통받은 것이 분명했지만, 이에 대해 내가 어떻게 느끼는지 나 스스로도 알 수 없었다.

저 크고 화려한 물고기를 보고 싶었지만 내처 걸었다.

진입로에는 차가 한 대도 없고, 철사 바구니에 담긴 우유 두 병이 비를 맞으며 현관에 놓여 있을 뿐이었다.

나는 속이 뉘엿거리고 겁이 났다.

아래를 내려다보았다.

두 팔에 엽총이 들려 있었다.

초인종을 누른 뒤 샹그릴라로 메아리쳐가는 벨소리를 듣는데 조지 마시의 피투성이 성기와 돈 포스터의 피투성이 무릎이 떠올랐다.

응답이 없었다.

다시 초인종을 누르고는 총의 개머리판으로 문을 두드렸다.

여전히 응답이 없었다.

문을 열려고 해보았다.

잠겨 있지 않았다.

안으로 들어갔다.

"계십니까?"

집안은 차갑고 거의 고요했다.

나는 현관에 서서 다시 말했다. "계십니까?"

반복적이고 둔탁한 탁탁 소리에 이어 나지막한 쉿쉿 소리가 들렸다.

왼쪽으로 몸을 틀자 크고 하얀 거실이 보였다.

쓰지도 않는 벽난로 위에 걸린 대형 흑백사진 속 호수에서 백조가 날아오르고 있었다.

그뿐만이 아니었다.

테이블마다, 선반마다, 창턱마다 나무 백조와 유리 백조와 도자기 백조가 자리했다.

하늘을 나는 백조, 잠든 백조, 목과 부리로 커다란 하트를 그리며 키스하는 커다란 백조 한 쌍.

헤엄치는 백조 한 쌍.

빙고.

심지어 텅 빈 벽난로 위 성냥갑까지도.

나는 백조를 바라보고 서서 쉿쉿대고 탁탁대는 소리에 귀기울였다.

방이 얼어붙을 듯 추웠다.

커다란 나무상자를 향해 걸어가는데 크림색 카펫 위에 진흙 발자국이 찍혔다. 엽총을 내려놓고 상자 뚜껑을 열어 전축 바늘을 레코드에서 치웠다. 말려었다.

〈죽은 아이를 위한 노래〉.

휙 몸을 돌려 잔디밭을 내다보았다. 진입로를 올라오는 자동차소리를 들은 것만 같았다.

하지만 바람소리뿐이었다.

창가로 다가가 산울타리를 바라보며 서 있었다.

저 아래 뭔가 있었다. 바로 저기 정원에.

일순 갈색 머리의 집시 소녀가 머리에 잔가지를 꽂은 채 산울타리 아래 맨발로 앉아 있는 듯했다.

나는 눈을 감았다 떴다. 여자아이는 사라지고 없었다.

희미한 북소리가 들렸다.

나는 푹신한 크림색 카펫을 도로 가로지르다가, 축축한 얼룩 위에 쓰러진 유리컵을 걷어찼다. 나는 컵을 주워들어 유리 커피테이블에 놓인 신문 옆 백조 컵받침 위에 놓았다.

오늘자 신문이었다. 바로 나의 신문.

크리스마스 이틀 전의 신문을 두 개의 큼직한 헤드라인이 장식하고 있었다.

럭비 스타의 누나가 살해되다.

의원 사임.

두 개의 얼굴이, 두 쌍의 인쇄된 검은 눈이 나를 응시하고 있었다.

망할 잭 화이트헤드와 조지 그리브스가 쓴 두 개의 기사.

나는 신문을 집어들어 커다란 크림색 소파에 앉아 뉴스를 읽었다.

폴라 갈런드 부인의 시신이 일요일 이른 아침 캐슬퍼드 자택에서 경찰에 의해 발견되었다. 이웃이 비명소리를 들었다고 신고한 직후였다.

갈런드 부인(32)은 웨이크필드 트리니티의 포워드인 조니 켈리의 누나다. 1969년 갈런드 부인의 딸 저넷(당시 8세)이 하교 도중 실종된 후 대대적인 경찰 수색이 벌어졌으나 끝내 그 행방을 확인할 수 없었다. 이 년 후인 1971년에는 남편 제프가 자살했다.

경찰측 정보원에 따르면, 경찰에서는 갈런드 부인이 살해된 것으로 보고 있으며, 많은 사람이 수사에 적극적으로 가담하고 있다. 기자회견은 월요일 이른 아침 열릴 예정이다.

조니 켈리(28)는 사건에 대해 아무 언급도 하지 않았다.

웃음기 없이 검게 인쇄된 폴라의 눈은 이미 죽은 것처럼 보였다.

새로운 웨이크필드 메트로폴리탄 지방의회의 의장이자 노동당 대표인 윌리엄 쇼가 일요일 사임을 발표해 온 도시를 충격에 빠뜨렸다.

짧은 기자회견에서 쇼(58)는 건강 상태가 점점 악화되어 이러한 결정을 내렸다고 밝혔다.

로버트 쇼 내무부 장관의 형이기도 한 그는 운수 및 일반 노동조합을 통해 노동당에 입문했다. 그후 지역노조 설립자로 활동하며 노조 대표로서 노동당 전국집행위원회에 참여했다.

또한 수년 동안 웨스트 라이딩의 부주지사로 활약했으며, 지방정부의 개혁을 적극적으로 이끄는 한편 레드클리프 모드 보고서위원회의 위원으로도 활동했다.

제1대 웨이크필드 메트로폴리탄 지방의회 의장으로 선출된 쇼는 옛 행정구역인 웨스트 라이딩을 유연하게 개편함으로써 크게 환영받았다.

지난밤 지방정부의 한 정보원은 쇼의 사임에 실망과 경악을 감추지 못했다.

쇼는 또한 현재 웨스트요크셔 경찰권위원회의 임시 위원장으로 활약하고 있는데, 이 역시 사임할지는 현재 불확실하다.

로버트 쇼 내무부 장관은 형의 사임에 대해 아무 언급도 하지 않았다. 장관은 현재 친구와 함께 프랑스에 머무르고 있는 것으로 알려졌다.

웃음기 없이 검게 인쇄된 쇼의 눈은 이미 죽은 것처럼 보였다.

아, 더럽게 대단한 남자여.

"대영제국의 국민은 진실을 알 권리가 있으니까요."

그리고 나는 나의 진실을 알아냈다.

나는 신문을 내려놓고 눈을 감았다.

스카치냄새를 풍기며 타자기 앞에 앉아 비밀을 품은 채 거짓말을 늘어놓는 잭과 조지의 모습이 눈앞에 떠올랐다.

비밀을 품은 채 그들의 거짓말을 읽고 스카치를 따라주는 해든의 모습 역시 떠올랐다.

천년간 잠들었다가, 이따위 종자들이 싹 사라지고 내 손에, 내 피에 이따위 더러운 검은 잉크를 묻힐 필요가 없어졌을 때 다시 깨어나고 싶었다.

하지만 이 망할 집은 나를 잠들도록 내버려두지 않았다. 타이핑소리가 희미한 북소리와 뒤섞이며 귀청을 두드려대는 통에 두개골과 뼈가 모조리 먹먹해졌다.

나는 눈을 떴다. 내가 앉은 소파 옆자리에 거대한 종이가 말려 있었다. 설계도였다.

나는 설계도 하나를 유리 커피테이블 위에 펼쳐 폴라와 쇼의 얼굴을 가렸다.

쇼핑센터인 스완 센터의 설계도였다.

M1의 헌슬릿 & 비스턴 출구에 건설될 예정이었다.

다시 눈을 감자 나의 작은 집시 소녀가 불에 둘러싸인 채 서 있었다.

"씨팔 돈 때문이라고."

스완 센터.

쇼, 도슨, 포스터.

박스 형제는 끼어들기를 원했다.

박스 형제를 걷어찬 포스터.

사업에 앞서 다양한 즐거움을 맛보는 쇼와 도슨.

포스터가 무대감독으로 망할 서커스를 이끌었다.

모두 자기 자리를 벗어나 정신이 돌아버렸다.

모두 씨팔 새끼들이었다.

"씨팔 돈 때문이라고."

나는 일어나 거실에서 나가 차갑고 환한 고급 부엌으로 들어섰다.

텅 빈 스테인리스 싱크대의 수도꼭지에서 물이 졸졸 흐르고 있었다.

나는 수도꼭지를 잠갔다.

여전히 북소리가 들렸다.

부엌에는 뒤뜰로 이어진 문과 차고로 이어진 문이 있었다.

북소리는 두번째 문 뒤에서 들려오고 있었다.

문을 열려고 했지만 꿈쩍도 하지 않았다.

문 아래서 가느다란 물줄기 네 개가 흘러나오고 있었다.

다시 문을 열어보려 했지만 꿈쩍도 하지 않았다.

나는 뒷문으로 뛰어나가 집 앞으로 돌아갔다.

차고에는 창문이 없었다.

차고 문을 열어보았지만 역시나 열리지 않았다.

나는 현관문으로 들어갔다.

현관문 안쪽에 꽂힌 열쇠에 다른 열쇠들 한 뭉치가 매달려 있었다.

나는 열쇠를 가지고 부엌과 북소리를 향해 돌아갔다.

가장 큰 열쇠, 가장 작은 열쇠, 다른 열쇠를 시도해보았다.

자물쇠가 돌아갔다.

문을 열고 배기가스를 들이마셨다.

씨팔.

승용차 두 대는 족히 들어갈 널따란 차고 한구석의 어둠 속에 재규어가 시동이 걸린 채 홀로 서 있었다.

씨팔.

나는 부엌 의자를 집어들어 차고 문을 고정시키고 축축한 행주 무더기를 걷어찼다.

그리고 차고 안으로 달려들어갔다. 앞좌석에 앉은 두 사람과 뒷좌석 차창으로 배기가스를 뿜고 있는 호스가 부엌 조명에 드러났다.

자동차 라디오 소리가 요란했다. 엘튼이 〈Goodbye Yellow Brick Road〉를 큰 소리로 불러댔다.

호스와 젖은 행주를 잡아빼고 운전석 문을 열려고 했다.

잠겨 있었다.

조수석 문으로 달려가 문을 열고 폐에 일산화탄소를 가득 머금은 마저리 도슨 부인을 붙잡았다. 여전히 내 어머니처럼 보이는 그녀가 망할 진홍색 냉동팩을 머리에 두른 채 내 무릎으로 쓰러졌다.

나는 그녀를 똑바로 앉히고는 엔진을 끄려고 차 안으로 몸을 숙였다.

존 도슨이 머리에 냉동팩을 두르고 두 손을 앞으로 묶인 채 운전대에 엎어져 있었다.

"또 시작이네요. 무모한 대화는 목숨을 대가로 치러야 해요."

그들 둘 다 새파랗게 질려 죽은 채였다.

씨팔.

나는 엔진과 엘튼을 끄고 도슨 부인을 품에 안고서 차고 바닥에 주저앉았다. 냉동팩을 두른 머리를 내 무릎에 얹은 그녀와 나는 그녀의 남편을 올려다보았다.

건축가.

존 도슨을 마침내, 그리고 너무 늦게 비닐 냉동팩을 두른 얼굴로 만난 것이다.

망할 존 도슨, 언제나 유령이었다가 이제야 실체가 되었으나 그 실체가 비닐 냉동팩을 두른 유령이라니.

씨팔 존 도슨, 작품만 남긴 채, 유령처럼 희미하게, 다른 모두에게 그랬듯이 나도 우라질 빈손으로 남겨놓고. 진실을 알 기회를 날리고 그 진실이 가져올 희망을 짓밟힌 나는 그의 아내를 품에 안고 앉아 딱 일 초라도 죽은 자를 되살려 딱 한마디라도 듣고 싶은 나머지 절망했다.

침묵.

나는 도슨 부인을 살며시 일으켜 재규어에 도로 앉혔다. 그녀가 남편에게로 쓰러지며 냉동팩을 두른 머리가 더더욱 망할 침묵 속에서 부딪혔다.

씨팔.

"무모한 대화는 목숨을 대가로 치러야 해요."

나는 지저분한 회색 손수건을 꺼내 여기저기를 닦았다.

오 분 후 차고 문을 닫고 집안으로 돌아갔다.

소파 위 그들의 설계도와 계획과 좆같은 꿈들 옆에 앉아 무릎에 엽총을 얹고 나 자신을 생각했다.

집은 고요했다.

침묵.

나는 일어나 샹그릴라의 현관문으로 나갔다.

라디오를 끈 채 레드벡으로 돌아가는 동안 와이퍼가 쥐새끼처럼 찍찍거렸다.

물웅덩이에 차를 세우고 검은 쓰레기봉투를 트렁크에서 꺼냈다. 절뚝거리며 주차장을 가로질렀다. 지하에서 보낸 시간 탓에 사지가 뻣뻣했다.

나는 문을 열고 비에서 벗어났다.

27호실은 차가웠고, 더는 안식처가 아니었다. 프레이저 경사는 오래전 사라지고 없었다.

나는 불도 켜지 않고 바닥에 앉아 화물트럭이 오가는 소리를 들으면서 맨발의 폴라와 〈탑 오브 더 팝스〉의 노랫소리에 맞춰 춤을 췄던 것을 생각했다. 불과 며칠 전이었지만 마치 다른 세기의 일인 듯했다.

BJ와 지미 애시워스를 생각하고, 축축한 방의 거대한 옷장 안에 웅크린 십대 아이들을 생각했다.

미슈킨과 마시와 도슨과 쇼와 포스터와 박스를 생각하고, 그들의 삶과 범죄를 생각했다.

이윽고 지하의 남자들과 그들이 훔친 아이들과 아이들을 잃은 어머니들을 생각했다.

더이상 울 수 없을 때 나는 어머니를 생각하고 일어났다.

로비의 노란색은 어느 때보다 환했고, 악취도 어느 때보다 지독했다.

나는 수화기를 집어들어 다이얼을 돌리고 구멍에 동전을 넣었다.

"여보세요?"

나는 전화기 속으로 동전을 떨어뜨렸다. "나예요."

"무슨 일이니?"

유리문 너머 당구장은 잠잠했다.

"죄송하다고 말씀드리려고요."

"그 인간들이 너한테 무슨 짓을 했니?"

나는 늙은 여자를 찾아 갈색 로비 의자를 둘러보았다.

"아무 짓도 안 했어요."

"그 인간들이 내 뺨을 때렸어."

눈이 쓰라렸다.

"그것도 내 집에서, 에드워드!"

"죄송해요."

어머니는 울고 있었다. 뒤쪽에서 누나 목소리가 들렸다. 누나가 어머니에게 고함치고 있었다. 나는 공중전화기 옆에 휘갈겨놓은 이름과 약속을, 위협과 숫자를 응시했다.

"어서 집에 와."

"그럴 수 없어요."

"에드워드."

"정말 죄송해요, 엄마."

"제발 부탁이다!"

"사랑해요."

나는 전화를 끊었다.

다시 수화기를 집어들어 캐서린에게 전화를 걸려고 했지만 번호가 기억나지 않아 도로 내려놓고는 빗속을 뚫고 27호실로 달려갔다.

드넓은 하늘은 구름 한 점 없이 새파랬다.

그녀는 붉은색 카디건을 단단히 여민 채 웃으며 거리에 서 있었다.

금발이 바람에 살랑거렸다.

그녀가 내게 팔을 뻗어 목과 어깨에 손을 얹었다.

"나는 천사가 아니야." 그녀가 내 머리카락에 대고 속삭였다.

키스하며 우리의 혀와 혀가 세게 맞부딪쳤다.

내 손이 그녀의 등을 타고 흘렀고 우리는 더욱더 서로를 껴안았다.

바람에 흩날리는 그녀의 머리카락이 내 얼굴을 채찍질했다.

내가 절정에 이르는 순간 그녀가 키스를 멈추었다.

나는 바지에 정액을 묻힌 채 바닥에서 깨어났다.

레드벡 모텔방의 세면대에 팬티가 있고, 미지근한 회색 물이 내 가슴과 바닥에 뚝뚝 떨어지고, 집에 돌아가고 싶지만 누군가의 아들이 아니고 싶고, 거울 속에 웃고 있는 여자아이들의 사진이 보이고.

레드벡 모텔방의 바닥에 책상다리를 하고 앉아 손에서 시커먼 붕대를 풀다 엉망진창인 피부가 드러나기 직전 멈추고는 이로 새로 시트를 뜯어 손에 감는데 뒤쪽 벽에서 더 심한 상처가 히죽히죽 웃고 있고.

레드벡 모텔방의 문가에 진흙투성이 옷차림으로 서서 알약을 삼키고 담배에 불을 붙이며 잠들고 싶지만 꿈은 꾸고 싶어하지 않으며 오늘이 내가 죽는 날이 될 거라고 생각하면서 내게 작별의 손짓을 하는 폴라를 그리고.

12

오전 1시.

Rock On.

1974년 12월 24일 화요일.

망할 크리스마스이브.

썰매 종이 울려요. 듣고 있나요?*

〈더 굿 올드 데이스〉**가 끝나고 크리스마스 조명이 꺼진 집들이 늘
어선 웨이크필드를 향해 반즐리 로드를 달렸다.

트렁크에는 엽총이 있었다.

콜더를 가로질러 시장을 지나 불링으로 들어서자 대성당이 검은 하
늘로 우뚝 솟아 있었다.

모든 것이 죽었다.

---

* 앤 머레이의 노래 〈Winter Wonderland〉의 한 구절.
** BBC방송의 오락 프로그램.

나는 신발 가게 앞에 차를 세웠다.

트렁크를 열었다.

검은 쓰레기봉투에서 엽총을 꺼냈다.

총을 트렁크 안에 그냥 둔 채 총알을 장전했다.

주머니에 총알을 더 넣었다.

트렁크를 닫았다.

나는 불링을 가로질렀다.

스트래퍼드 2층에 불이 켜져 있고, 1층은 온통 깜깜했다.

나는 문을 열고 한 번에 하나씩 계단을 올랐다.

그들은 바에 둘러앉아 위스키를 마시고 시가를 피우고 있었다.

데릭 박스와 폴, 크레이븐 경사와 더글러스 순경.

주크박스에서 〈Rock 'n' Roll Part 2〉가 흘러나왔다.

얼굴이 시퍼렇게 멍든 배리 제임스 앤더슨이 한구석에서 혼자 춤추고 있었다.

나는 총열을 손으로 잡고 방아쇠에 손가락을 걸었다.

그들이 고개를 들었다.

"씨팔 좆같네." 폴이 말했다.

"총 버려." 경찰 하나가 말했다.

데릭 박스가 씩 웃었다. "안녕한가, 에디."

나는 그가 이미 알고 있는 것을 물었다. "당신이 맨디 위머를 죽였지?"

박스가 몸을 돌려 통통한 시가를 길게 빨았다. "그게 어때서?"

"도널드 포스터도 죽였지?"

"그래서?"

"왜 그랬는지 말해."

"하여튼 기자 근성은. 어디 한번 맘대로 추측해보시지, 특종."

"씨팔 쇼핑센터 때문에?"

"그래, 씨팔 쇼핑센터 때문에."

"맨디 위머가 쇼핑센터랑 대체 무슨 관계인데?"

"그게 그렇게 듣고 싶어?"

"그래, 말해."

"건축가 때문도 아니고, 쇼핑센터 때문도 아니야."

"그 여자가 진실을 알고 있어서?"

박스가 껄껄거렸다. "웃기고 있네."

자그마한 죽은 소녀들과 번쩍번쩍한 새 쇼핑센터와 머릿가죽이 벗겨진 죽은 여자들과 당신의 머릿속에 떨어지는 비가 떠올랐다.

나는 말했다. "재미 삼아 그랬군."

"처음부터 말했잖아, 우리 모두 원하는 것을 얻을 거라고."

"그게 뭐지?"

"복수와 돈, 완벽한 조합이지."

"나는 복수를 원하지 않았어."

"명성을 원했지. 그게 그거야." 박스가 씩씩대듯 나직이 말했다.

내 얼굴에 흘러내린 눈물이 입술에 닿았다.

"그럼 폴라는? 왜 죽였지?"

박스가 통통한 시가를 또다시 길게 빨았다. "이미 말했듯이 나는 천사가 아니⋯⋯"

나는 그의 가슴에 총알을 박아넣었다.

폴에게로 쓰러지는 그의 폐에서 공기가 씩씩 뿜어져나왔다.

Rock 'n' Roll.

나는 총을 재장전했다.

다시 총을 쏘자 옆구리에 총알이 박힌 폴이 쓰러졌다.

Rock 'n' Roll.

두 경찰이 노려보며 서 있었다.

나는 재장전해 발사했다.

땅딸보의 어깨에 총알이 박혔다.

다시 재장전하는데 턱수염 껑다리가 앞으로 나왔다.

나는 엽총을 돌려 개머리판으로 그의 옆얼굴을 갈겼다.

고개를 한쪽으로 돌린 채 서서 나를 바라보는 그의 귀에서 재킷으로 자그마한 핏방울이 똑똑 떨어졌다.

Rock 'n' Roll.

술집이 연기와 독한 화약냄새로 가득찼다.

바 뒤에서 비명을 질러대는 여자의 블라우스가 피로 뒤덮여 있었다.

창가 테이블의 남자는 입을 쩍 벌린 채 두 손을 번쩍 들고 있었다.

껑다리 경찰은 텅 빈 눈으로 여전히 서 있고, 땅딸보 경찰은 화장실을 향해 기어가고 있었다.

폴은 바닥에 쓰러져 천장을 향해 눈을 감았다 떴다 했다.

데릭 박스는 죽었다.

BJ는 춤을 멈추었다.

나는 그의 가슴을 겨냥했다.

"왜 나였지?"

"당신을 아주 높이 평가하더군요."

나는 총을 버리고 계단을 내려갔다.

오시트로 차를 몰았다.

프레이저의 맥시를 슈퍼마켓 주차장에 세우고는 웨슬리 거리로 걸어갔다.

비바가 외로이 진입로에 서 있고, 그 옆에 어머니의 집이 온통 어둠에 잠긴 채 잠들어 있었다.

나는 차에 올라 시동을 걸고 라디오를 켰다.

마지막 담배에 불을 붙이고 작은 기도를 올렸다.

클레어, 너를 위해 하나.

수전, 너를 위해 하나.

저넷, 너를 위해 하나.

폴라, 당신을 위해 이 모두.

그리고 태어나지 않은 아기.

〈The Little Drummer Boy〉를 따라 부르는 동안 그 옛날 은총의 나날이 무너져갔다.

파란불을 기다리며.

시속 150킬로미터로.

옮긴이 **김시현**

전문번역가. 코맥 매카시의 『카운슬러』 『모두 다 예쁜 말들』 『국경을 넘어』 『평원의 도시들』 『핏빛 자오선』을 비롯해, 『시스터스 브라더스』 『힐 하우스의 유령』 『우먼 인 블랙』 『하우스 오브 카드』 『리시 이야기』 등을 우리말로 옮겼다.

문학동네 블랙펜 클럽
1974

초판 인쇄 2020년 1월 17일 | 초판 발행 2020년 1월 31일

지은이 데이비드 피스 | 옮긴이 김시현 | 펴낸이 염현숙

책임편집 황문정 | 편집 박아름 홍지은
디자인 윤종윤 이원경 | 저작권 한문숙 김지영
마케팅 정민호 정진아 함유지 김혜연 김수현
홍보 김희숙 김상만 오혜림 지문희 우상희
제작 강신은 김동욱 임현식 | 제작처 영신사

펴낸곳 (주)문학동네
출판등록 1993년 10월 22일 제406-2003-000045호
주소 10881 경기도 파주시 회동길 210
전자우편 editor@munhak.com | 대표전화 031) 955-8888 | 팩스 031) 955-8855
문의전화 031) 955-8896(마케팅) 031) 955-2659(편집)
문학동네카페 http://cafe.naver.com/mhdn | 트위터 @munhakdongne
북클럽문학동네 http://bookclubmunhak.com

ISBN 978-89-546-7021-0 03840

www.munhak.com